Cynthia Eden

# Stirb für ihn



amazon crossing

## Das Buch

Sie dachte, ihr Verlobter sei der perfekte Mann – bis er sich als der perfekte Mörder entpuppt …

Katharine Cole ist auf der Flucht. Verzweifelt versucht sie, dem sogenannten Valentinstag-Killer zu entkommen, der seine Opfer mit einem Stich ins Herz tötet und sie mit einer einzelnen, roten Rose zurücklässt. Der brutale Mörder verfolgt sie bis nach New Orleans. Doch dieses Mal weigert sich Katherine, wegzulaufen. Dieses Mal wird sie alles tun, um den Verrückten, den sie einst geliebt hat, aufzuhalten – selbst wenn das bedeutet, dem gut aussehenden Cop zu vertrauen.

Detective Dane Black weiß, dass bei seiner Arbeit für Gefühle kein Platz ist. Als er sich bereit erklärt, Katherine Cole zu beschützen, kann er die Leidenschaft, die zwischen ihnen aufflammt, nicht ignorieren. Schon nach der ersten, unvergesslichen Nacht weiß er, dass er nicht ruhen wird, bis er Katherine für immer sicher in seinen Armen halten kann — und der Valentinstag-Killer tot ist.

## Die Autorin

Die New-York-Times- und USA-Today-Bestsellerautorin Cynthia Eden hat über dreißig Bücher veröffentlicht. 2013 wurde ihr paranormaler Liebesroman »Angel in Chains« für den renommierten RITA-Award nominiert, genau wie 2011 ihr Romantic Suspense »Deadly Fear«.

Cynthia Eden stammt aus den Südstaaten, liebt Horrorfilme, Schokolade und Happy Ends. Sie wollte immer schon schreiben (sagen das nicht alle Autoren?) und hat eine besondere Vorliebe dafür, Geschichten mit Monstervampiren, Werwölfen oder auch den echten Monstern zu ersinnen, die ihre Romantic-Suspense-Romane bevölkern.

CYNTHIA EDEN

# STIRB FÜR IHN

Übersetzt von Ivonne Blaney für Agentur Libelli

amazon crossing

Die Originalausgabe erschien 2013 unter dem Titel
»Die For Me« bei Montlake Romance, Las Vegas.

Deutsche Erstveröffentlichung bei AmazonCrossing,
Luxemburg, Juli 2014



Umschlaggestaltung: bürosüd⁰ München, www.buerosued.de
© by setsuna / getty images 112795452
Lektorat: Agentur Libelli
Satz: Monika Daimer, www.buch-macher.de

Printed in Germany
by Amazon Distribution GmbH, Leipzig

ISBN 978-1-47782266-1

www.amazon.com/crossing

# – 1 –

Es hatte lange gedauert, bis Savannah Slater gestorben war.

Dane Black, Inspektor der Polizei von New Orleans, blickte auf die tote Frau hinab und registrierte die Vielzahl oberflächlicher Schnittwunden, die ihre Arme bedeckten. Sein Blick wanderte zu ihrer Brust. Ihr war direkt ins Herz gestochen worden, und es sah aus, als habe der Mörder das Messer herumgedreht, nachdem er es ihr in die Brust gestoßen hatte.

Verdammt. Der Geruch nach Blut und Tod lag schwer in der Luft. Hinter sich konnte Dane Würgegeräusche hören, die zweifellos von dem frischgebackenen Streifenpolizisten kamen, der als Erster bei der Leiche gewesen war, derer sich jemand am Rand des Parks wie Müll entledigt hatte.

Selbst Danes Magen hatte sich beim Anblick ihrer Leiche zusammengezogen. Dabei hatte er genug abartigen Scheiß erlebt, als er im Mittleren Osten als Soldat stationiert gewesen war.

»Haben Sie so etwas schon einmal gesehen?« Der Polizist hatte sich so weit erholt, dass er immerhin diese Frage stellen konnte. »Ich meine – Himmel! – es sieht aus, als wäre sie gefoltert worden.«

Weil jemand genau das getan hatte. Ihre Handgelenke waren mit einem Seil zusammengebunden, die Fußgelenke mit dem gleichen dicken Strick gefesselt. Klebeband bedeckte ihren Mund – zweifellos um ihre Schreie zu ersticken, während ihr Angreifer sie bearbeitet hatte.

Es war kein leichter Tod gewesen. Das verrieten schon allein die zahllosen Schnitte auf ihren Armen. Einige davon waren tief genug, Adern und Sehnen zu durchtrennen. Aber sie war nicht an diesen Wunden gestorben. Der Täter hatte mit ihr gespielt – bis zu dem Moment, in dem er ihr das Messer ins Herz gestoßen hatte.

Dane beugte sich vor. Die Finger der rechten Hand des Opfers hatten sich um etwas geschlossen. Seine Augen verengten sich zu Schlitzen.

Es sah aus, als ob … Savannah Slater eine blutrote Rose in ihrer rechten Hand hielt.

*Zur Hölle – nein.*

Er stand auf und biss die Zähne aufeinander. Savannah Slater war gerade erst seit gut zweiundsiebzig Stunden vermisst gemeldet. Als die Reporterin nicht zur Arbeit erschienen war, hatte ihr Boss angefangen, nach ihr zu suchen. Suchen konnten sie gut beim *New Orleans News Journal.*

Dane hatte vermutet, die Reporterin sei nur in die Recherche zu einer Geschichte vertieft. Er hatte erwartet, dass sie wieder auftauchen würde – mit einer heißen Titelstory im Gepäck.

Nun, die Titelstory würde sie bekommen, wenn auch anders als gedacht. Aber das hier hatte er auf keinen Fall erwartet …

*Es sind nur noch ein paar Tage bis zum vierzehnten Februar. Valentinstag. Und die Umstände des Mordes … das Messer im Herzen … und diese Rose in ihrer Hand …* Die Presse würde durchdrehen, wenn sie die Verbindung herstellte. »Ja«, sagte er gedehnt. »Ich habe so etwas schon einmal gesehen.« Nicht aus der Nähe und persönlich, aber er hatte die Geschichten gehört. Geschichten von anderen Frauen, die gefoltert und getötet worden waren. *Genau wie Savannah.* Aber nicht in New Orleans. Die Morde waren vor ein paar Jahren passiert – oben in Boston.

Nicht hier in seiner Stadt.

Er musterte erneut die Leiche. Die Wunden auf ihren Armen waren genau geplant und perfekt platziert.

»Warum hat das Schwein sie hier zurückgelassen?«, wollte Danes Partner wissen. Mac Turner fuhr sich mit einer Hand über den kahl rasierten Kopf. Schweiß glänzte auf seiner kaffeefarbenen Haut. »Meine Nichte spielt immer in diesem verdammten Park. Ein Kind hätte die Leiche finden können.« Er stieß den Atem aus. »Eine Leiche so abzulegen, dass ein Kind sie finden könnte. Da haben wir eindeutig einen neuen Perversen in unserem Bezirk.«

»Er hat sie hiergelassen, weil er die Aufmerksamkeit auf sich ziehen will.« Der Täter hatte nicht mehrere Tage oder gar Wochen darauf warten wollen, dass die Leiche entdeckt wurde. Es war ein auffälliger Fundort. Sie hatten Glück gehabt, dass kein sechsjähriges Kind darüber gestolpert war. Die tote Reporterin war kurz nach Sonnenaufgang von einem Jogger entdeckt worden.

Dane starrte wieder auf sie hinab. Savannah Slaters dunkles Haar umrahmte ihren Kopf. Sie war eine schöne Frau gewesen. Nach allgemeinen Aussagen war sie beliebt gewesen, hatte eine großartige Familie und viele Freunde.

Was für eine Verschwendung.

Ein Mitarbeiter der Spurensicherung schoss ein Foto, und das Blitzlicht erhellte die Szene.

»Manchmal hasse ich diesen Job«, murmelte Mac, als er sich abwendete.

Manchmal hasste Dane den Job auch.

Der Streifenpolizist, der aussah, als müsse er sich gleich wieder übergeben, stolperte zurück. Sein schreckerfüllter Blick war immer noch auf Savannah gerichtet. Ja, verdammt noch mal, der Anblick ihrer gefolterten Leiche konnte einem den Magen umdrehen. Das Loch in ihrer Brust war riesig. Aber dies war nicht Danes erster Arbeitstag – bei Weitem nicht.

Er prüfte den Fundort mit professionellem Blick. *Der Täter hatte ihr den Mund mit Klebeband zugeklebt. Ihr Hand- und Fußgelenke gefesselt.* Ihre Handgelenke waren dunkelbraun gefärbt. Wie lange war sie gefesselt gewesen? Die gesamte Zeit, die sie vermisst worden war? Sie hätte sich nicht wehren können. Wäre das perfekte Opfer gewesen.

Nach einem letzten Blick auf die Tote machte sich Dane mit hochgezogenen Schultern auf den Weg zu seinem Wagen. Bevor er auch nur fünf Schritte gegangen war, hörte er das Geräusch eintreffender Fahrzeuge. Er hob den Kopf und sah einen Ü-Wagen viel zu schnell um die Kurve kommen.

*Verdammte Scheiße.* Die Geier hatten ein Fressen gefunden. Hinter dem ersten Wagen kam ein weiterer und ein weiterer … und noch einer.

»Deckt die Leiche zu!«, rief er. »Und stellt sicher, dass niemand den Tatort kontaminiert.« Er hatte den Fundort mit Absperrband gesichert, hatte versucht, den gesamten Bereich abzuriegeln, aber wenn ein übereifriger Reporter hineinstolperte …

Würde er den Idioten verhaften.

Dann waren die Reporter da und schwärmten mit ihren Mikrofonen umher, während die Kameraleute hinter ihnen hertapsten.

Dane holte tief Luft. Erneut roch er den Tod und bereitete sich darauf vor, den Haien gegenüberzutreten.

»Heute hat die Polizei die Leiche von Savannah Slater gefunden, der vermissten Reporterin des *New Orleans News Journal* …«

Katherine Cole sah hoch zu dem kleinen Fernsehgerät, das gleich am Eingang von Joe's Café hing. Ihre Hand umfasste die Kaffeetasse, die Joe ihr über den Tresen zugeschoben hatte.

Savannah Slater. Der Name wisperte durch ihr Gehirn.

»Wie traurig.« Joe schüttelte den Kopf.

Katherine pustete auf ihren Milchkaffee und nickte.

Das Gesicht einer Reporterin – traurig, angespannt – füllte den Bildschirm. »Skywatch Five ist es gelungen, exklusive Details über den Mord an Savannah Slater in Erfahrung zu bringen.« Das Bild eines Tatorts blitzte auf.

Katherine konnte sehen, wie hinter einer Absperrung aus gelbem Band Polizisten eilig hin und her liefen. »Savannah Slater galt seit mehr als zweiundsiebzig Stunden als vermisst. Es ist davon auszugehen, dass sie in dieser Zeit gefangen gehalten und gefoltert wurde.«

Katherines Magen zog sich zusammen, ihre Haut wurde kalt. *Die Welt ist voller Psychopathen. Noch so ein Monster, das in der Dunkelheit jagt.*

Ein weiteres Gesicht erschien auf dem Bildschirm. Ein Mann. Gut aussehend. Wütend. Er funkelte böse in die Kamera und sagte: »Zu diesem Zeitpunkt habe ich keinen Kommentar abzugeben. Die Untersuchung läuft.«

Die Reporterin erschien wieder auf dem Bildschirm. »Obwohl Dane Black, der zuständige Detective, uns nichts Genaueres verraten möchte, haben Quellen von Skywatch Five herausgefunden, dass Ms. Slater gefesselt in einem örtlichen Park gefunden wurde. Ihre Hand- und Fußgelenke waren mit einem dicken Seil zusammengebunden. Klebeband bedeckte ihren Mund, und jemand hat ihr direkt ins Herz gestochen.«

Katherines Herz schien einen Schlag auszusetzen.

Die Reporterin fuhr fort: »In Ms. Slaters Faust wurde eine rote Rose gefunden. Da das Verbrechen so kurz vor dem Valentinstag verübt wurde, schien die Polizei vor Ort besonders angespannt.«

Katherine glitt die Kaffeetasse aus Hand und zerbarst auf dem Boden. *Nein, bitte nicht.*

»Katherine? Katherine, alles okay?« Joe sah sie mit einem besorgten Stirnrunzeln an.

Sie stand auf, stolperte rückwärts und stieß mit Ben Miller zusammen, einem anderen Stammgast des Cafés.

Seine Hände schlossen sich um ihre Schultern und stützten sie. »Hast du dich verbrannt?« Seine braunen Augen blickten besorgt.

Kopfschüttelnd machte sie hastig einen Schritt rückwärts. Weglaufen war ein Instinkt bei ihr.

Sie kam in dieses kleine Café, seit sie nach New Orleans gezogen war, und für gewöhnlich unterhielt sie sich jeden Morgen mit Ben und Joe.

Aber jetzt wollte sie sich nicht unterhalten. Sie wollte auch nicht, dass einer von ihnen sie anfasste. Ihr Blick fiel wieder auf den Fernseher.

»Die Zuschauer erinnern sich vielleicht an einen anderen Mörder, der seine Opfer auf ähnliche Weise gefesselt hat, bevor er ihnen ins Herz stach«, fuhr die Reporterin fort. Ihr Blick schien sich durch den Bildschirm zu brennen. Die Frau hatte gut recherchiert. »Michael O'Rourke wurde verdächtigt, in Boston vier Frauen gefoltert und getötet zu haben. Er wurde ›Valentinstag-Killer‹ genannt, weil er seine weiblichen Opfer stets mit einem Stich ins Herz getötet hat und sie alle mit einer roten Rose in der Hand gefunden wurden.« Es folgte eine dramatische Pause. »Sein letzter Mord liegt drei Jahre zurück, und obwohl die Behörden weiter nach O'Rourke gesucht haben, ist er nie gefasst worden. Einige Gesetzeshüter vertraten sogar die Ansicht, dass der berüchtigte Serienkiller Selbstmord begangen habe, um einer lebenslangen Haftstrafe zu entgehen.«

»An den Typen kann ich mich erinnern«, murmelte Ben. »Ein kranker Spinner.«

Ja, das war er gewesen.

Die Reporterin sprach noch immer. »Es sind nur noch wenige Tage bis zum Valentinstag, und die Polizei will nicht spekulieren, ob der Mörder der Valentinstag-Killer selbst war oder ein Nachahmer.«

Es wurde dunkel um sie. Dröhnen füllte ihre Ohren, und sie war sicher, dass sie gleich ohnmächtig werden würde. »Mir … mir gehts nicht gut, Joe. Entschuldigung … Ich muss … los.« Sie drehte sich um und rannte – oder vielmehr taumelte – an ihnen vorbei. Sie hörte kaum, was Joe und Ben hinter ihr herriefen.

Ihre Hände stießen gegen die Tür, und dann war sie draußen. Die warme Luft – es schien in New Orleans immer warm zu sein, sogar im Februar – traf sie wie ein Schlag ins Gesicht. Dennoch konnte sie die Kälte nicht aus ihren Knochen vertreiben.

*Savannah Slater war ins Herz gestochen worden.* Katherine kannte Savannah. Und bei der Story, für die Savannah recherchiert hatte, konnte ihr Tod unmöglich ein Zufall sein.

Eine Nachricht, ja, aber auch noch etwas anderes?

Nein. Nein. *Nein.*

Das durfte nicht wahr sein. Es durfte einfach nicht.

*Ein Albtraum.* Vielleicht träumte sie noch. Oder vielleicht hatte dieser Bastard sie tatsächlich aufgespürt. Er hatte es ihr gesagt … *Ich werde dich niemals gehen lassen.*

Autos fuhren an ihr vorbei. Katherine schlang sich schützend die Arme um den Bauch und sah nach links, nach rechts.

So viele Menschen. *Zu* viele.

Und der Valentinstag kam unaufhörlich näher.

*Bitte, Allmächtiger. Nein.*

Sie wollte diese Hölle nicht noch einmal durchleben. Sie konnte das nicht.

Katherine betrat das Polizeigebäude mit forschem Schritt. Stimmen riefen durcheinander, Telefone klingelten, und der Raum war erfüllt von Chaos.

Sie hielt ihre Tasche an sich gepresst, während sie sich zum Haupttresen vorarbeitete. »Äh, entschuldigen Sie bitte …«

Der Polizist reagierte nicht.

Katherine räusperte sich und versuchte es nochmals. »Entschuldigen Sie bitte.«

Buschige Augenbrauen hoben sich, als der Beamte sie musterte. »Kann ich Ihnen helfen, Miss?«

»Ich möchte bitte mit Detective Black sprechen. Dane Black.« Dank des Nachrichtenberichts war sein Name in ihr Gehirn gebrannt.

Der Polizist zeigte nach links. »Den Gang runter, zweite Abbiegung auf der rechten Seite. Sein Tisch hat die Nummer vier.«

»Danke sehr.«

»Sie müssen sich zuerst anmelden, Miss.« Er schob ihr ein Clipboard hin. »Und ich muss Ihren Ausweis sehen.«

Sie schrieb ihren Namen auf das Blatt. Reichte ihm den Ausweis. Er schien kaum einen Blick darauf zu werden, bevor er ihn ihr auch schon zurückgab. Sie straffte die Schultern und drehte sich von ihm weg. Ihre Absätze klackerten über den gefliesten Boden. Mit jedem Schritt, den sie tat, schlug ihr Herz lauter.

Der Flur zog sich unendlich lang hin. Eine ganze Ewigkeit. Sie wollte schneller laufen, zu Detective Black rennen, aber sie zwang sich, langsam zu gehen.

*Zieh nicht mehr Aufmerksamkeit auf dich als nötig.*

Die zweite Abbiegung führte zu einem riesigen Raum, in dem ein halbes Dutzend Tische standen. An einigen von ihnen saßen Leute. Einige waren frei. Sie zählte, während sie weiterging. Eins. Zwei. Drei. V…

»Hören Sie, es interessiert mich nicht, wer Sie verdammt noch mal sind«, knurrte der hochgewachsene Mann mit dem schwarzen Haar ins Telefon, der neben Tisch Nummer Vier stand. »Ich will wissen, von wem Sie die Informationen haben, und zwar *sofort.*«

Ihr Körper verspannte sich, als sie die Wut in seiner Stimme hörte.

»Sie haben niemandem *geholfen.* Sie haben versucht, ihre Quoten zu verbessern. Jetzt ist die Stadt in Panik, weil Sie verbreitet haben, dass der Valentinstag-Killer in New Orleans auf der Jagd ist.« Seine Finger schlossen sich fest um das Telefon. »Wenn ich herausfinde, wer Ihnen diese Informationen gegeben hat, werde ich den Boden mit ihm aufwischen.« Er knallte den Telefonhörer auf die Basisstation.

Er wirbelte herum und wandte sich Katherine zu. Sie zuckte zurück.

Detective Blacks Augen – ein tiefes, dunkles Blau – weiteten sich, als er sie sah. »Wer sind Sie?«, fragte er mit einer Spur der gedehnten Sprechweise des tiefen Südens.

Sie schluckte und versuchte, den eisernen Griff um ihre Tasche zu lockern. »Ich heiße Katherine Cole und möchte gerne mit Ihnen über Savannah Slater sprechen.«

Er blinzelte. Der Detective war ein wirklich gut aussehender Mann. Seine Gesichtszüge waren markant, fast schon rau, aber dennoch attraktiv. Eckiges Kinn. Hohe Wangenknochen. Die

Nase sah aus, als sei sie ein- oder zweimal gebrochen gewesen. Sie bemerkte eine blasse, sichelförmige Narbe unter seiner Unterlippe.

Um ihn genauer anzusehen, legte sie den Kopf in den Nacken. Er überragte sie. Er musste über eins fünfundachtzig groß sein, vielleicht sogar eins neunzig, und hatte breite, starke Schultern.

»Was wissen Sie über Savannah Slater?«, fragte er und klang dabei nicht gerade freundlich.

*Ich weiß zu viel.* Aber das konnte sie ihm nicht sagen. Das Letzte, was sie wollte, war, in eine der Zellen hier gesperrt zu werden. Na ja, vielleicht doch nicht das *Aller*letzte.

»Ich habe ein paar Fragen«, flüsterte sie.

Noch mehr Telefone klingelten. Detective Black fluchte und nahm sie am Arm. »Kommen Sie mit.« Er bugsierte sie in einen kleinen Raum im hinteren Bereich. Keine Zelle, nur eine Art Befragungszimmer. Sie war schon früher in Räumen wie diesem gewesen. Er schob sie hinein und knallte die Tür hinter sich zu.

»Sie sind eine Reporterin.« Detective Black sah sie böse an, und seine festen Lippen wurden schmal. »Hören Sie, ich werde Ihnen nichts sagen. Ich werde Ihnen keine Exklusivstory geben. Im Moment bekommen Sie überhaupt nichts von mir.«

Er war ihr zu nah. Ihr Rücken berührte die Wand, und er stand nur wenige Zentimeter entfernt. Katherine mochte es nicht, Menschen so nah zu kommen. Besonders nicht Männern. Das war eines der Probleme, die sie mit ihrer Therapeutin in Angriff genommen hatte. Bevor sie besagte Therapeutin zum Mond geschossen hatte.

Sie atmete aus. »Ich bin keine Reporterin.« Ihre Stimme klang jetzt fester.

»Warum sind Sie dann in mein Revier gekommen?«, fragte er. Sein Blick wanderte über ihren Körper. Sie mochte diesen abschätzenden Blick nicht.

»Weil ich über Savannah Bescheid wissen muss.« So viel war wahr. *Ich muss es wissen, damit ich entscheiden kann, ob ich fliehen muss.* Gerade als sie angefangen hatte, sich einzuleben. Die Albträume hatten nicht aufgehört, aber sie hatte sich fast … normal gefühlt.

Sie hätte es besser wissen sollen.

»Da werden Sie leider kein Glück haben.« Er klang nicht das leiseste bisschen entschuldigend. »Weil ich nicht über meinen Fall spreche.« Eine Spur Südstaaten-Akzent umspielte seine Worte.

»Schön. Dann werde ich sprechen.« Ihre eigenen Worte waren knapp und gaben keinen Akzent preis. Sie hatte hart daran gearbeitet, die typische Bostoner Sprechweise loszuwerden. Sie leckte sich die Lippen, und Blacks Blick wanderte zu ihrem Mund, während sie fortfuhr. »In den Nachrichten hat die Reporterin gesagt, dass Savannahs Hand- und Fußgelenke gefesselt waren. Hat der Mörder einen Fesselknoten aus dickem Hanfseil verwendet? Denn der Valentinstag-Killer hat immer den mexikanischen Fessel…«

»Verdammte Nachrichten«, knurrte der Polizist. »Wir haben keinen Grund zu glauben, dass der Valentinstag-Killer etwas mit diesem Verbrechen zu tun hat, verstehen Sie? Wenn Sie also hierhergekommen sind und mir ein Märchen erzählen und mich verarschen wollen …«

»Das tue ich nicht.« Verdammt noch mal. Sie versuchte zu *helfen*. Denn sie hatte nie zuvor geholfen. Sie hatte nichts getan, und Frauen waren gestorben. *Nicht noch einmal.*

Wenn die Möglichkeit bestand, dass dieser Mord vom Valentinstag-Killer und nicht von einem Nachahmer durchgeführt worden war, dann konnte sie nicht länger schweigen. Sie hatte nie geglaubt, dass sich der Killer umgebracht hatte. Klar, einige der Gesetzeshüter in Boston hatten sich gewünscht, dass er sich das Leben genommen hätte, aber sie glaubte nicht an diese Theorie. Sie war zu einfach, zu sauber, vertuschte zu gut die Tatsache, dass die Polizei dem Valentinstag-Killer niemals auch nur nahe gekommen war. Und für sie *war* er der Valentinstag-Killer. Nicht Michael. Niemals Michael.

Michael war der Mann, den sie hatte heiraten wollen.

Der Valentinstag-Killer war das Monster, das ihr alles genommen hatte.

Sie voneinander zu trennen, war eine der Strategien, mit deren Hilfe sie es geschafft hatte, nicht verrückt zu werden, als sich ihr Leben in einen Albtraum verwandelt hatte.

Als die Polizei damals vor drei Jahren am Haus ankam, war der Valentinstag-Killer längst weg gewesen. Er war verschwunden, und keine noch so sorgfältige Suche hatte ihn aufspüren können. Bis jetzt. Denn wenn er aus seinem Versteck gekommen war, wenn dies wirklich *er* war, dann musste sie sprechen, und zur Hölle damit, was der für sie zuständige Beamte vom Zeugenschutzprogramm darüber dachte. Als sie ihn angerufen hatte, nachdem sie aus dem Café gerannt war, hatte er ihr gesagt, sie solle sich vom Polizeirevier fernhalten. Sie solle sich unauffällig verhalten und den Mord ignorieren.

Aber einen Mord zu ignorieren war keine leichte Sache. Sie hatte Albträume, die das unter Beweis stellten.

»Wenn es der Valentinstag-Killer ist«, sagte sie zu Detective Black, »sollten elf Einschnitte auf Savannahs linkem Arm und zehn auf ihrem rechten sein.« Genau einundzwanzig. Die Polizei hatte dieses Detail nie an die Presse weitergegeben. »Er hat seinen Opfern diese Wunden zugefügt … weil er selbst die gleichen Schnitte auf seinen eigenen Armen hatte.«

Die Polizei hatte die Verbindung zwischen den Wunden nicht hergestellt. Aber sie schon. Als sie sie wieder und wieder gezwungen hatten, die Bilder anzustarren, hatte sie verstanden, dass diese Wunden das gleiche Muster bildeten wie die Narben auf den Armen des Killers.

Stille breitete sich in dem kleinen Raum aus. Dann beugte sich Detective Black vor, bis Katherine seinen Atem an ihrem Gesicht spüren konnte. »Wer zur Hölle sind Sie?«

»Ich habe es bereits gesagt. Ich bin Katherine Cole.« *Sag das, bis du es glaubst.* »Und ich will nur helfen herauszufinden, ob dies der Valentinstag-Killer ist oder ein Nachahmer, der Schlagzeilen machen möchte.«

Sein Blick suchte den ihren. Sie fragte sich, was er wohl darin sah. Sicherlich keine Gefühle. Sie hatte gelernt, ihre Gefühle sehr gut zu verstecken.

»Dieser Möchtegern hat eine Frau stundenlang gefoltert.«

Sie blinzelte nicht einmal.

»Er hat ihr ein Messer in die Brust gestoßen. Hat ihr mit der Klinge das Herz durchbohrt.«

Ihre eigene Brust schmerzte. Katherine schluckte den sauren Geschmack in ihrer Kehle herunter. Ihre Hände waren schweißnass. »Rufen Sie den Gerichtsmediziner an. Lassen Sie ihn die Schnittwunden auf den Armen zählen, falls er das noch nicht getan hat.«

Er griff nach ihrem Handgelenk. Seine Hand war warm, fast heiß, und als sich seine langen, starken Finger um ihre Haut schlossen, erwartete sie, dass die übliche Angst sie überkäme. Dass diese Angst nicht kam, schockierte sie bis ins Mark.

Er sah ihr in die Augen. »Ich habe das Gefühl, dass Sie eine gefährliche Frau sind.«

Sie hatte noch nicht einmal genug Atem übrig, um zu sprechen.

Er zog sie zu einem kleinen Tisch, drückte sie auf den wackeligen Stuhl. Sie atmete tief ein, um ihren rasenden Puls zu beruhigen.

Dann sah sie das Aufblitzen silberner Handschellen.

»Warten Sie«, begann sie panisch. »Was machen ...«

Er schloss eine Handschelle um das Handgelenk, das er noch immer festhielt, und befestigte er die andere am Tischbein. »Der Tisch ist im Boden verankert«, erklärte er ihr mit einem halben Grinsen, das ein Grübchen in seiner linken Wange herbeizauberte. »Daher gehen Sie nirgendwo hin.«

»Ich versuche, Ihnen zu helfen.«

Seine Finger streichelten in einer fast beiläufigen Geste über die Haut auf der Innenseite ihres Handgelenks, bevor er zurücktrat und diese verführerische Wärme mit sich nahm. »Das wird sich noch zeigen.«

Er drehte sich zur Tür, hielt seinen breiten Rücken sehr aufrecht.

Katherine wurde klar, dass er sie hier allein zurücklassen würde. Gefesselt. »Das können Sie nicht tun.« Sie wusste, dass die Angst in ihrer Stimme zu hören war.

»O doch, das kann ich«, sagte er über die Schulter, ohne zurückzusehen.

»*Bitte*«, flehte sie, nicht in der Lage, ihre Stimme ausdruckslos klingen zu lassen. Sie konnte es nicht ertragen, gefangen zu sein. Mit Handschellen an einen Tisch gekettet zu sein, ja, das zählte für sie als Gefangenschaft. Und sie fühlte sich, als sei sie kurz davor, durchzudrehen.

Er blieb stehen und sah zurück. Ein Stirnrunzeln zog seine dunklen Brauen nach unten. »Entspannen Sie sich«, sagte er, die Stimme eine Spur weicher. »Ich werde unsere Gerichtsmedizinerin befragen und bin sofort wieder bei Ihnen.«

Er würde ihre Geschichte über die Anzahl der Wunden überprüfen. Gut. Das war wenigstens etwas. »Beeilen Sie sich einfach, okay?« Katherine versuchte, ihren rasenden Puls zu beruhigen.

Ihre Blicke begegneten sich noch einmal, bevor er sie allein ließ. Die Tür fiel mit einem leisen Klicken hinter ihm ins Schloss.

Sie blickte sich im Raum um und sah schließlich den langen Spiegel, der sich über die gesamte Länge der linken Wand streckte. Ein Einwegspiegel, da war sie sich sicher.

Damit die Polizisten sie beobachten konnten.

Sie starrte in den Spiegel und sah eine dunkelhaarige Frau mit zu blasser Haut, die zurückstarrte.

Katherine Cole.

*Sag das, bis du es glaubst.*

Ein dünnes, weißes Laken war über Savannah Slaters Leiche gebreitet und bedeckte sie von der Brust abwärts.

Mit zusammengebissenen Zähnen sah Dane auf sie hinab. »Ronnie, wie viele Schnitte hast du auf den Armen des Opfers gefunden?«

Dr. Veronica Thomas blickte zu ihm auf. Sie hatte Sommersprossen auf den Wangen, und die hellblauen Augen hinter ihrer Brille hatte sie zu schmalen Schlitzen verengt. »Ich arbeite gerade an dem Bericht. Sie liegt hier erst seit vier Stunden. Und weißt du, wie viele Kalte ich hier unten habe?« Sie hob das Kinn. »Geh wieder nach oben. Hol dir einen Kaffee. Schrei einen Reporter an, weil er die Story gebracht hat, aber gib mir etwas Zeit, verstanden?«

Er verschränkte die Arme. »Elf Schnitte auf dem linken Arm.« *Lass es falsch sein.* »Zehn Schnitte auf ihrem rechten.«

»Du hast das schon am Tatort gezählt?« Sie schob die Brille hoch. »Warum fragst du also? Sie war …«

»Nein, ich habe es nicht am Tatort gezählt.« Die Leiche war zu sehr mit Blut verschmiert gewesen. Er hatte sie nicht anfassen wollen, bis die Spurensicherung ihre Arbeit beendet hatte. Als die Jungs endlich angefangen hatten, war er damit beschäftigt gewesen, die Presse fernzuhalten. Er hatte sich den Arsch aufgerissen, und trotzdem hatte ihn jemand hintergangen und die Geschichte den Geiern von der Presse hingeworfen.

Sie blinzelte. »Woher hast du es dann gewusst?«

Jeder einzelne Muskel seines Körpers spannte sich. »Ich habe recht.« Es war keine Frage.

Ronnie nickte. »Ja, hast du.« Sie nahm ein Clipboard hoch. »Die Schnitte auf ihren Armen sind akribisch ausgeführt, jeder Schnitt genau zwei Zentimeter vom nächsten entfernt. Als ob der Killer eine Art Muster im Sinn hatte.« Ein trauriges Seufzen kam über ihre Lippen.

Vor seinem geistigen Auge erschien ein Bild von Katherine Cole. Hübsches Gesicht. Goldene Augen. Volle, rote Lippen.

Eine kaltblütige Mörderin?

Oder zumindest könnte sie die Verbündete eines Mörders sein.

Eine so schöne Frau *wäre* tödlich.

Ronnie kam um den Tisch herum. »Woher hast du das gewusst, Dane?« Ihre Stimme verriet plötzliches Misstrauen.

»Weil vor fünf Minuten eine Frau an meinen Schreibtisch kam und es mir gesagt hat.«

»Du machst Witze.« Ronnies Stimme war um zwei Oktaven gestiegen.

»Nein, diesmal nicht.« Er fuhr sich mit einer Hand durchs Haar. »Dieser Fall hat absolute Priorität, Ronnie. Ich brauche einen vollständigen Bericht – und zwar gestern.«

Mit großen Augen nickte sie.

Er drehte sich weg und öffnete die Tür, die von den Räumen der Gerichtsmedizin wegführte. Der Geruch nach Desinfektionsmitteln und Tod folgte ihm. Verdammt, er hatte keine Ahnung, wie Ronnie es da drin aushielt.

Er eilte nach oben und machte sich nicht die Mühe, den Fahrstuhl zu benutzen. Die Gerichtsmedizin war in dem Gebäude direkt hinter seinem Revier. Die Polizisten nannten sie »die Todeshallen«.

*Bitte.* Katherines Stimme schob sich in sein Gehirn. Atemlos, sexy und fast schon … verzweifelt.

Mörder konnten sehr, sehr verzweifelt sein.

Das Sonnenlicht traf ihn, als er von einem Gebäude zum anderen eilte. Sie schien hell und heiß wie immer in New Orleans. Er eilte in die Polizeiwache, knurrte den Polizisten, an denen er vorbeikam, einen Gruß zu.

Als er die Mordkommission erreichte, fand er Mac auf seinem Tischrand sitzend.

Mac deutete in Richtung des Befragungszimmers. »Gibt es einen bestimmten Grund, warum du dem Jungen befohlen hast, die Tür zu bewachen?«

Dane blickte kurz zu der Tür hinüber. Der uniformierte Polizist war genau dort, wo er ihn zurückgelassen hatte. Dane straffte die Schultern. »Er hat ein Auge auf eine Verdächtige.«

Mac hob eine Augenbraue. »Ich habe die Verdächtige gesehen.« Ein leises Pfeifen kam von seinen Lippen. »Auf die hätte ich auch jederzeit ein Auge gehabt. Du hättest nur fragen müssen.«

Ja, er war sicher, dass Mac Katherine Cole nur allzu gern Gesellschaft geleistet hätte. »Ich glaube, dass sie weiß, wer Savannah Slater umgebracht hat.« Er machte eine kurze Pause. »Oder vielleicht war sie es sogar selbst.«

Überraschung zeigte sich auf Macs Gesichtszügen. »Das soll ein Scherz sein.«

Aber tatsächlich klang Mac eigentlich nicht, als ob er es nicht glaubte. Eher traurig. Nachdem sie acht Jahre zusammengearbeitet hatten, wussten beide, dass sich selbst hinter den unschuldigsten Gesichtern ein Mörder verbergen konnte.

Während er zum Befragungszimmer ging, begann Dane, seine Ärmel hochzukrempeln. Mac folgte ihm.

»Wer von uns wird der nette Polizist sein?«, fragte Mac mit kalter Stimme, als sie sich der Tür näherten.

Dane erinnerte sich an Savannah Slaters gefolterten Körper. »Keiner von uns.«

Nach einem Blick auf Danes Gesicht trat der Polizist, der vor der Tür des Befragungszimmers Wache gehalten hatte, hastig aus dem Weg.

Dane öffnete die Tür.

Katherine sah sofort auf, und sie war noch immer genauso verdammt schön wie zuvor. Ein herzförmiges Gesicht. Hohe Wangenknochen. Ein zierliches Näschen. Lippen, die wie gemacht waren für die Sünde.

Und diese Augen. Ein Blick in sie, und er fühlte sich, als habe ihn jemand in den Magen geschlagen.

Aber er wusste nur zu gut, wie trügerisch Unschuld sein konnte.

Sie hatte so ein perfektes Gesicht. Aber war es das Gesicht eines Engels oder einer sadistischen Mörderin?

Zeit, das herauszufinden.

# – 2 –

Der Valentinstag-Killer war zurück.

Ein Blick in Detective Blacks Gesicht verriet ihr die Antwort.

*Einundzwanzig Schnitte.*

Als Detective Black zurück ins Zimmer trat, funkelte in seinen Augen kaum unterdrückte Wut, und Katherine wusste, dass ihre sorgfältig konstruierte Welt kurz davor war zu zerbrechen.

»Woher haben Sie das gewusst?« Er versuchte, kühl zu klingen, aber seine Augen verrieten ihr die Wahrheit.

Ein anderer Mann folgte ihm, vielleicht fünf Zentimeter kleiner und dreißig Pfund leichter als Detective Black. Beide waren in den Dreißigern, aber das Gesicht des zweiten Mannes war viel weicher als das des ersten ...

»*Woher haben Sie das gewusst?*«

Katherine schluckte. »Ich habe Ihnen gesagt, dass es das ist, was der Valentinstag-Killer getan hat. Er hat immer genau diese Anzahl Schnitte auf seinen Opfern hinterlassen.«

Detective Black setzte sich direkt vor sie. Er hatte die Ärmel seines Hemdes hochgerollt, und sie konnte den schwarzen Rand einer Tätowierung erkennen. Sie schien sich um seinen rechten Arm zu winden wie eine Schlange.

»Und woher wollen Sie wissen, was der Valentinstag-Killer getan hat, Miss?«, fragte der zweite Mann. Seine Stimme war sorgfältig auf neugierig getrimmt, ein wenig ausdruckslos, aber sie konnte auch seine Anspannung fühlen. »Diese Verbrechen sind weit weg in Boston passiert, und wir sind hier unten ...«

»Ich stamme aus Boston.« Die Information rutschte ihr raus, bevor sie sie zurückhalten konnte.

Es war die falsche Geschichte. *Sag das, bis ...*

»Tun Sie das?« Detective Black beugte sich zu ihr und schien mit seinem großen Körper plötzlich zu viel Platz einzunehmen. »Warum überrascht mich das nicht?«

Sie hob ihre Hand, die von der Handschelle abrupt zurückgehalten wurde. »Ist das hier nötig?« Sie blickte auf die Handschelle herab. »Ich bin gekommen, um Ihnen zu helfen.«

»Mordet der Valentinstag-Killer in meiner Stadt?«

*Ich glaube, ja. Gott steh uns bei.* »Sie sollten Detective Sean Hobbs anrufen. Er war in Boston für diesen Fall zuständig. Sprechen Sie mit ihm. Er kann ...«

»Haben *Sie* Savannah Slater umgebracht?« Detective Blacks kühle Frage fegte direkt durch ihre Worte.

»Nein, natürlich nicht.« Wut ließ ihre Stimme fester klingen.

Seine Augen verengten sich, und sie fühlte sich fast, als ob er direkt in ihre Seele sehen könne. Fast. Bis er fragte: »Waren Sie dabei, als sie getötet wurde?«

»Nein.« Nicht bei diesem Mord. Nicht dieses Mal.

»Wo waren Sie dann? Denn, Ms Cole, wir werden auf jeden Fall ein Alibi von Ihnen benötigen.«

Ihre Lippen zitterten. Sie hatte kein Alibi. Sie war das gesamte Wochenende allein gewesen. Zu Hause. Und sie hatte keine direkten Nachbarn. Niemand konnte für sie bürgen.

Die Tür des Befragungszimmers flog auf. »Diese Befragung ist vorbei«, donnerte eine bekannte Stimme.

Katherine sah auf und erblickte den ihr zugeteilten Beamten im Türrahmen.

Detective Black sprang auf die Füße. Sein Stuhl polterte hinter ihm zu Boden. »Wer verdammt noch mal sind Sie?«

Der Beamte zog seinen Ausweis heraus. »Mein Name ist Anthony Ross. Diese Frau kommt mit mir.«

Der Detective schnappte sich den Ausweis für eine eingehende Betrachtung, während der Mann, der vermutlich sein Partner war, fluchte. Black und Ross waren ungefähr gleich groß, sie standen sich Nase an Nase gegenüber.

»Sie sind ein US-Marshal?«, fragte Detective Black. Die Überraschung in seiner Stimme war nicht zu überhören.

Ross griff nach ihrer Hand. »Kommen Sie, Katherine.«

»Ich kann nicht.« Sie hob die Handschellen.

Ross schloss für einen Moment die Augen. »Das ist nicht Ihr Ernst.« Sein Blick fiel auf die beiden Polizisten. »Warum ist sie in Handschellen? Warum?«

»Weil sie zu viel über mein Mordopfer weiß.« Detective Black gab nicht so leicht auf. »Entweder war sie dort, oder sie weiß …«

»Katherine war nicht dort, ich kann ihren Aufenthaltsort für die letzten achtundvierzig Stunden bestätigen.«

Es war nett von ihm zu lügen. Aber der Marshal machte das nicht ohne Hintergedanken.

Er wollte sie aus dem Revier haben.

Ross hielt die Hand auf. »Der Schlüssel.«

Doch statt ihn dem anderen Mann auszuhändigen, trat Detective Black um den Tisch herum und kniete sich neben Katherine. Ihr Körper verkrampfte sich. *Zu nah.*

Sie starrte auf ihn hinab. Sein Kopf war gebeugt, während er die Handschellen betrachtete. Das Haar war dunkel, voll und ein bisschen zu lang. Sein Profil war markant, und aus diesem Blickwinkel konnte man nicht übersehen, dass er mehrfach eins auf die Nase gekriegt hatte.

Er roch auch gut. Nicht nach Rasierwasser. Einfach nach … Mann.

Er steckte den Schlüssel ins Loch und öffnete die Handschelle mit einem raschen *Klick*, aber er trat nicht zurück. Stattdessen berührten seine Finger ihr Handgelenk und streichelten es leicht, genau da, wo die Handschelle eingeschnitten hatte.

Er legte den Kopf in den Nacken, sodass er ihrem Blick begegnete. »Wenn Sie mir nicht sagen, was hier vor sich geht«, sagte er, während sein Blick sich in ihren bohrte, »wie soll ich dann dafür sorgen, dass Sie in Sicherheit sind?«

Sicherheit. Manchmal wusste sie nicht einmal mehr, was dieses Wort bedeutete. Sie leckte sich über die zu trockenen Lippen. »Das können Sie nicht.«

Seine Finger schlossen sich enger um ihr Handgelenk. »Sie kennen mich nicht besonders gut. Noch nicht.« *Warum klang das wie ein Versprechen*? »Aber glauben Sie mir, wenn ich sage, dass ich Sie vor allem und jedem da draußen beschützen kann.«

Detective Black war ein fähiger Polizist. Sie hatte die Geschichten über ihn bereits gehört. Hatte seine hochkarätigen Festnahmen im Fernsehen verfolgt. Er war keiner, der darauf aus war, im Rampenlicht zu stehen, aber ein Polizist, den die Medien zu lieben schienen.

Daher war ihr Lächeln traurig, als sie aufstand und von ihm wegtrat. »Ich muss jetzt gehen.«

»Verdammt richtig«, sagte Ross, und dann war er derjenige, der ihre Hand hielt. »Wenn Sie noch Fragen an Katherine haben, dann richten Sie diese bitte an mich.«

Detective Black stand langsam auf. »Sie sind kein Anwalt.«

»Und sie sollte nicht von Ihnen verdächtigt werden«, schoss Ross direkt zurück. »Also gehen Sie da raus, und finden Sie den Killer.«

Er versuchte, sie durch die Tür zu ziehen.

Katherine stemmte sich dagegen. Sie blickte noch einmal zurück zu den Detectives. Es gab einen Grund, weshalb sie hier war. »Rufen Sie in Boston an. Sprechen Sie mit Sean.«

»Verdammt, Kat«, grummelte Ross, »wir müssen los.«

Diesmal ging sie mit ihm.

Und hoffte, dass die Polizisten bereit waren für die Hölle, die sie erwartete.

»Hm …« Mac atmete tief aus und schüttelte den Kopf, während er durch die offene Tür des Befragungszimmers starrte. »Was verdammt noch mal war *das*?«

Es war die falsche Frage. »Wir müssen herausfinden, warum sie unter dem Schutz der Bundespolizei steht.« Er konnte immer noch ihren süßen Duft riechen, der ihn umgab.

Ihre Haut war weicher gewesen als Seide.

Eine Mörderin? Er wusste es nicht, noch nicht. Aber jetzt war ein Marshal involviert, und das brachte den Fall noch mehr durcheinander.

Ein Marshal. Beschützte eine Frau, die viel zu viel wusste über einen der am meisten gesuchten Männer des Landes.

Er schob sich an Mac vorbei und eilte zu seinem Schreibtisch. Der Captain kam aus seinem Büro. Harley Dunnings rundes Gesicht war sogar noch stärker gerötet als sonst. »Kann mir mal jemand erklären, warum ich plötzlich die Bundespolizeibehörde am Hals habe?«

Dane gab einen unbestimmten Laut von sich und setzte sich an seinen Schreibtisch. »In zehn Minuten, Captain. Gib mir nur zehn Minuten …« Schweiß lief seine Wange hinab, als er nach dem Telefonhörer griff. Er drückte den Knopf der Vermittlung. »Ja, hier Detective Black, verbinden Sie mich bitte mit der Polizei von Boston, mit einem Detective Sean Hobbs.« Sein Herz schlug ihm bis zum Hals. »Sofort.« In seinem Gehirn ratterte es, schlossen sich pfeilschnell die Verbindungen.

»Was ist los?«, fragte Harley, während er an Danes Schreibtisch trat.

Mac antwortete: »Unsere Verdächtige hat uns einen Tipp gegeben, direkt bevor der Marshal mit seiner blank polierten Dienstmarke sie weggezerrt hat.«

»Einen Tipp?«, fragte der Captain.

»Ja«, antwortete Dane, während er auf die Verbindung wartete. »Und zwar einen, den wir auf jeden Fall überprüfen.«

Dass die Bundespolizei darin verwickelt war, bewies, dass die Frau nicht nur einfach eine Spinnerin von der Straße war. Ihre

Augen – diese wunderschönen, goldenen Augen – waren voller Entschlusskraft und Angst gewesen.

Man konnte nicht überhören, wie ihre Stimme jedes Mal brach, wenn sie den Valentinstag-Killer erwähnte.

Der Marshal wollte sie beschützen, aber Dane würde nicht zulassen, dass er ihm im Weg stand. Er hatte einen Mordfall aufzuklären, und wenn Katherine Cole darin verwickelt war, würde sie ihm nicht entkommen. Daran würde auch ein verdammter Marshal nichts ändern.

Wenn es einen Killer aufzuhalten galt, war Dane bereit, alles und jeden zu benutzen.

Nicht noch mehr Blutvergießen. Nicht noch mehr Folter. Er würde alles tun, was nötig war, um den Täter vor Gericht zu bringen.

»Sie werden nicht noch einmal mit der Polizei sprechen, Kat«, sagte Anthony Ross. Seine Hände schlossen sich fester um das Lenkrad, während er sie durch den dichten Verkehr von New Orleans kutschierte. »Was um Himmels willen haben Sie sich nur dabei gedacht?« Er hielt den Wagen an, und eine Straßenbahn ratterte an ihnen vorbei.

Wut regte sich in Katherines Bauch und durchbrach langsam das Eis, das sie eingehüllt hatte, seit sie den Bericht in den Nachrichten gesehen hatte. »Nennen Sie mich nicht Kat. Das habe ich Ihnen doch schon früher gesagt.« Denn *er* hatte sie so genannt.

Sie sah, wie er ihr einen raschen Blick zuwarf.

»Und was ich mir, verdammt noch mal, dabei gedacht habe …« Sie atmete tief ein. »Ich dachte die Polizei sollte wissen, mit wem sie es zu tun hat.«

»Und daher präsentieren Sie sich als Zielscheibe? Verdammt, Kat … Katherine«, berichtigte er sich rasch. »Sie wissen, es kann kein zufälliger Anschlag sein, mit dem wir es hier zu tun haben. Ein Mord wie dieser, praktisch direkt vor Ihrer Haustür …«

Sie sah ihn fassungslos an. »Aber Sie haben doch gesagt … als ich Sie angerufen habe … haben Sie gesagt …«

»Ich habe nur versucht, Sie zu beruhigen, bis ich bei Ihnen bin.« Er schlug mit der Hand aufs Lenkrad. »Ich wollte Sie in Sicherheit wissen.«

Detective Black hatte ihr Sicherheit versprochen.

Sie blickte auf ihre verkrampften Hände hinunter. »Savannah Slater hatte elf Schnittwunden auf ihrem linken Arm und zehn auf ihrem rechten.«

Stille. Sie sah hinüber und bemerkte einen zuckenden Muskel an Ross' Kinn.

»Könnte ein Nachahmer über die Anzahl der Wunden Bescheid wissen?«, fragte sie.

Er atmete aus, und die Falten in seinem Gesicht vertieften sich. »Nur wenn er die vertraulichen Berichte des FBIs oder der Bostoner Polizei gelesen hat. Die Presse hat nie die genaue Anzahl erfahren.«

Das hatte sie vermutet. Es gab keine Zufälle auf dieser Welt. Das hatte sie vor langer Zeit gelernt. Die Wunden … die Rose … die Fesseln … »Wenn er hier mordet, dann weiß er auch, dass ich hier bin.«

»Das wissen wir noch nicht. Verdammt, wir wissen im Moment eigentlich überhaupt nichts.« Ross fuhr sie nicht direkt nach Hause. Sie schlängelten sich durch die Stadt, folgten einer Route, von der sie wusste, dass sie dazu gedacht war, einen möglichen Verfolger abzuschütteln. *Nur für den Fall, dass uns jemand folgt.*

Er würde niemanden zu ihrem Haus am Stadtrand führen wollen.

»Ich bringe Sie nach Hause und werde alles überprüfen. Ich werde herausfinden, was hier los ist«, versprach Ross. Seine Hände schlossen sich so fest um das Lenkrad, dass sich seine Knöchel weiß färbten. »Aber Katherine, wenn es wirklich so aussieht, als sei er es oder auch ein Nachahmer, der über Sie Bescheid weiß …«

Er machte eine Pause, aber sie wusste, was kommen würde.

»Dann müssen Sie wieder transferiert werden«, sagte er ausdruckslos.

Noch ein Transfer. Noch ein Name. Noch eine Stadt.

Noch ein Leben.

Sie drehte sich von ihm weg und sah, wie die Gebäude schemenhaft vorbeiflogen. »Werde ich jemals wieder ich selbst sein können?«

»Das ist zu gefährlich, solange der Valentinstag-Killer nicht in Gewahrsam ist.«

Sie schwieg, bis Ross in die lange Auffahrt, die zu ihrem Haus führte, eingebogen war. »Ich … äh … habe mein Auto bei Joe stehenlassen.« Sie errötete bei diesem Geständnis. Sie war so aufgewühlt gewesen, dass sie den ganzen Weg vom Café zur Polizeiwache zu Fuß gegangen war. »Können Sie jemanden …«

»Ich werde veranlassen, dass jemand es zu Ihnen bringt.« Er schaltete den Motor aus. »Ich möchte mit hineingehen und das Haus überprüfen.«

Genau. Aber sie rührte sich nicht. Ihr Blick ruhte auf dem Haus, dem Garten.

Sie wohnte seit etwas über einem Jahr in New Orleans. Hatte eine Galerie eröffnet. Ein nach außen normales Leben geführt. Sie hatte sogar angefangen, mit jemandem auszugehen.

Jetzt sollte sie alles aufgeben. Schon wieder.

Um was zu tun? Für immer auf der Flucht zu sein? Während immer mehr Leichen auftauchten?

*Nein.*

»Damit bin ich fertig«, erklärte sie Ross und stieg aus dem SUV. Sie schloss die Tür, während er völlig überrumpelt nur Halbsätze herausstotterte.

Sie ging auf ihr Haus zu – ein entschlossener Schritt nach dem anderen.

Sie hörte, wie sich eine Autotür öffnete und mit Schwung wieder geschlossen wurde. »Kat. Kat … Das können Sie nicht ernst meinen. Es ist zu gefährlich. Es ist …«

Sie blickte zu ihm zurück. »Nennen Sie mich nicht Kat.« Das war keine schwache Stimme. Sie war kalt und unbewegt. »Und ich werde tun, was ich will. Was ich *muss.*«

Kein Weglaufen mehr.

»Wenn der Valentinstag-Killer mich will, kann er kommen und mich holen.« *Und aufhören, anderen wehzutun. Einfach … aufhören.*

Der Kies knirschte unter Ross' Füßen. »Haben Sie irgendwie eine Art Todessehnsucht?«

Sie lachte, aber es klang hohl. »Ich glaube fast, das habe ich tatsächlich.«

»Ach du Scheiße.« Macs Fluch kam mit einem tiefen Seufzer heraus. »Das ist sie.«

Dane starrte auf den Monitor. Während er darauf gewartet hatte, dass die Bostoner Polizei die Akte des Falls zu ihnen faxte, hatte er seine eigene Recherche über den Valentinstag-Killer betrieben.

Das Internet war so verflucht praktisch. Mit ein paar Klicks auf der Tastatur konnte man fast alles finden.

Auch Bilder von Katelynn Crenshaw. Das Foto war von einem Reporter geschossen worden, direkt nachdem Katelynn ihren Verlobten dabei überrascht hatte, wie er sein jüngstes Opfer bearbeitete.

Direkt in ihrem Keller.

Auf dem Foto war ihr Haar länger und blond. Ihre Haut golden, nicht das blasse Elfenbein, das er heute gesehen hatte. Ihre Figur war etwas voller mit großzügigen Kurven.

Aber die Augen waren die gleichen. Man konnte diese Augen nicht verwechseln. Oder die Lippen.

»Kein Wunder, dass sie so viel über ihn weiß«, sagte Harley, der näher an den Monitor trat. »Sie hat mit ihm geschlafen.«

Danes Schultern spannten sich. Der Captain konnte gelegentlich ein kompletter Idiot sein. »Sie hat der Polizei alles erzählt, was sie gesehen hat, und monatelang mit ihnen zusammengearbeitet, um den Typ zu schnappen.«

Er erinnerte sich jetzt an die Details. Wie der Rest des Landes hatte er im Fernsehen Reportagen über den Valentinstag-Killer gesehen. Katelynn war überraschend früher nach Hause gekommen und hatte in ihrer Küche Blut entdeckt. Sie hatte den Notruf verständigt und sich auf die Suche nach ihrem Verlobten gemacht. Sie fand ihn im Keller, wo er Stephanie Gilbert mit dem Messer bearbeitete.

Bis die Polizei vor Ort war, war der Killer wie vom Erdboden verschluckt. Er hatte Katelynn nichts getan und war einfach … verschwunden.

Danach waren keine weiteren Leichen mehr gefunden worden, daher hatte die Bostoner Polizei angenommen, dass er Selbstmord begangen hatte. Ein Profiler war auf einem der großen Sender erschienen und hatte getönt, dass kein Serienmörder so lange untätig bleiben könne. Da er niemanden angreife, könnte er seine Wut gegen sich selbst gerichtet haben. *Selbstmord.*

Schwachsinn.

So wie Dane das sah, konnte der Profiler von vorn beginnen.

»Hat sie es gewusst? Was denkst du?«, fragte Harley. »Sie muss gewusst haben, was für ein kranker Spinner er ist.«

Manchmal konnte man die Monster, die sich direkt vor einem befanden, nicht sehen. Niemand hatte geglaubt, was für ein kranker Hurensohn sein Vater gewesen war, bis es zu spät war. »Wenn es wirklich der Valentinstag-Killer ist, dann ist er ihretwegen hier.« Er hatte sie aufgespürt, den ganzen Weg die Ostküste herunter bis hierher. Er war entschlossen, sie nicht entkommen zu lassen.

»Na ja …« Der Stuhl quietschte, als Mac wegrollte. »Du kannst dir sicher sein, dieser US-Marshal wird sie in Nullkommanichts aus der Stadt geschafft haben.« Mac gab einen tiefen Stoßseufzer von sich. »Sie werden sie in Sicherheit bringen, damit sie in einem Prozess aussagen kann.«

»Prozess?«, wiederholte Dane und riss seinen Blick mit Mühe von Katelynns – *Katherines* – Foto los. »Um einen Prozess müssen wir uns vorerst keine Gedanken machen.«

»Nur weil ihn bisher noch keiner hat schnappen können, heißt das nicht, dass es uns auch nicht gelingen wird.«

Harley mochte zwar ein Idiot sein, aber er war noch nie vor einer Herausforderung zurückgeschreckt. Und er liebte es, sein Gesicht in der Zeitung zu sehen. Wenn seine Abteilung den Valentinstag-Killer stellen würde, könnte er sein Büro mit den Artikeln tapezieren.

»Hier.« Detective Karen James reichte Dane einen dicken Stapel Papiere über den Tisch. »Das sind die Unterlagen von Detective Hobbs aus Boston.«

Nicht alle. Sean Hobbs hatte versprochen, den Rest der Akten zu kopieren und über Nacht per Kurier zu schicken. Dieser fünf Zentimeter dicke Stapel war nur der Anfang.

Dane begann, die Seiten durchzublättern. Der Valentinstag-Killer war ein kranker Bastard gewesen.

Und er hatte nur eine einzige Schwäche.

»Dane.«

Die Stimme des Captains ließ ihn aufblicken.

»Ich will nicht, dass sie die Stadt verlässt«, sagte Harley. »Ob wir es mit dem Killer selbst zu tun haben oder einem Nachahmer, diese Frau steht in Verbindung mit den Morden.«

»Alle Opfer dieses Kerls in Boston waren blond«, erwiderte Dane.

»Und jetzt haben wir eine tote Dunkelhaarige«, warf Harley ein.

Dane begegnete Macs nachdenklichem Blick.

»Katherine hat jetzt dunkle Haare«, gab Mac zu bedenken.

Ja, das hatte sie. Als Savannahs Leiche gefunden worden war und er gesehen hatte, wie sie diese Rose umklammerte, hatte Dane genau wie die Reporter die Verbindung zum Valentinstag-Killer erkannt. Er erinnerte sich, dass der Killer es gemocht hatte, seine Opfer zu fesseln und ihnen dann ins Herz zu stechen.

All diese vielen kleinen Puzzleteile, Fakten, Profile … das war es, was er benötigte, um herauszufinden, was hier vor sich ging.

»Lesen Sie den Bericht. Finden Sie alles über den Valentinstag-Killer heraus, was es gibt«, befahl Harley. »Wir müssen schnell arbeiten, denn wenn er es tatsächlich ist, wird das FBI kommen und versuchen, mir den Fall wegzunehmen.«

Das *mir* konnte man nicht überhören.

»Wir wissen alle, dass du mit Frauen kannst, Dane«, fuhr der Captain fort. Detective James, die in der Ecke geblieben war, um alles brandheiß mitzuhören, lachte glucksend. Harley ignorierte sie und zeigte auf Dane. »Bring deinen Charme zum Einsatz und sorg dafür, dass Katherine Cole in New Orleans bleibt, alles klar?«

Dane nickte. »Keine Sorge, Cap. Die geht nirgendwo hin.«

Denn sie war der Schlüssel zu diesem Fall, und er würde ganz sicher nicht zulassen, dass seine Stadt mit Leichen überflutet wurde.

Der Valentinstag-Killer hatte eine Schwäche, und Dane würde diese Schwäche gegen ihn einsetzen.

*Katherine, du entkommst mir nicht.*

Nicht, wenn er sie so dringend brauchte.

Das Haus war sauber. Nein, es war mehr als das. Es war makellos. Neue Farbe an den Fensterläden. Die Fenster glänzten, als seien sie frisch poliert. Es gab weder Blätter noch Abfälle im Garten.

Dane starrte das Haus an, Katherine Coles Haus. Sie hatte keine direkten Nachbarn. Niemanden, der sah, was bei ihr geschah.

Niemanden, der Schreie hören würde.

Er hob die Hand und klopfte hart mit der Faust an die Tür.

Während er wartete, atmete er langsam aus und fragte sich, wie er sie würde überzeugen können.

Dann öffnete Katherine Cole die Tür. Sie starrte ihn aus ihren großen, verlorenen Augen an, und er sagte: »Helfen Sie mir, den Bastard zu schnappen.«

Sie nickte.

# – 3 –

Das Haus roch wie sie. Nach frischen Erdbeeren. Süß. Berauschend.

Katherine führte ihn ins Arbeitszimmer, das aussah, als würde es in eines dieser Hochglanz-Einrichtungsmagazine gehören. Wie aus einem Bilderbuch, aber ohne jegliche persönliche Note. Keine Fotos. Keine Erinnerungsstücke.

»Sie wissen, wer ich bin.« Sie drehte sich um und sah ihn erhobenen Hauptes an.

Er nickte. »Katelynn.«

»Nein!«, fuhr sie ihn an und schüttelte den Kopf, sodass ihr das dunkle Haar über die Schultern glitt. »Ich«, sie räusperte sich, »ich höre jetzt auf den Namen Katherine.«

Okay. Vermutlich war es am besten, mit offenen Karten zu spielen. »Haben Sie vor, die Stadt zu verlassen?«, fragte er mit hochgezogenen Augenbrauen.

»Das ist, was Ross will.«

Der Marshal würde ein Problem sein. »Und was wollen Sie?«, hakte er nach, während er auf sie zuging. Er musste ihr anrechnen, dass sie nicht zurückwich.

Ein Seufzer kam ihr über die Lippen. Verführerischen Lippen. »Ich will mein Leben zurück, Detective Black.«

Er trat zu ihr. Atmete mehr von ihrem süßen Duft ein. »Dann arbeiten Sie mit mir zusammen«, sagte er. »Bleiben Sie in New Orleans. Falls dies wirklich der Valentinstag-Killer ist, dann helfen Sie mir, den Bastard aufzuhalten.« Er sagte »falls«, aber in Wahrheit glaubte er längst, dass sie es tatsächlich mit ihm zu tun hatten. Der Tatort war so perfekt, und die Wunden auf den Armen des Opfers waren eine genaue Kopie von denen der anderen Morde.

Katherine starrte zu ihm hoch. Sie war klein, nicht größer als eins fünfundsechzig, und sie musste den Kopf in den Nacken legen, um ihm ins Gesicht sehen zu können. »Ich werde Ihnen helfen.« Entschlossen. »Deshalb bin ich aufs Revier gekommen und habe Ihnen gesagt, dass Sie sich mit Sean in Verbindung setzen sollen.« Ihr Blick blieb fest. »Ich habe Ross bereits wissen lassen, dass ich die Stadt nicht verlassen werde.«

Sein Captain würde vermutlich einen kleinen Freudentanz aufführen, wenn er diese Neuigkeit hörte.

Ihre Augenlider flatterten. »Glauben Sie mir, ich will den Valentinstag-Killer genauso dringend aufhalten wie Sie.« Ihr Lachen klang bitter, gebrochen. »Sogar noch dringender, verstehen Sie? *Viel* dringender. Ich will den Kerl verhaftet und für den Rest seines Lebens hinter Gitter sehen.«

Blutrünstig.

»Und darum bleibe ich hier, Detective …«

»Dane.« Nicht einfach nur Detective. Sie würden zusammenarbeiten, würden *sehr* eng zusammenarbeiten. Er wollte, dass sie ihn bei seinem Namen nannte.

Sie blinzelte und nickte langsam. »Ich werde hierbleiben, Dane. Diesmal werde ich nicht weglaufen.«

Er verstand, dass diese Katherine nicht die Gleiche war wie die gebrochene Frau auf dem Foto. Entschlossenheit härtete ihre Gesichtszüge und hielt ihren Rücken gerade.

Eine Kämpferin.

Gut. Denn sie würde eine sein müssen.

Er hatte sich gefragt, an welche Sorte Frau der Valentinstag-Killer sein Herz verloren hatte. Jetzt wusste er es.

Und Dane wusste auch, dass er Katherine von Anfang an richtig eingeschätzt hatte. Sie konnte in der Tat eine sehr gefährliche Frau sein.

Dane kehrte in der Nacht zu Katherines Haus zurück und bezog Beobachtungsposten in den Schatten. Jetzt, da er über ihre Beziehung zum Valentinstag-Killer Bescheid wusste und eine Frau schon im Leichenschauhaus lag, konnte er sie nicht unbewacht lassen.

Da war etwas an Katherine Cole …

Sie ging ihm unter die Haut.

War es für den Killer genauso gewesen? Die Frage schoss ihm unwillkürlich durch den Kopf. Hatte er sie getroffen und es nicht geschafft, sie aus dem Kopf zu kriegen?

*Sie ist in meinem Kopf.*

Wenn er nicht vorsichtig war, könnte sich dies zu einer fatalen Situation entwickeln.

Scheinwerfer erhellten die Szene, als sich ein weiterer Wagen näherte. Das Fahrzeug wurde langsamer und bremste schließlich vor Katherines Auffahrt. Danes Körper spannte sich, dann sah er einen Kerl in einem dreiteiligen Anzug aus dem schicken Sportwagen klettern.

Er fuhr sich mit der Hand übers Gesicht. Er hatte nicht erwartet, dass Katherine eine Verabredung haben könnte, aber es sah ganz so aus, als habe sie vor, heute Abend auszugehen. Aus irgendeinem Grund machte ihn der Anblick dieses Schnösels in seinem überteuerten Anzug wütend. Katherine, die ein eng anliegendes schwarzes Kleid trug, lächelte den Fuzzi an, als sie die Vordertür öffnete und sich von ihm auf die Wange küssen ließ.

Bastard.

Dane schrieb sich das Kennzeichen dieses Wichts auf und meldete es, während er ihnen zu einem exklusiven Restaurant folgte. In weniger als fünf Minuten wusste er, dass Katherines Date ein ortsansässiger Psychiater namens Dr. Trent Lancaster war.

Ach du Scheiße, ein Psychiater? Er hatte Seelenklempner noch nie gemocht. Sie analysierten alles zu Tode.

Die Hände des Kerls waren etwas sehr anhänglich, als er Katherine zum Restaurant führte, und Dane bemerkte, dass er das Lenkrad zu fest umklammerte.

*Es ist nur ein Fall. Nur ein Fall.* Er atmete tief ein und zwang sich, den Griff seiner Hände zu lockern, bevor er sein Telefon herauszog und Mac anrief. Es klingelte einmal. Zweimal. Der Psychiater und Katherine verschwanden im Restaurant. Beim dritten Klingeln ging Mac dran. Dane konnte an den Hintergrundgeräuschen erkennen, dass sein Partner noch immer auf dem Polizeirevier war. Perfekt.

»Überprüfe bitte mal was für mich«, sagte er, ohne sich die Mühe zu machen, klarzustellen, wer dran war. »Finde alles über Dr. Trent Lancaster heraus, was du kannst.« Seine Finger tippten gegen das Lenkrad, und er behielt den Eingang des Restaurants im Auge.

Einer von Katherines Liebhabern war ein Killer gewesen.

War das jetzt wieder der Fall?

Es funktionierte nicht. Katherine zwang sich, Trent anzulächeln. Er sprach über einen Artikel, den er geschrieben hatte, etwas über Verhaltensregression, und sie verspürte den Wunsch, mit dem Kopf auf die Tischplatte zu schlagen. Fest. Wieder und wieder.

Es funktionierte nicht.

Hatte sie wirklich gedacht, sie könnte mit Trent schlafen? Dass dies der Abend sein würde, der ihre Beziehung auf eine neue Ebene brachte?

Ihr Körper war so aufgeputscht, dass sie das Gefühl hatte, dass jeder einzelne Muskel zitterte, und ihre Augen schienen nicht aufhören zu können, den Raum abzusuchen.

*Jemand beobachtet mich.* Die Anspannung in ihrem Magen sagte es ihr.

»Ich dachte, wir könnten für ein paar Tage ein Cottage am Strand mieten«, sagte Trent mit dieser glatten, perfekten Stimmlage, die zweifelsohne viele seiner Patienten einlullte. »Es würde uns die Gelegenheit geben, uns noch besser kennenzulernen.«

*Das kann ich nicht, Trent.* Die sofortige Ablehnung lag ihr auf der Zunge, aber es gelang ihr, sie zurückzuhalten. *Mein Ex, der Serienmörder, ist vielleicht in der Stadt.*

Das hysterische Lachen, das in ihr aufstieg, hielt sie ebenfalls zurück.

»Äh, Kat?«

Sie schnitt eine Grimasse. »Katherine. Nicht Kat, erinnerst du dich?« Denn immer wenn jemand sie Kat nannte, hörte sie *seine* Stimme in ihrem Kopf.

Trent blinzelte.

Na, großartig. Jetzt war sie ihrer Verabredung gegenüber auch noch zickig. Trent verdiente diese Behandlung nicht. Sie zwang sich zu einem flüchtigen Lächeln. »Es tut mir leid, Trent, aber ich fühle mich heute Abend einfach nicht gut.« Sie hätte die Verabredung absagen sollen.

Sofort legte sich sein attraktives Gesicht vor Sorge in Falten, obwohl er ein Stück von ihr abrückte. Es war die instinktive Reaktion eines Mannes, der sich auf etwas vorbereitete, das er nicht hören wollte. Er räusperte sich und fragte: »Was kann ich tun?«

Sie rieb sich die pochenden Schläfen. »Ich glaube, ich muss nach Hause.« Es waren zu viele Menschen hier. Die sie ansahen. So viele Augen hatten sie gemustert, als der Fall »Valentinstag-Killer« um sie herum explodiert war.

So viele Leute hatten sich eine Meinung über sie gebildet.

Während sie hier saß, fühlte sie sich immer noch, als werde über sie Gericht gehalten. »Bitte«, flüsterte sie, »ich möchte nach Hause.«

»Natürlich.« Er ergriff ihre Hand, und sie musste den Instinkt unterdrücken, vor der Berührung zurückzuweichen. Seine Hand fühlte sich kalt und feucht an.

Wie würde Trent sich verhalten, wenn er wüsste, wer sie wirklich war? Würde er sie immer noch so mitfühlend ansehen? Oder würde er sie mit der klinischen Distanz betrachten, die sie in den Augen seiner Kollegin Evelyn Knight gesehen hatte? Sie war zu ihr gegangen, um sich Hilfe zu holen. Um zu versuchen, den Albträumen und der Paranoia ein Ende zu setzen. *Jemand beobachtet mich …*

Aber vom ersten Moment an hatte Evelyn bewirkt, dass sie sich verspannte. Ihre Fragen hatten darauf abgezielt, Katherine direkt unter die Haut zu gehen.

*Ich bin schon genug zerstückelt worden, vielen Dank.*

»Trent …« Sie griff nach ihrer Tasche, behielt ihn aber im Blick. Sie musste es sagen. Sein Griff bewirkte, dass sich ihr Körper verkrampfte, und seine Augen fixierten sie unangenehm. »Ich glaube nicht, das es mit uns beiden funktionieren wird.«

Seine Lippen spannten sich ein wenig. »Aber wir scheinen so gut zusammenzupassen.«

Zusammenzupassen.

Sie wusste, Trent war es gewohnt, dass die Frauen ihm zu Füßen lagen. Er war gut aussehend. Intelligent. Charmant. Ein perfekter Gentleman. Es war schade, dass sie nicht die perfekte Lady für ihn war.

Wenn er sie berührte, fühlte sie gar nichts. Sie hatte nicht verstanden, dass dies wirklich ein Problem war. Drei Jahre lang hatte sie in einer Blase gelebt, in der sie nichts fühlte.

Dann hatte Dane Black sie berührt. Er war wütend gewesen. Fokussiert. Sein Körper vibrierte geradezu vor Energie.

Und sie hatte ihn gewollt. Zum ersten Mal nach drei Jahren hatte sie etwas anderes als Angst bei der Berührung eines Mannes gespürt.

Sie hatte gedacht, Trent könnte der richtige Mann sein, um sie heute Abend etwas empfinden zu lassen.

Nun, das konnte sie vergessen. Er verdiente etwas anderes, als von ihr an der Nase herumgeführt zu werden. »Du bist ein wundervoller Mann, Trent, aber vertrau mir, wenn ich sage, dass ich nicht die Richtige für dich bin.«

Ein Muskel an seinem Kiefer zuckte. »Du fühlst dich nur nicht gut«, verwarf er ihren Einwand, während er aufstand und dem Kellner ein Zeichen gab. »Wir werden darüber reden, wenn es dir wieder besser geht.«

»Es tut mir leid, Trent.« Sie stand ebenfalls auf. Einen Moment später verließen sie das Restaurant.

Trent mochte glauben, dass am Morgen alles anders sein würde, aber für Katherine würde sich nichts ändern. Sie wusste, dass sie ihren Plan, mit ihm zu schlafen, nicht umsetzen würde.

Sie konnte es nicht. Sie wollte ihn nicht, und sie konnte sich nicht zwingen, ihn zu wollen.

Das Date war zu schnell vorüber. Als Trent und Katherine eilig das Restaurant verließen, merkte Dane auf.

Sie kehrten direkt zu ihrem Haus zurück. Sie fuhren schnell, vielleicht zu schnell. Er folgte ihnen vorsichtig.

*Verdammt.* Er wusste, was diese Eile bedeutete.

Warum störte ihn das so?

Er biss die Zähne zusammen. Er hatte keinen Anspruch auf Katherine. Wenn sie es mit ihrem Psychiater treiben wollte, dann konnte sie das die ganze Nacht lang tun.

Der Gedanke traf ihn tief, aber Dane hielt an sich und bewegte sich nicht aus seinem nun in der Nähe ihres Hauses geparkten Wagen. Er hatte einen alten, unbefestigten Weg gefunden, der an Katherines Besitz vorbeiführte. Es war der perfekte Platz, von wo aus er sie beobachten konnte, ohne selbst gesehen zu werden.

Katherine stieg aus dem Sportwagen. Der Psychiater folgte ihr. Sie gingen auf die Veranda, und der Psychiater zog sie an sich.

Arschloch.

Der Kerl legte seine Hände auf Katherines glatte Haut, umfasste ihre Schultern.

Geiler Bock.

Dane knirschte mit den Zähnen. *Du kennst sie nicht. Sie kann schlafen, mit wem sie will.*

Und das tat sie vermutlich auch.

Aber nicht in dieser Nacht.

Sie zog sich mit einem Kopfschütteln von dem Psychiater zurück. Während die Hände des Typen sich zu Fäusten ballten, drehte sie sich weg und betrat das Haus alleine.

Der Kerl sah ihr noch für einen Moment hinterher und warf der verschlossenen Tür einen bösen Blick zu.

*Beweg dich, Wichser. Hier gibt es nichts zu sehen.*

Der Psychiater ging zurück zu seinem schicken Auto, startete den Motor und fuhr mit etwas erhöhter Geschwindigkeit davon.

Dane lächelte.

Die Lichter in Katherines Haus gingen an. Gut. Für heute Nacht war sie sicher. Vielleicht würde jetzt die Anspannung in seinen Muskeln nachlassen.

Es war unangenehm gewesen, aber zumindest wusste Trent jetzt, woran er war. Es wäre nicht fair gewesen, ihm weiter Hoffnungen zu machen, nicht, wenn sie sich nicht dazu bringen konnte, irgendetwas für ihn zu empfinden.

Aber sie hatte die letzten Jahre insgesamt nicht viel empfunden. Die Hälfte der Zeit schien es, als sei sie in eine Art Nebel gehüllt und bewege sich nur langsam durch das Leben.

*Bei dem Detective hast du etwas gefühlt,* flüsterte es in ihrem Kopf. Sie schluckte und wandte sich zur Treppe. Im Moment wollte sich nicht zu viel über den dunklen, gefährlich aussehenden Detective nachdenken. Stattdessen wollte sie …

Abrupt hielt sie inne.

Auf ihrer Treppe lagen Rosen.

Der Atem gefror ihr in der Brust.

Früher einmal waren Rosen ihre Lieblingsblumen gewesen. Das war, bevor sie erfahren hatte, was Michael mit den Rosen getan hatte. Er hatte stets ein Dutzend gekauft und eine bei seinem Opfer gelassen. Die übrigen elf hatte er ihr gebracht.

*Nach jedem Mord hat er mir welche geschenkt.*

Ihre Wangen waren nass. Ihre Hände zitterten.

Und hier lagen beschissene Rosen auf ihrer Treppe. *In meinem Haus.* »Nein«, flüsterte sie. Das konnte nicht wahr sein.

Neben den Blumen lag etwas. Eine kleine Schachtel. Sie sah fast aus wie eine Pralinenschachtel von einem der exklusiven Schokoladengeschäfte, die sie ein paarmal in New Orleans gesehen hatte. Schmal, lang …

Sie ging auf die Schachtel zu. Sie sollte hier schleunigst verschwinden, aber es war, als würde sie vorwärts gezogen, als dränge sie etwas zu dieser Schachtel hin.

*Ich werde hineinsehen. Es wird nur Schokolade sein. Trent hat die Süßigkeiten und Blumen vielleicht hiergelassen, als ich nicht hinsah. Er hat sie hier vielleicht hingelegt, als ich meine Tasche geholt habe.*

Sie mussten nicht von *ihm* sein.

*Aber er hat mir nach jedem Mord Blumen geschickt.* Sie hatte diese Tatsache nur erst verstanden, als es bereits zu spät war. Er hatte ihr elf Rosen geschickt, und sein Opfer … sein Opfer hatte jedes Mal die zwölfte erhalten.

Das Atmen fiel ihr schwer, als sie die Blumen musterte. Hilflos begann sie zu zählen.

*Eins, zwei, drei …*

Der Duft der Rosen war übelkeiterregend süß.

*Vier, fünf, sechs …*

Es waren Dornen an den Rosen. Dornen brachten einen zum Bluten.

*Sieben acht, neun …*

Ihr Herz schlug so heftig, dass es in ihrer Brust schmerzte.

*Zehn, Elf. O Gott, nur elf.*

Die zwölfte Rose fehlte.

Sie nahm die Schachtel hoch. Ließ sie beinahe fallen, weil sie so nervös und ängstlich war. Mit zitternden Finger hob sie den Deckel. Rosenblüten fielen auf die Stufen. Sie schrie. Ein langer, verzweifelter Schrei, aber auch einer, der vor Wut brannte, denn der kranke Bastard war zurück. Er spielte seine Spielchen mit ihr … mit seinen Opfern … schon wieder.

In der Schachtel war keine Schokolade.

Sie ließ sie fallen. Sprang zurück.

Sie wirbelte herum und rannte zur Tür. *Raus hier, raus hier, raus hier.*

Denn der Albtraum ihrer Vergangenheit hatte sie wieder einmal eingeholt.

Die Vordertür flog auf, und Katherine rannte die Stufen herab.

Adrenalin schoss durch Danes Adern, als er aus seinem Wagen sprang. »Katherine!«

Sie schien ihn nicht zu hören. Obwohl er ihr zurief, sie solle stehen bleiben, lief sie zu ihrem Wagen. Sie hastete einfach weiter.

Sie sprang in ihr kleines VW Cabrio. Er sah, wie die Scheinwerfer angingen.

Verdammt.

Er trat vor das Auto, wissend, dass ihre Scheinwerfer ihn direkt anstrahlen würden. »Katherine, halt!«

Der Motor des Wagens heulte auf.

Er hob die Hände. »Halt.«

Der Motor erstarb.

Langsam bewegte Dane sich um den Wagen. »Machen Sie die Tür auf.« Er wusste, dass sie ihn hören konnte.

Nach einem kurzen Zögern öffnete sie die Autotür.

»Was ist passiert?«, fragte er. Sie hatte gesagt, sie würde nicht davonlaufen, aber nun sah es so aus, als wollte sie doch die Flucht ergreifen.

Sie stieg aus dem Wagen … und warf die Arme um ihn. Sie klammerte sich an ihn, es fühlte sich richtig an, und unwillkürlich schlang er ebenfalls die Arme um sie.

Und zog sie noch näher an sich.

Ihr Haar kitzelte ihn an der Nase und brachte noch mehr von ihrem Geruch mit sich. Ihr Körper schmiegte sich perfekt gegen seinen.

»Katherine …« Er atmete so tief ein, dass er sie fast schmecken konnte. »Was ist los?«

Sie legte den Kopf in den Nacken, um zu ihm hochzublicken. Im Mondlicht, das auf sie herabschien, sah Dane Tränen in ihren Wimpern. »Er hat mir sein Herz gegeben«, sagte sie.

Der Psychiater, dieses Arschloch? Oder der Valentinstag-Killer? Er wusste, der Mann war verrückt nach ihr gewesen.

Sie schluckte. »Nicht *sein* Herz, allerdings, oder? Es ist ihres. Der Bastard hat es auf meine Treppe gelegt.«

Plötzlich verstand er, was sie meinte. Verdammte Scheiße. Er fischte das Telefon aus der Tasche. Rief sofort Verstärkung, während er Katherine weiterhin fest in den Armen hielt. *Du bleibst bei mir.* »Was haben Sie gesehen?«, fragte er, während er auf eine Verbindung wartete. Vielleicht hatte sie sich geirrt. Vielleicht ...

»Drinnen auf meiner Treppe war eine Schachtel. Auf der dritten Stufe«, flüsterte sie. »Ich habe sie aufgemacht. Darin waren Rosenblüten. Rosenblütenblätter und ein Bild.« Sie atmete schwer ein. »Es war ein Foto von Savannahs Brust mit einem Messer, das ihr ins Herz gestoßen war.«

Er blickte zurück zum Haus. Das scheinbar perfekte Haus.

Endlich hob jemand ab. »Hier ist Detective Black«, knurrte er sofort. »Ich brauche ein Team draußen in zwo-null-eins Byron West, und zwar sofort.«

Sein Blick schoss zu den dunklen Wäldern. *Niemand in der Nähe, der die Schreie hören würde.*

Wenn er einfach hiergeblieben wäre, statt Katherine wie ein liebeskranker Teenager zu folgen, hätte er den Mörder gehabt.

*Er hätte ihn gehabt.*

Aber vielleicht hatte der Bastard Beweismaterial hinterlassen, das sie verwenden könnten. Etwas, das helfen würde, ihn aufzuspüren.

»Er ist es«, sagte Katherine, und ihre Stimme klang bereits ein wenig fester. »Er will, dass ich weiß, dass er es ist.«

Dane hatte weiter in der Akte gelesen, bevor er zu Katherines Haus gefahren war. Er wusste, der Killer hatte Fotos von seinen Opfern gemacht. Bilder von ihren toten Körpern, mit einem Messer im Herzen. Dann hatte er die Bilder an andere geschickt. Eines war an ein Elternteil des Opfers gegangen. Eines an einen Geliebten. Eines an das FBI.

Diesmal war es für Katherine bestimmt gewesen.

Er verschränkte seine Finger mit ihren. »Kommen Sie mit.« Er musste das Haus durchsuchen. Der Mörder konnte noch immer dort drin sein.

»Nein. Ich kann da nicht wieder rein …«

»Und ich kann Sie nicht allein hier draußen lassen.« Sie schutzlos zurückzulassen kam für ihn nicht in Frage.

Sie schluckte und straffte die Schultern. »Okay.«

Er zog seine Waffe und umfasste ihre Hand fester. »Bleiben Sie bei mir. Direkt hinter mir, verstanden?«

Sie nickte langsam. »Verstanden.«

Er näherte sich dem Haus. Die Eingangstür stand weit offen, und von innen schien Licht auf die Veranda. Katherine war ein stiller Schatten hinter ihm.

Er ging zuerst hinein. Sah sich um, die Waffe im Anschlag. Sein Blick fiel auf die langstieligen Rosen auf der Treppe und die weiße Schachtel, die daneben fallen gelassen worden war. Rosenblätter waren über den Boden verstreut. Er öffnete die Schachtel nicht. Er wollte den Tatort nicht weiter kontaminieren, und Katherine musste das Foto nicht noch einmal sehen.

Sie durchsuchten zuerst das Erdgeschoss. Dane stellte sicher, dass sein Körper Katherine immer Deckung bot. Noch ein weiteres Zimmer. Und noch eines.

Es gab keine Anzeichen eines Eindringlings. Nichts war zerbrochen. Nichts war durcheinandergebracht.

Nur ein makabres Geschenk war zurückgelassen worden.

Sie gingen vorsichtig die Treppe hinauf. Oben befanden sich zwei weitere Zimmer. Das erste Zimmer war voller Leinwände und Künstlerbedarf. Dunkle Farbspritzer – sie sahen fast wie Blut aus – bedeckten die nackten weißen Leinwände.

Das zweite Zimmer war ihr Schlafzimmer. Der Geruch nach Erdbeeren war hier noch stärker. Ein Himmelbett stand darin. Ihre Kleider waren ordentlich im Schrank untergebracht. Das kleine Badezimmer glänzte vor Sauberkeit und Ordnung.

Auch hier gab es keinerlei Anzeichen eines Eindringlings.

Oder zumindest keine, die er sehen konnte. Vielleicht würde die Spurensicherung mehr feststellen können.

*Der Bastard ist nicht im Haus.*

Aber das hieß nicht, dass er nicht mehr in der Nähe war.

Dane brachte Katherine wieder nach draußen. Sie hatten ihre Suche schweigend vollzogen. Sie war ihm so nah gewesen, fast bei jedem Schritt hatte ihr Körper den seinen gestreift.

Auf der Veranda suchte sein Blick die Reihe von Bäumen ab. Es gab da draußen zu viele Möglichkeiten, sich zu verstecken.

Er wollte zu den Bäumen rennen und herausfinden, ob der Bastard noch immer dort war, ob er sich versteckte und zusah, aber er wusste, die oberste Priorität war, Katherine in Sicherheit zu bringen. Er konnte sie nicht zurücklassen, und in den dunklen Wäldern konnte er sie nicht beschützen.

Daher behielt er sie bei sich, benutzte seinen Körper als Schild und wartete darauf, dass die Verstärkung eintraf.

*Ich werde dich finden, du Bastard. Und ich werde dich zur Strecke bringen.*

Zitternde Hände ballten sich zu festen Fäusten.

Der Detective war nicht Teil des Plans. Er sollte nicht hier sein. Es ging nicht um ihn.

Es ging um Katherine.

Die Wut wurde größer, immer *größer* …

Katherine hatte solche Angst gehabt. Sie war gerannt, fast gestolpert und zu Boden gegangen, als sie aus ihrem Haus geflohen war.

Diesmal würde sie nicht den Kopf in den Sand stecken und den Tod um sich herum ignorieren. Diesmal würde es sie direkt und persönlich treffen.

Jede Tat, jeder Mord, jedes Herz … für Katherine.

Sie würde sich nicht mehr so verhalten können, als seien ihre Hände sauber.

Sie waren nie sauber gewesen.

In der Ferne heulten Polizeisirenen.

*Zeit, zu gehen. Zeit, wieder mit der Jagd zu beginnen.*

Der Mord war so einfach gewesen. Das Gefühl dabei war besser als Sex. Leben und Tod. Macht und Vergnügen.

Schmerz. Angst. Befreiung.

*Bitte mehr davon.*

Der Spaß fing gerade erst richtig an.

Die Polizeiautos rasten heran. Dane trat einen Schritt von Katherine weg. Fast augenblicklich vermisste sie die Wärme seines Körpers und das Gefühl der Sicherheit, das er ihr gab.

Sie sah seinen Partner aus einem blauen SUV aussteigen. Polizisten in Uniform schwärmten über das Grundstück.

»Auf der Treppe liegt ein Paket«, erklang Danes Stimme. »Fasst es nicht an. Wir wollen es der Spurensicherung in perfekter Verfassung übergeben.«

Just in dem Moment erschien auch schon die Spurensicherung. Katherine sah, wie sie aus dem Wagen stiegen und sich Handschuhe überzogen.

»Hast du alles abgesucht?«, wollte Danes Partner wissen, während er auf das Haus zuging.

»Im Haus ist niemand, Mac«, sagte Dane, aber er zeigte auf die dunklen Bäume. »Was den Rest angeht …«

»Suchteams für die Wälder!«, erschallte Macs Befehl, und die Polizisten beeilten sich zu gehorchen.

Dane schnappte sich den nächstbesten Polizisten und zeigte auf Katherine. »Sie bewachen sie, verstanden? Weichen Sie ihr keine einzige Sekunde von der Seite.«

Er ging? Sie blinzelte. »Dane …«

Aber er war schon auf dem Weg Richtung Wald. Auf der Suche nach dem Killer.

Der Polizist stellte sich neben sie, er zitterte ein wenig. »Haben Sie …«, fing er an, aber seine Stimme brach. »Haben Sie wirklich ein Paket von dem Mörder bekommen, Ma'am?« Es war kranke Faszination.

*Nicht fühlen. Nicht denken.* »Ja, habe ich.« Sie hatte erkannt, was die Schachtel und die Nachricht, die sie barg, bedeuteten. Die Schachtel und die Blumen.

Er würde nicht von selbst aufhören, sie wusste das. Er hatte es ihr *gesagt.*

*Ich kann nicht aufhören. Ich muss töten. Verstehst du …?*

Sie hielt ihren Blick auf Dane gerichtet, als er in die Dunkelheit verschwand.

*Nein, verstehe ich nicht. Werde ich auch niemals verstehen.*

Er dachte vielleicht, dass sie seine Seelenverwandte war, aber sie waren sich überhaupt nicht ähnlich.

Überhaupt nicht.

Sie würde sich nicht erlauben, so zu sein wie er.

Katherine saß hinten im Streifenwagen und sah zu, wie das Team der Spurensicherung endlich aus ihrem Haus kam. Die weiße Schachtel und die Rosen hatten sie als Beweisstücke eingetütet.

Sie blickte zur Seite. Die anderen Polizisten verteilten sich auf die Fahrzeuge, und die Blaulichter beleuchteten nicht mehr die Szene. Sie hatten den Killer nicht gefunden.

»Was machst du da drin?« Das war Danes Stimme. »Verdammt«, sagte er zu dem Polizisten, ihrem Aufpasser, der daneben stand. »Ich habe gesagt, Sie sollen auf sie aufpassen, nicht, dass Sie sie in den Dienstwagen schubsen sollen.«

»Es ist okay, Dane«, seufzte sie. Sie trug noch immer ihr Cocktail-Kleid, und die Kopfschmerzen, die ihre Angst zuvor überdeckt hatte, waren zurück und klopften wie eine Trommel hinter ihren Schläfen. »Ich hatte gefragt, ob ich hier drinnen sitzen könnte.« Sie ließ ihre Beine aus dem Wagen gleiten und zeigte ihm die hohen Absätze, die sie noch immer trug. »Meine Füße bringen mich um.«

Sein Blick fiel auf ihre Beine. »Sie kommen mit mir«, sagte er, und sein Blick hob sich, bis er dem ihren begegnete.

Sie zog die Augenbrauen hoch. »Aufs Revier? Heute Nacht?« Sie hatten ihr Grundstück stundenlang abgesucht. Sie war von Danes Partner wieder und wieder befragt worden. Sie hatte ihm jedes Detail über ihre Entdeckung erzählt.

Dane griff sie am Arm und zog sie aus dem Auto. »Ich bringe Sie nicht aufs Revier.«

Um seinen Mund lag eine Anspannung, die vorher nicht da gewesen war.

»Er war in Ihrem Haus.« Er biss die Zähne zusammen, als er das sagte. »Wenn er es gewollt hätte, hätte er auf Sie warten und Sie überfallen können, als Sie nach Hause gekommen sind.«

Der Killer hatte sie nie angegriffen. »Er hat mich nie verletzt«, flüsterte sie.

»Bisher nicht, aber woher wollen wir wissen, was er jetzt tun wird? Jeder Bericht, den ich gelesen habe, sagt, er sei psychotisch und total auf Sie fixiert.«

Sie zog eine schmerzliche Grimasse. Darüber wollte sie nicht nachdenken. Denn wenn sie es tat, würde sie sich wieder schuldig fühlen. So schuldig, dass sie an manchen Tagen daran zu ersticken drohte.

»Er hat Sie heute zur Zielscheibe gemacht, und Sie bekommen verdammt noch mal Polizeischutz.«

Dachte er, sie würde sich weigern? Sie war hier nicht die Verrückte. Auch wenn einer der Profiler in Boston genau das gedacht hatte.

»Bis wir den Bastard geschnappt haben, stelle ich sicher, dass jemand Sie bewacht. Vierundzwanzig Stunden am Tag, sieben Tage die Woche.« Seine Augen waren von durchdringender Intensität.

»Erwarten Sie, dass ich widerspreche?«, flüsterte Katherine. »Ich will, dass er aufhört. Ich will, dass all das ein Ende hat.« Sie hatte ihm das schon vorher gesagt. Wenn sie den Killer verhafteten, könnte sie vielleicht wieder eine Nacht durchschlafen – nur einmal –, ohne dass sie aus Albträumen hochschreckte.

»Gut.« Er nickte ihr grimmig zu. »Denn Ihr Polizeischutz beginnt genau jetzt.« Eine kurze Pause entstand, und die Hitze in seinem Blick schien noch zuzunehmen. »Und Sie werden die Nacht bei mir verbringen.«

# – 4 –

»Hatten Sie nicht gesagt, Sie hätten ein Gästezimmer?« Katherine sah sich in der kleinen Wohnung um. Sie konnte eine Küche sehen. Ein Wohnzimmer. Und dann … nur eine Tür, die in ein abgedunkeltes Schlafzimmer zu führen schien.

Sie sah Dane an. Auf seinem Kinn zeigten sich dunkle Stoppeln. Er rieb mit der Hand darüber, was ein leicht kratzendes Geräusch verursachte. »Könnte sein, dass ich da übertrieben habe«, meinte er.

Katherine starrte ihn an. »Wirklich?«

»Keine Sorge. Ich schlafe auf der Couch.« Er lächelte sie müde an. »Ich weiß, wie man den Gentleman spielt.«

Hatte sie ihn darum gebeten, eine Rolle zu spielen? Sie mochte es nicht, wenn ein Mann etwas zu sein vorgab, was er nicht war. Sie wollte lieber den Frosch mit Warzen und allem, was dazugehörte, als zu glauben, dass sie wieder mit einem Prinzen zusammen war.

»Tut mir leid, dass Sie sich keine Wechselkleidung aus dem Haus holen konnten«, sagte Dane. Er sah sie so prüfend an, dass sie wusste, er versuchte, aus ihr schlau zu werden.

Viel Glück dabei.

»Aber die Spurensicherung wollte besonders gründlich sein.«

Genau. Weil ihr Zuhause wieder einmal ein Tatort war.

Katherine stieg aus ihren hochhackigen Schuhen. Ihre Zehen versanken im dicken Teppich. Die Wohnung war nett, sauber und wurde von einem großen Flachbildfernseher dominiert. Anscheinend war er ein Fan der Marlins. Eine Wand war mit Mützen und einem signierten Baseball-Schläger dekoriert.

Es war merkwürdig, wieder in der Wohnung eines Mannes zu sein. Dies war das erste Mal, seit sie aus Boston weg war, dass sie das Zuhause eines Mannes betreten hatte. In Trents Apartment war sie nie gewesen.

»Sie können sich heute Nacht eines meiner T-Shirts ausleihen.« Er ging an ihr vorbei und machte sich auf den Weg ins Schlafzimmer. Katherine folgte ihm. Der Teppich verschluckte das Geräusch ihrer Schritte. »Morgen früh wird die Spurensicherung sicherlich Kleidung für Sie haben«, fügte er hinzu.

»Sonst kaufe ich mir einfach etwas.« Sie zwang sich, ruhig zu sprechen. Sie hatte sich Mühe gegeben, nicht die Kontrolle zu verlieren, seit sie die Schachtel gefunden hatte. *Denk nicht darüber nach. Sieh nicht diese arme Frau an.*

Aber sie wusste, das Bild würde sie für immer verfolgen. Sie vergaß keines der Opfer des Valentinstag-Killers. Er ließ das nicht zu.

Dane wühlte in einer Schublade und zog ein altes T-Shirt heraus. THE MARINES. Sie blinzelte. »Ich wusste nicht, dass Sie beim Militär waren.« Sein Haar, das ihm bis auf die Schultern fiel, war jedenfalls kein Anhaltspunkt gewesen. Aber die Alpha-Mentalität – ja, die schien zu passen.

»Semper Fi – für immer treu«, murmelte er das Motto der Marines, als er ihr das Shirt zuwarf. »Vater Staat hat mein Studium bezahlt.«

Sie fing das T-Shirt auf, und ihre Finger schlossen sich um den weichen Stoff. »Marines … Haben Sie da Ihre Tätowierung her?«

Er lächelte leicht. »Ja. Ich schätze, man könnte sagen, dass es eine Art Initiationsritual war.« Er zog seinen Ärmel hoch, um ihr die gewundene Linie einer Schlange zu zeigen. »Es soll mich daran erinnern, dass da draußen Gefahr lauert. Und dass man jederzeit darauf vorbereitet sein muss, das sie zuschlagen kann.«

Daran musste sich nicht erst erinnert werden. »Der Valentinstag-Killer … Er war auch beim Militär.« Michael hatte sogar Tapferkeitsmedaillen bekommen. Er schien so ein guter, ehrenhafter Mensch zu sein.

Er hatte ihr beigebracht, wie trügerisch der äußere Schein sein konnte.

Dane zog den Ärmel wieder runter. »Nehmen Sie das Bett«, sagte er. Seine Stimme wurde tiefer, als er näher kam. »Ich hau mich auf die Couch.« Sein Körper streifte ihren, als er sich auf den Weg zur Tür machte.

Die leichte Berührung ließ sie erstarren, und der Atem schien ihr in der Lunge zu gefrieren. Warum war sie sich seiner so bewusst?

Ihr Blick hob sich, um seinem zu begegnen. Seine Pupillen waren so groß, dass die Augen fast schwarz wirkten. Plötzlich musste sie die Frage stellen, die sie in ihrer Angst vorhin vergessen hatte. »Warum haben Sie heute Abend vor meinem Haus gewartet?« Sie fragte sich … war er da gewesen, um sie zu beschützen? Oder weil er sie verdächtigte?

»Ich wusste, dass Sie in den Fall verwickelt sind.« Er zuckte leicht mit den Schultern. »Daher wollte ich Sie im Auge behalten. Um sicherzustellen, dass Sie in Sicherheit sind.«

Sicherheit. Dieses Wort schon wieder. Sie hatte lange kein Gefühl von Sicherheit mehr verspürt. »Daher haben Sie einfach an meinem Haus gewartet? Haben Sie den Mörder nicht kommen sehen?«

Sein Kiefer spannte sich. »Ich war nicht den ganzen Abend an Ihrem Haus. Ich … bin Ihnen gefolgt.«

Ihr Herzschlag beschleunigte sich. »Mir und Trent?«

»Äh, ja. Ich bin Ihnen und Ihrem Freund gefolgt.«

»Er ist nicht mein Freund.«

»Weiß er das?« Seine Stimme nahm eine scharfe Note an. »Sah nicht so aus, als wüsste er das, als er Sie angefasst hat.«

Das hatte er auch gesehen? *Er hat zugeschaut.* »Wir haben heute Abend Schluss gemacht. Bevor ich …«

»Bevor Sie das kleine Geschenk gefunden haben?«

Sie nickte ruckartig. »Trent und ich sind nicht das, was er vielleicht gerne möchte«, sagte sie. Und da sie das Gefühl hatte, dass sie ehrlich zu ihm sein konnte, während sie bei so vielen anderen Menschen eine Maske tragen musste, fügte sie hinzu: »*Ich* bin nicht so, wie er mich gerne hätte.«

»Wie hätte er sie denn gerne?«

Sie blickte zur Tür. *Normal.* Das war wohl kaum etwas, das sie zugeben wollte. »Ich denke, wir sollten jetzt schlafen gehen.«

Der Boden knarrte unter seinen Füßen. »Wenn das das ist, was Sie möchten.«

Nein, was sie wollte, war, normal zu sein. Zu sein wie alle anderen. *Aber das würde nicht passieren.*

Sie spürte, dass sie kurz davor war, die Kontrolle zu verlieren. Sie brauchte Zeit für sich allein. Sie wollte keine Zuschauer, wenn sie zusammenbrach.

Er machte sich auf den Weg zur Tür, dann zögerte er. »Werden Sie Albträume haben?«

Hatte sie die nicht immer? »Ich werde keinen Lärm machen.«

Dane sah über die Schulter zu ihr. »Das ist nicht wirklich eine Antwort auf meine Frage, oder?«

»Ich habe keine Albträume«, log sie mit leiser Stimme. Und weil sie den Zwang fühlte, es auszusprechen, sagte sie: »Ich weiß, was Sie wollen.«

Sein Blick wanderte über sie. Sein wahrer Gesichtsausdruck war hinter einer sorgfältig aufgesetzten Maske verborgen. »Wissen Sie das?«

»Sie wollen mich benutzen.«

Sein Blick kehrte zu ihrem Gesicht zurück. Eine lodernde Hitze erhellte das Blau seiner Augen, aber er blieb stumm.

Sie schluckte. »Um den Valentinstag-Killer zu fangen. Sie werden mich benutzen.«

»Vorsicht«, sagte er und trat wieder zu ihr. Er hob die Hand und umfasste ihr Kinn. Das Herz hämmerte ihr gegen die Rippen.

Dies war die falsche Zeit, der falsche Ort, aber sie nahm den Detective plötzlich und sehr deutlich wahr.

So deutlich, wie schon lange keinen Mann mehr.

Danes Augen verengten sich. »Ihr Bostoner Akzent ist gerade durchgekommen. Dabei hatten Sie es so gut geschafft, ihn abzulegen.«

Ihr Atem kam ihr in einem leichten Seufzer über die Lippen. Seine Berührung machte sie nervös, obwohl sie sich ohnehin schon fühlte, als könnte sie sich kaum noch beherrschen. Sie machte einen Schritt zurück, weg von ihm.

Er hob eine Augenbraue, als er ihren Rückzug registrierte.

»Gute Nacht, Dane.«

Nach einem letzten, unergründlichen Blick zog er sich still aus dem Zimmer zurück. Die Tür schloss sich mit einem leisen Klicken hinter ihm. Katherine dachte darüber nach, die Tür abzuschließen. Aber sie wusste, dass Schlösser nicht viel taugten. Die wirklichen Monster ließen sich durch ein Schloss nicht aufhalten.

Die Monster, die sie verfolgten, jedenfalls nicht.

Sie zog sich aus, streifte das T-Shirt über und kletterte ins Bett. Es war ein Doppelbett, und es roch nach ihm. Ein leicht holziger, maskuliner Duft. Die Decke lag weich und kühl über ihr.

Sie schloss die Augen.

Und sah die Toten, die sie verfolgten.

Dane öffnete die Schlafzimmertür. Die Scharniere quietschten leise, aber die Frau, die in seinem Bett lag, rührte sich nicht. Schwache Sonnenstrahlen fielen durch die Jalousien auf das Bett. Auf sie.

Lange, schlanke Beine. Beine, die nicht enden wollten.

Ihr Gesicht war zur Tür gedreht, die Lider mit den dichten Wimpern waren geschlossen.

Er war eine Weile wach geblieben, hatte aufmerksam auf jedes Rascheln aus seinem Zimmer gelauscht. Nach dem kleinen Geschenk gestern wäre es nur normal gewesen, wenn sie Albträume gehabt hätte, aber Katherine hatte zu ihrem Wort gestanden. Sie hatte keinen Laut von sich gegeben.

Aber war sie still geblieben, weil sie keine Albträume hatte? Oder weil sie wusste, dass schreien nicht half?

Er machte einen Schritt auf sie zu. Das Knarzen des Bodens unter seinem Fuß war nicht ganz so leise, und sie schlug schnell die Augen auf. Er sah die Angst darin, bevor ihre goldenen Augen den Raum um sich herum wahrnahmen. Ihr Atem stockte für einen Moment, und dann flüsterte sie: »Es ist wirklich passiert.«

Wenn sie mit »es« meinte, dass ihr Ex in die Stadt gekommen war und angefangen hatte zu morden, dann ja, das war wirklich passiert.

Sie trug sein T-Shirt. Der verwaschene Stoff hatte noch nie so gut ausgesehen.

Dane räusperte sich. »Entschuldigen Sie, dass ich Sie geweckt habe, aber ich, äh, habe Frühstück gemacht und wollte, dass Sie etwas essen, solange es noch warm ist.« Es war eine seiner Regeln, dass er *niemals* für irgendjemanden Frühstück machte. Deshalb waren die Eier wohl auch zu weich, aber er hatte es versucht.

Sie blinzelte. »Sie haben für mich gekocht?«

Er war noch nie im Leben errötet. Was gut war, denn seine Wangen hätten sich sonst jetzt verfärbt. »Es ist nichts Großartiges. Nur Eier und Orangensaft. Ich dachte, Sie könnten etwas Treibstoff für den Tag heute gebrauchen.«

Sie sah noch immer verwirrt aus, aber die Angst war verschwunden. »Danke.« Sie erhob sich aus dem Bett. Er warf einen letzten Blick auf ihre Beine – atemberaubend – und zwang sich, sich abzuwenden.

Sie folgte ihm auf leisen Sohlen. Er hatte es sogar geschafft, den Tisch für sie zu decken. Ihre Augen weiteten sich, als sie die Teller und Servietten sah. Warum der Riesenschock? Verdammt, so ein schlechter Gastgeber war er doch nicht.

Nun ja, für gewöhnlich eigentlich schon.

Aber das hier war anders.

Er zog einen Stuhl für sie heraus. Mit einem anerkennenden Murmeln setzte sie sich. Und sie war sogar so nett, seine zu flüssigen Eier ohne Beschwerde zu essen.

Er saß ihr gegenüber und fragte sich, wo zur Hölle er anfangen sollte. Er hatte diese Sache mit ihr zu Beginn falsch gehandhabt. Als sie aufs Revier gekommen war, war er viel zu barsch gewesen. Er konnte froh sein, dass sie sich noch nicht aus dem Staub gemacht hatte.

Und wenn der Marshal von dem kleinen Besuch gestern Abend erfuhr, würde er sie nochmals drängen, die Stadt zu verlassen.

*Ich muss sie in New Orleans halten.*

Denn sie war der Schlüssel zum Fall. Der Killer hatte sie in New Orleans aufgespürt. Er hatte die Schachtel für sie hinterlassen und sie wieder in sein krankes Spiel hineingezogen.

»Sie essen ja gar nichts«, stellte Katherine ruhig fest.

Er blinzelte und bemerkte, dass er tatsächlich dagesessen und sie angestarrt hatte. Schnell schaufelte er etwas Ei in seinen Mund. Es schmeckte beschissen.

Wie kriegte sie das runter?

Dann verstand er. Sie *will nur meine Gefühle nicht verletzen.* Hm. Wer hatte sich je um so etwas gekümmert? Er legte die Gabel hin. »Sie können aufhören«, sagte er.

Zu spät. Sie hatte den Teller bereits leer gegessen.

Jetzt lehnte sie sich zurück und beobachtete ihn. Ihre Augen gaben keine Spur ihrer Gefühle preis.

Der Küchentisch war nicht gerade ein erstklassiger Befragungsort, aber er wollte sie nicht wie eine Verdächtige ausquetschen. Er wollte sie nur verstehen. »Warum, glauben Sie, ist er Ihnen gefolgt?«

»Weil er gesagt hat, dass er mich niemals gehen lassen wird.«

Harte Worte. Kalt.

»Er hat gesagt, dass ich zu ihm passe. Dass er mich braucht.« Ihre Finger trommelten auf den Tisch. »Er hat gesagt, ohne mich könnte er nicht überleben.«

»Wann hat er Ihnen all das gesagt?« Dieser Teil hatte nicht in den Akten gestanden, die Sean Hobbs ihm zugesandt hatte.

»Er hat es zu mir gesagt, während ich in meinem Keller stand und auf Stephanie Gilberts Leiche gestarrt habe. Die Polizei war unterwegs, er hatte Stephanies Blut an den Händen, und ich dachte, er würde mich ebenfalls gleich umbringen.«

Jeder Muskel in Danes Körper spannte sich. Er hatte gehört, dass sie nach Hause gekommen war, Blut gesehen und die Polizei alarmiert hatte … um danach festzustellen, dass es nicht ihr Verlobter war, der verletzt war.

Bis die Polizei eingetroffen war, hatte der Killer sich aus dem Staub gemacht. Katherine – nein, Katelynn – hatte in Schockstarre auf dem Boden im Keller gekauert.

»Hat er an diesem Tag versucht, Ihnen etwas anzutun?«

»Nein, er hat mir nie etwas getan.« Ihr Blick hielt seinem stand. »Das ist das, was keiner verstanden hat. Er ist ein sadistischer Killer, aber er hat mich noch nicht einmal grob angefasst. Ich war mit ihm zusammen … Wir waren ein Jahr lang miteinander verlobt. Ein ganzes Jahr.«

Und sie hatte nicht gewusst, dass sie das Bett mit einem Mörder geteilt hatte.

Es klingelte an der Tür, und das durchdringende Geräusch jagte ihr einen Schreck ein. »Ganz ruhig«, sagte Dane, als er aufstand. Er trug eine locker sitzende Jogginghose und hatte sicherlich um sechs Uhr morgens keinen Besuch erwartet.

Weil er von Natur aus ein misstrauischer Mann war – und weil er mit der Leitung eines Falls betraut war, der mit der größten Serienmörder-Untersuchung, die derzeit in den Vereinigten Staaten vor sich ging, zusammenhing –, nahm er sich auf alle Fälle die Zeit, nach seiner Waffe zu greifen, bevor er zur Tür ging. Aber ein kurzer Blick durch den Spion zeigte ihm, dass kein Killer auf der anderen Seite lauerte. Mac war da.

Er öffnete die Tür. »Was ist los?« Und warum hatte Mac ihn nicht einfach angerufen, statt ihm einen Besuch abzustatten?

Mac drückte ihm eine Zeitung gegen die Brust und schob ihn in die Wohnung. »Schon wieder hat jemand geplaudert, das ist, was los …« Macs Blick fiel auf Katherine – Katherine, die schlafzerzaust aussah, sexy und so, als trage sie nur Danes T-Shirt. Weil es auch genau so war.

»Ich … äh … damit habe ich nicht gerechnet«, murmelte Mac.

Katherine sprang auf die Füße. »Ich hatte nichts anderes anzuziehen.«

Dane schlug die Eingangstür hinter seinem Partner zu.

Mac sah auf den Tisch. Auf die Reste des Frühstücks. Er warf Dane einen kurzen Blick zu. »Du hast Frühstück gemacht?«

Dane sah ihn missmutig an, dann fiel sein Blick auf die Zeitung. Die Schlagzeile auf der Titelseite schien ihn anzuschreien:

VALENTINSTAG-MÖRDER HINTERLÄSST
GRAUSIGES GESCHENK

Verdammte Scheiße.

Er überflog den Artikel mit rasendem Herzen. Das war das Letzte, was er gewollt hatte. Verstand die Presse das nicht? Die Stadt durfte nicht in Panik geraten. Panik machte es für die Polizei schwieriger, ihre Arbeit zu tun.

Der Reporter hatte Katherines Identität nicht enthüllt, und er konnte nur hoffen, dass er es deshalb nicht getan hatte, weil er nicht wusste, wer sie wirklich war. Aber jemand hatte diese andere große Geschichte verdammt schnell an die Presse weitergegeben.

Zu schnell. Der Captain würde fuchsteufelswild sein.

»Die Presse weiß nicht, wer sie ist«, sagte Mac mit einer Kopfbewegung zu Katherine, »aber ich denke, man kann sicher sagen, dass unser Täter es weiß.«

Sie stand hinter ihrem Stuhl, ihre Finger krümmten sich um die Lehne. Dane sah, dass ihre Knöchel sich weiß färbten.

»Ist er ein Nachahmer?«, fragte Mac sie. »Oder der Echte?«

Katherines Augen weiteten sich überrascht. »Ein Nachahmer?«

»Wie viele Menschen in New Orleans wissen, wer Sie wirklich sind?«, hakte Mac nach. »Wir werden alle Namen benötigen. Vielleicht ist Ihnen jemand nahegekommen, weil er weiß, wer Sie wirklich sind. Vielleicht tötet er …«

Katherine begann zu lachen, doch es war ein kaltes, hohles Geräusch. »Was? Denken Sie, ich wirke nur auf Mörder anziehend?«

Dane schnitt eine Grimasse. Mac hatte wahrlich kein Händchen für die Damenwelt.

Katherine schüttelte den Kopf. »Sie beide wissen, wer ich bin. Ross weiß es. Und meine ehemalige Psychiaterin weiß es.« Sie zuckte mit den Schultern. »Niemand sonst. Wenn man eine Vergangenheit wie die meine hat, ist man nicht wild darauf, sie mit der Welt zu teilen.«

Dane faltete die Zeitung zusammen und trat zu ihr. »Und Ihr Freund? Er weiß es auch nicht?«

»Ich wollte nicht, dass er es erfährt.« Sie presste die Lippen zusammen. »Wenn man mit jemanden zusammen ist, will man nicht immer, dass der einen ansieht, als sei man eine Art Missgeburt.«

So sah er sie ganz bestimmt nicht an.

»Das ist kein Nachahmer«, sagte Katherine. »Die Schnitte auf den Armen des Opfers … die Rosen … das wusste nur der echte Killer.«

Dane spürte, dass sich sein ganzer Körper spannte. »Was ist mit den Rosen?« Es waren elf Rosen in Katherines Haus gewesen.

»Rosen waren meine Lieblingsblumen«, flüsterte sie. »Er wusste das. Bis es zu spät war, wusste *ich* allerdings nicht, dass er mir die Rosen nach jedem Mord mitgebracht hat.«

Sein Herz schlug schneller. Noch ein Happen, der es nie bis in die Nachrichten geschafft hatte. Noch eine Bestätigung, dass es sich nicht um eine Nachahmungstat handeln konnte. Sie hatten es mit dem echten Mörder zu tun.

»Es sah wie ein Dutzend aus.« Ihre Lippen verzogen sich zu einem humorlosen Lächeln. »Wenn man einen Strauß Blumen sieht, wie viele Leute zählen dann, ob es wirklich zwölf sind? Jetzt zähle ich. Immer.«

Mac fluchte. Offensichtlich verstand er, genau wie Dane, was jetzt kommen würde.

»Elf waren für mich. Eine für sein Opfer. Und die Rosen kamen immer genau zum Zeitpunkt des Mordes.« Sie fuhr sich mit einer Hand durch das zerzauste Haar. »Als ich Stephanie damals gefunden habe, da warteten die Rosen für mich schon auf dem Tisch.«

Und letzte Nacht hatten die Rosen auch auf Katherine gewartet.

Verdammte verfluchte Scheiße.

»Ich … äh … ziehe mich mal an.« Sie trat mit unsicheren Schritten aus der Küche. »Wissen Sie, wann ich wieder nach Hause kann?«

Mac blickte zu Dane. Dane öffnete den Mund, um etwas zu sagen, aber dann war es doch Mac, der sprach: »Es tut mir sehr leid, aber wir möchten Sie bitten, mit aufs Revier zu kommen, Ma'am.«

Sie machte ein langes Gesicht. »Okay.« Es war fast ein Flüstern. »Natürlich.« Sie drehte sich um und schlüpfte ins Schlafzimmer. Die Tür schloss sich mit einem kaum vernehmbaren Klicken hinter ihr.

Dane seufzte. Als er zu Mac blickte, stellte er fest, dass sein Partner ihn böse ansah. »Was denn?«

»Hast du sie gevögelt?« Mac sprach im Flüsterton. »Verdammt, Mann, wir brauchen sie.«

Mac sollte mal besser auf seine Wortwahl achten. Dane trat zu ihm. »Ich habe sie letzte Nacht in Sicherheit gebracht. Ich habe auf sie aufgepasst.« Genau so, wie er es hatte tun sollen. Der Captain hatte ihm aufgetragen, dafür zu sorgen, dass Katherine die Stadt nicht verließ, daher hatte er es so eingerichtet, dass er sich stets zwischen ihr und der Tür befand.

»Aber hast du auch die Hände von ihr gelassen?«, fragte Mac ihn. »Sie trug dein T-Shirt. Und es sah ganz so aus, als ob ihr beide ein gemütliches Frühstück für zwei hattet.«

Dane biss die Zähne zusammen. »Entschuldigung. Hätte ich ihr Handschellen anlegen sollen?«

Mac fluchte. »So wie ich dich kenne, hätte das auch zum Vorspiel gehören können«, zischte er leise.

Dane funkelte ihn böse an. »Pass bloß auf.«

Mac seufzte und rieb sich mit einer Hand über sein müdes Gesicht. »Ich sage ja nur, wir *brauchen* sie.« Mac blickte zur geschlossenen Schlafzimmertür. »Wir müssen uns gut mit ihr stellen, bis wir einen Plan haben, wie wir vorgehen wollen.«

Dane wusste schon, wie er vorgehen wollte. Den Killer finden. Ihn verhaften. Und sicherstellen, dass der Scheißkerl nie wieder einer Frau etwas antat.

Ganz einfach.

»Irgendein FBI-Profiler wird eingeflogen. Der Captain hat ihm von Katherine erzählt, und der Kerl möchte mit ihr sprechen.«

Dane nickte. Er würde dafür sorgen, dass er bei der Befragung anwesend war. Eigentlich wollte er in ihrer Nähe bleiben, solange der Fall lief.

Er würde all ihre Geheimnisse ergründen und diese gegen den Killer verwenden.

*So, sie hatte also die Nacht mit dem Polizisten verbracht.*

Katherine trat aus dem Eingang des Gebäudes, in dem sich die Wohnung des Detectives befand. Sie trug das gleiche zerknitterte Kleid, das sie am Abend zuvor angehabt hatte, und sah aus, als habe sie die ganze Nacht Sex gehabt.

Sie verdiente es nicht, besonders zu sein. Sie verdiente die Aufmerksamkeit nicht, die sie bekam.

Katherine war schwach, armselig, so leicht von ihrer Angst beherrscht.

Sie sollte sterben wie die anderen. Weinend. Hilflos. Unter Qualen. Sie *würde* so sterben.

Sie war nur nicht an der Reihe. Noch nicht.

Jemand anderes war bereits für den nächsten Mord ausgesucht. Eine Frau mit Haaren so dunkel wie Katherines. Eine Frau mit einem genauso falschen Lächeln. Eine Frau, die auch den Schmerz verdiente, den sie bekommen würde.

Katherine konnte noch ein wenig warten. Sie konnte die Zeit mit ihrem neuen Liebhaber genießen … denn diese Zeit würde schnell vergehen. Noch ein Mord, dann würde Katherines Leben auf Messers Schneide stehen.

*Diesmal gibt es kein Entkommen, Kat. So viel Glück wirst du nicht noch einmal haben.*

# – 5 –

Über den Vorraum des Reviers legte sich in dem Moment, als Katherine eintrat, Schweigen. Es war noch nicht einmal dieses gradweise Verstummen, das passierte, wenn Leute sich gegenseitig anstießen und auf etwas von besonderem Interesse zeigten. Es herrschte einfach vollkommene Stille.

Katherine versteifte sich neben Dane, und sein Griff um ihren Arm verstärkte sich automatisch. Sie zeigte keine Angst, aber er konnte das leichte Zittern spüren, das durch ihren Körper lief.

»Was soll das?«, fuhr er sie an. »Ich bin mir sicher, ihr habt alle irgendwelche Fälle, um die ihr euch kümmern solltet.«

Und natürlich begann jeder wieder zu sprechen und versuchte auszusehen, als sei er beschäftigt, während in Wahrheit die Aufmerksamkeit völlig auf Katherine fixiert blieb.

»Es ist okay«, sagte sie und schenkte Dane ein schwaches Lächeln. »Es ist nicht das erste Mal, dass ich der Freak im Raum bin.«

»Sie sind *kein* Freak.« Sie war schön. Zerbrechlich. Und ihr figurbetontes Kleid zeigte jede ihrer perfekten Kurven.

Er begriff, dass sie ein stählernes Rückgrat hatte, denn sie wendete sich bereits von ihm ab und blickte durch das offene Büro.

»Wohin muss ich zur Befragung?«, fragte sie.

Bevor er antworten konnte, sah Dane ein bekanntes Gesicht auf der anderen Seite des Raumes.

»Super, dann kann die Party ja losgehen«, bemerkte Katherine. »Obwohl ich eigentlich schon früher mit ihm gerechnet hatte.«

Der US-Marshal war schon vor ihnen auf dem Revier eingetroffen und stürmte jetzt quer durch den Raum auf sie zu. Innerhalb von Sekunden stand Anthony Ross vor ihnen und griff nach Katherines Handgelenk. »Sie hätten mich anrufen sollen.« Seine Stimme war voller Missbilligung und Wut. »Ich wäre sofort gekommen.«

Dane legte ihm eine Hand auf die Schulter. »Sie sollten sich ein bisschen zurücknehmen und auf Ihren Tonfall achten.«

Ross blinzelte ihn an. »Was?«

»Ich sagte, nehmen Sie sich gefälligst zurück.« Er wollte nicht, dass der Marshal in *seinem* Fall herumpfuschte.

Stirnrunzelnd ließ Ross Katherine los und trat einen Schritt von ihr weg.

»Ross«, seufzte Katherine. »Detective Black war bereits vor Ort, als ich das …« Sie räusperte sich. »Er war da. Er hat Verstärkung gerufen und dafür gesorgt, dass ich letzte Nacht in Sicherheit war.«

Ross' grüne Augen verengten sich. »Und warum war der Bulle dort?«

Dane mochte den misstrauischen Ton nicht. »Weil sie in Verbindung zu meinem Fall steht und jemand ein Auge auf sie haben musste«, sagte er mit einem verächtlichen Blick auf Ross. »Da Sie Ihre Arbeit nicht getan haben, Marshal, dachte ich, ich übernehme diese Aufgabe für Sie.«

»Ich habe ihr eine neue Identität gegeben«, sagte Ross mit zusammengebissenen Zähnen. An seiner Wange zuckte ein Muskel. »Einen neuen Namen, ein neues Zuhause. Ich habe sie aus Boston weggebracht.«

»Aber Sie haben diese Identität nicht geheim gehalten, oder?« Und deshalb gab es jetzt eine Leiche in der gerichtsmedizinischen Abteilung. »Jemand hat Mist gebaut – entweder Sie oder jemand in Ihrer Abteilung. Und der Killer hat sie wiedergefunden.«

Ross' wütender Blick fiel wieder auf Katherine. Dane wusste, jeder Polizist hier versuchte zuzuhören, als Ross antwortete. »Kat, ich kann Sie binnen einer Stunde aus der Stadt bringen. Niemand wird Ihnen folgen. Wegen des Killers müssen Sie sich keine Sorgen machen.«

Das würde Danes Plan ruinieren. Katherine war der Köder für den Killer, und wenn sie ihn anlocken wollten, brauchten sie sie.

Dane sah, wie der Captain auf sie zukam. Der könnte sich ruhig mal schneller bewegen. Dane wusste, das Letzte, was Harley wollte, war, dass der Marshal Katherine fortschaffte.

In diesem Moment sagte sie mit fester Stimme: »Ich habe es Ihnen bereits gesagt, Ross. Ich werde *nicht* weglaufen.« Ihre Schultern wirkten verspannt. »Wenn ich den Tod von weiteren Frauen verhindern kann, dann tue ich das auch. Ich habe bereits genug Blut an den Händen.«

Verdammt, ja. *Ein Rückgrat aus Stahl.* Unter einer Haut aus Seide.

Dane zeigte Ross ein breites Raubtiergrinsen. »Ich schätze, das bedeutet, dass Sie sich außerhalb Ihrer Jurisdiktion bewegen. Wenn eine Zeugin den Schutz Ihrer Abteilung nicht möchte …«

»Möchten Sie sie tot sehen?«, fuhr Ross ihn an. »Sind Sie so wild darauf, diesen Fall zu lösen, dass Sie ihr Leben riskieren würden?«

*Der Bastard hat eine Grenze überschritten.* Dane trat vor.

Aber dann sagte Katherine: »Es ist *mein* Leben, das ich hier riskiere.« Sie zeigte auf den Befragungsraum. »Ich schätze, ich muss da rein? Entschuldigen Sie mich bitte, meine Herren.« Sie ging an ihnen vorbei, das Kinn hoch erhoben. »Sie können diesen kleinen Streit gerne ohne mich beenden.«

Mac unterdrückte ein Lachen, eilte herüber und folgte ihr in den Raum. Er schloss die Tür.

Dane würde sich gleich zu ihnen gesellen, aber zuerst würde er in der Tat den »kleinen Streit« zu Ende bringen. Er begegnete dem Blick des Marshals. »Das hier ist kein Wettpissen.«

Ross blinzelte nicht einmal. »Gut. Ich muss nämlich gerade nicht.«

Dane hätte fast gegrinst. Unter anderen Umständen hätte er den Kerl vielleicht gemocht. Vielleicht. »Sie kann mir helfen, den Killer zu finden.«

»Sie lebt in Angst. Sie kann Ihnen nicht helfen.«

Wie konnte er sie nur so wenig kennen? Ross hatte drei Jahre lang mit ihr zusammengearbeitet, aber Dane fühlte sich, als würde er sie bereits nach einem Tag besser kennen, als der Marshal das je tun würde.

»Sie machen sie lediglich zur Zielscheibe«, fuhr Ross mit rauer Stimme fort. »Und ich bin derjenige, der dann ihren Leichnam bestatten darf.« Sein Mund verzog sich. »Denn sonst ist niemand übrig. Sie hat bereits jeden verloren, der sich etwas aus ihr gemacht hat. Der Valentinstag-Killer hat sichergestellt, dass ihr niemand bleibt.«

Dane schnitt eine Grimasse. Er hatte nicht gewusst, wie völlig allein Katherine war.

»Er hat sie isoliert. Benutzt. Und letztendlich«, sagte Ross mit einem Kopfschütteln, »hätte er sie getötet.«

Dane setzte zu einer Antwort an, aber jemand kam ihm zuvor.

»Ich fürchte, Sie irren sich, Marshal.« Es war eine leicht nasal klingende Stimme, die einem dünnen Mann gehörte, der Harley durch den Raum gefolgt war. Der Typ war Ende Zwanzig, hatte lockiges braunes Haar und steckte in einem zerknitterten, dunkelgrauen Anzug.

»Oh, Mist, jetzt ist der Irren-Experte da«, murmelte Ross, während er sich mit einer Hand durch das kurz geschnittene Haar fuhr.

Der Neuankömmling verzog das Gesicht. »Ich freue mich auch, Sie wiederzusehen, Marshal.«

»Captain«, Dane nickte, bereit, vorgestellt zu werden. Aber er hatte schon eine ziemlich gute Ahnung, wer sich da zu ihnen gesellt hatte.

»Das ist FBI-Agent Marcus Wayne«, sagte Harley mit einer Handbewegung. »Er ist hergeflogen …«

»Sobald ich die Details über Savannah Slaters Tod gehört habe«, schnitt Marcus ihm das Wort ab. »Ich wollte sofort vor Ort sein.«

Na, war das nicht großartig? »Übernimmt das FBI den Fall?«, fragte Dane seinen Captain geradeheraus.

Die Falten um Harleys dünnen Mund vertieften sich. »Das ist *unser* Fall. Es sind keine Staatsgrenzen überschritten worden, es gab keine Mehrfachmorde. So wie ich es sehe, haben wir es mit einem einfachen Tötungsdelikt zu tun. Verstörend, brutal, aber *unser.*«

Der Captain zeigte ein ausgeprägtes Territorialverhalten, was seine Fälle anging. Gut. Denn Dane tat das auch.

Marcus schüttelte den Kopf. »Ich fürchte, nichts an diesem Fall ist einfach. Entweder Sie haben es mit dem wirklichen Killer zu tun – wenn das der Fall ist, dann werden Sie mich brauchen –, oder es handelt sich um einen Nachahmer, der auch ein paar Schlagzeilen für sich beanspruchen will.«

»Ich brauche keinen FBI-Agenten, um mir das zu sagen«, murmelte Dane aufgebracht. Er war seit über zehn Jahren Polizist. »Wir sind vielleicht in manchen Dingen etwas langsamer hier unten im Süden, aber mit Mord kennen wir uns aus.«

»Ich kenne mich auch mit Mord aus.« Marcus richtete sich zu seiner vollen Größe auf – ungefähr einen Meter siebzig. »Ich kenne den Valentinstag-Killer. Ich kenne seinen Fall in- und auswendig. Ich kann Ihnen helfen.«

Oder er könnte im Weg sein.

Für den Augenblick würde Dane gezwungen sein, abzuwarten, wie sich die Dinge entwickelten.

Marcus blickt zu Ross. »Ich bin überrascht, dass Sie nicht neu eingeteilt worden sind.« Er machte eine kurze Pause. »Oder haben Sie darauf bestanden, diesen Fall weiter zu übernehmen?«

Ross antwortete nicht.

Marcus starrte Dane finster an. Sein abschätzender Blick machte Dane nicht nervös. Er ärgerte ihn. Es ärgerte ihn sogar noch mehr, als der Kerl ziemlich hochtrabend fortfuhr: »Detective, Sie werden sich sicher denken können, dass ich mit ihr sprechen will.«

»So, wie Sie vor drei Jahren mit ihr gesprochen haben?«, fiel Ross ein. »Sie *wissen*, dass Sie sie zutiefst verabscheut, Mann.«

Das wurde ja immer besser. »Wir versuchen, Katherines Mitarbeit zu sichern«, sagte Dane, »nicht, sie noch weiter gegen uns aufzubringen.« Und wenn Katherine den Profiler nicht mochte ...

Aber Marcus schüttelte den Kopf. »Sie verstehen sie nicht. Sie ist kein Opfer.«

»Ach, um Himmels willen«, Ross warf die Hände in die Luft. »Nur weil der Killer sie nicht zerhackt hat«, schnappte er. »Das heißt noch nicht, dass er sie nicht verletzt hat. Ich war da. Ich habe sie nachts in ihren Albträumen schreien hören.«

Aber letzte Nacht hatte sie nicht geschrien. Dane war nicht sicher, ob das bedeutete, dass ihre Albträume verschwunden waren, oder ob sie gelernt hatte, still zu sein.

»Menschen schreien aus ganz unterschiedlichen Gründen«, sagte Marcus und seine nasale Stimme ging Dane zunehmend auf die Nerven. »Und ich frage mich mittlerweile schon seit ein paar Jahren … was geht in ihr vor?«

Dane begegnete dem Blick des Captains. Das FBI hatte ernsthaft diesen Idioten zu ihnen geschickt? Sie mussten doch wohl bessere Profiler haben. Irgendwo.

»Ich *kenne* den Valentinstag-Killer«, sagte Marcus mit harter Stimme. »Geben Sie mir eine Chance, dann werde ich es beweisen.«

Der Captain nickte und wich Danes Blick aus. »Sie kriegen Ihre Chance, aber wenn Sie den Fall gefährden, werde ich Ihnen höchstpersönlich so fest in den Hintern treten, dass Sie zurück in die Hauptstadt fliegen.«

Marcus blinzelte nervös, nickte aber, bevor er sich eilig auf den Weg zum Befragungszimmer machte.

Bevor Dane ihm folgen konnte, hielt Ross ihn am Arm zurück. »Haben Sie ein Auge auf ihn«, warnte er.

Dane hob eine Augenbraue.

»Vor drei Jahren war Marcus Wayne davon überzeugt, dass der Valentinstag-Killer bei seinen Verbrechen einen Komplizen hatte.«

Einen Komplizen? Das war Dane neu.

»Seine Vorgesetzten hielten die Idee für Schwachsinn, und die Polizisten, die mit dem Fall betraut waren, auch. Daher wurde Wayne vom Superstar-Profiler zum Schreibtischhengst degradiert.« Ross Blick war fest auf Marcus' Rücken geheftet. »Wollen Sie wissen, wer seiner Meinung nach dieser Komplize war?«

Verdammt.

»Katelynn«, sagte Ross leise.

Der Captain fluchte. »Ich glaube, ich mache mich schon mal bereit zum Arschtritt.«

Dane schüttelte den Kopf. »Das Vergnügen überlass mir, Captain.« Wenn irgendjemand den Kerl rauswerfen durfte, dann würde das Dane sein. Aber zunächst fragte er: »Wenn seine Theorie Schwachsinn ist, warum wurde er dann wieder auf den Fall angesetzt?« Warum hatten seine FBI-Vorgesetzten den Kerl runter nach New Orleans geschickt?

»Weil er Beziehungen beim FBI hat. Er hat garantiert einige Fäden gezogen, um hier runter zu kommen«, antwortete Ross. »Und er ist der einzige Profiler, der drei volle Jahre über das Leben des Valentinstag-Killers nachgegrübelt hat.«

Danes Brauen hoben sich erstaunt. »Selbst als er den Fall nicht offiziell betreut hat?«

»Der Typ ist wie eine Bulldogge. Er lässt nicht locker, und ja, das sollte man als Warnung verstehen.«

Genau so verstand Dane es auch. Er wandte sich von Ross ab und eilte in das Befragungszimmer.

Die Frau wusste nicht, dass sie in Gefahr war. Sie kam aus ihrer Wohnung, nahm den Fahrstuhl runter in die Parkgarage und sah noch nicht einmal von ihrem Handy auf.

Zu sehr damit beschäftigt, etwas zu schreiben.

Zu beschäftigt, um Angst zu haben.

Ihr Fehler.

Die meisten ihrer Nachbarn waren bereits unterwegs. Pech für Amy Evans – sie war spät dran.

Sie dachte, sie sei allein.

Die Schlüssel rutschten ihr aus den Fingern, schlugen auf dem Zementboden des Parkdecks auf. Sie fluchte, hörte auf zu schreiben, bückte sich und angelte nach dem Schlüsselbund.

Sie machte die Sache viel zu einfach. Fünf Schritte, nur fünf, und Amy war nah genug, um sie zu berühren.

*Einer, zwei, drei, vier …*

Amy hatte noch nicht einmal Zeit zu schreien. Ihr Körper fiel nach vorne. Ihr Kopf prallte auf den Zement.

Das dunkle Haar war ihr übers Gesicht gefallen. So schönes, volles Haar.

Haar wie Katherines.

Nein, sie hatte keine Zeit gehabt zu schreien. Nicht in diesem Moment. Aber später würde noch lang genug Zeit dafür sein.

Als Katherine sah, wie Marcus Wayne das Befragungszimmer betrat, setzte kurz ihr Herzschlag aus.

Seine Augen waren die gleichen kleinen, wachsamen braunen Augen, an die sie sich von früher erinnerte. Urteilende Augen. Misstrauische Augen.

Auch andere hatten sie vorher schon verdächtigt, besonders wenn sie erfuhren, wer sie war. Aber Marcus war der Einzige, der ihr geraderaus gesagt hatte: *Ich denke, dass Sie eine Mörderin sind, und früher oder später werde ich das auch beweisen.*

Er nahm ihr nicht ab, dass sie nicht die Wahrheit über den Valentinstag-Killer gewusst hatte. Seiner Ansicht nach passte sie genau in das Profil.

Sie hatte eine ziemlich direkte Meinung über den Ort, an den er sich sein Profil stecken konnte. Sie hatte vielleicht keine tollen Uni-Abschlüsse, aber sie hatte die letzten drei Jahre damit verbracht, ihre eigenen Nachforschungen anzustellen.

*Sie irren sich. Ich bin keine Mörderin. Und ich werde das auch beweisen.*

»Hallo Kat«, sagte Marcus, als er hereinkam und den Stuhl ihr gegenüber unter dem Tisch hervorzog. »Sie sehen gut aus.«

*Kat.* Sie wusste, dass er sie absichtlich so nannte. Bei ihm geschah nichts ohne Absicht. »Und Sie sehen noch aus wie immer, Marcus.« Gleicher selbstgerechter Typ. Gleiche engstirnige Einstellung, dass niemand außer ihm recht haben konnte.

Er räusperte sich. »Ich werde in diesem Fall mit den Detectives zusammenarbeiten. Ich dachte, zuerst könnten wir damit beginnen, uns das Profil des Valentinstag-Killers anzusehen.«

Sollte sie denken, dass sie auch zum Team gehörte?

Katherine sah auf, als Dane ins Zimmer kam, aber sie konnte den Ausdruck in seinen Augen nicht deuten. Sein Partner war noch im Raum und lehnte mit gekreuzten Armen an der Wand. Sie hatte keine Ahnung, was Mac dachte. *Mac.* Als er das Befragungszimmer betreten hatte, hatte er sie gebeten, ihn so zu nennen. Er war ihr freundlich vorgekommen.

Und jetzt versuchte auch Marcus, freundlich zu wirken.

Die Atmosphäre machte sie nur noch angespannter.

Dann begann Marcus zu sprechen.

»Michael O'Rourke ist außerordentlich intelligent, charmant und besitzt weder die Fähigkeit zur Reue noch Mitgefühl«, sagte er ruhig. »Er ist ein Chamäleon. Er kann untertauchen, sich jeder Situation anpassen – das hat er bereits bewiesen. Er hat den besten Abschluss seines College-Jahrgangs erzielt. Hat Militärdienst geleistet, war mit seiner Einheit als Sprengkommando tätig. Ihm ist sogar das Purple Heart verliehen worden, als er bei der Rettung zweier Männer seiner Mannschaft in Afghanistan verletzt wurde.«

Ein Held. Ein Killer.

»Er hat Menschen gerettet?«, fragte Mac mit zusammengezogenen Augenbrauen. »Warum zur Hölle sollte er das tun, wenn Töten seine Leidenschaft ist?«

»Weil diese Männer nicht in sein Opferschema gepasst haben«, antwortete Marcus. »Sie waren niemand, hinter dem er her war.« Pause. »Aber von einem solchen Ausmaß an Gewalt umgeben zu sein, hat meiner Meinung nach die dunkleren Instinkte in ihm nur noch geschürt.«

*Er kam mit einem breiten Lächeln auf mich. »Hallo. Ich bin Michael. Michael O'Rourke.« Seine Augen waren so grün gewesen. »Und ich glaube, ich habe mich verliebt.«*

»Um ihn wirklich verstehen zu können, müssen wir uns ansehen, wo Michael herkommt.«

Katherine hatte Mühe, ihre Atmung langsam und gleichmäßig zu halten.

»Michael O'Rourke ist bei einer alleinerziehenden Mutter aufgewachsen. Sie war drogenabhängig und hat sich prostituiert, wenn sie Geld brauchte. Ihren Sohn hat sie regelmäßig vergessen, und wenn sie sich an ihn erinnerte, hat sie ihn verprügelt.«

Das passte nicht zu der Geschichte, die Michael ihr ursprünglich erzählt hatte.

*Meine Mutter? Sie ist gestorben, als ich sechs war. Sie war wunderschön, sowohl vom Aussehen als auch vom Charakter. Sie hatte ein wundervolles, breites* Lächeln. Aber eines N*achts war ein Mann hinter ihr her. Er hat sie in einer Gasse überfallen. Sie wollte gerade für uns einkaufen. Er war auf Drogen. Er hat sie schnell umgebracht, damit sie nicht leiden musste – oder zumindest ist es das, was die Polizisten mir erzählt haben.*

»Als er zwölf war, starb seine Mutter an einer Überdosis. Er war derjenige, der ihre Leiche fand.«

*Ihre Beerdigung war wunderschön. So viele Blumen. Rosen sind auch ihre Lieblingsblumen gewesen. Sie hat sie genauso geliebt wie du. Ich stelle mir gern vor, dass sie aus dem Himmel heruntergelächelt hat, als sie die vielen Rosen sah.*

»Einen Vater hat es nie gegeben«, fuhr Marcus fort. Sein nasaler Tonfall klang wie Fingernägel auf einer Tafel. »Ich bezweifle, dass seine Mutter den Namen gewusst hat.«

*Mein Vater hat für mich gesorgt, bis ich neunzehn war. Dann ist er gestorben. Herzinfarkt. Aber wenn du mich fragst, ich denke, sein Herz ist an dem Tag gebrochen, als meine Mutter starb. Er hat sie so sehr geliebt – so sehr, wie ich dich liebe, Kat.*

Ihre Handflächen lagen flach auf der Tischplatte. Sie hatte alles geglaubt, was Michael ihr über sein Leben erzählt hatte. Warum hätte sie das auch nicht tun sollen? Sich in ihn zu verlieben war so einfach gewesen. Denn er war perfekt gewesen.

»Michael O'Rourke hat sehr wahrscheinlich bereits als Kind begonnen, Tiere zu quälen und zu töten.«

Sie erinnerte sich daran, wie Michael einen Mann gesehen hatte, der einen Hund trat, und wie er hingerannt war. Er hatte ihn aufgehalten. »Wie würde es Ihnen gefallen, getreten zu werden?«, hatte er zu wissen verlangt.

Er hatte es nie gemocht, wenn jemand Tieren wehtat. Ihre Augen verengten sich, während sie auf ihre Hände hinabstarrte und ihre Erinnerungen vor sich sah.

»Er ist ein Soziopath, nicht in der Lage, eine dauerhafte Bindung zu irgendjemandem oder irgendetwas aufzubauen. Er hat als Kind so viel Schlimmes erlebt, dass er jetzt glaubt, der einzige Weg, wie man seine Emotionen ausdrücken könne, sei durch Gewalt. Wenn er seine Opfer überfällt, zeigt er seine Kontrolle, seine vollständige Dominanz über sie, und er zeigt auch ... naja, die einzige Emotion, die er zeigen kann.«

Ihre Zähne pressten sich aufeinander.

*Ich liebe dich, Kat. Ich hatte nicht gedacht, dass ich für jemanden so viel empfinden könnte, wie ich für dich empfinde. Aber du bist anders. Für dich wäre ich gern besser. Jemand anderes.* Seine warmen grünen Augen waren ihrem Blick begegnet. *Heirate mich. Lass uns zusammen neu anfangen.*

»Ich glaube, dass er sich Kat genähert ...«

Bei dem Namen schnitt sie eine Grimasse. »Nennen Sie mich nicht so.«

»Weil Michael Sie so genannt hat?«, fragte Marcus.

»Sie wissen, dass es so ist.«

»Genauso wie ich weiß, dass er sich Ihnen genähert hat, weil Sie seinem Opferprofil entsprechen. Sie waren das perfekte Opfer für ihn. Richtige Haar- und Augenfarbe, das richtige Alter«, er machte eine kurze Pause, »richtige Vergangenheit.«

Sie sah ruckartig zu ihm hin. *Reden Sie nicht darüber. Nicht darüber.* Sie würde ihnen alles sagen, was sie über den Valentinstag-Killer wusste. Aber ihre eigenen Wunden, die Wunden, die ihr zugefügt worden waren, lange bevor sie ihn getroffen hatte, in denen durften die Leute nicht stochern und bohren, wie es ihnen gefiel.

»Die Frauen, die er sich als Opfer ausgesucht hatte, waren alle auf irgendeine Weise kaputt.« Marcus' Blick schien sie festzunageln. Als versuchte er, in sie hineinzusehen. »Sie hätten sein perfektes Opfer sein können, aber er hat Sie nicht getötet. Er hat Sie nicht auf seinen Tisch gelegt. Ihnen nicht einundzwanzig Mal in die Arme geschnitten und Ihnen dann ein Messer ins Herz …«

»Das reicht, verdammt noch mal.« Dane hatte seinen neutralen Gesichtsausdruck aufgegeben. Seine Augen funkelten wütend, als er Marcus' Stuhl abrupt zurückzog. Marcus geriet aus dem Gleichgewicht und wäre beinahe hingefallen.

Katherine spürte, dass ihr Brustkorb sich heftig hob und senkte. So viel zu der Absicht, langsam zu atmen. Auch ihr Herz schlug viel zu schnell.

»Um den Valentinstag-Killer zu verstehen, müssen Sie wissen, warum er Katherine ausgesucht hat«, beharrte Marcus und neigte seinen Kopf, um sie zu mustern. Er schwitzte. Sie konnte die Feuchtigkeit an seinen Schläfen glänzen sehen. »Ich weiß, warum er Sie ausgesucht hat. Sie sind sein Spiegelbild. Sein perfektes, zerbrochenes Spiegelbild.«

Dane griff den Mann am Hemd. »Hat wirklich das FBI Sie geschickt? Oder haben Sie jemanden da oben bestochen?« Er zog ihn zur Tür. »Zeit, Ihren Hintern zurück in die Hauptstadt zu treten. Sie können nicht einfach in mein Revier hineinspazieren und so mit ihr sprechen …«

»Weil Sie ihren Beschützerinstinkt weckt?« Marcus befreite sich ruckartig aus seinem Griff. »Im Killer hat sie ihn auch geweckt. Er hätte sie als das perfekte Opfer sehen sollen, aber aus irgendeinem Grund ist Kat gut darin …«

»Wie oft muss sie es Ihnen noch sagen?«, knurrte Dane, während er die Tür öffnete und Marcus rausschob. »Ihr Name ist *Katherine.*

Lernen Sie es, Arschloch.« Er knallte dem Agenten die Tür vor der Nase zu.

Katherine atmete langsam aus. »Danke.«

Dane drehte sich zu ihr um. Mac hatte sich nicht gerührt. Vielleicht war er zu geschockt, um sich zu bewegen.

»Ich bin nicht sonderlich daran interessiert, was Agent Wayne über den Valentinstag-Killer zu sagen hat«, erklärte Dane. »Ich möchte gerne wissen, was Sie denken. Sie sind diejenige, die ihn am besten kennt.«

Wenn das nur wahr wäre. »Ich bin diejenige, die ihn nie wirklich gekannt hat.« Ihre Nägel, stets kurz und unlackiert, trommelten auf die Tischplatte. »Aber ich werde Ihnen alles sagen, was ich weiß.« Und vielleicht würden die Dinge diesmal anders laufen. Vielleicht würden Dane oder Mac irgendein kleines Detail erkennen, das die anderen Polizisten übersehen hatten.

Vielleicht würden sie den Dreckskerl dieses Mal schnappen.

Marcus Wayne betrat den kleinen Beobachtungsraum. Der Polizei-Captain drehte sich mit wütender Miene zu ihm um. »Sehr geschickt, Agent, wirklich sehr geschickt.« Der Kiefer des Captains spannte sich. »Bewegen Sie ihren Arsch aus meinem Revier.«

»Ich bin da nicht mit der Absicht reingegangen, Katherine Cole zu brechen.« *Ich weiß, dass Sie es hassen, Kat genannt zu werden.* Sein Blick fiel rasch auf den Einwegspiegel, der das Befragungszimmer zeigte. *Sorry, Katherine.*

»Und was war dann Ihre Absicht? Ms. Cole auf die Palme zu bringen?«

»Nein, meine Absicht war es, den Beschützerinstinkt des Detectives zu wecken.« Und das war ihm auf jeden Fall gelungen. »Wenn Katherine uns in diesem Fall helfen soll, dann wird sie Detective Black vertrauen müssen. Katherine ist keine Frau, die schnell Vertrauen fasst.« Er war eher überrascht, dass sie überhaupt dazu in der Lage war, wenn man ihre Vergangenheit bedachte.

»Sie immer mit Ihren kleinen Psychospielchen«, murmelte jemand hinter den beiden Männern. Der Marshal. Marcus wusste, dass der nicht gerade sein Fan war.

Marcus blickte zu ihm hinüber. »Sie wird jetzt freier sprechen. Sie wird Dane so viel wie möglich erzählen, weil sie mich als den Bösewicht sieht und ihn als ihren weißen Ritter.« Es machte ihm nichts aus, böser Polizist zu spielen. Bei seiner schmalen Statur und seinem jungen Gesicht war das keine Rolle, die er oft spielen konnte. Schade eigentlich.

»Vielleicht redet sie auch einfach«, schoss Ross zurück, »weil sie den Valentinstag-Killer gefasst sehen möchte. Sie will ihn genauso gern hinter Schloss und Riegel sehen wie wir alle.«

Marcus biss die Zähne aufeinander, aber er antwortete nicht. Ross verstand nicht. Katherine Cole war so sicher, wie es nur eine Frau sein konnte. Der Killer hätte sie mehrere tausend Mal aufschlitzen und töten können. Hatte er aber nicht.

Sie war etwas Besonderes für den Killer.

Der Trick, der *wirkliche* Trick, bestand darin, herauszufinden, wieso sie besonders war. Wenn sie dem Detective genug vertraute, um ihre Reserviertheit aufzugeben, könnte Marcus vielleicht endlich in ihren Kopf schauen und herausfinden, wie sie das Herz eines soziopathischen Mörders berührt hatte. Eines Mannes, der praktisch gar kein Herz haben sollte.

# – 6 –

»Ich habe viel über den Valentinstag-Killer gelernt. Nachdem er verschwunden war. Ich habe die Puzzleteile zusammengesetzt, um zu sehen, was für ein Mann er wirklich war.«

Dane saß Katherine gegenüber. Sie war so blass und perfekt wie eine Eisprinzessin, aber er wusste, das Eis war nur die Oberfläche. Und an einigen Stellen wies es bereits Risse auf.

Er konnte den Schmerz in ihren Augen sehen. In ihrer Stimme hören. Der Penner vom FBI war zu weit gegangen. Er hatte Erinnerungen angerührt, die sie schmerzten.

*Ich hätte* ihm *Schmerzen bereiten sollen.*

Wenn Frauen auf irgendeine Art verletzt wurden, wurde es schwierig für ihn, seinen Beschützerinstinkt zu kontrollieren.

»Ich habe viel über Serienmörder gelernt.« Katherines Beichte kam im Flüsterton.

Dane blickte zu Mac und sah, dass sein Partner die Brauen hochgezogen hatte.

»Wenn man erfährt, dass man mit einem geschlafen hat, will man alles Menschenmögliche unternehmen, um sicherzustellen, dass einem das nicht noch einmal passiert.«

Er musste sich zwingen, seine Finger zu lockern, die sich um die Tischkante gekrallt hatten. *Mit einem geschlafen.* Völlig überraschend überrollte ihn eine Welle der Eifersucht.

»Ich glaube, in mancher Hinsicht war er wie Bundy«, fuhr sie fort. »Nach außen hin so charmant. So glatt. Er schien immer genau zu wissen, was er sagen musste, damit sein Gegenüber sich gut fühlte.«

So hatte er vermutlich auch seine Opfer angelockt. Oben in Boston hatte er insgesamt vier Frauen getötet. Vier, von denen sie wussten. Drei von ihnen, bevor er Katelynn Crenshaw getroffen hatte, eine danach.

Sie seufzte. »Er hat mir einmal gesagt, ich sei seine Chance, ein besserer Mensch zu werden.« Sie sah auf ihre Hände hinab. »Er war ein begabter Künstler. Er konnte alles malen, alles formen. Mit seinen Händen konnte er so viel Schönheit schaffen, aber er schien sich immer zum Tod hingezogen zu fühlen.« Ihr Blick hob sich wieder. »Deshalb waren seine Messerschnitte so präzise. Nicht, weil er ein Chirurg war, was die Polizei in Boston zunächst vermutet hatte, sondern weil er ein Künstler war.«

Vielleicht waren die toten Frauen seine Kunstwerke. Seine abartigen Kunstwerke.

»Er war immer pünktlich, kam nie zu spät zu einem Date oder Treffen, war immer gut gekleidet, und er hatte perfekte Manieren.« Katherine zuckte schwach mit den Schultern. »Manche Leute würden sagen, dass er eine Zwangsneurose hatte, aber vielleicht hat er deshalb die Tatorte immer so sauber hinterlassen.«

»Bis auf den letzten«, sagte Mac endlich und bewegte sich von der Wand weg.

»Er hatte keine Gelegenheit, die Spuren zu beseitigen. Ich war früher nach Hause gekommen.« Ihre Stimme war nur noch ein Flüstern. Dane sah die zarte Bewegung ihrer Kehle, als sie schluckte. »Ich habe mich schon tausend Mal gefragt, was wäre, wenn ich doch länger gearbeitet hätte. Wäre ich dann mit ihm verheiratet?« Ihre Finger zitterten, als sie sich das Haar zurückstrich. »Würde er immer noch Frauen töten, die mir ähnlich sind?«

*Ja.*

»Serienmörder hören nicht einfach so auf. Das habe ich gelernt.« Sie winkte zum Einwegspiegel hinüber. »Agent Wayne, der uns da zusieht, wird Ihnen das bestätigen. Sie können inaktive Phasen haben, aber sie hören nicht wirklich auf. Sie hören *nie* auf – bis man sie dazu zwingt.«

Amy Evans war an den Tisch gefesselt. Klebeband bedeckte ihren Mund. Ihre Augen öffneten sich.

Ihr Blick füllte sich schnell mit Angst. Hilflosigkeit.

Tränen liefen ihr über die Wangen. Sie stöhnte hinter dem Klebeband. Versuchte zu sprechen. Zu betteln. Um Gnade zu flehen.

Aber es würde keine Gnade für sie geben.

Die Messerspitze glitt über ihre Haut. Die Klinge schnitt nicht ein. Noch nicht jedenfalls. Es gab ein Muster für die Morde.

Eine Methode hinter dem Wahnsinn.

An die Methode musste man sich halten.

Amy war nackt, und das Messer hob sich zur Mitte ihrer Brust. Sorgfältig, immer noch ohne die Haut zu ritzen, glitt das Messer über ihre Haut und formte das gebogene Muster eines Herzens.

Amy wand sich. Kämpfte darum, sich zu befreien. Sie wehrte sich stärker als erwartet.

»Zwing mich nicht zur Eile.«

Der Schrecken in Amys Augen wuchs.

Die Spitze der Klinge bewegte sich zu ihrem linken Arm. Schnitt in ihre Haut. Blut lief den Arm hinab.

*Es gibt eine Methode.*

*Auch wenn nicht alle Morde ihren Ursprung im Wahnsinn haben.*

»Ich weiß, warum der Mörder Savannah Slater ausgesucht hat.«

Dane war aufgestanden und um den Tisch herum an Katherines Seite getreten. Bei ihren ruhigen Worten spannte sich sein Körper. »Warum?«

Ihr Blick glitt zu ihm, dann zu Mac. »Ich habe es Ihnen zunächst nicht gesagt, weil Sie beide mich sowieso schon verdächtigten.«

Macs rechte Augenbraue wanderte nach oben. Dane wusste, was er dachte: *Vielleicht tue ich das immer noch.* Es war eine für ihn typische Bewegung. Sie arbeiteten jetzt seit fast zehn Jahren zusammen und beherrschten die gesamte Palette der wortlosen Kommunikation.

Katherine rollte die Schultern. »Vor ein paar Wochen hat Savannah Slater mich angerufen.«

Verdammte Scheiße.

»Sie arbeitete an einem Artikel über den Valentinstag-Mörder. Ich weiß nicht, wie sie mich gefunden hat – mit meiner neuen Identität war ich angeblich sicher –, aber sie hatte mich ausfindig gemacht. Sie wollte mich interviewen. Etwas schreiben über ›die andere Seite des Killers‹.« Katherines Stimme wurde hart. »Ich habe ihr gesagt, dass ich nicht daran interessiert bin, mit ihr oder einem anderen Reporter zu reden. Und ich habe ihr gesagt, sie solle mich nie wieder anrufen.«

»*Hat* sie Sie noch einmal angerufen?«, fragte Mac.

Katherine nickte langsam. »Ja.«

Scheiße. »Wann?«, wollte Dane wissen.

Ihr Blick hielt dem seinen stand. »An dem Tag, bevor Sie ihre Leiche gefunden haben.«

Wieder war alles, was er denken konnte … *verdammte Scheiße.*

»Ich habe nicht abgenommen. Ich habe ihre Nummer auf dem Display erkannt, aber ich ging nicht ran.« Sie richtete sich auf. »Glauben Sie, er hat sie da schon in seiner Gewalt gehabt? War er bereits dabei, sie umzubringen? Wenn ich rangegangen wäre, hätte ich dann vielleicht …«

Das Läuten eines Handys schnitt ihr das Wort ab. Sie zuckte zusammen. Mac fluchte.

Und Dane hatte ein wirklich ungutes Gefühl in der Magengegend.

Katherine griff in die kleine Tasche zu ihren Füßen. »Ich kenne die Nummer nicht. Sorry.« Sie machte Anstalten, das Telefon wieder in die Tasche zu stecken.

Dane nahm es ihr ab und ging ran. »Detective Dane Black am Apparat.«

Stille. Das schlechte Gefühl rumorte weiter in seinem Magen.

Dann hörte er einen zischenden Atemzug. Und den Schrei einer Frau.

Scheiße. Scheiße. Scheiße. »Wer zur Hölle ist da?«

Katherine erstarrte.

»Kat«, schrie eine Frau, »mach, dass er aufhört!«

Dann war die Leitung tot.

Mac eilte an seine Seite. »Dane?«

Aber Dane war bereits in Bewegung. »Wir müssen den Anruf zurückverfolgen.« Er presste den Rückrufknopf, aber in der Leitung tutete es nur immer wieder, ohne dass jemand am anderen Ende abhob.

Er stürmte aus dem Befragungszimmer. Harley und der FBI-Agent liefen auf ihn zu.

»Wer war am Telefon?«, wollte der Captain wissen.

Danes Finger umklammerten das Telefon zu fest. »Ich glaube, es war das neueste Opfer des Killers. Eine Frau hat geschrien.« Sein Kiefer spannte sich, als er hinzufügte: »Sie bat Katherine, ihn aufzuhalten.«

Ross folgte hinter den anderen Männern. »Savannah Slater ist erst gestern aufgefunden worden«, sagte er. »Er kann doch nicht …«

»Der Killer hat Monate zwischen den Morden verstreichen lassen«, fügte Marcus hinzu. »Er würde nicht jetzt schon wieder zuschlagen, nicht so schnell … es sei denn, es gab einen Auslöser.«

»Wir müssen eine Anrufnachverfolgung starten«, sagte Dane. »Holt die Techniker her, versucht, das Signal des anderen Telefons zu orten.« *Die Frau hat geschrien. Das bedeutet, sie lebt noch.*

Aber das würde sie nicht mehr lange, es sei denn, sie legten jetzt deutlich an Tempo zu.

Das Telefon wurde sanft auf den Zementboden gelegt. »Na, siehst du, das war doch nicht schwer, oder? Und du hast es so gut gemacht.«

Amy sprach nicht mehr. Tränen waren auf ihren Wangen getrocknet. Ihre Arme trugen Schnitte. Elf links, zehn rechts.

Es war keine Hoffnung mehr in ihren Augen. Zuvor war Hoffnung darin gewesen, noch vor wenigen Minuten. Bis sie gemeinsam Katherine angerufen hatten.

Die Spitze des Messers glitt über ihre Brust. Ihre Augen waren geöffnet. *Keine Hoffnung.*

»Jetzt ist es vorbei.« Die Klinge sank in Amys Herz. »Zumindest für dich.«

Aber nicht für Kat. Noch nicht.

Das Leben in Amys Augen erlosch. Es war so ein wunderschöner Anblick.

Das Messer war rot von Blut. So viel Blut.

Es war nicht genug Zeit, zu verweilen oder die Arbeit hier zu genießen. Eine Rose wurde sorgfältig in Amys Hand gelegt. Ihre Finger wurden darum geschlossen.

Es war alles in Szene gesetzt.

Es würde nicht mehr lange dauern, bis die Polizei kam. *Ich muss mich beeilen, wenn ich einen guten Platz erwischen will.* Es würde eine großartige Show werden.

»Die Telefonnummer ist zurückverfolgt worden und gehört einer gewissen Amy Evans.« Die Stimme des Captains schallte durch die Polizeiwache. »Sie ist einunddreißig, brünett, dunkle Augen.«

Ein Foto von Amy Evans war auf dem Computerbildschirm und wurde gerade ausgedruckt, als Dane sich seine Schlüssel schnappte und überprüfte, dass er die Pistole im Holster hatte.

»Ich habe es«, sagte der Techniker John Baylor von einem Tisch keinen Meter entfernt. »Das Signal kommt von zwei-null-neun Jamestown Avenue.«

Da gab es hauptsächlich Lagerhallen.

Der Captain begann Befehle zu bellen, sowohl an die Männer im offenen Büro als auch an die, die über Polizeifunk zuhörten.

Dane eilte zur Tür, zögerte aber er einen Moment, während er über die Schulter zurückblickte.

Katherine war an den Computerbildschirm getreten. Sie starrte auf das Foto von Amy Evans, sah verloren und verängstigt aus.

*Ich werde sie retten.* Doch er sprach die Worte nicht aus, weil er sich nicht sicher war, ob er das Versprechen auch würde halten können.

»Ich muss mitkommen.« Katherines Stimme war leise, aber als sie sprach, fuhr der Captain sofort zu ihr herum. Dane war schon gegangen. Katherine wusste, der Captain würde auch gleich verschwinden.

»Verflucht, nein«, fuhr er sie an. »Ich schicke Sie doch nicht an einen Tatort. Sie sind viel zu wertvoll für diesen Fall.«

»Wenn die Polizei rechtzeitig eintrifft«, unterbrach Marcus Wayne ihn, »und der Killer ist mit seinem Opfer vor Ort, könnte es sein, dass Katherine als Einzige zu ihm durchdringen kann. Er hat sie angerufen. Dane hat gesagt, das Opfer habe speziell Kat darum gebeten, den Killer aufzuhalten.« Er nickte Katherine zu. »Ich würde sagen, sie ist haargenau die Person, die Sie am Tatort brauchen. Sie ist unser einziges Mittel, den Killer zu kontrollieren.«

»Bitte«, sagte Katherine. »Ich möchte gerne helfen.« Der Killer hatte sein Opfer dazu gebracht, sie anzurufen. Vielleicht … vielleicht hatte er auch Savannah anrufen lassen.

*Hätte ich sie retten können?*

»Verdammt.« Der Captain nickte mit grimmiger Miene und deutete auf Ross. »Sie haben jahrelang auf sie aufgepasst, also bleiben Sie bei ihr, verstanden? Ich möchte, dass Sie sie nicht aus den Augen lassen. Bleiben Sie hinter meinen Männern zurück, und sorgen Sie dafür, dass sie auch zurückbleibt.«

Katherine atmete erleichtert aus.

»Jawohl, Sir«, sagte Ross. Seine Hand legte sich auf ihre Schulter. Er beugte sich zu ihr. »Sind Sie sicher, dass Sie wissen, was Sie tun? Der eigentliche Sinn des Zeugenschutzprogramms ist, Sie vom Valentinstag-Killer fernzuhalten, sodass Sie am Leben sind, wenn die Zeit für den Prozess gekommen ist.«

Aber wenn sie ihn nicht schnappten, dann gäbe es auch keinen Prozess. Wie konnte sie sich weiter verstecken, während andere starben?

Sie konnte es nicht.

Sie gingen leise rein. Dane führte das Team an, als sie in das Lagerhaus mit der Hausnummer 209 in der Jamestown Avenue schlüpften. Es war eine taktische Entscheidung gewesen. Sie hätten mit heulenden Sirenen vorfahren können, aber der Captain machte sich Sorgen, dass der Killer die Frau dann noch schneller erledigte.

*Keine Vorwarnung. Einfach reingehen und festnehmen.* Das waren seine Befehle.

Daher schlich Dane durch das heruntergekommene Lagerhaus. Es schien verlassen und roch nach altem Staub und Schimmel. Die Fenster waren zerbrochen. Eine Ratte huschte über den Boden.

Aber er hörte keine Frau schreien.

*Sei am Leben. Bitte, sei am Leben.*

Die Polizei trug kugelsichere Westen, aber er fühlte das zusätzliche Gewicht kaum. Seine Hand war fest um die Waffe geschlossen. Er deutete nach rechts, und Mac lief an ihm vorbei in das nächste Zimmer.

Er folgte seinem Partner, aufmerksam, bereit.

Sie hatten schon fünf Zimmer durchsucht und bisher … *nichts.*

Aber John war sich sicher, dass das Handysignal von hier gekommen war, und soweit Dane wusste, hatte er sich noch bei keinem Fall geirrt. John war ein wahrer Meister der Technik.

Dane trat zurück in den schmalen Korridor und folgte zwei Polizisten nach oben.

Dann roch er das Blut.

*Sei am Leben.* Der Gedanke schoss ihm noch einmal durch den Kopf.

Am oberen Ende der Treppe stand eine Tür offen. Mac gab Dane Deckung, während er hineinschlüpfte. Sein Blick streifte durch den Raum …

Und sah sie.

Das Herz raste ihm in der Brust, während er zu ihr eilte. Der Geruch nach Blut war überall im Zimmer, schwer und widerlich süß füllte er seine Nase.

Amys Hand- und Fußgelenke waren gefesselt. Der Boden um sie herum war voller Blut. Klebeband bedeckte ihren Mund.

Ihre Arme wiesen blutige Schnitte auf. In ihrem Herzen war ein tiefes Loch.

Vor nicht einmal dreißig Minuten hatte Amy noch geschrien. Jetzt war sie tot, und sein ganzer Körper straffte sich vor Wut. Sein Atem ging schnell, und er konnte die Augen nicht von ihrem starren Gesicht wenden.

Noch ein Opfer. *Zu spät.* Verdammt. Er schüttelte den Kopf. Er hasste den Anblick ihres misshandelten Körpers. *Wir haben sie nicht schnell genug gefunden.*

Dane trat von ihr weg. Beinahe wäre er auf ein am Boden liegendes Handy getreten. Was zur Hölle machte das hier? Hatte der Mörder es fallen lassen? Dane tippte an den Sender in seinem Ohr. Bevor er ins Lagerhaus gegangen war, war er verkabelt worden, sodass er zu den anderen draußen Kontakt hatte. »Wir haben Amy gefunden.« Er schluckte und fuhr fort. »Wir werden den Gerichtsmediziner brauchen.«

Er konnte sich bereits den Gesichtsausdruck des Captains vorstellen, wenn dieser die Nachricht hörte – ein Ausdruck ähnlich wie sein eigener.

Sie waren nicht schnell genug da gewesen, um das Opfer zu retten, aber der Scheißkerl konnte immer noch in der Nähe sein.

»Sucht weiter«, befahl Dane seinen Männern. »In jedem einzelnen Raum. Jeder Nische. Überall.«

Er führte die Männer an. Sie nahmen sich Zeit, bemühten sich, keine Beweise zu zerstören, suchten Zimmer für Zimmer ab. Die Luftschächte der Klimaanlage. Schränke. Lagerflächen. Alles.

Dann ging er mit seinen Männern raus. Helles Sonnenlicht strahlte auf ihn herab. Er sah die Reihe von Polizeiwagen, die unterdessen gekommen waren, und den Captain, der die Szene grimmig beobachtete. Uniformierte Beamte waren ausgeschwärmt und durchsuchten die nahegelegenen Gebäude.

*Sie werden ihn nicht finden.*

Der Mörder spielte nur mit ihnen.

Harley bewegte sich zur Seite, und Dane sah kurz Katherines Gesicht. Sie so nah am Tatort zu wissen war wie ein Schlag in den Magen. *Nein. Sie sollte nicht hier sein.*

Er rannte auf sie und den Captain zu. Er versuchte, seine Wut unter Kontrolle zu halten, aber als er Harley anfunkelte, verlor er den Kampf. »Warum zum Henker hast du sie hergebracht?« Wieso konnte der Captain nicht verstehen, was der Killer tat? Er hatte sie angerufen und hierhergelockt.

»Er hat sie aus einem bestimmten Grund hier haben wollen«, erwiderte Harley mit rauer Stimme, »und sie hat darauf bestanden, mitzukommen.«

Dane glaubte allmählich, dass sie sterben wollte.

Aber der Captain hatte recht. Der Anruf an Katherine war geplant gewesen. Der Killer war zu schlau, das Telefon des Opfers zu benutzen – er wusste, dass sie die Identität des Opfers herausfinden und das Handy orten konnten –, *außer er wollte uns hier haben.*

Der Bastard führte sie an der Nase herum.

*Weil er zusehen will.*

»Die Männer sollen weiter ausschwärmen.« Sein Blick wanderte von den näheren Gebäuden weg und hob sich. »Schicken Sie welche da hoch.« Er deutete auf die Häuser weiter rechts. »Er hat das in Szene gesetzt und seine Akteure herbeigerufen. Ich wette, er ist geblieben, um es sich anzusehen.«

Der Killer wollte glauben, dass er das Spiel kontrollierte. Ein krankes Spiel, an dem er als einziger Spaß hatte.

Harley schickte die Polizisten los. Sie rannten zu dem ersten Gebäude, auf das Dane gedeutet hatte, eine vierstöckige Lagerhalle, die dem Täter eine perfekte Aussicht auf die Polizeiwagen erlaubte, als diese eintrafen.

»Er hat uns kommen sehen«, sagte Dane. »Er hat uns die ganze Zeit beobachtet.«

Katherine berührte ihn vorsichtig und zögernd am Arm. »Sie war tot?«

Er nickte. Der Wagen der Gerichtsmedizin war bereits da. Gleich würde Ronnie reingehen, um die Leiche zu untersuchen. »Sie war noch warm.«

Katherine atmete zitternd aus.

Sein Blick wanderte über ihren Kopf hinweg und fiel auf den Marshal. »Bringen Sie sie zurück aufs Revier«, sagte er zu Ross. Er konnte den Tatort noch nicht verlassen, sonst hätte er sie selbst weggebracht. Aber er wollte sie nicht hier draußen haben. Sie war zu angreifbar. Was für ein Spiel der Killer auch immer zu spielen gedachte, er würde sich etwas Neues ausdenken müssen.

Ross nickte, während sein Blick zu den Gebäuden auf der rechten Seite wanderte.

»Sorgen Sie für ihre Sicherheit«, fügte Dane hinzu. Das Letzte, was er sehen wollte, war Katherine auf einen Tisch gefesselt. Mit Klebeband über dem Mund. Und Blut, das ihr die Arme hinabtropfte.

Die Frau da drinnen, mit ihrem dunklen Haar und ihrer hellen Haut, hätte ein Ersatz für Katherine sein können. Würde der Killer bald *sie* jagen?

Dane sah grimmig zu den Gebäuden hoch. *Du kannst sie nicht haben.*

# – 7 –

Polizisten bewachten die Eingangstür von Katherines Haus. Ein Streifenwagen war am Ende ihrer Einfahrt positioniert. Wenn sie irgendwelche Nachbarn gehabt hätte, wären die armen Leute zu Tode erschrocken gewesen.

Aber sie hatte keine Nachbarn. Weil sie nicht wollte, dass sie ihr nahekamen. Weil sie nicht wollte, dass irgendjemand ihr nahekam.

»Wissen Sie irgendetwas über das Opfer?«, fragte sie, während sich ihre Finger um die Kaffeetasse vor ihr schlossen. Es war schon fast acht Uhr abends. Vermutlich hätte sie so spät keinen Kaffee mehr trinken sollen, aber es gab so viele Dinge in ihrem Leben, die sie nicht hätte tun sollen.

Der Kaffee würde sie nicht umbringen. Der Valentinstag-Killer hingegen? Vielleicht schon.

Ross schüttelte langsam den Kopf. Wie ein Schatten war er den ganzen Tag bei ihr geblieben, ein Schatten, für den sie dankbar war. »Ihr Name ist Amy Evans. Sie ist geschieden. Einunddreißig.« Er seufzte. »So viel hab ich herausgefunden, dann ...«

»Dann wurden Sie als Babysitter für mich abgestellt«, ergänzte sie mit hängenden Schultern.

Der Küchenstuhl ächzte unter ihm, als er sein Gewicht verlagerte. Sie sah hoch und bemerkte, dass sein Blick härter geworden war. »Haben Sie noch die Waffe?«, fragte Ross.

Für sie war er immer Ross. Niemals Anthony, niemals Tony. Er war drei Jahre lang ihr Betreuer gewesen. Hatte ihr in dieser Zeit zwei neue Identitäten gegeben. Aber sie nannte ihn immer Ross, weil sie die Distanz zwischen ihnen wahren wollte.

Weil sie ihm nicht vertraute.

*Ich vertraue niemandem.*

Noch nicht einmal Männern mit Dienstmarken.

»Katherine.«

Sie blinzelte.

»Haben Sie die Waffe noch?«

Er hatte sie ihr an dem Tag gegeben, als sie Boston verließen. Sie wusste nicht, ob es zum Standardprozedere gehörte, den Zeugen zu bewaffnen. Sie bezweifelte es, aber sie hatte etwas in Ross' Augen gesehen. Eine Geschichte, nach der zu fragen ihr der Mut gefehlt hatte. Er hatte ihr die Waffe gegeben und gesagt: »Wenn der Bastard *Sie jemals findet, dann verschwenden Sie keine Minute damit, mit ihm zu reden. Schießen Sie sofort.*«

Ihre Finger schlossen sich fester um die Tasse. »Ich habe sie noch«, sagte sie. Sie hatte sie auf jeden Fall noch, und sie verbrachte zehn Stunden die Woche auf dem Schießstand, um sicherzustellen, dass sie auch damit umgehen konnte.

In den Jahren seit jener schrecklichen Entdeckung im Keller hatte sie Schritte unternommen, um stärker zu werden. Inzwischen war sie eine verdammt gute Schützin, und sie hatte zahllose Stunden in Selbstverteidigungskursen verbracht.

Wenn sie je wieder einem Mörder gegenüberstünde, wäre sie nicht mehr unvorbereitet.

»Ist sie geladen?«

Sie schüttelte den Kopf.

»Laden Sie das verdammte Teil, Kat … Katherine. Behalten Sie die Waffe nahe bei sich, und wenn es nötig ist, schießen Sie. Er ist den ganzen Weg bis nach New Orleans gekommen.«

»Er … er hat noch nie zuvor versucht, mir etwas anzutun.«

»Er ist ein verdammter psychotischer Killer. Nur weil er es bisher nicht getan hat, heißt das noch lange nicht, dass er Ihnen nicht das nächste Mal mit dem Messer in der Hand gegenübersteht.«

Etwas von dem heißen Kaffee lief über und tropfte auf ihre Hand. Die Hitze brannte auf der Haut, aber sie ignorierte den Schmerz. »Er hatte nie gewollt, dass ich herausfinde, was er tat. Das hat er mir damals in jenem Keller gesagt.« Warum rief er sie also jetzt an? Und lockte sie zu seinem Tatort? Vielleicht hatte Ross recht. Vielleicht würde sie jetzt eines seiner Opfer werden.

»Tragen Sie die Waffe bei sich«, wiederholte Ross mit leiser Stimme, »und vergessen Sie niemals, was er ist.«

Ihr Blick wich seinem nicht aus. »Das werde ich niemals vergessen können.«

Es gab einen Moment der Stille, dann hörte sie Stimmen. Polizisten, die auf ihrer Veranda mit Dane redeten. Sie schob den Kaffee beiseite und eilte ins Wohnzimmer, genau in dem Moment, als er das Haus betrat.

Die leichten Falten um seinen Mund wirkten tiefer, und er hatte Schatten unter den Augen. Ein Blick in sein Gesicht genügte, um ihr zu sagen, dass er den Mörder nicht gefunden hatte.

»Nach dem letzten Mord hat er Ihnen etwas geschickt«, sagte Dane.

Die blutroten Rosen und das Foto, das seinen Mord für die Ewigkeit festhielt. Um sein Meisterwerk zu zeigen. Der Valentinstag-Killer hatte auch in Boston Fotos seiner Opfer gemacht. Die Polizei hatte damals versucht, ihn über das Papier und die Tinte, die er dafür benutzt hatte, ausfindig zu machen, aber sie hatten ihn nicht aufspüren können.

»Wenn der Täter an seiner Gewohnheit festhält, wird er Ihnen wieder ein Geschenk schicken.«

Ihre Hand begann, ein wenig zu pochen. Sie presste die Finger gegen ihren Oberschenkel.

»Ich werde da sein, wenn er kommt. Oder wenn jemand anderes mit irgendeiner Art Paket kommt.«

»Ich kann bleib…«, sagte Ross sofort.

Aber Dane schüttelte den Kopf. »Meine Schicht.« Sein Blick blieb bei Katherine. »Jetzt bin ich für sie da.«

Dane würde die Nacht bei ihr verbringen. Wieder. Zumindest hatte sie ein Gästezimmer, das er benutzen konnte.

Ein Zimmer genau gegenüber von ihrem.

Ross' Finger strichen ihr über den Arm. Instinktiv versteifte sie sich, aber er sagte nur: »Ich werde am Morgen wiederkommen.«

Sie nickte.

Er beugte sich zu ihr. »Vergessen Sie nicht, was ich gesagt habe.« Seine Worte waren ein leises Flüstern, das Dane nicht würde hören können.

Doch als Ross zurücktrat, sah sie das Misstrauen in Danes Gesicht.

»Detective«, sagte Ross und nickte ihm zu, »wenn es irgendein Problem gibt …«

»Ich hab Sie auf Kurzwahl«, erwiderte Dane mit einem knappen Nicken.

Als Ross gegangen war, schloss Dane die Tür und verriegelte sie. Das Haus, das sie immer als zu groß für sich empfunden hatte, erschien ihr plötzlich sehr klein.

# – 8 –

»Was hat er zu Ihnen gesagt?«, fragte Dane. »Er hat Ihnen etwas zugeflüstert, direkt bevor er gegangen ist.«

»Ich habe eine Waffe, die ich in meinem Nachttisch aufbewahre. Ross hat mich daran erinnert, dass ich sie immer bei mir haben sollte.« *Sie benutzen.*

»Er hat recht«, stimmte Dane zu, während sein Blick über sie wanderte.

Sie schüttelte den Kopf. »Er hat mir nie etwas getan.«

Drei Schritte, und Dane stand vor ihr. Er griff nach ihren Händen. »Er hat diese Frauen *gefoltert.* Sagen Sie mir nicht, er würde Sie nicht aufschlitzen, wenn er die …«

Sie zog die Luft zwischen den Zähnen ein, als seine Finger auf die Verbrennung an ihrer Hand drückten.

»Was ist?«, Sein Blick wandte sich nach unten. Sie senkte ebenfalls den Kopf und sah die roten Streifen auf ihrer Haut. »Was ist passiert?«

»Ich … habe Kaffee verschüttet.« Katherine versuchte, ihm ihre Hand zu entziehen. »Es ist nichts.«

Aber er zog sie hinter sich her in die Küche. Drehte den Hahn auf. Hielt ihre Hand unter den Wasserhahn. Das eiskalte Wasser fühlte sich gut an auf ihrer Haut. Oder vielleicht waren es seine Finger, die sich so gut anfühlten. Stark. Gebräunt und langgliedrig.

Sie sah auf. Sein Blick ruhte nicht auf ihr, sondern auf ihrer Hand. Auf dem Wasser, das über eine kleine Verletzung floss, die keine Rolle spielen sollte.

»Wir müssen da Salbe draufmachen. Wir müssen ...«

»Ich hatte schon schlimmere Verbrennungen.« Oft sogar, als sie noch ein Kind gewesen war. »Das ist nichts.« Sie machte einen Schritt zur Seite, da es sie nervös machte, ihm so nah zu sein.

Er drehte den Wasserhahn zu.

Sie wich zurück und stieß gegen die Arbeitsfläche. Großartig. Es gab quasi kein Entkommen. Die Küche war klein. Oder vielleicht war auch einfach nur er zu groß.

»Sagt Ihnen der Name Amy Evans etwas?« Danes Blick war aufmerksam, undurchdringlich.

»Ich weiß, sie war das Opfer. Das habe ich auf dem Revier gehört.«

»Aber Sie haben sie nicht *gekannt*?«, fragte er nach.

»Ich glaube nicht. Ihr Foto war auf einem der Monitore dort, aber ich hatte sie noch nie zuvor gesehen.«

»Sicher?«

Was wollte er? Wollte er, dass sie ausflippte? »Ja, ganz sicher. Warum?« Sie hielt den Atem an. »War sie auch Reporterin? Hat sie an einem Artikel über den Valentinstag-Killer gearbeitet?«

»Nein, Amy war keine Reporterin. Sie war Anwältin.« Er atmete langsam aus. »Wir überprüfen sie gerade, um festzustellen, was die Verbindung sein könnte zu ...«

»Mir«, beendete Katherine den Satz.

Er nickte.

»Weil die Reporterin mich kannte, denken Sie, dass Amy mich auch gekannt hat.«

»Wir müssen diese Möglichkeit in Betracht ziehen.« Seine Stimme war wie tiefes Donnergrollen.

Gänsehaut lief ihr die Arme hinauf. »Sie haben mein Telefon überprüft, oder? Sie haben Savannahs Telefonnummer gesehen.«

Er nickte.

»War es der Killer, der angerufen hat? Hatte er sie in dem Moment schon in seiner Gewalt?«

»Ja.« Eine kurze Pause. »Die Gerichtsmedizinerin glaubt, dass sie zu dem Zeitpunkt noch am Leben war.«

Sie schloss die Augen. *Verdammt. Ein verpasster Anruf.* Wenn sie nur das dämliche Telefon abgehoben hätte, vielleicht hätte sie Savannah retten können. Den Killer aufhalten können.

Und dann wäre auch Amy Evans noch am Leben.

Die Dielen knarrten unter seinen Füßen. Er fasste sie an den Schultern, aber dieses Mal schien er sich zurückzuhalten. »Ihr Tod ist nicht Ihre Schuld.«

Sie sah zu ihm auf. »Ist er das nicht?« Ihr Gefühl sagte, dass es doch so war. Savannahs Tod und so viele andere.

»Sie sind nicht diejenige, die mordet.«

»In Boston hat das keine Rolle gespielt.« So viele Leute waren hinter ihr her gewesen. Ihr waren Ziegelsteine durchs Fenster geworfen worden. Die ganze Zeit kamen Drohanrufe. Wegen der Morddrohungen war sie unter Polizeischutz gestellt worden.

Schließlich hatte sie eine neue Identität annehmen müssen, um allem zu entkommen.

»Das hier ist nicht Boston. Jetzt ist alles anders. *Alles.*« Eine tiefere Nuance lag in seiner Stimme, eine, die sie nicht ganz einordnen konnte.

Sie starrte ihm in die Augen und wollte glauben, was er sagte. Sie wollte es so sehr, aber seit drei Jahren fühlte sie sich, als laufe sie um ihr Leben.

Sie konnte nicht mehr laufen.

»Ich bin es leid.« Dieses Geständnis kam ganz unbeabsichtigt. Es war die Wahrheit, sie sagte das nicht nur so dahin.

Seine Augen verengten sich.

Sie war es leid, davonzulaufen. Immer über die Schulter zu sehen. Vor jedem Knirschen und Rasseln zu erschrecken.

Und vor allem war sie es leid, nicht zu *leben.* Zu sehen, wie alle um sie herum glücklich waren und sich verliebten, heirateten und Kinder bekamen.

Sie hatte sie beobachtet. Das Leben war an ihr vorbeigezogen. Sie hatte sich letztlich gezwungen, wieder mit jemanden auszugehen, mit Trent, aber das hatte nicht funktioniert. Sie hatte ihn nicht gewollt.

Wenn Trent sie berührte, verspannte sie sich. Sie wurde nervös und ängstlich, so wie bei fast jedem Mann, der ihr nahe kam.

Bei jedem Mann außer Detective Dane Black.

Sie ließ ihren Blick über ihn wandern.

Er war nicht im klassischen Sinne gut aussehend, das wusste sie. Er war groß und muskulös. Stark. Er trug noch sein Holster, sie konnte die Umrisse seiner Waffe erkennen. Er war ein gefährlicher Mann – mit einem gefährlichen Job.

Aber bei ihm fühlte sie sich sicher.

Das war niemandem sonst gelungen, nicht einmal Ross.

»Seien Sie vorsichtig«, sagte Dane leise.

Ihr Blick kehrte zurück zu seinem Gesicht.

»Es gibt Grenzen, die Sie vielleicht besser nicht überschreiten sollten.«

Sie fühlte, wie sich ihre Wangen röteten, und fragte sich, welchen Ausdruck ihr Gesicht wohl gehabt hatte. Dies war der Punkt, an dem sie einige Schritte zurückweichen sollte. Etwas Distanz zwischen ihn und sich bringen sollte.

In ihr Schlafzimmer gehen. Die Tür abschließen.

Aber sie konnte sich nicht bewegen.

»Manchmal«, flüsterte sie, »fühle ich mich, als wäre mein Leben vor drei Jahren zu Ende gegangen.«

»Das ist es nicht.«

Er verstand das nicht. Sie hatte monatelang wie ein Roboter gelebt. Sechsunddreißig Monate – um genau zu sein. Sie hatte vorgegeben zu leben, während ihr Körper wie in Eis gehüllt war.

Sie wollte nichts mehr vorgeben. Der Valentinstag-Killer war zurück. Diesmal war er vielleicht hinter ihr her. Sie wollte nicht sterben und nur Angst und Schmerz kennen.

Sie wollte leben.

Sie wollte Dane.

Der Atem schien in ihrer Lunge zu brennen, als sie sich zwang, sich näher zu ihm hin zu bewegen. »Du bleibst die ganze Nacht?«

Er nickte. Sein Blick war vorsichtig, und sie wollte nicht, dass er sie so ansah. Sie wollte in seine blauen Augen blicken und sehen, wie sich ihre Lust in ihnen spiegelte.

Sie streckte den Arm aus und berührte seine Brust. Ihre Finger zitterten, aber vielleicht würde er das nicht bemerken.

»Was machst du da?«, fragte Dane vorsichtig.

Na, wenn er fragen musste, dann machte sie wohl etwas falsch. Sie war eingerostet. Sie schluckte und nahm all ihren Mut zusammen. »Ich wollte dich küssen.«

»Warum?«

Sie würde jetzt keinen Rückzieher machen. »Weil ich es will.« Dann, weil sie ganz ehrlich zu ihm sein wollte, gab sie zu: »Wenn ich sterbe, möchte ich nicht bereuen, dass ich nicht gelebt habe.«

»Du wirst nicht sterben.«

Aber auch Amy Evans war sicherlich nicht an diesem Morgen aufgewacht und hatte erwartet, dass dies ihr letzter Tag auf Erden sein würde.

»Brechen wir irgendwelche Regeln, wenn wir uns küssen?« Sie schenkte ihm ein Lächeln, das sich viel zu gezwungen anfühlte. »Fraternisierung mit einer Verdächtigen? Ist das gegen die Polizei-Regeln?«

»Nein.« Eine deutliche Pause, während sein Blick über ihren Körper wanderte. »Du bist keine Verdächtige.«

Gut zu wissen.

»Aber du musst verstehen …«, sagte er mit tiefer Stimme, und seine Finger drückten sich noch etwas fester in ihre Schultern, »dass ich vielleicht nicht nach einem Kuss aufhöre.«

Sie wollte Kontrolle, Sorge und Tod vergessen und einfach nur leben. Seine Brust unter ihrer Hand war hart wie Stein. »Vielleicht will ich auch gar nicht, dass du aufhörst.«

»Katherine.« Ihr Name war ein lustvolles Stöhnen. Die gleiche Lust war nun auch in seinem Blick, denn er hatte seine Maske endlich fallen gelassen. *Ja.* Das war es, was sie sehen wollte. Sie wollte gewollt werden. Begehrt.

Nur ein Mann und eine Frau. Das war es, was sie wollte. Im nächsten Moment waren seine Hände auf ihr. Sein Mund auf ihrem. Kein sanfter, vorsichtiger Kuss. Sondern heiß. Verlangend.

Bei der ersten Berührung seiner Lippen schien ein Damm in ihr zu brechen. All die Bedürfnisse, die sich so lange aufgestaut hatten, ließen ihre Beherrschung bröckeln. Ihre Lippen öffneten sich für ihn. Seine Zunge eroberte ihren Mund.

Sie stöhnte, ein sanftes, hungriges Geräusch. Seine Hände glitten hinab, um ihre Hüften zu umfassen. Warme, starke Hände. Und sein Mund …

Der Detective wusste, wie man küsste.

Sie stand auf Zehenspitzen und lehnte sich gegen ihn. Ihre Hände hatten sich um seine Schultern gelegt, und sie hielt ihn fest. Ihre Brüste schmerzten, die Brustwarzen richteten sich auf. Sie konnte gar nicht nah genug an ihn herankommen. Sie wusste, dass sie so viel mehr als nur einen Kuss brauchte.

Dann hob er sie hoch. Ihre Münder ließen voneinander ab, und sie atmete scharf ein. Er setzte sie auf die Arbeitsfläche und stellte sich zwischen ihre Beine. Sein Mund war an ihrem Hals. Leckte. Saugte an der Haut. Biss sie vorsichtig.

Eine sinnliche Woge schien durch ihren Körper zu pulsieren. Ihre Nägel gruben sich in sein Hemd. *Das Hemd muss weg.*

Ihre Hände glitten suchend unter den Stoff, über seine Haut. Fühlten die kleinen Haare auf seiner Brust. Fühlten all diese sexy Muskeln. Seine Hitze.

Sie warf das Hemd zu Boden.

Seine Finger waren auf ihren Schenkeln. Sie schienen sie durch die Jeans hindurch zu versengen. Seine Berührung, heißer als der Kaffee, verbrannte sie.

So war es für sie früher nicht gewesen. Sie hatte nicht ….

Sie erstarrte.

*Denk nicht über früher nach.*

»Bleib bei mir«, sagte Dane und hob den Kopf. Der Blick seiner blauen Augen war intensiv, voller Leidenschaft. »Bleib bei mir.« Weicher jetzt. Seine Lippen eroberten wieder die ihren. Seine Zunge schob sich in ihren Mund. Seine Hand glitt zwischen ihre Beine, an die Stelle hoch oben zwischen den Schenkeln. Er streichelte sie sanft durch die Jeans.

*Denk nur an Dane. Nur Dane. Nichts anderes. Niemanden.*

Sie wollte keine Albträume, die ihr diese Lust nahmen.

*Dane.* Sie erwiderte seinen Kuss. Schob die Zunge gegen seine. Knabberte an seiner Lippe. Sie hob die Beine und schlang sie um seine Hüften.

Er streichelte sie weiter durch den Stoff ihrer Jeans, die Berührung zunehmend fester. Sie hatte das Bedürfnis, sich ihm entgegenzubiegen, ihn zu drängen, mehr zu verlangen, aber sie wollte nicht, dass der Moment endete. So hatte sie sich nicht mehr gefühlt seit ...

Sie brach den Gedanken sofort ab.

*Nur Dane.*

Seine Lippen hoben sich von ihren. »Lass uns die Albträume verjagen.«

Ja, bitte. Sie wollte die Albträume in einen dunklen Schrank verbannen und die Tür mit einem Vorhängeschloss sichern.

Dane ließ von ihr ab. »Ich will dich nackt.«

So wollte sie ihn auch.

»Ich bin kein sanfter Liebhaber.«

Schien er aber doch zu sein.

»Ich mag Sex gern wild und heiß.«

Klang gut in ihren Ohren.

»Und du … du brauchst mehr.«

Aber sie schüttelte den Kopf. Verstand er nicht? »Was ich genau jetzt brauche, bist du.«

»Dann, Baby, hast du mich.«

Zuerst dachte sie, sie würden sich direkt hier lieben. Aber er zog sie von der Arbeitsplatte, führte sie durch die Küche.

Danach war es ihre Aufgabe, ihn zu führen. Die Treppe hoch. Zu dem Raum auf der rechten Seite. Katherine schaltete das Licht aus, als sie ihn in ihr Zimmer zog. Sie wollte nicht, dass er ihre Augen sehen konnte – oder ihre Narben.

Noch nicht. Jetzt wollte sie, dass es einfach nur um reines Verlangen ging. Ein Mann und eine Frau.

Nichts sonst.

Sie trat aus den Schuhen, entkleidete sich mit eiligen, nicht gerade verführerischen Bewegungen. Aber im Dunkeln konnte er nicht sehen, wie unbeholfen sie sich bewegte. Er würde nicht sehen, wie sie stolperte. Er würde ihre zitternden Hände nicht bemerken.

Er würde nur ihren Schatten sehen. So wie auch sie nur seinen Schatten sehen konnte. Eine große, solide Form, die den Türrahmen ausfüllte.

Dann bewegte er sich auf sie zu. Langsame Schritte. Sie kletterte auf das Bett, zog die Decke zurück. »Äh, möchtest du …?«

»Nur dich.« Er küsste sie wieder. »Nur dich.«

Er war nackt. Warm und solide umgab er sie. Ein Teil von ihr wollte sich zurückziehen, weil es plötzlich zu viel war. Er war zu viel.

Die Erinnerungen an die Vergangenheit versuchten sie zurückzuhalten.

»Sag mir, was du magst.«

Seine Stimme ließ die Erinnerungen verschwinden.

»Dich.« Ihre spontane Antwort. Und es war wahr. Da war etwas an ihm, das sie berührte. Eine instinktive Reaktion.

Er lachte leise, und Katherine hatte das Gefühl, dass sie ihn überrascht hatte. Sie mochte sein Lachen. Es klang warm. Leicht heiser.

»Ich mag dich auch, Katherine.« Seine Finger folgten der Kontur ihrer Schulter. Glitten hinab zu ihrem Handgelenk. Er hob ihre Hand an den Mund und küsste die Innenseite ihres Handgelenks. »Aber ich möchte wissen, was dir Lust bereitet.«

Lust brannte genau jetzt in ihr. Eine Woge der Lust wegen der Rauheit seiner Zunge an ihrer Haut und an ihrem wild klopfenden Puls.

»Ich will es … wild.« Sie zwang die Worte heraus. »Heiß.« Das hatte er doch gesagt, oder? Wenn das war, was er wollte, dann …

»Da kommen wir noch hin«, versprach Dane. »Aber zuerst müssen wir uns auf dich konzentrieren.«

Er schob sich zwischen ihre Beine. Legte seine leicht rauen Fingerspitzen auf ihre Schenkel und schob sie weiter auseinander. Sie erwartete, dass er mit einem Finger in sie eindringen würde. Sie hatte sich bereits angespannt, aber Dane beugte den Kopf.

»Ich konzentriere mich gern auf dich«, flüsterte er. Dann war sein Mund auf ihr.

Sie war nicht auf den sinnliche Angriff seiner Lippen und Zunge vorbereitet gewesen, und ihr ganzer Körper versteifte sich. Sie bog ihre Hüften, nicht, um von ihm wegzukommen, sondern um diesem wissenden Mund noch näher zu sein.

Denn er schenkte ihr Lust. Er erinnerte sie nicht an die Vergangenheit. Er gab ihr nur das Gefühl …

*Zu leben.*

Als ihr erster Orgasmus sie überrollte, keuchte sie Danes Namen. Ihr Körper hob sich vom Bett, als die Lust durch ihr Blut pulsierte.

»Und ich liebe es, wie du schmeckst«, sagte er, die Worte tief und dunkel.

Das Herz hämmerte ihr in der Brust. Das Trommeln füllte ihre Ohren. Sie hatte das nicht erwartet. Nicht so schnell. Jetzt wollte sie nur noch …

*Noch einmal, bitte.*

»Bereit für den wilden Teil?«, fragte Dane. Seine Stimme war rau vor Leidenschaft. »Denn viel länger kann ich mich nicht beherrschen.« Eine sinnliche Warnung.

Sie sah, wie er ein Kondom überzog, und er war wirklich *sehr* erregt. Sie fragte sich, ob er immer ein Gummi dabei hatte, oder hatte er das hier geplant?

Seine Hände griffen nach ihr. Seine Finger schlossen sich um ihre. Nicht, um sie festzuhalten – sie hasste es, festgehalten zu werden –, sondern um sich mit ihren zu verschränken.

»Fertig?«, fragte Dane.

Sie nickte, ihr Haar strich über das Kissen.

»Dann schling die Beine um mich.«

Sie tat es.

Er hatte ihr wild versprochen, aber würde er dieses Versprechen halten?

Er schob sich in sie. Sie keuchte, als ihr Körper versuchte, ihn aufzunehmen. Drei Jahre. Nicht seit …

»Nur ich«, befahl Dane. Seine Finger griffen ihre fester. Dann zog er sich zurück. Schob sich wieder tief in sie. Härter.

Das Bett begann unter ihnen zu schaukeln. Ihre Federkernmatratze quietschte. Sie schlang die Beine um ihn, versuchte, ihre Hüfte anzuwinkeln auf der Suche nach einer Position, in der sie ihn leichter würde aufnehmen können, aber …

Er war groß.

Und es war lange her.

Er zog seine rechte Hand weg. Seine Finger glitten zwischen ihre beiden Körper. Streichelten das Zentrum ihrer Lust.

Er zog sich zurück, stieß wieder in sie hinein.

*Ja.*

Sie sah zu ihm hoch. Ihre Augen hatten sich ein wenig an die Dunkelheit gewöhnt. Sie konnte fast seine Gesichtszüge erkennen.

Ihr Polizist.

Dane.

Er zog ihre Beine höher. Drang weiter vor. Tiefer. Sie keuchte und bog sich ihm entgegen, begegnete ihm Stoß für Stoß. Wieder und wieder.

Sie kam. Ihr Körper spannte sich in einer Woge der Lust, während der Orgasmus durch ihren Körper raste.

Dane stieß sich weiter in sie. Das Verlangen wuchs, nahm ihr den Atem. Nahm ihr die Worte.

»Ich will mehr«, knurrte er und küsste sie. Sie war wild nach ihm. Die Lust war alles, was sie kannte. *Er* war alles, was sie kannte.

Sie rollten über das Bett. Nein, sie zerstörten ihr Bett, und sie liebte es. *Liebte es.*

Sie war auf ihm. Sie hob und senkte sich auf ihm, ihre Knie sanken in die Matratze. Seine Hände lagen fest auf ihren Hüften, und er zog sie seinen starken Stößen entgegen. Sie wollte, dass er kam.

Wollte, dass die Lust für immer andauern sollte.

»Nicht … genug …« Sie war wieder unter ihm. Ihre Beine waren über seinen Schultern, und er schien noch tiefer in ihr zu sein als zuvor.

Noch ein Stoß. Rückzug. Stoß.

Er hatte ihr wild versprochen. Er gab ihr wild.

Sein Körper spannte sich. Erschauerte. Sie wünschte sich fast, das Licht wäre an. Sie hätte gerne gesehen, wie seine Augen matt vor Lust wurden. Würde das Blau sich verdunkeln? Heller werden?

Ihr Atem verließ sie in einem rauen Keuchen. Ihr Herz raste.

Lust tobte noch immer durch ihren Körper. So viel Lust. Sie leckte sich über die trockenen Lippen.

Er nahm ihre Beine runter. Blieb aber noch in ihr.

Sie schlang die Arme um ihn. Hielt ihn fest an sich gepresst.

*Es ist nur Sex. Nur Sex.* Dieses Mantra wiederholte sie wieder und wieder in ihrem Kopf. Sie würden sich in ein paar Minuten voneinander lösen. Die Lust war befriedigt worden. Das Verlangen erfüllt.

Aber sie wollte nicht, dass er ging.

*Dane.* Er hatte bewirkt, dass sie sich wieder normal fühlte. Hatte ihr die Lust gegeben, die andere Frauen mit ihren Geliebten erlebten.

Sie hatte keinem Mann je genug vertraut, dass sie ihn so nah an sich herangelassen hätte.

Warum ihm?

Doch dann löste er sich von ihr, so wie sie gewusst hatte, dass er es tun würde. Er machte sich wortlos auf ins Badezimmer. Katherine angelte nach der Decke, da sie sich plötzlich viel zu entblößt fühlte. Dann hörte sie seine Schritte zu ihr zurückkommen.

Er würde jetzt gehen. In das Zimmer auf der anderen Seite des Flurs verschwinden. Am Morgen würden sie eine peinliche Unterhaltung führen und …

Er stieg wieder zu ihr ins Bett.

Sie erstarrte, als er die Arme um sie legte. Sie hätte schwören können … hatte er ihr gerade einen Kuss auf den Kopf gedrückt?

»Es ist okay, Katherine«, sagte er leise. »Du bist heute Nacht sicher.«

Tränen drohten ihre Augen zu füllen. Dumme Tränen. Sie hatte sich so lange schon nicht mehr erlaubt zu weinen. Sie würde auch jetzt nicht weinen. »Natürlich bin ich das«, murmelte sie und hoffte, dass ihre Stimme nicht schwach klang. »Ich habe eine Pistole einen Meter entfernt in meinem Nachtschrank.«

Darüber lachte er. Das gleiche, heisere, tiefe Lachen wie zuvor, und das Geräusch schien sie wieder zu wärmen.

Ja, sie hatte Ross' Waffe in der Nähe. Und sie hatte warme, starke Arme um sich. Jemand hielt sie im Dunkeln.

*Nicht weinen. Nicht zusammenbrechen.*

Sie konnte ihn noch immer in sich fühlen. Nachbeben der Lust zogen sich noch immer durch ihren Unterleib. Aber noch besser als das fand sie die Art, wie er sie hielt.

Sein Körper so dicht an ihrem.

Ihre Lider senkten sich. Sie würde natürlich nicht schlafen können, wenn er hier war. Sie würde ein paar Minuten warten. Dann würde sie ihm sagen, er solle in das Zimmer gegenüber gehen. Sie wollte ihn nicht bei sich haben, wenn die Dämmerung kam. Wollte nicht, dass er sie bei Licht sah.

Sie würde ihm bald sagen, dass er gehen sollte.

Bald.

Katherine schlief mit dem Polizisten.

Verdammt. Sie *vögelte* ihn. Sie hatte ihn gerade erst getroffen. So viel war ihre Eiskönigin-Routine also wert.

Das Fernglas hatte einen perfekten Blick in Katherines Haus geboten. Sie hätte die beschissenen Rollos in der Küche schließen sollen. Aber nein, ihre Küche war hell erleuchtet gewesen. Sie hatte dem Bullen erlaubt, sie überall zu betatschen.

Sie hatte sich gewunden und gegen ihn gedrückt und sah aus, als wollte sie verzweifelt jede einzelne seiner Berührungen.

*Sie* war diejenige, die angeblich besonders war? Sie war nur eine Hure. Katherine hatte die Maske fallen lassen.

Sie war mit dem Bullen aus der Küche gerannt. Nach oben, aber dort hatte sie immerhin so viel Verstand besessen, endlich das Licht auszuschalten.

Das Fernglas war jetzt im Auto. Es war nutzlos. Bullen waren vor Katherines Tür. Ein Bulle war in ihrem Bett.

*Sie wird bezahlen.*

Diese Idioten dachten, heute Nacht sei Katherine dran.

Nein, Katherine würde dieses Päckchen nicht bekommen.

Einige Momente später wurde der Motor des Wagens angelassen. Das Auto glitt langsam in die Dunkelheit. Die Polizisten warfen ihm nicht mehr als einen flüchtigen Blick zu, als es die Straße hinabfuhr.

*Es hätte schwieriger sein sollen.* Der Gedanke war sofort da. Aber zu töten war nicht schwierig.

Besonders wenn die Welt so voller leichter Beute war.

# – 9 –

Er wachte auf und stellte fest, dass Katherine fest an ihn geschmiegt lag. Ihr Körper war weich und sinnlich, sie roch leicht nach Erdbeeren, und ihr Kopf ruhte an seiner Schulter.

Seine Hand war auf ihrer Hüfte. Ihr Bein lag über seinem Schenkel.

Es fühlte sich an, als sei er im verdammten Himmel.

Dane hatte letzte Nacht nicht vorgehabt, mit ihr zu schlafen. O ja, er hatte sie begehrt. Die meisten Männer würden einen lebenden, atmenden feuchten Traum wie Katherine Cole begehren, aber …

Er hatte das Kondom mitgenommen, nur für den Fall, dass die hartnäckigen Fantasien in seinem Kopf Wirklichkeit werden würden. Man durfte die Hoffnung eben nicht aufgeben. Er hatte nicht damit gerechnet, dass sie ihm grünes Licht geben würde. Aber dann hatte sie ihn mit diesen großen, intensiven Augen angesehen.

Und seine Selbstkontrolle hatte sich verabschiedet.

Von ihr abzulassen hätte mehr Stärke gekostet, als er hatte. Daher war es wirklich eine verdammt gute Sache, dass sie ihn zu sich gezogen hatte. Ihn nicht weggestoßen hatte.

Er drehte den Kopf auf dem Kissen, sodass er sie ansehen konnte. Sie sah jünger aus, wenn sie schlief. Verletzlich. Die langen Wimpern warfen Schatten auf ihre Wangen.

Er konnte die glatte Haut ihrer Schultern sehen. Samtweich und …

Seine Augen verengten sich, seine Hand hob sich und fuhr vorsichtig über die Oberseite ihrer rechten Schulter. Die Haut war leicht erhaben. Nicht nur an einer Stelle, sondern an vier. Vier vage Kreise. Alte Narben, die aussahen wie …

»Verbrennungen.« Sie öffnete nicht die Augen, aber ihr Körper war plötzlich angespannt. »Von Zigaretten, um genau zu sein.«

Er hatte solche Verbrennung schon gesehen. Wenn er berücksichtigte, wie sehr sie bereits verblichen waren … »Da musst du noch ein Kind gewesen sein.«

»Ich schätze, Agent Wayne hat recht, dass ich auf eine ähnliche Geschichte wie der Valentinstag-Killer zurückblicken kann. Wir hatten beide eine ziemlich verkorkste Kindheit.« Ihre Augen waren noch immer geschlossen. Er hatte das Gefühl, dass sie sich vor ihm versteckte. Oder vielleicht war es einfacher für sie zu sprechen, wenn sie ihm dabei nicht in die Augen sehen musste.

»Meine Mutter hat auch Drogen genommen – wie seine. Und wenn sie high war, hat sie mich verbrannt.«

Er biss die Zähne zusammen. »Wie lange?«

»Als ich neun war, schickte man mich erst ins Heim, dann in eine Pflegefamilie.«

Neun Jahre. War sie die ganze Zeit durch die Hölle gegangen? Die Narben sagten, dass dem so war.

»Hast du noch mehr davon?« Denn diese Narben machten ihn sauer. Er wollte nicht, dass irgendjemand oder irgendetwas ihr wehtat. Jemals.

»Nicht da, wo man sie sehen kann.«

Sie versuchte, sich ihm zu entziehen, aber Dane war nicht bereit, sie loszulassen.

»Du hättest letzte Nacht ins andere Zimmer gehen sollen. Nach …«, sie brach ab und räusperte sich.

»Nach dem verdammt fantastischen Sex?« Es war unglaublich gewesen. Der beste, den er je gehabt hatte. Dabei hatte er nicht gerade im Zölibat gelebt.

Ihre Wangen färbten sich.

Sie war so verdammt süß. »Du bist nicht, was ich erwartet hatte.«

Ihre Lippen öffneten sich erstaunt, und ihr Gesicht schien eine Nuance blasser zu werden. »Du meinst, weil ich die Geliebte eines Serienmörders war, hast du etwas anderes von mir erwartet?« Sie schob ihn weg. »Ich bin nicht so abartig, wie die Zeitungen mich hingestellt haben. Ich bin nicht verdorben oder pervers.« Sie seufzte. »Ich bin einfach nur *ich*.«

»Verdammt, ich meinte …«

»Die Nacht ist vorbei«, fuhr sie ihn an. »Es ist an der Zeit, zur Wirklichkeit zurückzukehren.«

Er würde lieber zur Nacht zurückkehren, aber Katherine war aus dem Bett geklettert und hatte den Großteil der Bettdecke mit sich gezogen.

Weil er nicht schüchtern veranlagt war, stand Dane auf. »Das habe ich nicht so gemeint, wie es klang.«

Katherine legte den Kopf in den Nacken. Das Haar fiel ihr lose über die Schultern. »Wie hast du es dann gemeint?«

»Ich hatte nicht erwartet, dass ich dich berühren und in etwa zwei Sekunden von Null auf komplette Ekstase beschleunigen würde.«

Sie blinzelte.

»Ich will dich.« Sie müsste blind sein, das nicht zu bemerken, wenn man die Latte bedachte, mit der er aufgewacht war und die kaum zu übersehen war. »Aber unser Timing ist gerade ungünstig.«

Ihre Lippen öffneten sich.

»Wenn dies nicht mein Fall wäre, würde ich dich anständig zum Essen ausführen.«

»Du …«, Katherine räusperte sich. »Was willst du von mir?«

Ihr Vertrauen. Er brauchte es, um den Fall zu lösen. Aber er konnte das nicht sagen. Daher blieb er bei der Wahrheit, die er ihr sagen konnte. »Ich will alles, was du mir geben kannst.« Denn das eine Mal mit ihr genügte ihm nicht. Die letzte Nacht war nur ein Vorgeschmack gewesen. Hatte gerade seinen Appetit geweckt.

Doch bevor er etwas hinzufügen konnte, klingelte es an der Tür. Verdammt. Er blickte auf die Uhr. Sieben Uhr. Noch nicht ganz Zeit für den Schichtwechsel, und selbst wenn es so weit gewesen wäre, hätte Dane keine Lust gehabt zu gehen. Er und Katherine mussten noch einiges klären.

Aber sie warf sich einen Morgenmantel über und band ihn zu. »Was, wenn sie noch etwas gefunden haben?«

Sie ging aus dem Zimmer, und er schlüpfte eilig in seine Jeans, um ihr zu folgen, obwohl er bereits wusste, dass die Polizei nichts gefunden hatte. Er hätte einen Anruf erhalten, wenn dem so gewesen wäre.

Er kam hinter ihr die Treppe herunter. Bevor sie die Tür öffnen konnte, hielt er sie am Arm zurück. Er sah durch den Spion und fluchte.

»Was?«, wollte Katherine wissen. »Wer ist es?«

Er seufzte und fuhr sich mit einer Hand durchs Haar. »Dein Ex.« Was Dane betraf, so war Trent jetzt definitiv ein Ex.

Die Farbe wich aus ihrem Gesicht.

Oh, verdammt. Dane griff nach ihr. »Nicht der Killer.« Er musste vorsichtiger sein. »Trent. Der, mit dem du zuletzt zusammen warst.«

Sie atmete aus. Dann weiteten sich ihre Augen alarmiert. »Warum ist er hier?«

Dane war selbst ziemlich interessiert daran, das herauszufinden. Er riss die Tür auf, während eine der Polizistinnen, die er angewiesen hatte, vor dem Haus Wache zu halten, sich schon vor Trent aufgebaut hatte, um ihn zurückzudrängen. »Sie können ihn durchlassen, James«, sagte Dane.

Karen James blickte zurück und nickte kurz.

Trent machte einen Schritt nach vorne. »Was zur Hölle geht hier vor?«, wollte er wissen, als sein Blick auf Katherine fiel. »Warum ist die Polizei an deiner Tür?«

»Ich …«

»Bei ihr wurde eingebrochen«, erklärte Dane. Hey, das stimmte sogar. »Die Polizisten draußen sind nur eine Vorsichtsmaßnahme.«

»Ziemlich heftige Vorsichtsmaßnahme.« Aber Trent schob sich bereits an Dane vorbei und zog Katherine an sich. »Ich habe mir solche Sorgen gemacht, als ich das Polizeiauto sah. Ich hatte befürchtet, dir könnte etwas zugestoßen sein.«

Danes Augen verengten sich zu Schlitzen. Der Psychiater hatte noch ungefähr zwei Sekunden, dann würde er ihn von Katherine wegzerren. Eins, zw…

Katherine schob Trent weg. »Was machst du hier?«

Trent schüttelte den Kopf und schien zu bemerken, dass Katherine nicht vollständig bekleidet war.

Sein Blick fiel auf Dane.

Dane hob die Brauen. *Ja, ich bin auch nicht ganz angezogen.*

»Katherine.« Er zischte ihren Namen geradezu.

Diesen Ton mochte Dane nun gar nicht.

»Wer ist das?«, wollte Trent wissen und deutete mit dem Kopf zu Dane.

»Das ist Detective Black. Er arbeitet an dem Fall.«

»Sieht aus, als würde er an mehr arbeiten.«

Katherine trat von ihm zurück. »Wieso bist du hier?«, verlangte sie zu wissen.

Dane gefiel der Ärger in ihrer Stimme.

Trent rümpfte die Nase. Er rümpfte die Nase? *Was für ein Wichser.* Und seine Augenbrauen hoben sich. »Ich wollte vorbeikommen und mit dir reden. Ich wollte, dass du es dir noch einmal überlegst.«

»Trent.« Sie seufzte und schüttelte den Kopf. »Ich habe es dir gesagt, es ist vorbei mit uns. Du bist ein großartiger Mann. Aber ich könnte dir nicht geben, was du brauchst.«

»Konntest du es ihm geben?«

Die leisen Worte bewirkten, dass Danes Körper sich spannte. Er machte einen schnellen Schritt nach vorn.

Doch bevor er irgendetwas tun konnte, hob Katherine die Hand und hielt ihn zurück. »Wir hatten keine so feste Beziehung, dass wir mit niemand anderem ausgehen konnten, Trent. Nach unserer letzten Unterhaltung – genau hier auf dieser Veranda – hatten wir überhaupt keine Beziehung mehr.« Ihre Worte waren leise und ruhig, aber ein zartes Rosa färbte ihre Wangen. »Es tut mir leid, wenn ich dich in irgendeiner Art getäuscht habe – das war nicht meine Absicht –, aber ich bin nicht die richtige Frau für dich. Ich bin …«

»Gestört«, warf Trent ein. »Ich weiß das, okay? Evelyn hat mir das als Warnung mitgegeben.« Er drehte sich weg und begann, auf und ab zu laufen.

Gestört? Das Wort hallte in Danes Kopf wider. Er stellte sich Trent in den Weg. »Sie gehen jetzt besser«, sagte er und versuchte, seine Wut im Zaum zu halten.

Trents Kopf ruckt hoch, und er wäre fast mit Dane zusammengestoßen. »Was?«

»Sie ist nicht gestört.« Dane hasste dieses Wort. Er hasste den Schmerz, den er in Katherines Augen hatte aufflammen sehen. »Und sie ist nicht Ihre Angelegenheit.« Er deutete Richtung Tür. »Nun setzen Sie Ihren Hintern in Bewegung.«

Trents Kiefer klappte nach unten. Sein Blick fiel auf Katherine. »Kat?«

»Sie *hasst* es, Kat genannt zu werden«, sagte Dane und ließ ihn nicht aus den Augen. »Das sollten Sie schon längst wissen.«

Der Holzboden knarrte unter Katherines Füßen. »Auf Wiedersehen, Trent.«

Der Kerl starrte sie mit leerem Gesichtsausdruck an.

»*Die Tür*«, erinnerte ihn Dane.

Wut ließ Trents Miene hart werden, aber er drehte sich um und marschierte zur Tür. Dane sprach nicht, bis der Idiot endlich verschwunden war. Dann wandte er sich an Katherine.

»Mit diesem Typen hast du geschlafen?«

»Nein.« Sie ging zur Treppe. »Nach drei Jahren bist du der erste Mann, mit dem ich geschlafen habe.«

Jetzt war er an der Reihe, hinter ihr herzustarren – mit offenem Mund, genau wie Trent.

Ihre Hand umgriff das Geländer fester. »Ich habe Schwierigkeiten, Leuten zu vertrauen. Du weißt schon, weil ich *gestört* bin.«

Er eilte hinter ihr her, fasste sie an der Schulter und zwang sie, ihn anzusehen. »Du bist nicht gestört.«

Ihr Lächeln war traurig. »Du kennst mich doch gar nicht. Und wenn du mich kennen würdest, hättest du vielleicht Angst vor mir.«

Sie entzog sich seinem Griff, ging die Treppe hoch und schloss die Tür des Schlafzimmers hinter sich.

Dieses Mal folgte er ihr nicht. Er war zu sehr damit beschäftigt, über den gequälten Ausdruck in ihren Augen nachzudenken.

Trent Lancaster marschierte in sein Büro. Die Wut brannte noch immer in ihm.

Katherine war nur halb angezogen gewesen, mit diesem grinsenden Trottel von einem Polizisten an ihrer Seite.

»Trent?« Seine Partnerin Evelyn Knight kam mit gerunzelter Stirn in sein Büro. »Was ist los?«

Er drehte sich zu ihr um. Er wollte ihr sagen, dass er allein sein musste, aber er hielt inne, als er die Sorge in ihrem Gesicht sah.

Die gute alte Evelyn. Sie hatten sich im College in Emory kennengelernt. Sie waren sogar mal eine Zeit miteinander ausgegangen, aber er hatte schnell begriffen, dass sie eher Freunde als ein Paar waren.

Evelyn hatte versucht, ihn vor Katherine zu warnen. Als er angefangen hatte, sich für sie zu interessieren, hatte Evelyn ihm gesagt, er solle sich von ihr fernhalten.

Aber Katherines Beine brachten ihn um den Verstand. Und ihre Augen – sie ließen ihn an Sex denken.

Dann hatte sie ihre Therapie bei Evelyn beendet. Es hatte keinen Grund mehr gegeben, warum er sie nicht hätte fragen sollen, ob sie mit ihm ausgehen wollte.

Er würde nicht sagen, dass er von seinen Emotionen kontrolliert wurde. Eher von seinen grundlegenden Bedürfnissen. Und diese Impulse hatte Katherine auf jeden Fall in Gang gesetzt.

Aber dann hatte sie den Polizisten gevögelt. Unvorstellbar.

»Was ist los?« Evelyn sah sich im Büro um. »Was ist passiert?«

Er seufzte. »Nichts.« Er straffte die Schultern. In seinem Büro hatte er sich immer unter Kontrolle. Er hatte sich überall unter Kontrolle. »Katherine und ich … wir haben beschlossen, uns zu trennen.«

Evelyns graue Augen weiteten sich, bevor sie rasch nickte. »Das war die beste Entscheidung, die du hättest treffen können, Trent. Diese Frau wird noch lange Zeit nicht für eine dauerhafte Beziehung bereit sein.«

Er war eigentlich auch nicht auf *für immer* aus gewesen. Aber auf ein paar gute Nummern? Klar.

»Ich hätte dir nicht so viel sagen sollen, wie ich es schon getan habe.« Sie hob ihr rundliches Kinn. »Du hättest nicht mit ihr ausgehen sollen.«

»Ja, nun. Ich bin erst mit ihr ausgegangen, nachdem du aufgehört hattest, sie zu behandeln.« Daher war es nicht zu einem Interessenkonflikt gekommen. Er war vorsichtig gewesen. Er gab sich keine Blößen. Das Letzte, was er gewollte hätte, wäre ein Verfahren gewesen. Nach seiner Scheidung konnte er sich keine weiteren Geldprobleme erlauben.

Durch die Scheidung hätte er fast seine Praxis verloren. Was hatte er erwartet? Seine Exfrau war Scheidungsanwältin. Sie hatte genau gewusst, wie sie ihn aussaugen konnte.

*Vielen Dank für alles, Liebling.*

Gut, dass Evelyn da gewesen war, um ihm finanziell auszuhelfen. Sie war immer da, um ihm zu helfen.

»Katherine braucht noch mehr Therapie – sehr dringend sogar.« Evelyn stieß seufzend den Atem aus. »Aber wir können denen, die keine Hilfe wollen, nicht helfen, stimmts?«

Das war Evelyns Mantra.

Er drehte sich um und ging zu seinem Tisch. Sein erster Patient würde um zehn Uhr kommen. Er würde sich konzentrieren, den Tag hinter sich bringen und dann in einem Club irgendeine sexy Brünette abschleppen. Er würde sie vögeln und sich vorstellen, sie sei Katherine, und die Welt wäre wieder in Ordnung.

Oder größtenteils in Ordnung jedenfalls.

Er runzelte die Stirn. Mitten auf seinem Tisch lag eine weiße Schachtel direkt neben einer Vase mit frischen Rosen. Er *hasste* Blumen. Nur weil bald Valentinstag war, bedeutete das noch nicht, dass er verdammte Rosen in seinem Büro haben musste. Verkäufer drehten einem die Dinger an jeder Straßenecke an.

*Ich will sie nicht hier haben.*

Trent würde sicherstellen müssen, dass die Rezeptionistin wusste, dass sie keine mehr in sein Büro stellen dürfte. »Wann ist das gekommen?«, fragte er, während er auf die Schachtel starrte.

Evelyn war schon fast an der Tür. Sie sah über die Schulter zurück. »Wann ist was gekommen?«

Er hielt die Schachtel hoch.

»Vielleicht hat eine der Sekretärinnen es reingebracht«, erwiderte Evelyn achselzuckend. Sie verließ das Zimmer auf ihre übliche forsche Art.

Trent betrachtete die Schachtel, während der Duft der Rosen ihm in die Nase stieg. Die weiße Schachtel war nicht von ihrem üblichen Kurierdienst. Es stand nichts drauf – sie sah fast aus wie die Schachteln von der Bäckerei an der Ecke. Vielleicht war es eine Kuchenlieferung. Eine der Sekretärinnen könnte versuchen, sich bei ihm einzuschmeicheln.

Er schob einen Finger unter den Deckel und hob ihn hoch. Die Schachtel rutschte ihm fast aus der Hand, als er sich setzte. Rosenblütenblätter quollen über den Rand auf seinen Schreibtisch. »Was zum Teufel …?«, begann Trent.

Dann sah er die Fotos und konnte gar nicht mehr sprechen.

Seine Finger zitterten. Das erste Foto war eine Nahaufnahme von der Brust einer Frau. So viel Blut. Jemand hatte ihr ein Messer ins Herz gestoßen. Sein eigenes Herz raste so sehr, dass es ihm aus der Brust zu springen drohte. Sein ganzer Körper fühlte sich eiskalt an, als er das Foto anstarrte.

Das zweite Foto zeigte den ganzen Körper der Frau. Die Schnitte auf ihren Armen. Das Seil, das ihre Hand- und Fußgelenke fesselte. Das Klebeband über ihrem Mund.

Ihre Augen waren geschlossen, das Haar hing ihr wirr um den Kopf.

Ein Gesicht, das er nur zu gut kannte.

Ein Gesicht, das er einmal geliebt hatte.

Ein Gesicht, von dem er gedacht hatte, er hasse es aus tiefstem Herzen.

*Amy.* Seine Exfrau.

Übelkeit rollte durch seinen Magen, und der Schweiß brach ihm aus allen Poren. *Nicht Amy. Nicht Amy.*

»Evelyn!«, schrie er, ließ die Fotos fallen und übergab sich in den Mülleimer.

Der Fahrstuhl fuhr langsam das Bürohochhaus hinauf. Danes Augen beobachteten die blinkenden Kontrolllichter. Nur noch ein paar Stockwerke bis zur Psychiatrischen Praxis Lancaster & Knight.

»Wir haben gerade die Verbindung zwischen den beiden gefunden«, sagte Mac neben ihm. »Die Mutter war da, um den Leichnam zu identifizieren. Sie hat Amys Exmann Ronnie gegenüber erwähnt.«

Amys Exmann. Auch bekannt als Dr. Trent Lancaster.

»Die Dame hat Ronnie erzählt, die Scheidung sei ziemlich schlimm gewesen. Trent hatte anderen Frauen schöne Augen gemacht, und Amy wollte vor Gericht sein Blut sehen.«

Allerdings war es am Ende Amy, die geblutet hatte.

»Dann ging der Anruf aus dem Büro des Psychiaters auf dem Revier ein«, fügte Mac hinzu.

Zwei Forensiktechniker standen hinter ihnen. Schweigend. Aufmerksam.

»Und Trent bekam die Fotos«, beendete Dane. Er war hergekommen, um Mac zu treffen, sobald er die Anweisungen des Captains erhalten hatte.

Katherine stand immer noch unter Polizeischutz. Beamte würden sie den Tag über begleiten, während er einen Termin mit dem guten Herrn Doktor hatte.

»Warum hat diesmal nicht Katherine die Fotos bekommen?«, fragte sich Mac und versuchte, seine Schultern zu lockern. »Warum hat sie den Anruf gekriegt, aber nicht das Päckchen?«

»Vielleicht konnte unser Täter nicht an sie ran, weil *wir* da waren.« In Danes Augen ergab das Sinn. *Ob der Bastard gesehen hat, dass ich letzte Nacht mit ihr verbracht habe?*

Die Türen des Fahrstuhls öffneten sich mit einem leisen *Ping*. Dane ging eilig den Flur entlang. Mac war direkt neben ihm, drückte die Tür von Lancaster & Knight auf, und zwei Frauen in der Nähe des Empfangstisches eilten auf sie zu.

Dane und Mac zeigten ihre Dienstausweise. Erleichterung war auf den Gesichtern der Frauen zu sehen. Sie waren blass und wirkten erschüttert.

»Wo ist Dr. Lancaster?«, fragte Dane.

Die mit dem kurzen, blonden Haar zeigte nach rechts. »In Dr. Knights Büro.« Bevor er an ihr vorbeigehen konnte, hielt sie ihn am Arm fest. »Bitte, können wir nach Hause gehen? Ich will nicht mehr hierbleiben.«

Nein, leider konnte sie nicht gehen. Nicht bevor er und Mac sie befragt hatten. Er nickte Mac zu und sah, wie sein Partner sein berühmtes, beruhigendes Lächeln anknipste. Dieses Lächeln konnte Wunder wirken.

»Lassen Sie mich Ihnen nur ein paar Fragen stellen, Ma'am«, begann Mac, der die Blondine sanft am Unterarm griff.

Dane legte den Weg zu Dr. Knights Büro zurück. Die Tür stand offen, aber er klopfte vorsichtig an das schwere Holz, um auf seine Anwesenheit aufmerksam zu machen, bevor er eintrat. Eine Ledercouch und zwei Sessel standen auf der rechten Seite. Zur Linken befand sich ein glänzender Schreibtisch. Ein Laptop und ein paar verwelkende Rosen standen auf einer Seite des Tisches.

Eine Frau mit glattem, blondem Haar, das sie im Nacken zu einem Knoten zusammengesteckt hatte, drehte sich zu ihm um. Trent saß in einem Stuhl neben ihr. Er ließ den Kopf hängen und zitterte am ganzen Körper.

»Ich bin Detective Black«, sagte Dane und zeigte seinen Dienstausweis. »Man hat mich informiert, dass Sie ein Paket gefunden haben.«

Trents Kopf kam ruckartig hoch. »*Sie.*« Er sprang auf die Füße. »Was zum Henker machen *Sie* hier?«

Dane behielt seinen neutralen Gesichtsausdruck bei. »Ich bin der Hauptermittler im Mordfall Ihrer Exfrau.«

»Sie gehören zur Abteilung Eigentumsdelikte.«

»Nein, ich bin ein Detective der Mordabteilung.« Das war alles, was der Kerl wissen musste. *Denn ich könnte mit einem Mörder sprechen.* Als ein Mann, der sowohl mit Katherine als auch mit Amy Evans in Verbindung stand, hatte es Trent an die Spitze der Verdächtigenliste geschafft. Wenn er jetzt nur noch Savannah Slater mit ihm in Verbindung bringen könnte … *Eins nach dem anderen.* Dane sah ihn aus zusammengekniffenen Augen an. »Wo sind die Bilder?«

Trents zitternde Hand zeigte auf eine Tür zu seiner Linken. Dane machte sich auf den Weg und zog sich Handschuhe über. Eine Drehung des Türknopfes enthüllte, dass die beiden Büros der Ärzte miteinander verbunden waren. Die Männer von der Spurensicherung folgten ihm, und dann drang der saure Geruch nach Erbrochenem zu ihm.

Verdammt.

Er bewegte sich zum Schreibtisch und sah die verstreuten Fotos. Die Schwarz-Weiß-Bilder von Amy Evans' Tod. *Verdammt.* Er betrachtete die weiße Schachtel. Er hatte bereits eine Recherche in die Wege geleitet, die den Ursprung der Schachtel, die an Katherine geschickt worden war, ermitteln sollte. Bisher war die Suche ergebnislos geblieben. Er vermutete, dass es bei dieser nicht besser laufen würde. Die unscheinbare Verpackung hätte man praktisch überall kaufen können.

Und was die Rosenblüten betraf und die Vase mit Rosen – *es waren elf Rosen in dieser Vase* –, hatte er bereits eine Umfrage bei den örtlichen Blumenläden begonnen.

Die Techniker traten zu ihm. Dane wusste, sie würden die Schachtel und die Blumen auf Fingerabdrücke untersuchen. Sie würden das ganze bescheuerte Zimmer auf Fingerabdrücke untersuchen. In einem so wichtigen Fall durfte man nichts übersehen.

Sein Blick fiel zurück auf die Fotos.

Sie waren nicht in einem der örtlichen Drogeriemärkte gedruckt worden. Keine Aufkleber auf dem Rücken, keine Nummern, die sie zu einem speziellen Drucker führen konnten, aber sie konnten immer noch das Papier und die Tinte analysieren.

Dane sah sich im Raum um. Nichts schien in Unordnung gebracht oder fehl am Platz. Er eilte zu der Haupttür des Büros. Das Schloss war unbeschädigt.

Er öffnete die Tür und fand Mac mit den zwei Sekretärinnen. »Hat eine von Ihnen das Päckchen auf Dr. Lancasters Schreibtisch gelegt?«, fragte er.

Sie schüttelten beide den Kopf.

»Er hat sein Büro Freitagabend abgeschlossen«, sagte die Rothaarige und rückte ein wenig näher an Mac heran. »Und an dem Tag ist kein Paket gekommen.«

Amy hatte am Freitag noch gelebt. Das Paket konnte da nicht gekommen sein. Mit gelassener, beiläufiger Stimme fragte er: »Und heute Morgen?«

Die Rothaarige schüttelte den Kopf. »Das Büro war zu, bis Dr. Lancaster gekommen ist. Bis zu dem Zeitpunkt ist da keiner reingegangen.«

»Er war sauer, als er kam«, sagte die Blondine. »Daher sind wir ihm aus dem Weg gegangen.«

Ja, Dane war sich sicher, dass der Kerl sauer gewesen war, als er ankam.

»Gibt es Security-Kameras auf diesem Stockwerk?«, fragte er.

»Nein, die Therapeuten haben explizit darauf bestanden, dass keine installiert werden«, sagte die blonde Empfangsdame. »Sie wollten die Privatsphäre ihrer Patienten schützen.«

Er würde mit dem Wachmann unten im Haus sprechen. Vielleicht gab es Aufzeichnungen, die zeigten, wie der Täter die Lobby betrat oder verließ. Oder vielleicht konnte sich der Wachmann daran erinnern, irgendjemanden gesehen zu haben.

Dane drehte sich weg und ging zurück zu den beiden Seelenklempnern.

Trent saß noch immer. Sein Gesicht war sogar noch blasser als zuvor, und seine Hände umklammerten die Armlehnen des Stuhls.

»Dr. Lancaster«, begann Dane, »kennen Sie jemanden, der Ihrer Frau etwas antun würde?«

Trent zog eine Grimasse. »Mich.« Die Antwort war unverblümt und überhaupt nicht, was Dane erwartet hatte. »Ansonsten hat jeder sie geliebt. Ich war derjenige, der die Sache vermasselt hat und ihr einen Grund zur Scheidung gegeben hat. Ich war derjenige, der sauer war, weil sie versuchte, mir meine Praxis zu nehmen.«

»Trent …«, begann Dr. Knight mit hoher, nervöser Stimme und rückte näher zu ihm.

»*Ich* bin der mit dem Motiv. Ich bin der, der wollte, dass sie verschwand, daher lassen wir mal den Mist, okay?« Trent kam auf die Füße und schwankte unsicher. »Ich war wütend auf sie. Sie hasste mich, aber das …« Er brach ab, schluckte. »Ich würde ihr *niemals* so etwas antun. Niemandem. Es ist *krank*.« Sein Atem ging stoßweise. »Und Amy … das hat sie nicht verdient.« Er ließ die Schultern sinken. »*Es tut mir leid, Amy.*«

Dr. Knight trat vor ihn. Sie war eine hübsche Frau mit harten, grauen Augen. »Das ist kein Schuldbekenntnis, Detective.«

Er hatte nicht gedacht, dass es eines war.

»Ich war bei Trent, als er das Paket fand. Er ist offenkundig am Boden zerstört.«

Für Dane sah es eher so aus, als sei er nahe am Schock, aber der Schein konnte trügen.

Dr. Knight sah zu Trent, trat aber näher an Dane heran. »Ich muss unter vier Augen mit Ihnen sprechen.«

Er machte einen Schritt zurück und ließ sie vorgehen. Sie führte ihn in den Aufenthaltsraum, wo Mac gerade mit den beiden Frauen fertig war und auf sie zukam.

»Aber …«, begann Dr. Knight.

»Das ist mein Partner, Detective Mac Turner.« Was auch immer sie ihm sagen wollte, konnte sie auch vor Mac sagen.

Graue Augen blickten zwischen ihnen hin und her, bevor sie kurz über die Schulter in Richtung ihres Büros sah. »Das könnte mir jetzt eine Menge Ärger einbringen.«

»Wieso?«, fragte Mac mit leiser Stimme.

»Ich habe die Bilder von der armen Amy gesehen.« Ihre eigene Stimme klang leicht gebrochen. »Aber ich habe schon einmal solche Fotos gesehen.«

Dane blieb ganz still.

»Wann?«, fragte Mac.

Dr. Knight blickte zum Empfang. Mit noch leiserer Stimme sagte sie: »Ich habe eine Patientin ... hatte eine Patientin ... Es gibt eine Schweigepflicht, aber ich *kann* niemanden sterben lassen.«

»Was ist mit der Patientin?«, hakte Mac nach.

»Haben Sie schon einmal vom Valentinstag-Mörder gehört?« Dr. Knight beugte sich ihnen entgegen. »Denn er hat Frauen getötet – genau so. Er hat sie gefesselt. Ihnen die Arme zerschnitten. Ihnen das Messer ins Herz gestoßen. Als ich die Rosenblüten auf Trents Schreibtisch gesehen habe, habe ich an ihn denken müssen.« Das Telefon klingelte, und sie zuckte zusammen und legte sich eine Hand aufs Herz. »Es besteht eine Verbindung zwischen dem Valentinstag-Killer und meiner Patientin.«

Sie krallte ihre Hand in Danes Hemd. »Ich wusste, sie ist gefährlich. Aber ich habe nicht verstanden, dass sie *töten* würde.«

Dane bewegte keinen Muskel. »Doktor, erzählen Sie mir, eine Ihrer Patientinnen habe diesen Mord begangen?«

Mac neben ihm erstarrte.

Offensichtlich unglücklich nickte Dr. Knight. »Ich dachte, sie hätte ihre Impulse unter Kontrolle, aber mein Bauchgefühl hat mir gesagt, dass sie gefährlich ist.« Dr. Knights Blick blieb auf den Fußboden gerichtet. »Katherine Cole.« Ein hoffnungsloses Flüstern. »Sie war meine Patientin. Ich fürchte, sie ist die Mörderin.«

# – 10 –

Der Polizist, der Katherine folgte, trug Zivil – Jeans und ein dunkles T-Shirt. Er sah wie ein müder Collegestudent aus, der nur in Joe's Cafe ging, um frühmorgens was zwischen die Zähne zu kriegen. Er begegnete noch nicht einmal Katherines Blick.

Aber sie wusste, er war da. Und sie fühlte sich besser, weil er in der Nähe war.

Nachdem Dane abberufen worden war, hatte sie sich so schnell wie möglich angezogen. Sie würde sich nicht in ihrem Haus verkriechen. Sie würde rausgehen, ihrer normalen Routine folgen. Wenn der Killer da draußen war …

Dann fand sie ihn vielleicht, weil *sie* draußen war.

Katherine setzte sich auf ihren üblichen Platz an der Theke. Joe kam sofort zu ihr. »Ich bin froh, dass du zurück bist.« Er lehnte sich zu ihr und musterte sie aufmerksam. »Du bist hier neulich Morgen so schnell rausgerannt, ich dachte, es sei etwas passiert.«

*Nur ein oder zwei Dinge. Mord. Folter. Das Übliche.*

»Es ging mir nicht gut.« Sie lächelte ihn an. »Tut mir leid, dass du dir Sorgen gemacht hast.«

»Wir haben uns beide Sorgen gemacht.«

Sie drehte den Kopf und sah Ben Miller auf einem Barhocker in der Nähe. Wie Joe war ihr auch Ben immer sehr freundlich vorgekommen, aber weil sie emotional nicht in der Lage gewesen war, Freundschaften zu schließen, hatte sie sich ihm gegenüber verschlossen.

Sie hatte sich allen gegenüber verschlossen. Es war ihr zur Gewohnheit geworden.

Ben kam für gewöhnlich zur gleichen Zeit ins Café wie sie. Er war ein paar Jahre älter, trug eine dunkel gerahmte Brille und sah aus, als komme er gerade aus dem Fitnessstudio. Sweatshirt, frisch gewaschenes Haar. Sie vermutete, dass er in dem Studio auf der anderen Straßenseite trainierte und danach wegen Joes berühmtem Frühstück herüberkam. Joe machte wirklich die besten Beignets, die sie je gegessen hatte. Seit sie nach New Orleans gezogen war, hatte sie sich angewöhnt, jeden Beignet zu essen, den sie kriegen konnte.

Ben hatte sie nie angebaggert. Er aß einfach, sah sich die Nachrichten an und kümmerte sich um seine eigenen Angelegenheiten. Er hatte sogar einige Male seine Freundin mitgebracht, eine hübsche Blondine in Stretch.

Katherine verstand, dass sie etwas sagen sollte. Weil die beiden sich um sie gesorgt hatten, und insbesondere da sie beide anlog, fühlte sie sich unwohl. Ihre Finger trommelten leicht auf die Theke. »Es war wirklich nichts.« Der Polizist musste es hören. »Ich musste nur zurück nach Hause.«

Aber es bedeutete ihr etwas, dass diese beiden Männer sich Gedanken darum machten, was mit ihr passierte. Sie war anscheinend doch nicht wie ein Geist durchs Leben gegangen.

Bens dunkler Blick ruhte auf ihrem Gesicht. »Wenn jemand dir Ärger bereitet«, sagte er sanft, »kannst du es mir sagen.«

»Ganz genau.« Joe schlug die Schürze auf die Theke. »Du bist nett. Du kommst hier rein wie ein Uhrwerk und tust niemandem was. Wenn jemand dich belästigt, werden Ben und ich uns um ihn kümmern.«

Sie blinzelte die Tränen weg. »Danke.« *Ich bin nicht bedeutungslos.* »Aber es war wirklich nichts. Nur ein wenig Übelkeit.« Ihr Lächeln war diesmal etwas echter. »Bitte das Übliche für mich, Joe.«

»Klar.« Aber er zögerte, sein Gesicht war ernst. »Ich kenne mich mit Ärger aus, okay?« Er griff in die Tasche und zog eine goldene Münze heraus. »Sieben Jahre trocken«, flüsterte er. Seine Faust schloss sich krampfhaft um die Münze. Sein Blick begegnete ihrem. »In schweren Zeiten muss man sich daran erinnern: Es wird *immer wieder besser.*« Er nickte ihr entschieden zu.

Sie nickte zurück und zwang sich zu einem Lächeln. *Es konnte vielleicht wieder besser werden, aber wie viele Menschen würden bis dahin noch sterben müssen?*

Die Glocke über der Tür läutete und kündigte einen neuen Gast an. Katherine blickte rüber und sah eine langbeinige Blondine zu Ben schlendern.

»Sorry, dass ich zu spät bin«, sagte sie und gab Ben einen schnellen Kuss auf die Wange. »Das Ausdauertraining war furchtbar.«

Sie strahlte ungezwungenes, entspanntes Selbstvertrauen aus. Ihre Finger verschränkten sich mit Bens. In ihrem Blick lagen Wärme und Zuneigung. Diese beiden waren normal. Glücklich.

*So will ich sein.*

Ben beugte sich vor und flüsterte seiner Freundin etwas zu, und die Blondine lachte leise.

»Meine Bestellung bitte zum Mitnehmen«, sagte Ben zu Joe.

Joe packte einige Beignets in einen Plastikbehälter.

Ben und seine Freundin standen auf, aber Ben sah nochmals zu Katherine. »Vergiss nicht, wenn du Ärger hast …«

»Was ist los?«, fragte die Blondine mit hochgezogenen Augenbrauen.

»Nichts«, sagte Katherine sofort. Das Letzte, was sie wollte, war, diese beiden in ihren Albtraum hineinzuziehen.

Die Blondine blickte Katherine besorgt an. Nicht besorgt auf eine eifersüchtige Art. Einfach *besorgt.*

Joe schob Ben die verpackte Bestellung zu, und das Paar machte sich auf den Weg zur Tür. Katherine atmete langsam aus. Ihr Blick wanderte durch das Diner. Joe hatte zum Valentinstag ein paar Dutzend rote Tischdecken hervorgeholt. Das Rot war dunkel, es erinnerte sie viel zu sehr an Blut. Joe hatte auch Bündel weißer Ballons in jeder Ecke angebracht. Seine Gäste lächelten, waren ganz entspannt und genossen ganz offensichtlich die Dekoration.

Aber bei Katherine sorgte diese Dekoration dafür, dass sich ihr Körper verkrampfte.

*Der Valentinstag ist so nah.*

Die Glocke läutete wieder. Da sie dachte, dass dies ein Zeichen war, dass Ben und seine Freundin gingen, blickte sie sich nicht um. Aber dann hörte sie Danes Stimme: »*Katherine.*«

Sie wandte sich zur Tür.

Ben und die blonde Frau waren noch nicht draußen. Dane und Mac waren in das Café gekommen. Sie sahen grimmig und entschlossen aus.

Noch ein Mord? Sie erhob sich mit wackeligen Beinen. Oh, nein, bitte …

»Dane?«, fragte die Blondine erstaunt. Sie blickte zwischen Dane und Katherine hin und her. »Ist alles okay?«

»Nichts, worüber du dir Sorgen machen musst, Maggie«, sagte Dane und nickte ihr kurz zu. Sein Blick glitt über Ben, bevor er zu Katherine trat. »Du musst mit uns kommen«, sagte er leise.

»Katherine, ist das ein Freund von dir?«, fragte Joe misstrauisch.

Ben hatte sich angespannt.

Maggie schien ebenso nervös. »Er ist Polizist«, erklärte die Blonde Ben. »Er arbeitet mit meinem Vater zusammen.«

Katherine machte einen Schritt nach vorn. »Es ist in Ordnung, Joe. Das ist Detective Black.«

Dane warf Geld auf den Tresen. »Komm, Katherine.«

Sie griff eilig nach ihrer Tasche. Der Polizist in Zivil erhob sich, um ebenfalls zu gehen.

»Aber sie hat noch nichts gegessen!«, rief Joe.

Es spielte keine Rolle. Plötzlich hatte sie keinen Hunger mehr.

Dann waren sie draußen. Katherine spürte die aufkommende Hitze auf ihrem Gesicht. Bevor sie zu Danes parkendem Wagen gehen konnte, zog er sie von der Straße weg in die Schatten neben dem Gebäude.

»Vertraust du mir?«, fragte er und fasste sie an den Schultern.

Ihr Körper spannte sich. Sie wollte ihm nicht die ungeschönte Antwort geben, aber die Wahrheit war, dass sie niemandem vertraute.

»Ich brauche dein Vertrauen, Katherine.«

Sie konnte nur den Kopf schütteln. »Tut mir leid.«

An seinem Kiefer zuckte ein Muskel. »Ich glaube, der Mörder war dir ganz nah, Katherine. Die ganze Zeit über, und du hast es nicht einmal gemerkt.«

Ihre Haut fühlte sich eiskalt an.

»Amy Evans hieß einmal Amy Lancaster.«

Das Eis begann zu brennen.

»Sie war Trents Exfrau.«

Dane führte Katherine in das Befragungszimmer, eine Hand immer leicht auf ihrer Schulter. Sie waren durch den Hintereingang gekommen, um sicherzustellen, dass die Presse sie – oder vielmehr Katherine – nicht sah.

Trent kam gerade mit Evelyn an seiner Seite aus dem Büro des Captains.

Dane blickte nicht in ihre Richtung, als er Katherine an ihnen vorbeiführte.

»Katherine!« Trent versuchte, zu ihr zu eilen.

Mac schob ihn zurück. »Bleiben Sie bitte zurück.«

Dr. Knight mischte sich ein. »Ich habe es dir gesagt, sie ist eine gestörte Frau.«

Dane biss die Zähne aufeinander, und seine Finger strichen über Katherines Schulter. Ihr gesamter Körper hatte sich versteift, und er erkannte nur zu deutlich ihre Wut, aber sie sagte kein Wort zu ihrer ehemaligen Psychiaterin. Obwohl man in ihren Augen auf jeden Fall sehen konnte, dass sie mächtig sauer war.

Da sie nicht sprach, war er mehr als bereit, für sie einzuspringen. »Dr. Knight, behalten Sie diese Meinung bitte für sich.«

Er ging direkt an dem FBI-Profiler vorbei. Dane hatte Wayne dazugebeten, und der Agent nickte ihm ganz leicht zu. Er mochte den Profiler zwar nicht, aber er würde mit ihm zusammenarbeiten.

Er würde mit jedem zusammenarbeiten, um diesen Job zu erledigen.

Ross war auch in der Nähe, blieb im Moment aber außer Sichtweite. Als ob der Marshal ihnen erlaubt hätte, Katherine ohne seine Zustimmung aufs Revier zu bringen.

Als Dane ihn anrief, hatte Ross seinem Plan nach einigem Zögern zugestimmt. Sobald er verstanden hatte, dass dies ihnen die beste Chance gab, den Killer zu fassen, war Ross mit an Bord gewesen.

Dane öffnete die Tür des Vernehmungsraums und begleitete Katherine hinein. Sie sank auf einen Stuhl und starrte zu ihm hoch.

Er konnte die Angst in ihren Augen sehen. Hatte sie Sorge, dass er sie in die Falle locken wollte? Evelyn hatte mit ihrer Meinung, Katherine sei die Mörderin, sicherlich nicht hinter dem Berg gehalten, aber er wusste etwas, das die Psychiaterin nicht wusste.

»Du hast ein Alibi für die Zeit, als Amy Evans verschwand«, sagte er. »Du standest unter Beobachtung. Die Polizei hat dich beschattet.«

Trent war sauer gewesen, als er nach dem Date von Katherine weggefahren war. So sauer, dass er sich dafür an seiner Exfrau gerächt hatte?

Vielleicht.

Oder vielleicht hatte er immer vorgehabt, Amy umzubringen und Katherine dazu zu benutzen, den Verdacht auf den Valentinstag-Killer zu lenken.

Dane musste sehen, ob er einen Zusammenhang zwischen dem ersten Opfer und dem nicht ganz so braven Doktor finden konnte.

Seine Finger strichen ihr über den Arm. »Bleib einfach hier. Ich bin gleich zurück.«

Vielleicht brachte er sogar Publikum mit.

Als er an der Tür war, sah er zurück. Plötzlich schien es, als sei ihre Angst verflogen. Es war keine Spur irgendeines Gefühls in ihren Augen zu entdecken.

Sie hob eine Hand, um sich eine Haarsträhne hinters Ohr zu streichen. Dann rollte sie die rechte Schulter, als wolle sie eine Last loswerden.

Dane verließ das Befragungszimmer und behielt den harten, angespannten Gesichtsausdruck bei. Er trug seine eigene Dunkelheit in sich. Er arbeitete hart daran, sie vor anderen zu verstecken.

»Was ist los?«, fragte Trent, als Dane näherkam. »Warum ist Kat hier?«

Der Name »Kat« ließ Dane die Zähne zusammenbeißen.

»Nach Angaben Ihrer Praxispartnerin«, sagte Dane und nickte mit dem Kopf in Richtung von Evelyn, deren Augen einen besorgten Ausdruck angenommen hatten, »könnte *Katherine* vielleicht wichtige Informationen zu diesem Fall besitzen.«

»Wovon sprechen Sie?« Trent strich sich mit einer Hand durch das bereits zerzauste Haar. »Wieso sollte Sie Informationen besitzen?«

»Wissen Sie wirklich nicht, wer sie ist?«, fragte Mac und neigte den Kopf.

Marcus, der Profiler, beobachtete die Szene aus der Nähe.

Trent schüttelte den Kopf.

»Schon mal was vom Valentinstag-Killer gehört?«, fragte Dane.

Trent runzelte die Stirn. »Mag sein. Ich verfolge nicht wirklich die Nachrichten.« Der Typ klang tatsächlich ungeduldig. Was für ein Idiot.

»Vor drei Jahren hat ein Mann namens Michael O'Rourke in Boston vier Frauen getötet.« Vier, von denen sie wussten. »Er hat sie gekidnappt, ihnen Hände und Füße mit einem Seil gefesselt, ihnen mit einem Messer die Arme zerschnitten und es dann jeder der Frauen ins Herz gestochen.«

Trent stolperte zurück und stieß mit dem Captain zusammen. »So wie bei Amy.«

Dane starrte ihn weiter an.

Trents Blick fiel auf die Tür des Befragungszimmers. »Ist Katherine ein entkommenes Opfer?«

Mac trat etwas näher. »Katherine war die Verlobte des Mörders.«

Trent erbleichte. »Was?«

Dr. Knight biss sich auf die Lippe. »Trent …«

»Sie hat ihn gefunden, direkt nachdem er Stephanie Gilbert ermordet hat,« sagte Dane. »Katherine ist diejenige, die die Polizei verständigt hat, aber die Polizisten erschienen nicht rechtzeitig, um den Killer zu fassen. Er verschwand, und das FBI ist seitdem auf der Suche nach ihm.«

Trents Brust hob und senkte sich heftig. Sein Blick fiel auf Evelyn. In seinen Augen war Wut zu lesen. »Du hast gesagt, sie sei *gestört.*«

»Das ist sie auch und …«

Er hob die Hand, seine Finger waren ganz ruhig. Sein Blick fand Danes. »Hat sie über die Morde Bescheid gewusst? Geht es darum? Verdammt, glauben Sie, dass sie Amy ermordet hat?«

Das war es, was sie hatten sehen wollen. Die Reaktion des Doktors. »Was denken Sie?«, fragte Dane.

»Ich glaube, ich habe sie überhaupt nicht gekannt. Ich dachte, sie sei verletzlich, verletzt. Sie schien mich zu brauchen.« Er schloss die Augen. »Habe ich Amy ihr gegenüber erwähnt? Habe ich ihr ein Foto gezeigt? Ich kann mich nicht erinnern.«

»Es wäre nicht schwierig gewesen, etwas über deine Ex herauszufinden«, sagte Dr. Knight. »In der Tat …«, wie vom Blitz getroffen legte sie eine Pause ein, »vielleicht habe ich es ihr sogar erzählt. Ich bin mir nicht sicher.«

Der Doktor war aus dem Gleichgewicht gebracht. Jetzt war es an der Zeit, dies in eine Befragung zu verwandeln. Dane blickte den Captain an, der vorsichtig nickte. »Lassen Sie uns irgendwo hingehen, wo wir uns mit etwas mehr Diskretion unterhalten können.«

Mac führte Trent und Evelyn zu dem zweiten Befragungszimmer, das nur einige Meter neben dem lag, in dem Katherine wartete. Trents Blick wanderte immer wieder zu dem Raum hinüber.

Weder der Profiler noch der Captain folgte ihnen. Sie würden von der anderen Seite des Spiegels aus das Geschehen beobachten.

Drinnen nahm Mac seine übliche Position an der Wand ein.

Dane setzte sich den beiden Psychiatern gegenüber. *Wenn es hier irgendjemanden gab, der sich mit Psychospielchen auskannte …*

Er musste vorsichtig vorgehen.

»Kennt einer von Ihnen eine gewisse Savannah Slater?«, fragte Dane.

Dane sah Trents Augenlider zucken.

»Der Name kommt mir bekannt vor«, murmelte Dr. Knight. Sie runzelte die Stirn, dann atmete sie scharf ein. »Warten Sie, ist das die arme Reporterin, die ermordet wurde?«

»Ja, Dr. Knight …«

»Evelyn«, schnitt sie ihm leise das Wort ab. Ihr Lächeln war müde. »Unter diesen Umständen nennen Sie mich doch einfach Evelyn.«

»Savannah Slater ist letzte Woche ermordet worden.«

»Auf ähnliche Art wie Ihre Exfrau«, fügte Mac mit wachsamem Blick hinzu.

Trents Oberkörper sackte in sich zusammen. »Ich kannte sie. Und ich kannte Amy.«

Das war genau, was Dane hatte hören wollen. Sein Blick begegnete Macs.

Macs Brauen hoben sich.

Dane blickte zurück zu seinem Verdächtigen.

Trent leckte sich die Lippen. »Savannah und ich sind ein paar Mal ausgegangen. Nichts Ernstes.«

»Wann war das?« Dane bemühte sich, seine Stimme ausdruckslos klingen zu lassen.

»Vor etwa sechs Monaten.« Trent presste eine Hand gegen die Tischplatte. »Vielleicht sieben. Wir haben uns in einem Club getroffen. Sie war klug und hübsch.« Er brach ab und fügte dann leiser hinzu. »Eine langbeinige Brünette.«

»Genau dein Typ«, flüsterte Evelyn. »Genau wie Katherine.«

»Was genau wollen Sie mir sagen?«, fragte Trent und lehnte sich nach vorne. Seine Stimme hatte an Intensität gewonnen.

Evelyn legte ihm beruhigend eine Hand auf die Schulter.

»Wollen Sie sagen«, fuhr Trent mit blitzenden Augen und schnellem Atem fort, »dass Sie vermuten, dass Katherine in diese Verbrechen verwickelt ist? Dass sie diese Frauen umgebracht hat?«

Seine Augen weiteten sich. »Warum? Weil sie eifersüchtig war?« Er blickte durch den Raum. »Okay, ich bin mit Savannah im gleichen Zeitraum ausgegangen, als ich auch mit Katherine ausging, aber Katherine schien sich nie sehr dafür zu interessieren, was ich mit wem gemacht habe.«

Der Kerl war so ein Charmeur. Und er redete anscheinend ziemlich gern.

Evelyn biss sich auf die Lippe. O ja, diese Dame hatte auch einiges zu sagen. Aber konnte es vermutlich nicht – wegen der guten alten ärztlichen Schweigepflicht.

Evelyn krampfte ihre Finger um Trents Schulter. »Werden Sie Katherine befragen?«, erkundigte sie sich.

Dane nickte.

»Ich hätte sie aufhalten sollen.« Evelyns Augen nahmen einen gequälten Ausdruck an. »Als sie mir von den Albträumen erzählt hat und dem Blut, das sie sieht, hätte ich sie aufhalten sollen.« Sie keuchte. »Aber ich habe mich um meine Karriere gesorgt, befürchtet, dass ich alles verlieren könnte, das ich aufgebaut hatte, wenn ich nicht den Mund hielt.«

Trent wandte sich ihr zu und runzelte die Stirn.

Evelyn richtete sich auf. »Aber jetzt ist es mir egal, was ich verlieren könnte. Ich kann nicht zulassen, dass noch mehr Menschen verletzt werden.«

Dane wartete. Sogar Mac war einen Schritt näher an den Tisch herangekommen.

»Ich habe Stunden mit Katherine verbracht. Viele Stunden …« Sie sprach leise. »Sie kann so normal erscheinen, aber ich habe festgestellt, dass sie mich beobachtet hat. Sie hat mir Antworten gegeben, von denen sie dachte, dass sie sie geben sollte. Sie hat sich verstellt.« Ihre Stimme war nur noch ein Flüstern. »Als ich ihr gesagt habe, was ich vermutete, hat sie die Therapie beendet.«

»Und welchen Verdacht … hatten Sie genau?«, fragte Mac.

»Dass Katherine Cole soziopathische Tendenzen hat. Ihre gefühlsmäßigen Reaktionen sind verkümmert – sofern sie überhaupt vorhanden sind. Sie ahmt das Verhalten anderer nach, aber …«

Evelyn schüttelte den Kopf. »Ich bin mir nicht sicher, ob sie überhaupt irgendetwas fühlt.«

Dane bemühte sich weiter um einen neutralen Gesichtsausdruck. »Sie denken also, dass Katherine genauso verrückt ist wie der Valentinstag-Killer?«

Evelyn leckte sich die Lippen. »Ich glaube, dass sie genauso *gefährlich* ist wie er.«

»Aber sie dachten nicht, sie sei eine unmittelbare Bedrohung für irgendjemanden, oder? Denn wenn doch, wäre es ihre Pflicht gewesen, dies der Polizei mitzuteilen.« Dane wusste, wie die Schweigepflicht eines Arztes über seine Patienten funktionierte. Er hatte bereits Fälle gehabt, in denen das Schweigen gebrochen werden musste. Aber wenn es keine akute Bedrohung gab …

»Katherine hat niemals gesagt, dass sie vorhabe, jemanden zu verletzen oder zu töten.« Evelyns Stimme war immer noch leise, doch ihr Oberkörper richtete sich auf. Sie erwiderte Danes Blick offen. »Aber ich habe während meines gesamten Berufslebens mit Patienten gearbeitet, die von Problemen belastet waren. Ich weiß, wovon ich spreche. Ich *weiß*, dass Katherine eine Bedrohung ist.«

Eine Bedrohung, die für den Mord an Amy ein Alibi hatte.

Trent fluchte.

»Ich habe dich gewarnt«, zischte Evelyn Trent zu und klang dabei sowohl defensiv als auch ängstlich. »Du hast nicht auf mich gehört. Diese Frau ist gefährlich, aber du hast sie angesehen und eine verdammte, verwundete Prinzessin gesehen. Das tust du *immer*. Du verliebst dich immer in die Schwachen.«

»Warum war sie überhaupt in Therapie?«, fragte Mac ruhig. »Warum ist sie zu Ihnen gekommen, wenn sie dann nicht ehrlich zu Ihnen war?«

Evelyns Lächeln war traurig. »Weil Katherine weiß, dass mit ihr etwas nicht stimmt. Sie weiß, dass diese Impulse, die sie fühlt, schlecht sind. Ich glaube ehrlich, dass sie sich selbst aufhalten will, aber sie kann es nicht.«

Das war ganz bestimmt nicht, was Dane in diesem kleinen Gespräch zu erfahren gehofft hatte. »Haben wir denn nicht alle ein gewisses Gewaltpotenzial, Dr. Knight? Tief in uns, wo es nur darauf wartet, auszubrechen?«

»Nun, ja«, gab sie zu, »unter den richtigen Umständen vermutlich schon, aber …«

»Es geht um die Motivation, oder?«, fragte Dane, der damit kämpfte, seine Stimme ruhig zu halten. »Ich meine, es geht um den Auslöser. Ich habe in meinen Jahren in der Mordkommission schon eine ganze Reihe Auslöser gesehen.«

Evelyns Stirnrunzeln hatte sich verstärkt.

»Die Menschen töten aus Eifersucht, Verlangen, Gier …« Sein Blick kehrte zurück zu Trent. »Sie können auch töten, weil sie sauer sind, dass eine Ex sie ausgenommen hat. Und vielleicht – nur vielleicht – hat sich eines Nachts während eines Gesprächs mit einem Geschäftspartner die perfekte Gelegenheit aufgetan.«

»Wovon verdammt noch mal reden Sie?«, verlangte Trent zu wissen und sprang auf die Füße. Sein Stuhl schlitterte nach hinten und fiel mit einem Knall um.

»Ganz ruhig.« Mac war sofort da und schloss eine Hand um den Arm des Mannes. Mac konnte sich immer so viel schneller bewegen, als die Menschen erwarteten. Er gehörte zu der stillen, tödlichen Sorte. Das war einer der Gründe, weshalb er so ein großartiger Partner war.

Dane erhob sich ebenfalls. »Ich sage Ihnen, dass Sie das Theater jetzt beenden können, Doktor«, zischte er und gab seinen eigenen gelassenen Gesichtsausdruck auf. »Sie haben schon eine ganze Zeit über Katherines Vergangenheit Bescheid gewusst, daher hören Sie bitte auf, so zu tun, als wären Sie schockiert zu erfahren, wer sie ist.«

Trents Blick wanderte von ihm zu Mac und wieder zurück zu Evelyn. Dane konnte beinahe sehen, wie sich die Zahnräder in seinem Gehirn bewegten, als er versuchte, seinen nächsten Schritt zu planen.

*Denk schneller, Idiot.*

»Trent?«, flüsterte Evelyn.

Trent nickte ihr mit grimmiger Miene zu. Er straffte die Schultern und hob das Kinn. Und er erlaubte sich sogar eines dieser arroganten Schnaufen. »Ja, zum Teufel. Ich habe es gewusst. Was ist dabei?«

Das war es, was Dane hatte hören wollen. »Nun, das bringt mich zu meiner nächsten Frage. Haben Sie ein Alibi für Samstag und Sonntag? Ich will wissen, wo Sie waren, und wer das bestätigen kann. *Alles.*«

»Sie glauben, er könnte es getan haben.« Evelyn lehnte sich in ihrem Stuhl zurück. »Aber ich habe Ihnen doch gerade von Katherine erzählt.«

»Ja, haben Sie, aber Katherine hat ein wasserdichtes Alibi für den Mord an Amy.« Sein Blick wanderte zwischen Trent und Evelyn hin und her. »Und *Sie*, Dr. Lancaster?«

»Die haben sich verdammt schnell einen Anwalt besorgt«, sagte der Captain zu Dane, als die beiden beobachteten, wie die Psychiater mit ihren hoch bezahlten Spitzenanwälten in das Befragungszimmer drängten. Anwälte, die sich den Arsch aufgerissen hatten, um sofort auf der Wache zu erscheinen.

»Hatte ich mir schon gedacht«, sagte Dane.

Je mehr sie erfuhren, umso mehr sah es so aus, als hätten sie es bei diesen Morden gar nicht mit einem Serientäter zu tun. Sondern mit einem Arschloch, das keine Lust mehr hatte, seine Alimente zu bezahlen. War die Reporterin ermordet worden, um die Bühne vorzubereiten? Um die Polizei denken zu lassen, der Valentinstag-Killer sei am Werk? Oder Katherine? Verdammt, der Kerl konnte alles über den Killer erfahren haben, wenn er die Notizen gelesen hatte, die Evelyn zweifelsohne während ihrer Sitzungen mit Katherine gemacht hatte.

Genau in dem Moment stand Trent auf und starrte in den Spiegel. Die Wut in seinen Augen war nicht zu übersehen.

Die Anwälte erhoben sich, gefolgt von Evelyn. Es fielen ein paar abschließende Worte, und sie gingen gemeinsam zur Tür.

Dane und Harley setzten sich in Bewegung, um ihnen den Weg abzuschneiden. Als sie sich im Großraumbüro trafen, öffnete sich eine weitere Tür. Katherine trat aus dem Befragungszimmers. Sie wurde von Mac hinausbegleitet.

Perfektes Timing. Ein Timing, das sie geplant hatten.

Trents Blick fiel auf Katherine. Wanderte zu Dane.

»Was ist ihr Alibi?«, verlangte Trent zu wissen und schob seinen Anwalt zur Seite.

Katherine verzog das Gesicht.

Der Captain legte eine Hand auf Danes Schulter. »Das ist, was wir gewollt hatten, erinnerst du dich?«, flüsterte ihm Harley leise zu.

Trent war jetzt nur noch wenige Meter von Katherine entfernt. »Wo warst du, als Amy aufgeschlitzt wurde?«

Katherines Nasenflügel weiteten sich. »Ich war bei der Polizei. Sie hatten mich unter Beobachtung.«

Trents Kopf schnellte zu Dane herum. »Du vögelst den Bullen. Deshalb versucht er, mir diese Morde anzuhängen.« Sein Gesicht war fleckig vor Wut. »Ich wusste, was du warst. Ich habe Evelyns Akten gesehen. Sie hielt deinen Fall für so verdammt besonders.«

Hinter ihm schnappte Evelyn nach Luft.

Trents Blick wanderte noch einmal über Katherine. »Wieso hat ein Mörder dich verschont, der jede andere Frau getötet hat, die so aussah wie du?« Er legte eine Pause ein und blickte zwischen Katherine und Dane hin und her. »Aber du hast den Bullen um den Finger gewickelt, nicht wahr?«

Neben Dane versteifte sich Harley.

»Ich habe gesehen, wie Sie sie heute Morgen angesehen haben«, fuhr Trent fort. »Ich habe es gesehen. Und ich will verdammt sein, bevor ich Ihnen beiden erlaube, mich hereinzulegen.«

Seinem Anwalt gelang es schließlich, den Kerl wegzuziehen. Mit einem letzten Blick aus aufgerissenen Augen, den sie Katherine zuwarf, folgte Evelyn ihnen.

»In mein Büro«, bellte Harley. »Mac, Sie behalten Ms. Cole im Auge.«

Scheiße.

Dane drehte sich von Katherine weg und folgte dem Captain. Harley knallte die Tür hinter ihm zu. »Sag mir, dass dieses aufgeblasene Arschloch nicht recht hat.«

Dane sagte sofort: »Er hat nicht recht. Ich lege ihn nicht herein.«

»Sag mir, dass du nicht mit ihr geschlafen hast.«

Jetzt selbst wütend, zischte Dane: »Sie war keine Verdächtige. Sie ist erwachsen und hat zugestimmt.« Warum musste er so etwas erklären? »Wir haben nichts Falsches getan.«

Der Captain ließ sich in seinen Stuhl fallen. »Verdammte Scheiße, Dane, du solltest das wirklich besser wissen.«

»Sie ist immer noch keine Verdächtige.«

»Wenn die Sache vor Gericht kommt, wird der Anwalt dieses Idioten seinen Spaß damit haben, deine Affäre mit ihr auszubreiten.«

»Wir werden genug Beweise haben, dass es keine Rolle spielt, was für einen Mist der Kerl erzählt.«

»Dafür solltest du verdammt noch mal auch besser sorgen.« Harley richtete seinen Zeigefinger auf Dane. »Denn wenn der Mörder davonkommt, bist du es, dem in den Hintern getreten wird.«

»Ich kann ganz gut auf meinen Hintern aufpassen, vielen Dank«, sagte Dane. Er würde nicht nachgeben, nicht vor dem Captain oder sonst jemandem. Seine Akte war blütenrein. Gefühle blieben bei der Lösung seiner Fälle außen vor. Er erledigte seinen Job. Er schnappte die Mörder.

Sache erledigt.

»Dane …«, Harley sank tiefer in seinen Sessel, und plötzlich war er nicht mehr der Captain, sondern der Mann, der mehr als fünfzehn Jahre lang sein Mentor gewesen war.

Harleys Blick blieb an einem gerahmten Foto auf seinem Schreibtisch hängen. Das Foto einer Blondine mit einem der eckigen Hüte, die man beim College-Abschluss trug. Sie stand lächelnd neben ihrem stolzen Vater.

Margaret Dunning. Harleys einzige Tochter. Sie war in dem Café gewesen, aus dem Dane Katherine abgeholt hatte. Sie war nervös gewesen, als sie ihn gesehen hatte.

Maggie wusste, dass Dane bei der Mordkommission arbeitete. Sie hasste Mord, hasste den Job ihres Vaters und die Gefahren, die er mit sich brachte.

»Es geht nicht nur um den Fall.« Harleys Stimme war jetzt leiser, während er nach dem Foto griff. Er blickte zu Dane auf. »Du weißt, dass du für mich fast so etwas wie ein Sohn bist.«

Sie sprachen für gewöhnlich nicht über Danes Vergangenheit. Oder Harleys. Sie versuchten beide, die Vergangenheit ruhen zu lassen.

»Ich will nicht sehen, wie du verletzt wirst.« Er stellte das Foto wieder zurück. »Ich will nicht, dass du diese Frau zu nah an dich ranlässt, okay? Sie hat einige gefährliche Verbindungen.«

»Katherine wird mich nicht ver…«, setzte Dane sofort an.

Harleys Lippen verzogen sich zu einer dünnen Linie. Seine Wangen röteten sich. »Selbst wenn Lancaster derjenige ist, der hier in New Orleans mordet, glaubst du wirklich, dass der Valentinstag-Killer Katherine Cole einfach den Rücken gekehrt hat? Soweit wir wissen, ist sie das Einzige, was für ihn je eine Rolle gespielt hat.«

Trent hatte in einem billigen Motelzimmer absteigen müssen. Die Bullen waren in seinem Apartment und durchwühlten jede Schublade und Akte, die er besaß.

Bis er das Revier verlassen hatte und nach Hause zurückgekehrt war, hatten sie bereits einen Durchsuchungsbeschluss. Sie hatten in der Lobby des Apartmenthauses, in dem er wohnte, auf ihn gewartet. Sein Anwalt hatte gesagt, die Durchsuchung sei idiotisch, dass die Polizei nur einen zugänglichen Richter gefunden hatte, der den Beschluss nie hätte unterzeichnen dürfen. Aber es gab zu diesem Zeitpunkt nicht viel, was er dagegen tun konnte. Jemand hatte sich daran erinnert, dass er Amy bedroht hatte – und ja, damals während der Scheidung hatte er ein paar Drohungen ausgesprochen. In der Hitze des Gefechts. Er hatte sie nicht ernst gemeint.

Aber was er gemeint hatte, spielte keine Rolle. Die Polizisten hatten einen Zeugen für die Drohungen. Sie hatten ihn mit zwei Mordopfern in Verbindung gebracht, und dank der Durchsuchung kramten sie schon in seiner Unterwäscheschublade.

Er tigerte in seinem Motelzimmer auf und ab. *Dieses Drecksloch ist zum Kotzen.* Er war völlig verspannt, seine Hände zitterten.

Amy war tot – *tot*. Sicher, er hatte sie am Ende der Scheidung beinahe gehasst, aber er hatte nicht gewollt, dass sie starb.

Er hatte sie aus seinem Leben raushaben wollen, aber einfach irgendwo anders, lebendig.

Es klopfte leise.

Nervös blickte er zur Tür. Er hatte seinem Anwalt gesagt, wo er war. Er hatte es auch Evelyn gesagt. Arme Evelyn. Sie war völlig durch den Wind – und absolut überzeugt, dass Katherine ihn in eine Falle locken wollte.

Er hätte auf Evelyn hören sollen, als sie versucht hatte, ihn zu warnen. Er hätte einen weiten Bogen um Katherine machen sollen.

Aber sie war ihm kein bisschen gefährlich vorgekommen. Wenn sie wirklich eine Mörderin war, hätte er es spüren sollen. Vielleicht hatte er zu viel Zeit damit verbracht, gelangweilte Hausfrauen und bockige Teenager zu therapieren. Vielleicht hatte er etwas verlernt. Vielleicht konnte er einen wirklich kranken Geist nicht mehr erkennen.

Es klopfte wieder.

Er ging zur Tür. Er blickte durch den Türspion, runzelte die Stirn und öffnete ruckartig die Tür. »Was machst du denn hier?«, fragte er.

Evelyn kam entschlossenen Schrittes herein, doch ihre Hände zitterten. Ihr Haar hatte sich aus dem Knoten gelöst. »Es ist meine Schuld.«

Trent seufzte. »Mach dir keine Sorgen, Evelyn. Das wird alles bald vorbei sein. In meiner Wohnung gibt es nichts zu finden.«

Sie schüttelte den Kopf. »Ich habe sie in unsere Leben gebracht.«

»Wir können nicht alle retten, Evie«, sagte er, den alten Kosenamen nutzend. Er zog sie an seine Brust und hielt sie für einen Moment einfach fest.

Er fühlte, wie sie nickte. »Ich weiß.« Sie hob den Kopf. Sah zu ihm auf. Tränen glitzerten in ihren Augen, sie sah sehr verletzlich aus.

Beinahe schön.

Trent erstarrte. Das würde nicht passieren. Nicht noch einmal.

Er ließ sie los.

Eine Falte erschien zwischen ihren Brauen. »Trent?«

Er schüttelte den Kopf. »Du solltest nach Hause gehen, Evie.«

Ihre Gesichtszüge verzogen sich krampfhaft, aber sie nickte kurz. »Du hast recht. Wir sind beide aufgewühlt. Wir können uns morgen unterhalten.«

Es gab immer ein Morgen.

An der Tür blickte Evelyn zurück. Er konnte die Gefühle in ihrem Blick nicht deuten, aber sie war immer schwierig einzuschätzen gewesen.

»Es tut mir so leid, dass dir das passiert ist«, sagte sie.

Seine Brauen hoben sich. Sein Lächeln war gezwungen. »Mein Anwalt wird das innerhalb von ein paar Stunden geregelt haben. Dann wird es die Polizei sein, der es leidtut. Sie werden bereuen, dass sie sich mit mir angelegt haben.« Zumindest würden sie es bereuen, wenn er sich einen Anwalt leisten konnte, dem der Fall nicht scheißegal war. Den Anwalt, der auf die Polizeiwache gekommen war, konnte er sich jedenfalls nicht leisten, und er hatte bereits gedroht, den Fall abzugeben.

Aber Evelyn glaubte ihm. Sie winkte ihm kurz zu und ging.

Er schloss die Tür hinter ihr, roch den leichten Duft ihres Parfüms, der noch in der Luft hing. Einen Moment lang stand er einfach da und dachte über das Chaos nach, zu dem sich sein Leben entwickelt hatte – und versuchte die Schwarz-Weiß-Bilder von Amys Leiche zu verdrängen.

Aber er konnte sie einfach nicht aus seinem Kopf kriegen.

Es klopfte wieder. Seufzend drehte er sich um und riss die Tür auf. »Evie, hör zu, ich habe dir doch gesagt …« Seine Worte endeten in einem abrupten Keuchen.

Ein Messer war ihm in die Brust gerammt worden.

Er versuchte zu sprechen, konnte es aber nicht. Er wurde zurückgestoßen – weg von der Tür. Weg von Hilfe.

Er fiel zu Boden. Blut sickerte hervor. Sein Körper wurde zunehmend tauber.

Die Tür schloss sich mit einem leisen Klicken und sperrte ihn zusammen mit seinem Angreifer ein.

»Du lebst noch«, hörte er jemanden sagen. »Ich habe dein Herz verfehlt.«

Das Messer hob sich ein weiteres Mal.

»Keine Sorge. Dieses Mal werde ich treffen.«

# – 11 –

In dieser Nacht kam Dane nicht zu Katherines Haus. Stattdessen war Mac da. Er sah grimmig und entschlossen aus und verbrachte die Nacht auf der Couch. Es schien, als würde er generell nicht viel reden.

Als am nächsten Morgen das erste Sonnenlicht durch die Fenster schien, stand Katherine in der Küche und blickte auf die Reihe der Bäume am Rand des Gartens. Sie nippte an ihrem Kaffee, als Mac in die Küche kam. Er hatte sich umgezogen, und als er sie ansah, war sein Blick wie immer wachsam. »Was können Sie mir über Dane erzählen?«, fragte sie ihn abrupt, als er Zeit gehabt hatte, sich selbst eine Tasse Kaffee einzuschenken.

»Der Captain hat ihm befohlen, sich von Ihnen fernzuhalten.« Mac schwieg einen Moment. Dann seufzte er, und seine Gesichtszüge wurden weicher. »Er kann keine Beziehung mit Ihnen haben. Nicht solange er versucht, Lancaster festzunageln.«

»Wir haben keine *Beziehung.*«

»Aber er sieht Sie an, als ob es so wäre.«

Sie wusste nicht, was sie darauf sagen sollte.

Plötzlich hörte sie Stimmen vor der Tür. Laute Stimmen. Ihr Körper spannte sich, als sie eine der Stimmen als Danes erkannte.

Was auch immer da draußen vor sich ging, er hörte sich wütend an.

Mac lief eilig aus der Küche und riss die Vordertür auf. »Mann, was machst du hier?«

Den aufgeregten Stimmen nach zu urteilen, war noch jemand anderes da draußen bei Dane, aber sie hatte sicherlich nicht erwartet, Evelyn zu sehen.

Die Augen der Psychiaterin waren groß und voller Tränen. Ein uniformierter Polizist stand neben ihr, die Hände auf ihren Armen, als halte er sie zurück.

»Wo ist er?«, verlangte sie zu wissen.

Katherine runzelte die Stirn.

»*Wo ist er?*«, schrie Evelyn. Die reservierte, stets alles kritisch hinterfragende und beobachtende Ärztin schrie.

Katherine sah Dane an.

»Es scheint, dass Dr. Trent Lancaster vermisst wird.« Seine Stimme war sanft.

»Vermisst?«, fragte Katherine verwirrt.

»Unschuldige Männer laufen nicht weg«, sagte Mac. Er stand neben Katherine, die Arme entspannt an den Seiten.

»Er würde nicht weglaufen.« Evelyns Gesicht war rot und fleckig. »Ich bin heute Morgen zu seinem Motel gegangen. Ihm ist etwas zugestoßen. Ich weiß es.«

Fast konnte Katherine Danes und Macs stumme Konversation hören. Sie hatte bereits festgestellt, dass sich die beiden oft nur mit Blicken oder hochgezogenen Brauen miteinander verständigten.

»Ich habe sie in der Auffahrt getroffen«, murmelte Dane mit einem Nicken in Evelyns Richtung. »Sie rannte auf die Tür zu.«

»Weil sie ihm etwas angetan hat.« Evelyn zeigte auf Katherine. Der Polizist verstärkte den Griff, mit dem er die Psychiaterin zurückhielt. »Sie hat ihn umgebracht, genau wie die anderen.«

Katherine machte einen Schritt auf sie zu. »Ich hatte die ganze Nacht eine Wache vor meinem Haus. Wie hätte ich ihn umbringen sollen, mit den ganzen Polizisten um mich herum?«

Evelyns Augen weiteten sich. Sie blickte zu Mac, Dane, den Polizisten. »Wo ist er?« Ihre Stimme war jetzt gedämpft. Verzweifelt. »Wo ist Trent?«

Katherine wusste es nicht, aber Danes harter Blick sagte ihr, dass er es herausfinden würde.

Der Geruch nach Reinigungsmitteln traf Dane sofort, als das Zimmermädchen die Tür des Motelzimmers öffnete.

Mac war hinter ihm. »Danke, Ma'am«, murmelte er der Frau zu, deren Hände zitterten.

Sie zog sich zurück.

Vorsichtig betrat Dane das Zimmer. Sein Blick fiel auf den Boden. Er starrte auf blanken Beton. Der Teppichboden war verschwunden. Der Geruch nach Bleiche hing schwer in der Luft.

Sie wussten beide, was dieser Anblick bedeutete. Entweder war Trent Lancaster in diesem Zimmer angegriffen worden, oder er hatte jemand anderen angegriffen.

Jemand hatte das Zimmer gereinigt, und dieser Jemand war mit Sicherheit nicht das Zimmermädchen gewesen.

Dane ging durch den Raum, zog sich Handschuhe über und begann mit seiner Arbeit.

Katherine zwang sich, die Schultern zu straffen, während sie die Tür zu ihrer Galerie aufschloss. Zivilbeamte standen auf der anderen Straßenseite und bemühten sich, nicht aufzufallen, aber ihre aufmerksamen Blicke kehrten immer wieder zu ihr zurück.

Die Tüte mit den Beignets, die sie in der Hand hatte, schlug leicht gegen die Tür, als sie sie öffnete. Sie hatte auf dem Weg zur Galerie kurz bei Joe's Café haltgemacht. Die Galerie befand sich in einem hundert Jahre alten, teilweise renovierten Gebäude im historischen French Quarter, das an sie vermietet worden war. *Zurück zur Routine. Versuch ihn anzulocken, indem du dich normal verhältst.* Das war Danes Rat an sie gewesen.

Also versuchte sie, sich daran zu halten.

In der Galerie war es dunkel, und ihre Hand streckte sich automatisch nach dem Lichtschalter.

Aber das Licht ging nicht an. Sie drückte den Schalter immer wieder, aber nichts geschah.

Ihr Körper spannte sich. Kurzschlüsse waren nicht unüblich in derart alten Gebäuden. Sie hatte in den letzten sechs Monaten bereits drei Mal die Handwerker hier gehabt. Dass das Licht nicht anging, bedeutete gar nichts.

*Reiß dich zusammen.* Direkt nachdem sie Boston verlassen hatte, hatte sie in jedem Schatten den Killer gesehen. Ihn in jedem Knistern gehört.

*Aber er war nie da gewesen.*

Und nur weil das Licht nicht funktionierte, bedeutete das nicht gleich, dass er jetzt hier war.

*Aber er ist in New Orleans.*

Ihr Atem kam schnell und stoßweise.

Sie bemerkte auch, dass der Alarm nicht losging. Das war allerdings auch normal nach einem Kurzschluss. Der Alarm würde nicht funktionieren, bis ein Handwerker hier gewesen war.

Katherine drehte sich zu den Zivilpolizisten. Die waren näher gekommen, als sie die Tür geöffnet hatte. »Kann einer von Ihnen den Sicherungskasten auf der Rückseite des Gebäudes überprüfen? Ich habe bereits Probleme damit gehabt.«

Der kleinere Polizist nickte und verschwand ums Haus. Der zweite Polizist trat zu ihr. »Brauchen Sie mich, Ma'am?«, fragte er.

Die Galerie war dunkel. Die Lichter gingen hier dauernd aus. Es war kein Grund für sie, panisch zu reagieren.

Oder?

»M…Mir gehts gut. Können Sie einfach sicherstellen, dass er das Licht wieder ankriegt?« Sie drehte sich von ihm weg. In ihrem Schreibtisch war eine Taschenlampe. Sie würde sie holen, und wenn die Polizisten das Problem nicht von außen beheben sollten, würde sie sich in der Galerie umsehen, um festzustellen, was sie unternehmen konnte.

Sie machte ein paar zögernde Schritte in Richtung Schreibtisch. Sie strengte ihre Augen an, versuchte, sich an die Dunkelheit zu gewöhnen.

Nichts sah durcheinander aus oder …

*Sie war nicht allein.*

Die Tüte glitt ihr aus den Fingern, und die Beignets verteilten sich auf dem Boden.

Ein Mann saß zusammengesunken auf dem Stuhl zu ihrer Linken. Er war so ruhig und still, dass sie ihn nicht gleich bemerkt hatte. Der Atem stockte ihr in der Brust, als sie einen weiteren Schritt vorwärts ging. Sie kniff die Augen zusammen und versuchte, ihn genauer zu erkennen. Hinter ihm war ein großes Fenster, aber die Vorhänge waren zugezogen und lediglich ein schmaler Lichtstrahl fiel herein. Sie konnte nur sein Profil sehen. Die markanten Linien und Kanten seines Gesichts waren ihr bekannt.

Trent.

Sie stieß mit dem Oberschenkel gegen den Rand des Schreibtisches und tastete nach der unteren Schublade. Ihre Finger glitten unter den falschen Boden und zogen eine kleine, schwarze Pistole hervor. Dane dachte, Trent könnte vielleicht seine Exfrau getötet haben, und jetzt wartete Trent in ihrer verdunkelten Galerie auf sie? O nein, das war nicht gut.

»Trent?« Ihre Stimme war heiser, als sie ihn ansprach. Ihre Finger zitterten.

Trent bewegte sich nicht.

Sie wünschte, sie könnte mehr von ihm sehen.

»Trent, wie bist du hier reingekommen?«

Er bewegte sich immer noch nicht.

»Trent, die Polizei ist draußen.« Statt langsam auf ihn zuzugehen, bewegte sie sich von ihm weg. Sie würde die Polizisten holen, und egal, welches Spiel Trent hier trieb – er konnte es sich getrost aus dem Kopf schlagen. »Bleib, wo du bist«, fuhr sie ihn an. »Denk nicht einmal daran, auf mich loszugehen. Ich … ich habe eine Waffe.«

Sie hörte ein lautes Klicken – wie das Schließen eines Schlosses. Hinter sich.

Ihr gesamter Körper geriet in Alarmbereitschaft. Sie begann, sich dieser neuen Bedrohung zuzuwenden, doch starke Arme umschlossen ihren Körper, und sie wurde gegen eine harte Brust gedrückt.

»Du wirst die Waffe doch nicht gegen mich einsetzen, oder, Kat?«

Dieses leise Flüstern hatte sie so lange in ihren Albträumen verfolgt.

Es war ein Flüstern, das sie nie würde vergessen können.

Das Flüstern des Valentinstag-Killers.

»Was denkst du? Ist der Psychiater über alle Berge?«, fragte Mac, als sie sich zurückzogen und das Motelzimmer der Spurensicherung überließ.

Dane schüttelte den Kopf. »Er hat sein Portemonnaie zurückgelassen. Alle Kreditkarten. Sein Geld.« Das wenige, das da gewesen war.

»Jemand wie er hat bestimmt einige Reserven.«

»Nein, die Exfrau hat bei der Scheidung das ganze Geld bekommen.« Trent war leer ausgegangen. Danes Blick wanderte noch einmal durch das Zimmer. Er konnte sehr wohl erkennen, wenn allen Spuren an einem Tatort entfernt worden waren. Und dieser war verdammt gründlich gereinigt worden.

Keine Blutstropfen. Kein Anzeichen von Gewalt. Gar nichts.

Er sah sich noch einmal die Tür an. Sie hatten bereits einen Fahndungsaufruf nach Trent Lancaster herausgegeben, nur um sicherzugehen, aber der Knoten in seinem Magen sagte ihm, dass es genau jetzt noch mehr gab, was er tun musste.

Er und Mac gingen hinaus. »Wir müssen noch einmal mit Evelyn sprechen.« Die Frau war vorhin beinahe hysterisch gewesen, so sicher, dass Trent etwas zugestoßen sei.

Sie hatte recht.

Danes Blick glitt über den Parkplatz. Sie hatten mit dem Angestellten am Empfang gesprochen, und der Mann hatte sich erinnert, dass Lancaster in einem Sportwagen vorgefahren war. Anscheinend bekamen sie hier nicht allzu oft einen Jaguar zu sehen.

Wenn man die finanzielle Notlage bedachte, in der der Doktor sich befand, war Dane eher erstaunt, dass er den Wagen behalten hatte.

Aber das teure Auto war nicht mehr da. Allerdings suchte die gesamte Polizei der Stadt bereits danach. Dane stieg in seinen Wagen.

Wenn man den Jaguar fand, fand man auch …

Das Funkgerät erwachte rauschend zum Leben. Dane beugte sich vor. »Treffer für den Fahndungsrundruf«, hörte er. »Der von Ihnen gesuchte Sportwagen ist gerade in einer Parkverbotszone gesichtet worden.« Die Zentrale rasselte die Adresse herunter – eine Adresse, die Dane nur zu gut kannte.

»Verdammt.« Er atmete langsam aus. »Das ist drei Straßen von Katherines Galerie entfernt.« Er hatte den Zivilbeamten Befehl gegeben, nah bei der Galerie zu bleiben.

*Sie sollten verdammt noch mal besser in der Nähe sein.* »Schicken Sie sofort jemanden hin!«, verlangte Dane. »Ich will, dass sie nicht von Katherines Seite weichen, bis ich da bin.«

Er raste mit quietschenden Reifen die Straße entlang. Warum war Trents Wagen so nah bei Katherines Galerie? Verflucht, das war kein Zufall. Auf keinen Fall.

Er versuchte, Katherine an den Apparat zu bekommen. Aber ihr Telefon klingelte und klingelte, dann schaltete sich ihre Voicemail ein. Scheiße. »Katherine, geh zu den Polizisten, die dich bewachen. Bleib bei ihnen. Verstanden? *Bleib bei ihnen.*«

Mac und er fuhren mit quietschenden Reifen los und rasten Richtung Galerie.

»Braves Mädchen. Den Anruf brauchst du nicht entgegenzunehmen. Es ist niemand Wichtiges.«

Seine Arme waren noch immer zu eng um sie geschlungen. Sein Gesicht war hinter ihr, die Lippen nahe an ihrem Ohr, als er flüsterte: »Und die Waffe brauchst du auch nicht. Trent kann weder dir noch irgendjemand anderem jetzt noch etwas antun.«

Sie sah zurück zu Trent. Er hatte sich immer noch nicht bewegt. Überhaupt nicht. »Die Waffe ist nicht nur für Trent«, erwiderte sie.

Er lachte hinter ihr. »Oh, süße Kat, meinetwegen musst du dir keine Sorgen machen. Ich würde dir nie etwas antun.«

Dachte er, sie würde einem Mann glauben, der seine Nächte damit verbrachte, Frauen aufzuschlitzen? Katherine konnte sich nichts Besseres vorstellen, als ihm eine Kugel ins Herz zu jagen. Wenn er überhaupt ein Herz besaß.

»Ich konnte nicht zulassen, dass Trent dir wehtat. Ich kann niemandem erlauben, dir wehzutun.«

Sie fühlte, wie sich seine Lippen auf ihren Hals drückten.

»Ich werde *niemals* irgendjemandem erlauben, dir wehzutun.«

Fäuste hämmerten gegen die Vordertür der Galerie.

Er lachte wieder. »Ich habe die Tür hinter dir verschlossen. Damit wir Gelegenheit haben, ein wenig zu plaudern. Es ist viel zu lange her, Kat.«

»Nicht lange genug.« Jetzt flüsterte sie auch. Und dann, weil die Polizei nah genug war, sie zu hören, schrie sie: »Es ist der Valentinstag-Killer! Er ist hier!«

Das Hämmern an der Tür verstärkte sich noch. »Ms Cole!« Sie hörte den panischen Ruf eines der Polizisten.

Rufe würden ihr nicht helfen. Aber Kugeln.

Sie atmete tief ein und wusste, dies war ihre Chance. Sie stieß sich von ihm ab, wirbelte herum und feuerte …

Aber die Waffe klickte nur. Immer wieder.

Keine Kugeln.

Der Killer war in die dunklen Schatten der Galerie verschwunden. Sie hörte sein Gelächter. »Oh, Kat, hast du gedacht, ich wüsste nicht Bescheid über deine Waffe? Ich habe dich beobachtet.«

Sie bewegte sich von ihm weg und auf Trent zu. Sie griff hinab und versuchte, einen Puls zu finden.

Aber seine Haut war eiskalt. Und klebrig.

Übelkeit überkam sie.

Die Polizei war noch immer draußen.

»Ich beobachte dich *immer*«, sagte er ihr, noch immer flüsternd. Es war ein Flüstern, das ausreichte, ihre Arme mit Gänsehaut zu überziehen. So fühlten sich die Albträume an, die sie Dutzende

Male gehabt hatte. »Erinnere dich daran, und lass *verdammt noch mal* die Finger von dem Detective.«

Ein Schuss hallte durch die Galerie.

Katherine schrie. Ein weiterer Schuss donnerte los. Die Polizei versuchte, sich einen Weg in die Galerie zu schießen.

Sie sollten sich besser *beeilen.*

Dane trat mit aller Macht auf die Bremse und sprang aus dem Wagen. Katherines Galerie war dreißig Meter entfernt. Zwei Zivilpolizisten standen davor und hatten gerade auf ein Fenster gefeuert. Noch während er aus dem Wagen sprang, hörte er das Bersten des Glases.

»Verdammte Scheiße«, murmelte Mac.

Dane rannte zu den Polizisten. »Umzingeln!« Er sah zurück zu Mac. »Stell sicher, dass niemand durch den Hinterausgang entkommt.« Sein Herz raste, und seine Hände, die die Waffe umklammerten, schwitzten.

Katherine war nicht ans Telefon gegangen. Die Polizisten hatten über Funk gemeldet, dass sie von drinnen einen Schrei gehört hatten.

*Sei am Leben.* Er hatte geplant, Katherine als Köder zu benutzen, um den Killer anzulocken, aber er hatte nie gewollt, dass ihr dabei etwas passierte.

Er sprang durchs Fenster, krachte durch das Glas und die schweren Vorhänge – und landete beinahe auf Trent Lancasters Leichnam. Der Kerl saß zusammengesunken auf einem Stuhl – blutüberströmt.

Er hörte ein Krachen aus dem hinteren Teil der Galerie. Er rannte ins Hinterzimmer, die beiden Zivilpolizisten dicht auf den Fersen, stürmte geduckt in den Raum, kam hoch und hob die Waffe. »Polizei! Keine Bewegung!«

Und starrte in den Lauf einer Pistole.

Er hielt seine Waffe auf Katherine gerichtet. Sie zielte mit ihrer Pistole direkt auf ihn.

»Katherine!«

Ihre Augen waren weit aufgerissen. Nackte Angst sprach aus ihnen.

»Nimm die Waffe runter«, befahl er.

»Der Valentinstag-Killer war hier«, flüsterte sie. Langsam senkte sich der Lauf ihrer Waffe Richtung Boden.

Ja, das hatte er sich bereits zusammengereimt, als er den Leichnam gesehen hatte. »Hast du ihn gesehen?«

Sie blickte über die Schulter zurück. Die Hintertür war offen.

Mac stand da mit gerunzelter Stirn. »Hier ist niemand rausgekommen.«

»Doch«, flüsterte Katherine. »Als die Polizisten anfingen zu schießen, ist er hinten rausgerannt.«

Dane gab den Polizisten ein Handzeichen, und diese liefen sofort nach draußen, um die Umgebung abzusuchen. Er wollte selbst auch suchen. Er wollte rausstürzen und den Bastard stellen.

Aber er konnte sie nicht allein lassen.

»Er hat darauf gewartet, dass ich Trent finde.«

Jeder einzelne Muskel in Danes Körper vibrierte vor Anspannung.

Katherines Kinn hob sich. »Geh«, sagte sie. »Mir gehts gut. *Finde ihn.*«

Das war alles, was Dane hören musste. Er rannte bereits durch die Hintertür.

Katherines Knie gaben nach, und sie sank zu Boden. Er war hier gewesen. *Er war hier gewesen.* Und er hatte wieder getötet.

Sirenen heulten in der Ferne. Hilfe war unterwegs. Aber für Trent kam jede Hilfe zu spät. *Sie* war zu spät gekommen.

Wieder einmal.

Sie stand auf und zwang sich einen Schritt zu machen. Dann noch einen. Und einen weiteren. Die Vorhänge waren beiseitegeschoben, und Licht fiel durch ein zerbrochenes Fenster. In diesem zu grellen Licht sah sie Trents Leiche. So viel Blut. Seine Brust war aufgeschnitten worden.

Neben ihm standen Rosen. Eine Vase – eine der Vasen, die sie in der Galerie gehabt, aber nie benutzt hatte, da sie sich nicht hatte überwinden können, tatsächlich Blumen zu kaufen – war in der Nähe von Trents Füßen zerbrochen. Frische Rosen von der Farbe frischen Blutes waren über den Boden verstreut.

*Ich beobachte dich immer.*

Der Albtraum würde niemals enden.

Sie lief weiter, hantierte an der Vordertür herum. Warum hatte sie das Schloss nicht gehört? Dann war sie draußen im hellen Sonnenlicht. Die Pistole lag in ihrer Hand, die dumme, nutzlose Pistole, die sein Leben hätte beenden sollen.

Er war davongekommen. Sie war vor Angst wie versteinert gewesen, und er war davongekommen.

*Dem Tod entronnen.*

Sie setzte einen Fuß vor den anderen. Bewegte sich vorwärts.

Ein Schritt.

Noch ein Schritt.

*Liebst du mich, Kat?* Durch ihren Geist flüsterte die Stimme der Vergangenheit.

Sie konnte das Echo ihres eigenen Lachens hören. *Natürlich tue ich das. Ich werde dich schließlich heiraten, oder?*

Sie war so selbstbewusst gewesen. So sicher.

Ein Schritt.

Noch ein Schritt.

*Du liebst alles an mir, oder?*

Er hatte sie geneckt – zumindest hatte sie das gedacht.

*Das Gute und das Schlechte? Du wirst bei mir bleiben, in guten und in schlechten Tagen?*

Sie hatte ihn geküsst. *Das ist es, was ich vor dem Altar geloben werde.*

Ein Schritt.

Noch ein …

»Katherine?«

Ihr Kinn hob sich ruckartig. Es war Joes Stimme. Sie war vor Joe's Café. Joe und Ben waren beide da, eilten ihr entgegen. Als sie die Waffe sahen, erstarrten sie. Sie brauchten keine Angst zu haben. Es war keine Munition drin. *Er* hatte sie ihr weggenommen.

So wie er ihr alles weggenommen hatte.

»Katherine, was ist passiert?«, fragte Joe.

*Ich stehe unter Schock.* Sie wusste, was es war, sie hatte es schon einmal erlebt. Sie konnte die Polizeisirenen jetzt näher hören. Weil sie ihnen zwei Blocks entgegengelaufen war? Sie konnte sich nicht daran erinnern, so weit gegangen zu sein.

Ben griff nach ihrem Arm. Sie verzog das Gesicht, und das Geständnis brach ungewollt aus ihr heraus: »Ich werde nicht gerne angefasst.«

Außer von Dane. Bei ihm machte es ihr nichts aus.

Er nickte und öffnete die Hand. »Gib mir die Waffe«, sagte er.

Ihre Finger krümmten sich um den Griff der Pistole. »Er … er kommt, um mir wehzutun.«

Ben starrte ihr in die Augen. Der Blick der braunen Augen hinter den Gläsern seiner Brille war intensiv. Besorgt. »Ich werde nicht zulassen, dass dir jemand wehtut.«

Leicht gesagt. Er kannte sie nicht. Joe auch nicht. Joe trat an ihre linke Seite und sah genauso besorgt aus wie Ben.

»Katherine!« Dass jemand ihren Namen brüllte, berührte sie nicht. Sie hörte das Geräusch von Schritten, die schnell näher kamen.

Plötzlich bemerkte sie, dass Ben und Joe nicht die Einzigen hier waren. Es hatte sich eine kleine Zuschauermenge gebildet. Die Leute blickten sie und ihre Waffe eingeschüchtert an.

Eine feste Hand packte sie an der Schulter. »Es ist alles in Ordnung.« Danes donnernde Stimme war weithin zu hören. »Ich bin Polizist. Die Situation ist unter Kontrolle.«

Er log. Nichts war unter Kontrolle.

Katherine drehte sich in Danes Armen. Er nahm ihr die Pistole ab. Führte sie fort.

Obwohl Joe ihren Namen rief, sah sie nicht zurück. Sie fürchtete sich zu sehr vor dem Schrecken, den sie in seinem Gesicht sehen würde.

Katherine saß an Danes Schreibtisch. Sie ließ die Schultern hängen, in den Händen hielt sie eine Tasse Kaffee – das üble Zeug, um das selbst die meisten der Polizisten einen Bogen machten. Sie hatte nicht viel gesagt, oder eigentlich gar nichts, seit er sie aufs Revier gebracht hatte.

Dane und Mac hatten sich die Galerie vorgenommen, und die Polizei hatte die umliegenden Blocks abgesucht und das Gelände abgesperrt, aber vom Killer fehlte jede Spur. Das Gesicht des Kerls, ein Foto aus den Akten der Bostoner Polizei, war auf jedem Fernseher in New Orleans zu sehen, aber der Mann blieb verschwunden.

»Haben Sie den Killer tatsächlich gesehen?« Die leise Frage kam vom Profiler Marcus Wayne, der an Dane herangetreten war.

Katherine reagierte nicht auf die Frage. Sie hatte bisher auf überhaupt nichts reagiert.

Dane gab einem nahestehenden Polizisten ein Zeichen. »Behalten Sie sie im Auge.«

Der Mann mit dem sandfarbenen Haar trat sofort zu ihr.

Dane beförderte den Profiler in den nächstgelegenen leeren Vernehmungsraum. »Was verdammt noch mal wollen Sie damit andeuten?«, fragte er, sobald die Tür hinter ihm geschlossen war. »Nein, verdammt, ich habe den Killer nicht gesehen. Der Bastard war da, hat die Leiche abgelegt und sie zu Tode erschreckt. Dann hat er sich wieder aus dem Staub gemacht, bevor die Polizei ihn dingfest machen konnte.« Der Killer war gut darin, sich aus dem Staub zu machen. Zu gut.

Marcus schluckte hastig. »Ich meine ja nur, wir haben lediglich Katherines Aussage …«

»Sie steht unter Schock. Haben Sie sie gesehen? Haben Sie sich die Frau einmal wirklich angeguckt? Sie steht kurz vor dem Zusammenbruch.« Denn sie war allein gewesen mit ihrem schlimmsten Albtraum. Gefangen. Und dieses Wissen machte ihn sauer. Er hätte bei ihr sein sollen. Er hatte gesagt, er würde sie beschützen.

»Wenn der Kerl es gewollt hätte«, murmelte Dane voller Wut auf den Killer und auf sich selbst, »hätte er sie direkt töten können.«

Marcus schüttelte den Kopf. »Das ist nicht das, was er will.« Seine Stimme war nun wesentlich selbstbewusster. »Das war *nie*, was er wollte.«

»Dann sagen Sie es mir, erklären Sie es mir: Was genau will der Scheißkerl?«

»Katherine.«

Er hatte sie gehabt, war mit ihr in der dunklen Galerie allein gewesen. Aber soweit Dane es beurteilen konnte, hatte die Frau nicht einen einzigen Kratzer abgekriegt.

»Ich hätte wissen sollen, dass er es auf Dr. Lancaster abgesehen hat«, fuhr Marcus fort.

Waren das Schuldgefühle in der Stimme des Mannes? Dane betrachtete ihn genau und sah, dass es wirklich so war.

»Einer der Gründe, warum ich ursprünglich vermutet hatte, dass Katherine an den Morden beteiligt gewesen war … nun, sie hatte eine Verbindung zu einem der Opfer in Boston.«

»Was für eine Verbindung?« Er hatte Hobbs Bericht durchgelesen und keine Verbindung gesehen.

»Katherine und Stephanie Gilbert, das letzte Opfer in Boston, waren beide Jahre zuvor zur selben Zeit im gleichen Waisenhaus gewesen.«

Katherine war reingeplatzt, als er die Frau tötete. Nein, *nachdem* er sie getötet hatte.

»Soweit ich feststellen konnte, waren Katherine und sie zwei Monate im gleichen Heim. Nur zwei. Aber in dieser Zeit musste Katherine zweimal ins Krankenhaus. Einmal mit einem gebrochenen Arm und einmal, weil ihr mit einem Küchenmesser in den Oberschenkel gestochen worden war.« Er presste die Lippen zusammen. »Stephanie wurde danach in ein anderes Heim verlegt und bekam zusätzliche Therapie verordnet.«

Dane hob die Hand. »Was wollen Sie damit sagen? Dass Sie denken, Katherine *wollte*, dass der Killer Stephanie als Opfer wählte, weil die Frau ihr übel mitgespielt hatte, als sie noch Kinder waren?«

»Das war eine denkbare Theorie.«

»Das ist denkbarer Blödsinn.«

Marcus verzog das Gesicht, aber behielt seinen festen Blick bei. »Wissen Sie, was man unter der Signatur eines Killers versteht?«

»Die Art, wie er mordet«, sagte Dane sofort. »Die Schnitte in den Armen, das Aufschneiden der Brust. Das ist die kranke Signatur des Valentinstag-Killers.«

»Die Signatur eines Killers ändert sich nicht. Die Signatur ist das, was der Killer tun *muss*, um die Tat als vollendet zu empfinden. Um Befriedigung zu erlangen.«

Kranke Scheiße.

»Im Falle des Valentinstag-Killers macht einen Teil seiner Signatur aus, dass er seine Opfer kontrolliert. Er fesselt sie, foltert sie, dominiert sie. Er bestraft jene, die auf seinem Tisch landen, auf die gleiche Art, wie er von seiner Mutter bestraft wurde. Deshalb rekonstruiert er seine Wunden auf ihren Armen.« Er legte eine Pause ein. »Vor drei Jahren dachte ich, Katherine könnte in den Mord an Gilbert verwickelt gewesen sein.«

»Hatten wir nicht bereits festgestellt, dass das Blödsinn ist?«

Die Wangen des Profilers röteten sich. »Ich habe drei Jahre lang an dem Fall gearbeitet. Drei Jahre. Ich glaube jetzt, dass sich mit dem Mord an Stephanie Gilbert seine Motivation änderte.«

Dane zog die Brauen hoch.

»Die Wunden, die Gilbert zugefügt wurde, waren viel gewalttätiger als die der anderen Opfer, zeigten mehr emotionalen Einsatz. Ich glaube, dass der Killer wütend war, weil er wusste, was sie Katherine angetan hatte. In seinen Augen verdient Katherine keine Bestrafung.«

»Was verdient sie dann?«

»Schutz.«

Das war nicht die Antwort, mit der Dane gerechnet hatte.

»Trent war gestern hier und hat Katherine angeschrien. Er hat ihr gedroht.«

»Aber der Killer war nicht dabei. Er hat das nicht gewusst …«

»Kontrolle, Detective. Erinnern Sie sich … Kontrolle. Der Killer wird immer die Kontrolle über Katherine haben wollen, daher vermute ich, dass er sie und die Menschen um sie herum schon eine ganze Weile lang sehr genau beobachtet.« Marcus seufzte. »Bei Lancaster hat er eine ganze Reihe Muster durchbrochen, die er nie zuvor gebrochen hat. Er hat sich nicht an seine eigenen Regeln gehalten.«

»Er hat die Leiche zu ihr gebracht.«

Ein leichtes Nicken. »Er wollte ihr ein Geschenk machen. Lancaster hatte Katherine beunruhigt, der Killer hat gedacht, er habe sie verletzt, daher …«

»Hat er den Mistkerl auch verletzt.«

Noch ein Nicken. »Katherine hat den Valentinstag-Killer verändert. Vielleicht mehr, als ich gedacht habe. Bis zu dem Mord an Trent sind seine Opfer – zumindest die, von denen wir wissen – alle weiblich gewesen. Die Veränderung zeigt, dass er keine Grenzen kennt. Er kann und wird jeden richten, den er als Bedrohung für Katherine versteht.«

»Verdammt.« Dane fuhr sich mit der Hand durchs Haar. »Savannah wollte eine Story über Katherine schreiben.«

»Und Katherine hatte abgelehnt, mit ihr zu sprechen, aber die Reporterin fuhr damit fort, sie zu bedrängen.« Marcus' Lippen spannten sich. »Wieder eine Bedrohung für Katherine, die aus dem Weg geräumt werden musste.«

Inwiefern war dann Amy Evans eine Bedrohung für sie gewesen?

Marcus musste den gleichen Gedanken gehabt haben. »Wenn Sie nachforschen, werden Sie, glaube ich, eine Verbindung zu Amy finden.«

Es klopfte leise an der Tür. Der Captain trat ein. Sein Gesicht war angespannt, als er Dane ansah. »Der Scheißkerl war in ihrer Galerie?«

»Ja.«

»Während unsere eigenen Leute direkt vor der Tür standen? Warum verflucht noch mal haben die ihn nicht aufhalten können?«

»Weil die Männer ihn nicht gesehen haben. Katherine ist allein reingegangen. Als sie bemerkte, dass das Licht nicht funktionierte, hat sie einen der Männer zum Sicherungskasten geschickt.« Die Beamten hätten verdammt noch mal bei ihr im Gebäude sein sollen. Sie hatten einen Fehler gemacht, der nicht noch einmal vorkommen würde. »Er hat auf sie gewartet.«

»Er musste zu ihr«, erklärte Marcus. »Er musste sie wissen lassen, dass er sich um sie kümmern würde.«

Die Augen des Captains verengten sich zu Schlitzen. »Ich möchte jedes einzelne Wort erfahren, dass er zu ihr gesagt hat. Ich möchte jedes Detail wissen.«

Dane wusste, dass sie Katherine befragen mussten. Sie sah nur so wahnsinnig zerbrechlich aus, dass er sie in die Arme schließen und ihr sagen wollte, dass alles wieder in Ordnung käme.

Selbst wenn das eine Lüge war.

»Bring sie rein«, befahl der Captain.

»Das werde ich«, sagte Dane, »aber ich will, dass Sie beide rausgehen.« Sie konnten zusehen. Sie konnten zuhören. Aber er wollte in diesem Raum allein mit ihr sein.

Er musste erreichen, dass sie sich entspannte, sich sicher fühlte. Das würde nie eintreten, solange der Profiler und der Captain ihr gegenübersaßen.

Harley nickte mit grimmiger Miene. »Tu, was du tun musst.«

Dane wusste, der Befehl war genau das, was er zu sein schien. Aber bevor er den Raum verließ, hatte er noch eine weitere Frage an den Profiler. »Warum die verdammten Rosen? Welche Bedeutung haben die Rosen?«

Marcus rieb sich das Kinn. »Ursprünglich könnten die Rosen ein Zeichen seiner Reue gewesen sein. Er hatte ihr Leben genommen, daher gab er ihnen ein Pfand, um sich an ihn zu erinnern. Aber als er Katherine traf …« Marcus schüttelte den Kopf. »Rosen waren einmal ihre Lieblingsblumen, wussten Sie das? Sie hat das bei einer Befragung in Boston erzählt. Sie hatte sogar einen kleinen Rosengarten hinter dem Haus, das sie mit dem Killer bewohnte. Als er herausfand, wie sehr sie Rosen liebte, muss es für ihn ein weiteres Zeichen gewesen sein, dass Katherine perfekt für ihn war.«

Kranker Spinner. Sie war *nicht* perfekt für ihn und würde es niemals sein.

Mit zusammengebissenen Zähnen ging Dane aus dem Raum und direkt zu Katherine.

Sie ließ noch immer die Schultern hängen und sah wie am Boden zerstört aus. Er hasste diesen Anblick. Er versuchte, seine Wut zu kontrollieren, streckte die Hand aus und berührte sie am Arm.

Sie zuckte zusammen und sprang auf. »Nein!«

Alle Blicken wandten sich ihr zu.

Sie atmete heftig und stoßweise. Ein verzweifelter Ausdruck lag in ihren Augen. Endlich erkannte sie Dane und erschauderte. »Es … es tut mir leid.«

Er wollte sie im Arm halten. Scheiß drauf, er zog sie an sich. Hielt sie fest, und es war ihm egal, wer es sah. Sie brauchte ihn. Sie musste wissen, dass jemand für sie da war.

Und dieser Jemand würde er sein.

»Ich wollte ihn töten«, sagte sie in einem rauen Flüstern, das er kaum hören konnte.

Er war nicht überrascht von ihrem Geständnis. Die Wahrheit war, er hatte den Scheißkerl auch töten wollen. Die Dienstmarke war das Einzige, was ihn zurückhielt.

»Aber er hatte die Munition aus meiner Waffe genommen. Er hat herausgefunden, wo ich sie versteckt hatte, und die Munition einfach entfernt.«

Die Worte des Profilers fielen ihm wieder ein. *Ich vermute, dass er sie beobachtet hat.* Ja, hatte er.

Katherine versteifte sich in seinen Armen. Sie schob ihn von sich. Dane, der damit nicht gerechnet hatte, stolperte zurück.

»Komm mir nicht zu nah«, sagte sie und dunkle Farbe überzog ihre Wangen. »Du *musst von mir wegbleiben.*«

»Katherine?«

»Sonst wird er dich auch verletzen.« Ihr ganzer Körper war steif. In ihren Augen flackerten unverhüllt die Gefühle. »Er hat es mir gesagt. Du musst dich von mir fernhalten.«

Der Scheißkerl dachte, er hätte Angst? Dane nahm ihre Hände. »Das wird nicht geschehen. Niemand wird mich von dir wegkriegen.«

Er hörte ihr erstauntes Einatmen und sah sich um. Evelyn Knight wurde gerade auf die Polizeiwache geführt. Ihr tränenerfüllter Blick fiel auf ihn. Katherine. Ihre ineinander verschlungenen Hände.

Mac eilte vor und versuchte, Evelyn wegzuführen, aber sie bewegte sich nicht von der Stelle. Sie starrte einfach nur Katherine an.

Katherine entzog sich Dane. Sie schlang sich die Arme um den Bauch und schaukelte vor und zurück, als wolle sie sich selbst beruhigen.

Drückendes Schweigen lag über dem Raum. Dane räusperte sich. »Komm mit, ich muss dich zur Befragung reinbringen.«

Katherine verzog keine Miene. Sie sah ihn noch nicht einmal an, drehte sich nur hölzern um und ging zu Befragungszimmer Nummer eins.

Evelyn war immer noch da, beobachtete alles.

Katherine blieb vor ihr stehen. »Es tut mir leid wegen Trent.«

Eine Träne lief Evelyns Wange hinab. »Das glaub ich dir nicht, Kat.«

Dane versteifte sich.

»Ich bin mir nicht sicher, dass dir überhaupt irgendetwas leidtun kann, besonders etwas so Unbedeutendes wie der Tod eines anderen.« Eine zweite Träne folgte der ersten.

Dane trat vor Katherine. »Bring sie hier raus, Mac«, sagte er.

Evelyn richtete sich gerade auf. »Weil ich diejenige bin, die hier die Selbstbeherrschung verloren hat?« Ihr tränenverhangener Blick begegnete Danes. »Warum können Sie nicht sehen, was sie ist? Trent konnte das auch nicht. Und jetzt ist es zu spät.«

Dann war sie weg. Weggeführt – weggezogen – von Mac.

Dane drehte sich zu Katherine um. Er sah eine Frau, die damit kämpfte, nicht die Beherrschung zu verlieren. War sie ein Monster?

Nein, das konnte er nicht glauben.

Aber er wusste aus eigener Erfahrung, dass sich Monster überall verbergen konnten.

»Ich muss ihn sehen«, sagte Evelyn. Sie konnte nicht aufhören zu weinen. Der Detective namens Mac versuchte, sie aus dem Polizeirevier zu schaffen, aber sie ließ es nicht zu.

Sie musste Trent sehen.

Noch einmal.

»Er ist in der Leichenhalle. Sie wollen doch nicht …«

»Doch, will ich.« Sie hob das Kinn. »Jemand muss doch die Leiche identifizieren, oder? Oder hat Katherine das bereits getan?«

»Waren Sie schon einmal in einer Leichenhalle?«

»Ich bin Ärztin, ich habe eine ärztliche Zulassung. Ich habe schon jede Menge Leichen gesehen.« Und sie wusste, wo die Leichenhalle war. Daher ging sie direkt zum Fahrstuhl. Sie konnte Katherine nicht mehr ansehen.

Die Frau stand da und entschuldigte sich.

*Ich nehme ihr das nicht ab.*

Aber bevor sie den Fahrstuhl betreten konnte, stellte der Detective sich ihr in den Weg. »Sie können ihn noch nicht sehen.«

»Ich *muss* ihn sehen.«

Er schüttelte den Kopf. »Nein, Ma'am, noch nicht. Wenn ich das Okay vom Captain und der Gerichtsmedizin bekomme, bringe ich Sie runter. Sie sollten nach Hause gehen. Ruhen Sie sich aus. Wir werden Sie anrufen.«

Sie würden sie anrufen, damit sie sich Trents Überreste ansah.

Trent. Er war bei Weitem nicht unfehlbar gewesen, das wusste sie. Aber doch ihr bester Freund.

»Ich werde nicht gehen, bevor ich ihn nicht gesehen habe.«

Mac fluchte. »Dann gehen Sie in die Lobby. Bleiben Sie dort, holen Sie sich etwas aus der Cafeteria. Aber kommen Sie nicht zurück ins Büro. Ich werde Sie finden.«

Die Tür des Fahrstuhls öffnete sich.

Mac ging weg. Vermutlich zurück, um mit Katherine zu sprechen.

Alle Polizisten wollten mit Katherine sprechen, aber niemand verhaftete sie. Niemand schien hinter ihre Fassade zu sehen.

*Nur ich.*

Evelyns Schritte waren ungelenk. Nach einigen Momenten war sie in der Lobby, aber sie hörte laute Stimmen. Sie drehte den Kopf und beobachtete die Menge durch die Fenster.

Reporter. Sie drängelten sich vor der Tür und befragten die Polizisten draußen.

Sie ging auf sie zu und öffnete die Tür. Die Sonne war hell, blendend.

»Ist es wahr, dass der Valentinstag-Killer ein weiteres Opfer gefunden hat?«, fragte ein Reporter einen Polizisten, der auf dem Weg zu einem Streifenwagen war.

Der Polizist antwortete nicht.

*Der Valentinstag-Killer.*

Die Reporter verstanden nicht, was hier vor sich ging. Der Valentinstag-Killer war nur ein Teil der Geschichte. Der Rest der Geschichte war Katherine.

Aber niemand wusste etwas über Katherine. Nicht über die wahre Katherine.

*Nur ich.*

Evelyns Blick flog über die Straße. Sie sah die Pressefahrzeuge, die neben der Polizeiwache geparkt waren.

Ihr Herz begann schneller zu schlagen. Vielleicht war es an der Zeit, dass alle die Wahrheit erfuhren.

# – 12 –

Die Tür schloss sich mit einem leisen Klicken hinter Dane. Katherine atmete langsam und tief ein und blickte zum Einwegspiegel hinüber. »Wer sieht dieses Mal zu?«

»Der Captain und Marcus Wayne.«

Sie starrte auf den Spiegel. Die Taubheit ließ allmählich nach. Im Moment wollte sie einfach nur schreien. Toben. Irgendetwas tun. »Er war wirklich da. Weißt du, wie oft ich mir vorgestellt habe, was ich tun würde, wenn er vor mir stünde?«

*Ihn töten.*

Das hatte sie gewollt.

Dane rückte einen Stuhl für sie zurecht.

Sie setzte sich nicht. Sie begann, auf und ab zu laufen. Ihr Körper war zu angespannt, als dass sie hätte sitzen können. Jetzt, da das Eis um sie herum Risse bekam, schien sich ihr ganzer Körper mit verzweifelter Energie zu füllen.

»Hat er noch genauso ausgesehen? Ist sein Haar gefärbt oder …«

Sie wirbelte zu ihm herum. »Ich habe sein Gesicht nicht gesehen. Er hat sich von hinten an mich herangeschlichen.« Ihre Arme hoben sich und legten sich um ihren Körper, so wie seine es getan hatten. »Er hatte seinen Mund an meinem Ohr.«

Dane trat näher. »Sicher, dass wirklich er es war?«

»Er hat geflüstert. Ich erinnere mich an sein Flüstern.« Denn er hatte ihr schon oft etwas zugeflüstert. Nur hatte sie damals nicht verstanden, dass der Mann, der seine Geheimnisse mit ihr teilte, ein Mörder war. »Ich hatte meine Waffe, und ich wollte mich umdrehen und auf ihn schießen. Aber er hatte die Munition herausgenommen.« Sie rieb sich die Schläfen, hinter denen es schmerzhaft klopfte. »Das habe ich schon erzählt, oder? Dass er mir die Munition weggenommen hatte?«

»Ja, das hast du bereits erzählt.« Danes Stimme war ausdruckslos.

Sie ließ die Hände fallen und beobachtete ihn misstrauisch. »Du glaubst mir doch, oder? Ich hatte Munition in dieser Waffe. Ich wollte ihn aufhalten.« Sie wirbelte zum Spiegel herum. »Marcus! Es ist mir egal, was Sie denken. Ich habe ihn nicht mit Absicht entkommen lassen. Ich wollte ihn aufhalten!« Sie schlug mit der flachen Hand gegen den Spiegel. »Ich will, dass es endlich vorbei ist.«

Plötzlich erschien Danes Spiegelbild hinter ihrem. Er griff nach ihr.

Sie wirbelte zu ihm herum, um ihn anzusehen. »Nicht. Ich … ich kann nicht.«

Das tat weh. Denn Dane … Er war die eine Person gewesen, die sie hatte berühren können, ohne den instinktiven Wunsch zu verspüren, sich losreißen zu müssen. Aber jetzt … »Ich kann ihn noch an mir spüren.« Sie fühlte sich beschmutzt. Aber das war nichts Neues. Seit sie damals in diesen Keller gegangen war, hatte sie sich so gefühlt.

Nichts würde das jemals ändern können.

»Er ist nicht hier, Katherine.« Dane legte ihr die Hände auf die Schultern.

Seine Berührung war warm und stark, und sie wollte ihn wegschubsen. »Er ist immer da.« Hatte er das nicht verstanden? »Er beobachtet mich immer.«

Sie sah Dane zum Spiegel blicken.

»Du solltest diesen Fall abgeben.« Sie wollte nicht seinen Tod auf dem Gewissen haben. »Du solltest dich von mir fernhalten.«

Er trat nicht zurück. Stattdessen kam er noch näher an sie heran. »Warum? Weil der Killer mich jagen könnte?«

»Das ist keine Frage von ›könnte‹. Er hat gesagt, er würde es tun. Er hat es mir gesagt.«

Dane lächelte, und der Anblick ließ ihr das Blut in den Adern gefrieren. »Gut. Dann lass den Bastard nur kommen.«

»Ich will nicht, dass noch mehr Menschen meinetwegen sterben.«

Sein Blick suchte ihren. »Diesen Gedanken musst du aufgeben. Keiner dieser Morde ist deine Schuld. Es war immer nur er. Jedes Mal.«

Aber Katherine konnte nur den Kopf schütteln. »Erzähl das mal Trent. Wenn er mir nicht begegnet wäre, wäre er noch am Leben.«

»Glauben Sie immer noch, dass sie mit dem Killer zusammenarbeitet?«, fragte der Captain.

Marcus Wayne ließ das Paar vor sich nicht aus den Augen. Er glaubte in Katherines Stimme echte Schuld zu hören. Soziopathen waren allerdings oft sehr gut darin, Gefühle nachzuahmen.

Michael O'Rourke war auf jeden Fall sehr geschickt darin gewesen.

»Katherine Cole ist eine sehr komplexe Frau.«

Sie entzog sich Dane. Aus der Miene des Detectives ließ sich leicht ablesen, dass er sie nicht hatte gehen lassen wollen.

Genau wie der Killer schien auch er von Katherine angezogen zu werden. Der Valentinstag-Killer wollte seine Kat beschützen. Es schien, als wolle der Detective genau das Gleiche.

»Ich würde gerne die Personalakte des Detectives sehen«, sagte Marcus.

Aus dem Augenwinkel sah er, dass der Körper des Captain sich versteifte. »Warum zur Hölle das denn?«

»Weil Katherine uns gesagt hat, dass der Killer Ihren Detective vielleicht zur Zielscheibe machen wird. Es ist sinnvoll, dass ich alles über ihn erfahre.« Das stimmte zum Teil, aber vor allem wollte er wissen, warum Katherine sich zu Dane Black hingezogen fühlte.

Zuerst der Killer, jetzt Black. Beide Männer hatten einen ausgeprägten Beschützerinstinkt und waren, soweit er das hatte beobachten können, sehr besitzergreifend. Teilten sie vielleicht noch andere Charaktereigenschaften?

Vielleicht konnte er etwas über den Killer lernen, indem er Black studierte.

»Katherine, hör zu, ich muss …«

Die Tür flog auf. Mac stand mit angespanntem Gesicht da. »Dane, ich brauch dich. Jetzt.«

Katherine trat sofort vor. »Ist etwas passiert?« *Bitte, nicht noch ein Opfer. Nicht noch eins …*

Macs Blick flog zu ihr. Er musste ihre Angst erkannt haben, denn er beruhigte sie. »Es ist kein neues Opfer.«

Ihre Schultern sanken vor Erleichterung nach unten.

»Dane, jetzt.«

Dane ging zu ihm. Er neigte den Kopf zu Mac, und Katherine bemühte sich, ihr Flüstern zu verstehen. Sie verstand »... Reporter … Sie spricht gerade mit ihnen …«

Wer?

Dane fluchte und blickte zurück zu Katherine. »Bleib hier, ja?«

Sie war es leid, sich zu verstecken. Verstecken hatte ihr bisher nicht weitergeholfen. Der Killer wusste genau, wo sie war. »Wer spricht mit den Reportern?«

Dane erwiderte durch zusammengebissene Zähne: »Bitte, bleib hier.«

Dann war er weg. Er ließ sie zurück. Sie würde auf keinen Fall einfach hier herumstehen. Das konnte sie nicht. Ihr Körper vibrierte von all der verzweifelten Energie, und immer, wenn sie eine Sekunde Zeit hatte, um nachzudenken …

Sah sie Trents Leiche.

Sie eilte zur Tür, aber Mac versperrte ihr den Weg. »Sie sollten hier bleiben, Ma'am.«

»Bin ich verhaftet?«

Mac schüttelte den Kopf. »Nein.«

»Dann gehe ich mit Dane.« Sie eilte an ihm vorbei und holte Dane ein, als er gerade das Büro verließ. »Warte«, rief sie.

Er drehte sich um und wollte nach ihr greifen, schien sich dann aber selbst zurückzuhalten. Seine Hände ballten sich zu Fäusten. »Ich muss rausgehen und etwas Schadensbegrenzung betreiben. Du musst drinnen bleiben. Die Geier kreisen über unseren Köpfen, und ich möchte ihnen nicht dein Blut geben.«

Die anderen hatten alle bluten müssen. Savannah. Amy. Trent.

Vielleicht war jetzt sie an der Reihe. »Ich komme mit dir. Wenn du mich aufhalten willst, musst du mich in Handschellen legen und in eine Zelle sperren.«

Er biss die Zähne zusammen, drehte sich aber um und stürmte davon. Keine Handschellen. Keine Zelle.

Jeder Schritt, den sie machte, bewirkte, dass sie sich stärker fühlte. Das Eis brach und bröckelte ihr vor die Füße.

Die Berührung des Killers klang noch nach, sein Flüstern war noch ein Echo in ihren Ohren.

Aber …

*Ich werde dich nicht gewinnen lassen.*

Dane verließ das Gebäude. Sie konnte die Menge der Reporter sehen. Keiner von ihnen sah sie an, denn sie waren alle auf jemand anderen konzentriert. Jemand, der mitten in der Menge stand.

Katherine eilte die Treppen der Polizeiwache hinab und versuchte, mit Dane Schritt zu halten, als sie eine bekannte Stimme hörte. Eine Stimme, die sie innehalten ließ.

»Ich weiß, dass ich meine berufliche Karriere aufs Spiel setze …«

Die Reporter rückten ein Stück beiseite, und Katherine konnte durch die Menge sehen. Sie konnte den Scheitel von Evelyn Knights blondem Kopf erkennen, und sie hörte sie sprechen. »Aber ich kann nicht länger schweigen. Manchmal gibt es Dinge auf dieser Welt – Menschen –, die wichtiger sind als eine Karriere.« Sie atmete tief ein und deutete zu Katherine. »Mein Kollege und Freund Dr. Trent Lancaster war einer dieser Menschen. Letzte Nacht ist er vom Valentinstag-Killer brutal ermordet worden.«

Die Reporter begannen, sie mit Fragen zu bombardieren.

Evelyn fuhr mit erhobener Stimme fort: »Die Polizei wird Ihnen nicht die Wahrheit sagen. Sie wollen nicht, dass Sie wissen, dass der Killer hier ist und in Ihrer Stadt mordet.«

»Verdammte Scheiße.« Danes Zischen klang mörderisch. Er eilte auf Evelyn und die Reporter zu.

Katherine bewegte sich nicht von der Stelle.

»Der Killer ist hier, weil er der Frau gefolgt ist, die er liebt. Katelynn Crenshaw lebt in New Orleans.«

»Woher wissen Sie das?« Der Ruf eines Reporters war über die aufgeregten Fragen der anderen zu hören.

»Ich habe sie behandelt«, bekannte Evelyn geradeheraus.

»Und dieses Interview ist beendet.« Dane schob eine Handvoll Mikrofone beiseite. »Dr. Knight, Sie sollten mit mir kommen. Sofort.«

»Detective Black kennt die Wahrheit«, schrie Evelyn. Sie starrte mit gerötetem Gesicht über die Menge der Reporter hinweg. »Er weiß, dass Katelynn hier ist. Er weiß …«

Dane griff sie am Ellbogen. Er ignorierte die Fragen der Reporter und begann, sie die Treppe hochzuschieben.

Evelyn sah nach links und begegnete Katherines Blick.

»Wo ist Katelynn Crenshaw?«, rief ein Reporter.

Ein Wagen bremste in der Nähe des Haupteingangs des Reviers. Katherines Marshal sprang heraus, erfasste die Szene mit einem einzigen wilden Blick und lief auf sie zu. Evelyn entriss ihren Ellbogen Danes Griff, drehte sich zurück zu den Reportern und zeigte auf Katherine. »Katelynn Crenshaw ist genau hier!«

Zuerst herrschte Stille.

Dann ertönten noch mehr Fragen aus der Menge. Katherines Instinkt war es immer gewesen, wegzulaufen. Sich zu verstecken.

Aber jetzt hatte sie die perfekte Gelegenheit zu sagen, was *sie* sagen wollte. »Ja, ich bin hier.«

Die Reporter umschwärmten sie augenblicklich. Ihre Kameralinsen waren auf sie gerichtet. Ihre Mikrofone direkt vor ihrer Nase.

»Katherine«, rief Ross. Sie wusste, er wollte, dass sie schwieg.

Aber sie wusste auch, dass sie das nicht konnte.

Die Reporter riefen ihre Fragen, eine nach der anderen in einem schwindelerregenden Durcheinander. Sie ignorierte sie und starrte in die Kamera, die ihr am nächsten war. Sie wollte eine Nachricht loswerden, und die Medien sollten ihre Boten sein.

»Ich bin hier«, wiederholte sie und hob das Kinn. »Wenn du also meinetwegen auf der Jagd bist, dann jage *mich*. Und nicht andere. Nur mich.«

Sie hörte leises und heftiges Fluchen, dann legte Ross ihr den Arm um die Schultern und zog sie an sich. »Ich bin US-Marshal Anthony Ross«, dröhnte seine Stimme. »Alle weiteren Fragen richten Sie bitte an mich und meine Behörde.«

Für Katherine gab es keine Notwendigkeit, mehr zu sagen. Sie wusste, ihr Video würde gesendet werden. Wieder und wieder. Das war genau, was sie gewollt hatte.

*Gib dem Mörder eine Herausforderung. Mich.*

Ross beugte den Kopf. Seine Lippen berührten ihr Ohr, als er ihr zuflüsterte. »Warum?«

Aber er wusste es. Er musste es wissen.

Daher entzog sie sich ihm, schenkte ihm ein grimmiges Lächeln und sagte: »Weil jemand ihn aufhalten muss.«

Sie war es leid, Blut an den Händen zu haben.

Plötzlich war Dane da. Sein Gesicht war in zornige Falten gelegt, seine Zähne fest zusammengebissen. Als Ross sich zu den Reportern zurückdrehte, sah Dane sie böse an. »Du hast dich selbst zum Köder gemacht.«

Ja, das hatte sie. Aber wieso war das so überraschend? Sie hatten doch beide gewusst, dass er von Anfang an geplant hatte, sie so zu benutzen. Es gab keinen Grund, etwas anderes vorzugeben.

Jetzt blieb nur noch abzuwarten, was der nächste Schritt des Killers sein würde.

Dane zog Katherine zurück ins Revier. Polizisten beobachteten sie aus weit aufgerissenen Augen. Der Captain starrte sie an und schüttelte den Kopf. Evelyn saß in der Nähe an einem Schreibtisch mit zwei Polizisten, die sie böse anfunkelten.

Dane ging immer weiter. Er zog Katherine mit sich und schob sie zurück in das Befragungszimmer, das ihr langsam nervtötend vertraut vorkam.

»Dane, ich …«

Er knallte die Tür hinter sich zu. Sein Mund senkte sich auf ihren.

Sie sollte ihn wegschieben. Sollte ihm sagen, sofort aufzuhören. Sie sollte nicht ihre Arme um ihn schlingen und ihn näher an sich heranziehen. Sie sollte nicht ihren Mund noch weiter öffnen. Sie sollte ihn nicht noch leidenschaftlicher küssen.

Da draußen warteten ein Dutzend Polizisten. Die nachrichtengeilen Reporter lechzten danach, sie in der Luft zu zerreißen.

Sie sollte das hier nicht tun.

Aber sie brauchte ihn in diesem Moment mehr als die Luft zum Atmen.

»Dane.« Sie zwang sich zu sprechen. Sich an ihre schwindende Selbstbeherrschung zu klammern.

Seine Hände legten sich um ihre Hüften. Er hielt sie fest. Sein Kopf hob sich. Seine blauen Augen leuchteten. »Du glaubst, ich stehe einfach da und sehe zu, wie du verletzt wirst?«

Sie hatte nicht darüber nachgedacht, was Dane tun würde. Sie wollte nur, dass das Morden ein Ende nahm. Die Aufmerksamkeit des Mörders auf sich lenken. Sie zwang sich, tief einzuatmen. Ihr Blick wanderte von ihm weg – sie konnte ihm in diesem Moment nicht in die Augen sehen – und fiel auf den Einwegspiegel. Ihr Körper verspannte sich. »Ist jemand …?«

»Hier drin gibt es keine Verdächtigen, daher sieht auch keiner zu. Hier sind nur wie beide.« Er atmete tief aus. »Du hast dich zu einem verdammten Köder gemacht.« Seine Finger drückten sich in ihre Hüfte. »Warum? Willst du unbedingt sterben?«

Jemand klopfte an die Tür. »Dane?« Es war Macs Stimme.

»Eine Minute, bitte!«, verlangte Dane barsch. Katherine bemerkte, dass er sie zwischen seinem Körper und der Tür eingeklemmt hatte. Sein muskulöser Körper drückte sich gegen ihren. Sie hätte sich eingesperrt fühlen sollen. Sie sollte wütend sein, voller Angst.

Aber bei Dane hatte sie nie Angst. Ihr Herz klopfte zu schnell. Adrenalin toste durch ihr Blut. Aber es war keine Angst, nicht bei ihm.

»Was auch immer ich tue, ich werde dafür sorgen, dass du am Leben bleibst.« Seine Worte waren ein Schwur. »Mach so etwas nie wieder.«

Er küsste sie erneut. Der Kuss war noch immer voller Wut, immer noch wild vor Verlangen, aber auch … verzweifelt.

Mit Verzweiflung kannte sie sich aus.

Als er sie losließ, rang sie nach Atem.

Er trat einen Schritt zurück. Ballte die Hände zu Fäusten und schien mit seiner Selbstbeherrschung zu kämpfen. »Wenn der Killer dir etwas antun will, muss er zuerst an mir vorbei.«

Sie konnte sich keine Schwäche erlauben. Dane war eine Schwäche. Sie musste sich von ihm trennen, solange sie es noch konnte. Sie wandte ihm den Rücken zu und griff nach der Tür.

Sie drehte den Türknauf.

Seine Hand flog hoch und drückte die Tür zu. Er lehnte sich von hinten gegen sie. Ross war ihr draußen auf der Treppe der Polizeiwache so nahe gewesen. Aber da hatte sie nicht diese verzweifelte Spannung in ihrem Körper gefühlt. Sie war sich seiner zu sehr bewusst. Wollte ihn zu heftig.

So fühlte sie nur für Dane.

Das Herz raste ihr noch schneller in der Brust. »Du kennst mich nicht«, sagte sie wieder und wusste, dass das auch unmöglich war. Sie wollte nicht, dass er ihre Geheimnisse kannte.

Er trat einen Schritt zurück.

Sie starrten einander in die Augen.

»Bleib hier.« Seine Worte waren dieses Mal kein Befehl, sondern eher ein Flehen. »Wenn du nicht von allein zustimmst zu bleiben, werde ich dich unter Polizeischutz stellen – oder der Marshal wird dich wegbringen. Du weißt, Ross wird dich nicht einfach allein aus dieser Wache herausspazieren lassen.«

Nein, würde er nicht. Er würde seinen Job noch nicht als abgeschlossen betrachten.

Selbst wenn sie es tat.

»Okay.« Die Zustimmung kam ihr beinahe unbeabsichtigt über die Lippen.

Dane atmete tief aus und nickte. Sein Blick wanderte über ihr Gesicht. »Danke.«

Dane mochte denken, dass er ihr Schutz war, aber in Wahrheit hatte sie nur aus einem einzigen Grund zugestimmt zu bleiben.

Um *ihn* zu beschützen.

Denn Trent war kein zufälliges Opfer gewesen. Sie war mit ihm ausgegangen. Er war der einzige Mann, mit dem sie seit dem Killer ausgegangen war.

Und Trent war ein Messer ins Herz gestoßen worden.

Was also würde er Dane antun? Dem Mann, mit dem sie sogar geschlafen hatte?

»Ich werde bleiben«, flüsterte sie noch einmal, weil sie es ihm schuldete. Er sorgte dafür, dass sie sich wieder lebendig fühlte.

»Sie spannen gerne, was, Wayne?«

Die tiefe, gedehnte Stimme des Captains ließ Marcus Wayne zusammenschrecken. Er hatte ihn nicht ins Beobachtungszimmer kommen hören. Er war zu sehr in den Anblick des Detectives und Katherines vertieft gewesen.

Aber der Detective ging gerade hinaus, und Katherine war nun ganz allein.

Marcus blickte über seine Schulter zum Captain. »Ich war hier, als sie reinkamen.« Reiner Zufall. Er hatte nur einen stillen Ort zum Nachdenken gesucht. Er hatte sicherlich nicht das erwartet, dessen Zeuge er dann wurde.

Die Frau in diesem Zimmer schien dem Profil, das er in seiner Vorstellung von ihr geschaffen hatte, nicht gerecht zu werden. Katherine schien den Polizisten beschützen zu wollen. Alle außer sich selbst beschützen zu wollen.

Es passte nicht zu dem, was er wusste.

*Habe ich mich dermaßen in ihr getäuscht?*

»Sie hätten den Raum verlassen können, als sie reinkamen.« Der Captain blickte ihn wütend an.

»Dann hätte ich nicht mehr über Katherine erfahren.« Echter Schmerz hatte in ihrer Stimme gelegen. Er hatte echtes Gefühl in ihrem Gesicht gesehen.

Er hatte sie immer für eine Schauspielerin gehalten, aber dieses Mal hatte sie echt gewirkt.

Stimmen drangen in den Raum. Der Captain hatte die Tür offen gelassen. Jetzt trat er zu ihm. »Was auch immer verdammt noch mal zwischen dieser Frau und meinem Detective vorgefallen ist, er ist nicht …«

Marcus winkte ab. Es war ihm egal, ob sie sich gegenseitig das Gehirn rausvögelten. Darum ging es ihm nicht. »Sie macht sich etwas aus den anderen Opfern. Sie fühlt mit ihnen.«

Katherine hatte sich ihm gegenüber stets bedeckt gehalten. Sie hatte ihn nie hinter ihre Maske schauen lassen.

Aber gerade hatte er hinter ihre plötzlich brüchige Fassade gesehen. Detective Black hatte sich eine Bresche direkt hindurch geschlagen und war an die wirkliche Frau dahinter herangekommen.

Er musste noch einmal seine Akten über die Opfer des Valentinstag-Killers überprüfen. Er hatte gedacht, an Katherine sei nichts anders. Kein Grund, weshalb er sie hätte verschonen sollen. Aber jetzt …

»Was verdammt noch mal machen Sie hier drin?« Marcus schnitt eine Grimasse, als er den entrüsteten Ausruf hörte.

»Ich habe ihn hier gefunden, wie er dir und Ms. Cole zugesehen hat«, erwiderte der Captain und fuhr damit fort, Marcus böse anzustarren.

Marcus räusperte sich.

Dane trat entschlossen auf ihn zu. »Hat Ihnen die Show gefallen?«

»Es war sehr erhellend«, gestand Marcus.

Dane stürzte sich auf ihn.

Der Captain trat ihm in den Weg. »Ganz ruhig, Dane.«

Detective Black hatte anscheinend Probleme mit der Aggressionskontrolle.

*Warum fühlt sich Katherine derart zu ihm hingezogen?* Das war ein anderes Teil dieses Puzzles.

Es kamen so viele Faktoren zusammen.

»Ihr Profil ist Schwachsinn«, fuhr Dane ihn an. »Katherine war nie auf irgendeine Art an den Morden beteiligt – sie war genauso sehr ein Opfer wie die anderen.«

Marcus blickte durch den Einwegspiegel auf Katherine. Er sah, dass Black die Tür des Befragungszimmers offen gelassen hatte und Katherine damit eine Chance gegeben hatte zu gehen. Aber sie war nicht gegangen. Marcus atmete langsam aus. »Vor Dr. Lancaster hat der Killer nie einen Mann getötet.«

Er konnte den Blick nicht von Katherine abwenden.

Trent Lancaster war mit ihr ausgegangen. Auf der Wache hatte er sie verbal attackiert, was ein ganzes Zimmer voller Polizisten mitbekommen hatte.

Dann war er ermordet worden. Hingerichtet.

Und in Katherines Galerie gebracht worden.

Geliefert. Fast wie ein Geschenk. Hatte der Mörder gedacht, er hätte Katherine das ultimative Geschenk gebracht – so kurz vor dem Valentinstag? Einen Beweis seiner Zuneigung? Er hatte offensichtlich mit ihr in Kontakt treten wollen. Er hatte gewollt, dass sie sein Geschenk wertschätzte.

Möglichkeiten begannen durch Marcus' Kopf zu geistern. Er schob sich an den Polizisten vorbei und eilte in Richtung des Büros. Dr. Knight war dort und starrte die Beamten um sich böse an.

Dane folgte ihm auf den Fuß. Gut. Der Detective sollte diesen Wortwechsel mitverfolgen. Er war gut darin, in Leuten zu lesen. Der Typ wäre ein verdammt guter Profiler gewesen. *Besser als ich.*

»Warum, denken Sie, hat der Killer nie versucht, Katherine etwas anzutun?«, fragte Marcus Dr. Knight.

Sie wandte sich ihm zu. »Wer sind Sie?«

»Ich bin FBI-Agent Marcus Wayne.« Er starrte auf sie hinunter. Hübsch, beherrscht und nach dem, was er bei seiner Untersuchung im Vorfeld herausgefunden hatte, äußerst klug. Aber sie hatte möglicherweise gerade ihre psychiatrische Lizenz in die Tonne getreten.

Nicht so klug.

Warum würde eine Frau wie sie so ein Risiko eingehen?

»Nun?«, drängte er.

Dane und der Captain gesellten sich an dem kleinen Tisch zu ihnen.

Dr. Knight begutachtete den Kreis, der sich um sie gebildet hatte.

»Er hat etwas in ihr gesehen«, sagte sie langsam. »Etwas, das ihn davon abgehalten hat, sie zu töten.«

Genau das, was Marcus vermutet hatte. Nur hatte er zuvor geglaubt, dass der Killer Katherine verschont hatte, weil er in ihr eine verwandte Seele erkannt hatte.

Aber was, wenn er falschlag?

Marcus blickte über die Schulter zum Befragungszimmer. Was, wenn er in ihr nicht ein Opfer oder eine Mörderin gesehen hatte? Was, wenn er vielleicht etwas ganz anderes gesehen hatte.

Vielleicht Hoffnung?

Katherine war für ihn ein Spiegelbild, ja, aber statt ihm seine eigene Dunkelheit zurückzuwerfen, hatte sie ihm vielleicht gezeigt, wie sein Leben gewesen wäre, wenn er normal wäre.

Katherine hatte Michael O'Rourke geliebt. War das das erste Mal in seinem Leben gewesen, dass er wirklich *geliebt* worden war?

Vielleicht hatte er in Katherine seine Chance auf Glück gesehen. Das zu haben, was andere um ihn herum zu genießen schienen. Eine Frau. Ein Heim. Ein Leben ohne Gewalt und Bestrafung. Katherine hatte ihm alles versprochen, was er sich je gewünscht hatte.

Wenn Katherine wirklich der eine Lichtblick war, die eine Chance, die er hatte, eine emotionale Verbindung mit jemandem einzugehen, was würde der Mörder tun, um sicherzustellen, dass Katherine immer sicher wäre?

Die Antwort lag für Marcus auf der Hand.

*Alles.*

# – 13 –

Das historische Gebäude im French Quarter stand still und unscheinbar am Ende der Straße. Der Schein einer nahen Straßenlaterne fiel auf den Weg zum Eingang und milderte die harten Konturen des Gebäudes. Dane hatte Katherine nicht zu ihrem Haus zurückbringen wollen – nicht nach der großen Enthüllung, die Evelyn den Reportern gegenüber gemacht hatte. Er hatte auch nicht gewollt, dass die Presse ihnen zu seinem Zuhause folgte.

Daher hatten sie sich aus dem Hintereingang des Polizeireviers geschlichen und hier Unterschlupf gefunden. Die Wohnung würde ihnen eine Chance geben, sich für eine Weile in Sicherheit entspannen zu können.

Dane hielt die Autotür offen, während Katherine aus dem Wagen stieg und den Unterschlupf in Augenschein nahm. »Wessen Haus ist das?«, fragte sie.

»Es gehört einem Freund des Captains.« Harley war ein Mann mit vielen Verbindungen.

Der Geruch des Mississippi lag in der Luft, und leise Jazzmusik drang an sein Ohr.

Katherine blickte die Straße hinunter. »Haben wir Wachen?«

Ja. Wachen, die sie nicht sehen würde, wenn die Männer ihr Handwerk verstanden. Er nickte mit grimmiger Miene.

Er schloss die Tür des Erdgeschosses hinter ihnen und führte sie die Treppe zum Apartment hoch, wobei er nicht vergaß, die Alarmanlage hinter ihnen einzuschalten.

Die Wohnung war nach dem Verkauf an irgendeinen Prominenten, einen Typ, der dann bankrottging, umgestaltet worden. Jetzt schien das Luxusapartment die meisten Nächte leer zu stehen.

Nicht heute Nacht.

Sie erreichten das Dachgeschoss. Wieder schaltete Dane die Alarmeinlage ein – ein zweites System. Die hohe Sicherheit war einer der Gründe, warum dieser Ort für heute Nacht so perfekt war.

Katherine trat in die Wohnung und blieb mit angespannter Haltung in der Mitte des Wohnzimmers stehen. Sie sah sich um. »Was passiert jetzt?«

*Jetzt lasse ich die Finger von dir.* Jedenfalls war es das, was er tun sollte. Er hatte bereits eine viel zu enge Verbindung zu ihr.

Sie blickte über die Schulter zu ihm. Eine Frau sollte wirklich nicht solche Augen haben. So intensiv und wunderschön. Er hatte noch nie zuvor goldene Augen gesehen.

Er verschloss die Tür und trat nicht zu ihr. »Jetzt duschst du und gehst ins Bett. Es war ein anstrengender Tag.«

Ihr Gesicht verriet keinerlei Gefühl. »Ja. Das war es.«

Sie sollte weggehen. Denn er roch nun nicht mehr den Fluss. Er nahm nur noch ihren Duft wahr. Erinnerte sich daran, wie sie schmeckte. Es war so schwierig, sich zurückzuhalten und sie nicht anzufassen. Ihre Haut war wie Seide. Er hätte sie stundenlang streicheln können.

Katherine verließ das Wohnzimmer. Ein paar Momente später hörte er das Wasser der Dusche im Bad nebenan.

Er atmete tief aus. Verdammte Scheiße. Er war es nicht gewohnt, von einer Frau, die aussah wie ein feuchter Traum, die Finger zu lassen.

Aber mit ihr … Es war nicht nur Sex gewesen.

Diese Frau war tödlich – auf mehr als eine Art.

Er schob die Hand in die Hosentasche und zog sein Handy heraus. Er wählte die Nummer seines Partners, und während er wartete, dass Mac abhob, blickte er aus dem Fenster. Nur die Nacht starrte zurück.

»Solltest du nicht mit deiner Lady beschäftigt sein?«, murmelte Mac und klang leicht verärgert. Im Hintergrund summten Stimmen.

Er versuchte, sich *nicht* mit ihr zu beschäftigen. »Wir sind im Unterschlupf.«

»Und ich stelle gerade sicher, dass Dr. Knight die Wache verlässt und nach Hause fährt.«

Evelyn war noch immer dort gewesen, als er und Katherine gegangen waren. »Besteht sie weiterhin darauf, die Leiche zu sehen?«

»Ja, und Ronnie ist beinahe so weit, dass sie kommen kann.«

Ronnie hatte Dane mitgeteilt, dass sie den Bericht über Trent Lancaster früh am nächsten Morgen fertig haben würde. Vielleicht hatte der Mörder Beweise hinterlassen, die ihnen helfen würden.

»Wie geht es dir?«, fragte Mac leise.

Dane runzelte die Stirn.

»Ich habe dein Gesicht gesehen«, sagte Mac leise, »als Katherine vor die Kameras getreten ist.«

Danes Kiefer schmerzte. Er zwang sich, die verkrampften Muskeln zu lockern. »Ich wusste nicht, dass sie das vorhatte.« Er hatte sie zurückreißen, sie hinter sich verstecken wollen.

»War es nicht eigentlich der Plan, sie als Köder zu benutzen?«

Der Plan war nicht gewesen, ihr Leben zu zerstören – aber jetzt, wegen dieser wenigen Momente vor der Kamera, war das Leben, das sie sich als Katherine Cole aufgebaut hatte, vorbei.

Die Tür öffnete sich hinter Dane. Seine Schultern spannten sich. »Ich muss auflegen, Mac. Wir sehen uns morgen in der Besprechung.« Er beendete den Anruf und drehte sich langsam um.

Katherines nasses Haar hing ihr über den Rücken. Sie hatte ein weißes Handtuch um sich gewickelt, das ihren Körper von der Brust bis zu den Schenkeln verhüllte. Sie sah ihn an.

Ihr Duft zog ihn an. *Sie* zog ihn an. »Kann ich noch irgendetwas für dich tun?«

Ihr Lächeln war traurig. »Verjagst du meine Albträume?«

»Ich dachte, du hast keine Albträume.«

Sie wich seinem Blick aus. »Ich habe gelogen.«

Er hatte es gewusst. »Wovon handeln sie?«

Ihr Blick hielt seinem nun stand. »Ich bin zurück in meinem alten Keller. *Er* ist da. Er trägt seine schwarze Schürze – er trug immer eine schwarze Schürze, wenn er gemalt hat. Aber er malt nicht. Und das Rot auf der Schürze ... ist keine Farbe. Es ist mein Blut.«

Seine Muskeln verwandelten sich in Stein.

»Ich liege auf dem Tisch.« Ihre Stimme war ganz flach. »Meine Hände sind gefesselt. Mein Mund ist zugeklebt. Ich kann nicht schreien. Ich kann mich nicht bewegen. Und ich weiß, dass er mich umbringen wird.« Sie bewegte die Schultern, als schiebe sie das Bild von sich. »Das ist einer meiner Albträume. Ich habe noch jede Menge andere.«

Er wollte sie in die Arme nehmen.

»Bitte kein Mitleid.« Ihre Stimme zischte wie ein Peitschenschlag über ihn hinweg – jetzt nicht mehr flach, sondern wütend. »Mitleid ist nicht das, was ich von dir will. Du bist der Einzige, der mich nicht mitleidig angesehen hat.«

Bevor er etwas sagen konnte, war sie herumgewirbelt.

Er wollte ihren Arm greifen. Streckte schon die Hand nach ihr aus.

Aber dann ballte er sie zur Faust.

*Pass auf.*

Er sah zu, wie sie ging. Und folgte ihr nicht. Sein Schwanz drückte gegen seine Hose. Er konnte sie in seinem Mund schmecken. Aber er folgte ihr nicht.

Denn Dane begriff, dass er nicht nur Sex von ihr wollte. Was er wollte, war ... *alles.*

Und wenn es nach ihm ging, würde er das auch bekommen.

Ronnie pfiff leise, während sie in ihren Tennisschuhen über die Fliesen der Leichenhalle eilte. Es war kurz vor Mitternacht, und es war so gut wie niemand mehr hier.

Totenstille.

Normalerweise machte ihr das nichts aus, aber heute Abend spielten ihre Nerven verrückt.

Sie hob das Tuch, das Trent Lancasters Oberkörper bedeckte. Ihr Blick wanderte über seine Wunden. Der Angriff auf ihn war nicht so beherrscht wie bei den anderen Opfern abgelaufen. Es war fast, als sei der Täter wütend gewesen.

»Tut mir leid, dass du auf meinem Untersuchungstisch enden musstest«, flüsterte sie. Die Menschen, die ihren Weg zu ihr fanden, taten ihr immer leid.

Sie starben nie leicht.

Sie hatte Tote gesehen, die sie noch immer erschaudern ließen.

Sie zog das Laken zurück und griff nach den Tox-Berichten, die gerade eingetroffen waren. Einer für Savannah Slater und einer für Amy Evans. Das gehörte zu den Standarduntersuchungen, und …

*Oh, wow, was ist das denn?*

Ronnie las die Ergebnisse mit gerunzelter Stirn. Fentanyl. In einer ziemlich hohen Dosis. Bei beiden Opfern?

Sie legte die Berichte zur Seite und ging zu Savannah Slaters Leichnam hinüber. Sie öffnete den Reißverschluss des schweren Leichensacks, der den Körper umhüllte – der Leichnam der Frau würde bald abtransportiert werden – und legte Savannahs Haut frei. Sie nahm eine kleine Taschenlampe und leuchtete damit über den Körper des Opfers.

Fentanyl war wie Morphium. Nach einer so hohen Dosis wäre Savannah ohnmächtig gewesen. Leichte Beute.

Die Frage war, wie war ihr die Droge verabreicht worden?

*Ich habe bei ihr etwas übersehen. Ich habe etwas übersehen.*

Die Taschenlampe beleuchtete Savannahs Arme, hielt über ihren Venen. Keine Einstichstellen. Aber vielleicht hatten die Schnitte eine Einstichstelle versteckt.

Vielleicht …

Die Taschenlampe wanderte nach oben. Ronnie leuchtete über Savannahs Hals und sah den kleinen braunen Punkt. So winzig.

Sie beugte sich noch weiter vor. Ihr Herz schlug schneller.

*Die Einstichstelle.* So unglaublich klein. Direkt über der Halsschlagader – die Droge hätte sich sofort im Körper ausgebreitet.

Savannah hatte nie eine Chance gehabt.

»Dr. Thomas?«

Sie erschrak über die tiefe, raue Stimme – eine Stimme, die ihr nur zu bekannt war. Sie wirbelte herum und sah Mac im Eingang stehen.

Eine etwas zerzauste blonde Frau war bei ihm.

»Dr. Thomas …« Mac war nur formell, wenn andere dabei waren. Wenn sie allein waren, war es eine ganz andere Sache. »Können wir Trent Lancasters Leichnam sehen?«

Ihr Blick wanderte nochmals zu der blonden Frau. Ach ja, richtig. Evelyn Knight – sie hatte von den Polizisten, die vorhin hier gewesen waren, von ihr gehört. Evelyn war vor die Presse getreten und hatte Katherine Cole geoutet.

Sie hatte nicht erwartet, dass Evelyn so zerbrechlich aussehen würde.

Evelyns schockierter Blick lag auf Savannah Slaters Leichnam. Ronnie rief sich zur Ordnung und beeilte sich, Savannah wieder zu bedecken. »Ja, ja, natürlich. Geben Sie mir nur einen Moment.«

Sie atmete tief ein. Sie wollte am liebsten sofort zum Leichnam von Amy Evans hinüberlaufen und nach einer Einstichwunde suchen, aber sie hatte die Anweisung vom Captain, sicherzustellen, dass Evelyn Lancasters Leichnam anschauen konnte.

Anscheinend hatte die Frau gesagt, sie würde die Wache nicht verlassen, bevor sie ihn nicht gesehen hatte.

Nach ihrem Ausbruch vor den Medien hatte der Captain versucht, sie zu beschwichtigen. Aber Ronnie wusste, dass Harleys Zugeständnisse selten von langer Dauer waren.

Evelyns hohe Absätze klackerten über die Fliesen. »Welcher ist es? Wo ist Trent?«

Ronnie zog sich schnell ein neues Paar Latexhandschuhe an. »Er ist hier.« Sie zeigte auf die von einem Tuch bedeckte Leiche. »Und Dr. Knight, mein herzliches Beileid wegen Ihres Verlustes.« Ronnie hatte diese Worte schon Hunderte Male gesagt, aber sie meinte sie ernst. Sie hasste es, mitzuerleben, wenn Menschen unter diesen Umständen geliebte Personen sehen mussten.

Evelyns Augen füllten sich mit Tränen, aber sie nickte grimmig.

Vorsichtig zog Ronnie das Laken zurück und legte nur Trents Kopf frei. Sein Gesicht war unversehrt – tatsächlich sah es fast aus, als schliefe er. Evelyn brauchte den Rest nicht zu sehen. Es gab keinen Grund, warum sie diese Bilder im Kopf haben sollte.

Ein Schluchzen kam von Evelyn. »Er war … er war mein bester Freund.«

Ronnie zog das Laken wieder zurück. Dann positionierte sie sich vor Lancaster. Es war eine distanzierende Technik, die sie oft benutzte. Zeig die Leiche, konzentriere dich auf den Trauernden und hilf ihnen, wieder aus der Leichenhalle rauszukommen.

Die Leichenhalle war kein Platz für die Lebenden – nun, für die meisten von ihnen jedenfalls nicht. Ronnie hatte sich dort immer merkwürdig zu Hause gefühlt.

Sie verhalf den Opfern zu ihrer verdienten Gerechtigkeit.

»Hat er gelitten?«, fragte Evelyn und hob das Kinn.

Das hatte er, aber das musste Evelyn nicht wissen. Ronnies Blick fiel auf Mac. Er nickte kaum wahrnehmbar und griff nach Evelyns Ellbogen.

»Es ist Zeit zu gehen, Dr. Knight.«

»Er hat gelitten, nicht wahr?«

Alle Opfer des Valentinstag-Killers hatten gelitten. Evelyn würde das wissen.

»Ich bringe Sie nach Hause«, sagte Mac zu ihr. »Sie sollten sich ausruhen.«

Eine Träne lief die Wange der Frau herunter. »Ich verstehe nicht, was hier vor sich geht.« Aber sie ließ sich wegführen.

Mac blickte zurück zu Ronnie. Sein Blick fand ihren. *Ich komme wieder.* Sein Mund formte die Worte stumm.

Es war an ihr zu nicken.

Sie dachte nicht, dass jemand über ihre Beziehung zu Mac Bescheid wusste, und sie wollte, dass das so blieb. Sie mochte es nicht, Zielscheibe des Tratsches zu sein.

Die Türen schwangen hinter Mac und Evelyn zu.

Ronnie wartete einige Momente, bis sie sicher war, dass sie weg waren. Dann griff sie wieder nach der Taschenlampe.

Sie untersuchte Trent Lancasters Leichnam ganz genau, fand jedoch keine Anzeichen einer verabreichten Injektion.

Danach überprüfte sie den Leichnam von Amy Evans.

Amy hatte den gleichen kleinen Punkt am Hals wie Savannah. Die Droge war direkt in sie hineingepumpt worden.

Stirnrunzelnd starrte Ronnie auf Amys Leichnam hinab. Amy und Savannah waren beide schlanke Frauen und kaum einen Meter fünfundsechzig groß. Soweit sie wusste, hatte der Killer seinen früheren Opfern nie Drogen verabreicht.

Er hatte sie bezaubert und dazu verführt, mit ihm zu kommen.

Aber diese beiden hatte er unter Drogen gesetzt.

Sie zog die Handschuhe aus und griff nach dem Telefon. Ihre Schläfen pochten. »Hallo, Mike? Ja, Ronnie hier. Ich hätte gerne den Tox-Bericht für Lancaster in der Priorität nach oben geschoben, okay? Ich brauche ihn so schnell wie möglich.«

Dies könnte vielleicht der Durchbruch sein, den die Polizei benötigte. Sie konnten die Herkunft der Droge feststellen und den Täter finden.

Katherine erwachte schreiend. Das Herz hämmerte ihr in der Brust, sie war starr vor Angst und am ganzen Körper schweißnass.

Sie war wieder in dem Keller gewesen. An den Tisch gebunden. Der Killer hatte mit einem Messer in der Hand über ihr gestanden. Sie hatte ihn anflehen wollen, sie gehen zu lassen, aber Klebeband hatte ihr den Mund verschlossen. Sie hatte nicht schreien können. Sie hatte nicht flehen können.

Dann hatte er das Messer hoch über sie gehoben.

In dem Moment war sie aufgewacht.

Katherine kletterte aus dem Bett. Das T-Shirt und die alte Jogginghose, die sie trug, Kleidungsstücke, die ihr von der Polizei gebracht worden waren, schienen auf ihrer Haut zu kleben. Das

Schlafzimmer war so klein. Es schloss sie ein. Sie musste raus. Sie musste frische Luft auf ihren Wangen fühlen.

Um den Geruch nach Blut und Tod aus der Nase zu kriegen.

Fast lautlos öffnete sie die Schlafzimmertür. Der Flur und das Wohnzimmer waren dunkel, aber ihre Augen gewöhnten sich schnell daran, und sie machte sich nicht die Mühe, das Licht anzuschalten. Sie wollte Dane nicht wecken.

Sie würde einfach einen Moment hinaus auf den Balkon treten. Luft atmen, die nicht nach Tod schmeckte. Das würde die Kälte aus ihren Knochen vertreiben.

Zumindest bis zum nächsten Traum.

»Was machst du da?«, kam Danes dunkle Stimme aus der Dunkelheit.

Sie erschrak. Ihre Hand war nur noch Zentimeter von der Balkontür entfernt gewesen. Sie wirbelte herum, gerade als eine Lampe aufleuchtete. Sie sah ihn in einem übergroßen Sessel zu ihrer Rechten sitzen. Seine Hand lag noch immer an der Lampe. Ihre Blicke begegneten sich.

Sie schluckte. »Ich brauche nur etwas frische Luft.«

Er sah sie aufmerksam an, bevor er nickte und aufstand. Er trug nur eine Jeans, die ihm tief auf den Hüften saß. »Ich komme mit dir«, sagte er und griff nach der Waffe, die neben der Lampe lag und die sie bisher noch gar nicht bemerkt hatte. Er schob sie hinten in den Hosenbund. Seine Brust- und Schultermuskeln bewegten sich und erinnerten sie daran, wie stark er war.

Sie starrte ihn einen Moment an, verloren in den Schatten, die über seine Haut glitten. Dane Black war ein gefährlicher Mann. Stark und tödlich. Warum jagte er ihr dann keine Angst ein? »Hast du schon einmal jemanden getötet?« Die Frage rutschte ihr raus, bevor sie sie zurückhalten konnte.

»Ja«, antwortete er ausdruckslos und machte einen langsamen Schritt auf sie zu.

»Das passiert, wenn man Polizist ist.« Sie schien sich selbst beruhigen zu wollen. »Vermutlich hast du versucht …«

»Als ich siebzehn war, habe ich meinen Vater umgebracht.«

Sie stolperte gegen die Balkontür zurück. »Was?«

Er kam noch einen Schritt näher. »Dachtest du, du seist die Einzige hier mit Geheimnissen, Katherine?« Er schüttelte den Kopf. »Wir haben alle welche.« Seine Hand griff um sie herum. »Du musst zur Seite gehen, damit ich die Tür aufmachen kann.«

Ach ja, richtig. Sie trat beiseite, und er öffnete die Tür. Eine Brise kam vom Fluss herüber und strich ihr durchs Haar. Sie drehte sich dem Luftzug entgegen und trat auf den Balkon, die Arme schützend um sich geschlungen.

»Willst du mich nicht fragen, wieso?« Danes tiefe Stimme folgte ihr auf den Balkon.

Sie starrte nach unten in die Dunkelheit der gewundenen Straßen von New Orleans. Überall lauerte Gefahr. »Warum?«

»Er war ein gewalttätiger Scheißkerl, der dachte, er könnte mich für den Rest seines Lebens als Punchingball benutzen.«

Sie sagte nichts. Sie hatte dies nicht von Dane erwartet, hatte nicht verstanden …

*Er ist wie ich.*

»Ich war es leid, von ihm verprügelt zu werden. Leid, dass er mir die Fäuste ins Gesicht schlug.« Er rieb sich mit den Fingern über die Nase. Die kleine Beule bekam plötzlich eine neue Bedeutung.

Sie klammerte sich an das Holzgeländer des Balkons.

»Meine Mom ist abgehauen, als ich zehn war«, fuhr Dane fort. »Ich konnte es ihr nicht übelnehmen. Er hat sie geschlagen. Nicht mich. Nur sie.«

»Sie hat dich bei ihm gelassen?« Wut kochte in ihrem Bauch.

Er stellte sich neben sie und blickte hinaus über die glitzernden Lichter der Stadt. »Vielleicht hat sie gedacht, er würde nur sie schlagen. Ich habe all die Jahre die blauen Flecken an ihr gesehen. Ich habe sie weinen gehört …«

»Warum ist sie nicht zur Polizei gegangen?« Statt ihren Sohn zurückzulassen.

»Weil er ein Polizist war.«

Ihr Herz schlug schneller. Polizisten jagten Monster. Sie sollten nicht selbst welche sein.

»Daher hat sie eines Tages, als er wegen eines Falls unterwegs war, ihre Taschen gepackt und sich wie vom Teufel gejagt davongemacht. Der Bus hatte mich nach der Schule nach Hause gebracht. Ich ging heim, und sie war einfach … weg. Ohne sie war es nur eine Frage der Zeit, schätze ich, bis er seine Wut dann stattdessen an mir ausgelassen hat.«

Er war zehn gewesen, als seine Mutter ihn verließ. Siebzehn, als er seinen Vater getötet hatte. So viele Jahre. So viel Schmerz. Er klang noch immer in seinen Worten nach. Ihre linke Hand bewegte sich ein wenig. Ihre Finger strichen über seine.

»Ich habe versucht, seinem Partner zu erzählen, was vor sich ging. Vielleicht wollte er mir nicht glauben. Zumindest am Anfang nicht.«

Das Wort eines Kindes gegen das eines Polizisten.

»Dann fing mein Dad an zu trinken. Er legte sich mit Verdächtigen an. Hat einen Kollegen ins Krankenhaus geprügelt. Je mehr er trank, desto mehr verlor er die Kontrolle.«

Ihre Finger verflochten sich mit den seinen.

»Eines Nachts zerbrach er eine Whiskyflasche und ist damit auf mich losgegangen.« Seine freie Hand hob sich, und ein Finger glitt über die dünne Narbe unter seiner Lippe. »Er schrie, dass meine Mutter meinetwegen gegangen sei.«

Sie drehte sich von der Stadt weg. Studierte sein Profil. So hart. Zusammengebissene Zähne.

»Ich wusste, er würde nicht aufhören. Er würde mich töten. Er *wollte* mich töten.«

»Ich bin mir sicher, dass er das nicht wollte.« Ihre eigene Stimme war traurig.

»Ich schlug ihn, so fest ich konnte. Jagte ihm meine Faust gegens Kinn. Er war oben auf der Treppe, stolperte zurück, verlor den Boden unter den Füßen. Als er das dritte Mal auf seinem Weg nach unten aufschlug, hatte sich die Whiskyflasche in seine Kehle gegraben.«

Ihre Finger drückten seine fester.

»Sein Partner war der Erste, der da war. Ich blutete und hatte Blutergüsse – wie immer –, und mein Dad stank nach Alkohol.

Seine Knöchel waren blutig, weil er mich geschlagen hatte. Die Nachbarn rückten schließlich damit heraus, dass sie jahrelang Geschrei gehört hatten. Und Kämpfe gesehen.« Sein Mund verzog sich. »Er musste nur sterben, damit sie sich trauten, das zu melden.«

Der Wind blies ihr eine Locke ihres Haars über die Wange. »Was hat sein Partner getan?«

»Harley?«

Harley Dunning? Katherine atmete überrascht ein.

»Harley hat mir gesagt, dass es ihm leidtut. Dass er mir früher hätte helfen sollen. Er hat mich aus dem Haus geholt und bei sich wohnen lassen.« Er rollte leicht die Schultern. »Und mich dann zu dem gemacht, von dem ich dachte, dass ich es niemals werden würde.« Er begegnete ihrem Blick. »Einem Polizisten.«

Er sah zurück über die Stadt. »Also … ja, ich habe schon jemanden getötet.«

»Was ist mit ihr geschehen?«

Dane wandte ihr sein Gesicht zu.

»Deine Mutter. Hast du sie nie gesucht?«

»Sie hat mich verlassen. Es gab keinen Grund, sie zu suchen.« Er schüttelte den Kopf. »Ich will nicht, dass du denkst, ich sei ein verdammter Held. Ich bin nicht perfekt – ganz und gar nicht.«

Und das war gut so. »Perfektion ist eine Lüge. Ich dachte mal, ich hätte etwas Perfektes. Jetzt möchte ich etwas Echtes. Ich will gut, schlecht und alles dazwischen.« Sie stellte sich auf die Zehenspitzen und hauchte einen schnellen Kuss auf die Narbe unter seiner Lippe und dann auf seinen Mund.

»Katherine …« Ihr Name war ein heiseres Knurren.

Jetzt war sie an der Reihe zu gestehen. »In den letzten drei Jahren habe ich nie einen Mann gewollt. Nicht bis ich dich getroffen habe.«

Seine Finger schlossen sich fester um ihre. »Warum?«

»Es war, als sei ein Teil von mir tot. Ich war innerlich kalt. Ich war ein Roboter. Ich habe versucht, mit jemandem auszugehen …«

*Trent.*

Er ließ ihre Hand los und fasste sie an den Schultern, zog sie an sich. »Ich will das Richtige tun.«

»Ich werde von einem Killer gejagt. Es ist mir gerade wichtiger, mich lebendig zu fühlen, als zu tun, was richtig ist.« Verstand er das nicht?

»Du wirst am Leben bleiben.«

Sie konnte noch nicht hoffen. Jahrelang hatte sie mit der Drohung des Sensenmanns gelebt. Sie atmete tief ein, um sich zu beruhigen, und bewegte sich langsam von ihm weg auf die Tür zu.

»Nicht einer in drei Jahren?«

Sie hatte gerade die Schwelle erreicht, als er hinter ihr zu stehen kam. Seine Arme schlossen sich um sie. »Warum ich?«

Sie drehte sich nicht zu ihm um.

Sein Mund war auf ihrem Hals. Er küsste ihre empfindliche Haut. Sie fühlte die leichte Rauheit seiner Zunge. »Unter all diesen Männern da draußen, warum verdammt noch mal ich?«

Sie sah zurück in seine Augen und sagte ihm die Wahrheit. »Bei dir fühle ich mich sicher, Dane.«

Sein Mund nahm den ihren. Nicht länger zahm. Nicht sanft. Das Verlangen war unaufhaltbar. Er küsste sie voll wilden Hungers. Es war der gleiche Hunger, den auch sie verspürte.

Er hob sie hoch, trug sie ins Haus und verschloss die Tür hinter ihnen. Das schwache Licht der Lampe erhellte den Flur, als er sie zurück ins Schlafzimmer brachte.

Ihre Arme waren um seinen Hals geschlungen. Sie presste sich fest an ihn. Sie würde ihn nicht gehen lassen.

*Verjag die Albträume.*

*Fühl dich lebendig.*

Er legte sie aufs Bett. »Ich habe es versucht«, sagte er mit tiefer, dunkler Stimme. »Warum, verdammt noch mal, kann ich mich bei dir nicht beherrschen?«

»Ich will nicht, dass du dich beherrschst.« Sie wollte alles, was er ihr geben konnte.

Einfach alles.

Seine Hände griffen fester zu. »Du solltest vorsichtig damit sein, was du dir wünschst.« Er zog ihr das Hemd aus. Seine Finger wanderten zum Bund ihrer lose sitzenden Shorts.

Dort erfuhr er, dass sie sich nicht die Mühe gemacht hatte, Unterwäsche anzuziehen.

»Katherine.« Es war ein Laut purer Lust. Er warf ihre Kleider vom Bett.

Sie lächelte ihn an. In diesem Moment fühlte sie sich berauscht von etwas, das vielleicht Glück sein könnte.

Er nahm die Waffe hinten aus seiner Jeans und legte sie auf den Nachttisch. »Ich brauche dich. Ich habe in diesem Sessel gesessen …« Seine Worte waren ein hitziges Flüstern. »Zwei Stunden lang … und habe nur an dich gedacht …«

»Du hättest bei mir sein sollen.«

»Ich habe mich gefragt«, seine Hände waren jetzt auf ihren Schenkeln, drückten sie auseinander, »wie du wohl schmecken würdest …«

Er kam aufs Bett, schob sich zwischen ihre Beine. Sein Blick richtete sich auf ihre Scham. Er sah jeden Zentimeter von ihr.

Endlich lehnte er sich vor und berührte sie mit dem Mund.

Katherine wollte wegsehen, aber sie konnte es nicht. Sein Haar bildete einen starken Kontrast zu ihren Schenkeln. Seine Lippen waren auf ihr, seine Zunge *in* ihr.

Sie hielt den Atem an und hob ihm die Hüften entgegen.

Sie fühlte einfach nur noch. Seine Zunge. Seine Lippen.

»So gut …«, murmelte er. Die Worte vibrierten gegen sie und sandten eine Woge der Lust durch sie. »So … verdammt … gut …«

Besser als gut. Sie zog sich um ihn herum zusammen, als sein Finger in sie glitt, während seine Zunge das empfindliche Zentrum ihres Verlangens liebkoste.

Als sie kam, war es eine Explosion der Lust, die durch ihren gesamten Körper tobte. Lust, die sie zittern und beben ließ.

Sie bemerkte, dass sie die Hände ins Laken gekrallt hatte. Sie hielt den Stoff in den Fäusten. Ihr Atem ging schwer. Das Herz donnerte ihr in den Ohren.

Dane beobachtete sie.

»Dane …«

»Ich mag es, wie du schmeckst.«

Sie wollte ihn in sich.

Er hatte noch immer die Jeans an. Die musste er loswerden.

Ihre Hände glitten zwischen ihre Körper. Sie öffnete den Knopf und zog den Reißverschluss nach unten. Sein Schwanz war groß und schwer, und ihre Finger strichen über ihn.

»Katherine.« In seiner Stimme lag so viel Verlangen.

Das gleiche Verlangen, das sie auch fühlte.

»Ich will nicht länger warten.« Sie wollte diese Leidenschaft – sie wollte ihn. Jetzt sofort.

Er griff in seine Hosentasche, zog ein Kondom heraus, und dann presste sich sein harter Schwanz gegen sie, bereit, sie zu nehmen.

Der Tod war ihr an diesem Tag zu nah gekommen. Aber jetzt, in diesem Moment, erinnerte Dane sie an das Leben.

Er stieß in sie.

Ihre Beine schlangen sich um seine Hüften. Er trug noch immer seine Jeans. Der Stoff strich gegen die empfindliche Haut ihrer Oberschenkel, doch sie liebte die raue Berührung.

Er zog sich zurück, stieß wieder tief hinein, immer und immer wieder. Seine Zunge eroberte ihren Mund, während er ihren Körper nahm.

Ihre Nägel kratzten über seinen Rücken. Sie machte sich keine Sorgen darüber, ob sie kontrolliert und gefangen oder irgendetwas war. Sie fühlte einfach nur.

Fühlte sich lebendig.

Sein Mund wanderte zu ihrem Hals. Er leckte sie. Saugte an ihr. Ließ vorsichtig die Zähne über ihre Haut streichen. Sie bog sich ihm entgegen, während das Verlangen sich weiter in ihr aufbaute und sie höher und höher steigen ließ.

Schließlich kam ihr Höhepunkt und nahm ihr den Atem. Die Explosion, die durch sie hindurchtobte, war die mächtigste, die sie je gespürt hatte.

Sie hielt ihn fest umklammert, und im nächsten Moment erschauerte er über ihr. Seine Augen schienen ins Nichts zu sehen, und er presste sie eng an sich.

Als ob er sie nie wieder gehen lassen würde.

Langsam, sehr langsam beruhigten sich ihre Herzschläge wieder zu einem normalen Rhythmus. Er glitt von ihr weg, und sie kämpfte gegen den Drang, nach ihm zu greifen und ihn festzuhalten.

Er verschwand im Badezimmer. Sie hörte das Rauschen von Wassers.

Sie presste die Augen zu. Wenn die Lust vorbei war, kam die Realität nur allzu schnell zurück. Sie wäre lieber noch länger bei Dane geblieben, in seinen Armen, sodass sie vorgeben konnte – nur für eine Weile –, dass der Tod sie nicht verfolgte.

Das Bett senkte sich unter seinem Gewicht. Sie öffnete überrascht die Augen. »Dane …«

»Still … Lass mich.« Ein warmer Lappen glitt über ihre empfindliche Haut. Bei der Berührung, die zugleich beruhigte und erregte, stockte ihr der Atem.

War es falsch, ihn schon wieder zu wollen?

Sie fühlte sich, als brauchte sie – *wollte* sie – ihn zu sehr. Als seien ihre Gefühle außer Kontrolle.

Vielleicht waren sie das wirklich.

Er stand auf. Sie griff nach seiner Hand. »Bleib.« Sie war sich nicht sicher, wie viel Zeit sie noch hatten. Nicht solange der Killer da draußen war.

Und sie beobachtete.

Sie immer beobachtete.

Sie wollte nicht allein im Dunkeln sein.

Er glitt zurück ins Bett, schlang die Arme um sie. Zog sie an sein rasendes Herz.

Sie schloss die Augen und hoffte, dass sie dieses Mal nicht von Blut und Tod träumen würde. Nicht von einem Mann, der ihr sagte, dass er sie liebte, und dabei das Messer hob, um ihr das Leben zu nehmen.

»Sie hätten mich nicht nach Hause bringen müssen«, sagte Evelyn leise, als der Detective sie zu ihrer Haustür begleitete. »Ich hätte ein Taxi nehmen können.«

»Die Polizei von New Orleans wollte sicherstellen, dass sie auch gut ankommen.« Seine Stimme war sorgfältig frei von jeglichem Gefühl.

»Die Polizei von New Orleans wollte mich nur aus der Wache haben.« Sie rieb sich die Schläfen. Sie war so todmüde. Mit hängenden Schultern griff sie nach dem Türknauf.

Aber die Tür war nicht verschlossen.

Anspannung schoss durch ihren plötzlich steifen Körper.

»Dr. Knight?«

Sie blickte zurück zu Detective Turner. »Ich hatte meine Tür abgeschlossen.« Sie schloss die Tür immer ab. Ihr Herz schlug schneller.

Der Detective zog die Waffe und schob Evelyn hinter sich. Sie schluckte, und der Anblick von Trents mit einem Tuch bedeckter Leiche erschien vor ihrem geistigen Auge. Instinktiv griff sie nach dem Detective, legte ihm die Finger auf die Schulter.

»Bleiben Sie hinter mir«, befahl er.

Sie nickte, aber er konnte die Bewegung nicht sehen.

Der Detective schlüpfte ins Haus. Es war dunkel darin, still, und der dicke Teppich verschluckte das Geräusch ihrer Schritte. Er ging methodisch vor, durchsuchte jeden Raum, jeden Schrank. Nichts war durcheinander.

Sie kehrten ins Wohnzimmer zurück. Mit nervösen Händen schaltete sie rasch alle Lampen im Raum an. Der Detective beobachtete sie mit einem wachsamen Blick, den sie nicht mochte.

»Ihre Alarmanlage war nicht eingeschaltet, Doktor.«

»Hätte sie aber sein sollen«, flüsterte Evelyn fast wie zu sich selbst.

Er zog sein Handy heraus. Verlangte nach einem Team der Spurensicherung.

»Warum tun Sie das?« Sie blickte zurück zur Tür. Sie war verschlossen gewesen, als sie heute Morgen gegangen war, oder? Sie war so panisch gewesen wegen Trent.

Aber sicherlich wäre sie nicht einfach hinausgerannt und hätte die Tür unverschlossen gelassen.

»Ich will, dass die Tür nach Fingerabdrücken abgesucht wird. Ich will Leute, die die Wohnung noch mal untersuchen.« Er steckte sein Handy zurück in die Jacke. »Wollen Sie wissen, wieso das Tatort-Team kommt?« Er schüttelte den Kopf, als könne er es nicht fassen, dass sie es nicht verstand. »Ihr Partner ist vom Valentinstag-Killer ermordet worden. Sie haben sich gerade an die Medien gewandt und seine ehemalige Verlobte geoutet, eine Frau, die eigentlich durch ihre neue Identität geschützt sein sollte. Haben Sie denn nicht mal für eine Sekunde darüber nachgedacht, dass sie sich damit selbst zur Zielscheibe machen könnten?«

Eine Zielscheibe? Nein, das war unmöglich. »Der Killer würde mir nichts tun.«

»Sind Sie sich da so sicher?« Er trat vor sie. »Dann sagen Sie mir doch mal, wer hier Ihrer Meinung nach eingebrochen ist?«

Ihr Herz schlug so schnell und laut, dass sie befürchtete, es könnte ihr den Brustkorb sprengen. Aber sie versuchte, ihren Gesichtsausdruck zu kontrollieren – eine alte Gewohnheit –, weil sie nicht wollte, dass der Detective erfuhr, was sie wirklich fühlte.

»Der Killer geht in der Stadt um«, sagte er mit einem weiteren Kopfschütteln, »und mit Ihrer Vorstellung heute könnten Sie sich ihm sehr wohl als nächstes Opfer angeboten haben.«

# – 14 –

Sie hatte eigentlich keinen frühmorgendlichen Ausflug ins Leichenschauhaus geplant gehabt, aber genau das war, was für Katherine um sechs Uhr morgens anstand.

Als Dane mit ihr gesprochen hatte, hatte er den Ort die »Todeshallen« genannt. Sie fand den Namen passend. Das Gebäude hinter dem Polizeirevier war höhlenartig, tief und kühl. Es roch nach Desinfektionsmitteln und Bleiche. Sie hatte keine Ahnung, wie die Mediziner hier so viel Zeit verbringen konnten.

»Ich hätte zurück nach Hause gehen können«, sagte Katherine und zwang Dane, der neben ihr ging, stehen zu bleiben. »Du hättest mich nicht hierher mitnehmen müssen.«

»Ich will dich da, wo ich ein Auge auf dich haben kann.«

»Du kannst mich nicht vierundzwanzig Stunden am Tag bewachen.«

»Will ich aber, verdammt noch mal«, murmelte er.

Sie verzog das Gesicht. Er hatte noch vorm Morgengrauen einen Anruf erhalten, der ihn aus dem Schlaf geschreckt hatte und sie mit sich in die Leichenhalle schleppen ließ.

»Ronnie hat etwas, das sie mir zeigen muss. Sie hat gesagt, es sei wichtig.« Er legte eine Pause ein und ließ seinen Blick über ihr

Gesicht wandern. »Es geht um den Killer, und ich dachte, du verdienst es, es ebenfalls zu hören.«

Katherine nickte und wappnete sich, während Dane die Schwingtüren aufstieß, die in die Leichenhalle führten.

Eine Frau drehte sich zu ihnen um. Sie trug einen zerknitterten Laborkittel und eine Brille mit einem Metallgestell. Unter den Augen hatte sie dunkle Schatten. »Großartig. Ich hatte schon angefangen, mich zu fragen …« Sie brach ab, und ihre Augen weiteten sich hinter der Brille, als ihr Blick auf Katherine fiel. »Sie sind … *sie*.«

Katherine räusperte sich. *Sie*? Sie hatte diesen Blick aus aufgerissenen Augen schon oft in Boston erlebt. Jetzt, da sie sich der Presse gestellt und ihre Identität preisgegeben hatte, würde sie das wohl wieder häufiger erleben. *Gewöhn dich dran.* Sie richtete sich auf. »Ja, ich bin Katelynn.« Der Name fühlte sich fremd an. Falsch.

»Das ist Katherine Cole«, sagte Dane im nächsten Moment mit harter Stimme. »Katherine, das ist unsere Gerichtsmedizinerin, Dr. Veronica Thomas.«

Bevor die andere Frau etwas sagen konnte, öffnete sich hinter ihnen die Tür. Katherine blickte zurück und sah Mac eintreten. Er hatte einen angespannten, grimmigen Blick aufgesetzt.

Sie fühlte, wie Dane neben ihr aufmerkte. »Was ist passiert?«

»Letzte Nacht hab ich die Seelenklempnerin nach Hause gebracht«, sagte Mac. »Als wir ankamen, war ihre Haustür unverschlossen.«

»Evelyn?«, sagte Katherine und rieb sich die Arme. Wie hielt die Gerichtsmedizinerin es nur in dieser Kälte aus? »Geht es ihr gut?«

»Es geht ihr gut. Ich habe einen Polizisten vor ihrem Haus postiert, aber …«, er atmete aus, »sie war sich nicht einmal hundertprozentig sicher, ob sie wirklich abgeschlossen und den Alarm eingeschaltet hatte. Sie hat mir gesagt, sie sei am Morgen in Panik gegangen und könne sich nicht erinnern.«

»Gab es Zeichen für einen Einbruch?«, fragte Dane.

»Nein.« Mac trat an ihnen vorbei an Veronicas Seite. Er schien ein klein wenig zu dicht bei ihr zu stehen. »Ich habe die Spurensicherung alles absuchen lassen, aber es gab kein Anzeichen, dass jemand da war.«

Die Gänsehaut überzog noch immer Katherines Arme.

»Ich will einen Polizisten für sie abgestellt haben – nur sicherheitshalber«, sagte Mac.

Katherine verstand, was er nicht sagte. *Für den Fall, dass der Killer hinter ihr her ist.*

Ihr Blick fiel zurück auf Veronica. Die Frau beobachtete sie etwas zu intensiv. Als sie bemerkte, dass Katherine ihr Blick aufgefallen war, zuckte sie kurz zusammen.

»Ich habe letzte Nacht etwas gefunden. Etwas, das vielleicht bei der Ermittlung helfen kann.«

Sie drehte sich weg und öffnete eines der Kühlfächer. Kalte Luft strich über Katherines Haut. Mac und Dane traten näher heran, aber Katherine blieb bewegungslos.

Veronica öffnete den Reißverschluss des Leichensacks, und ihre Finger in den Einweghandschuhen zeigten auf Savannahs Hals. »Seht euch das hier an.« Sie leuchtete auf den Hals der Toten und schob ein Vergrößerungsglas über Savannahs Kehle.

Dane beugte sich vor.

Katherine wich zurück. Ihre Augen waren nicht auf Savannahs Hals gerichtet, sondern auf ihr Gesicht. So unbeweglich und blass. Die ganze Farbe war verschwunden. Das ganze Leben … einfach fort.

»Ich sehe einen Bluterguss«, sagte Dane.

»Nicht einfach nur ein Bluterguss. Eine Einstichstelle.«

Katherines Blick sprang zurück zu Veronica.

»Als ich den Tox-Bericht zurückbekommen habe, wusste ich, wonach ich suchen musste.« Ihre Stimme wurde vor Aufregung lauter. »Der Mörder hat ihr Fentanyl injiziert, eine Dosis, die groß genug war, sie eine ganze Weile bewusstlos zu machen.«

»Fentanyl?«, fragte Katherine verwirrt. »Was ist das denn?«

»Es ist ähnlich wie Morphium, aber viel stärker. Durch die Dosis, die Savannah Slater verpasst wurde, wäre sie innerhalb von Sekunden bewusstlos gewesen.« Sie leckte sich die Lippen. »Hilflos.«

»Ich habe von Fentanyl gehört, aber das ist nicht gerade ein Mittel, zu dem man leicht Zugang hat«, murmelte Dane und trat näher an Katherine heran.

»Nein.« Veronica schob sich die Brille höher auf die Nase. »Man braucht ein Rezept. Ein Arzt würde Zugriff darauf haben. Krankenpfleger.«

»Hey, Mann.« Die Erregung war nun auch in Danes Stimme zu hören. »Wir können dem Scheißkerl vielleicht über das Medikament auf die Spur kommen.«

Veronica nickte.

»Wir werden das überprüfen, die Ausgabestelle finden ...«

Katherine griff ihn am Arm. »Der Valentinstag-Killer hat seine Opfer noch nie betäubt. Sie sind alle freiwillig mitgekommen.« Ihre Augen waren auf Savannahs Leichnam gerichtet. »Er hat sie verführt«, flüsterte sie, »nicht betäubt.« So war er in Boston nicht vorgegangen.

»*Dieser* Mörder betäubt seine Opfer.« Ronnie zog einen weiteren Leichnam aus einem zweiten Fach und öffnete den Reißverschluss des Leichensacks. Katherine atmete scharf ein, als sie das dunkle Haar der Frau sah. War das Amy Evans? Ja.

Die Gerichtsmedizinerin redete noch immer, während sie durch ihre Lupe sah. »Gleichartige Einstichstelle. Gleiches Medikament. Gleiche hohe Dosis.« Sie wandte sich Dane zu. »Beide Opfer waren bewusstlos, als der Mörder sie mitgenommen hat.«

»Wie ist es bei Lancaster?«, wollte Dane wissen. »Gibt es bei ihm ebenfalls eine Einstichstelle?«

Ronnie schüttelte den Kopf und bewegte sich von den Kühlfächern weg. Sie ging zu einer mit einem Tuch bedeckten Leiche, die auf einem Tisch in der Mitte des Raumes lag. »Seine toxikologische Analyse wird gerade ausgewertet – ein Eilauftrag –, aber ich habe ihn gründlich untersucht und keinerlei Anzeichen einer Injektion gefunden.«

Katherine drehte sich um und ging zu dem Tisch. Sie starrte auf Trents bedeckte Leiche. Ein Zittern durchlief sie.

»Ich habe allerdings etwas anderes festgestellt.« Ronnies Stimme war nachdenklich. »Der Angriffswinkel ist bei ihm anders. Das Messer ist tiefer, fester in ihn gestoßen worden. Es ist verdammt viel mehr Kraft für diesen Mord eingesetzt worden.«

»Weil er wütend war«, sagte Dane und kam auch an dem Tisch zu stehen.

Trents Gesicht war von einem Tuch bedeckt. Katherine wollte es nicht sehen.

Nicht noch einmal.

*Es tut mir leid, Trent.*

»Der Killer war sauer«, sagte Dane wieder. »Deshalb waren die Verletzungen schwerwiegender. Er war auf hundertachtzig.«

Wegen Trent.

*Wegen mir.*

Ronnie räusperte sich. »Es gibt genau die gleiche Anzahl Schnitte auf seinen Armen, das Muster ist perfekt.«

»Weil es das gleiche Muster ist, das er auf den Armen hat«, fügte Katherine hinzu. Sie hatte diese Narben gesehen, sie berührt, so oft, und nicht einmal gewusst … »Er hat gelitten, daher wollte er, dass seine Opfer den gleichen Schmerz fühlten, den er erlitten hat.«

Sie hatte keine Zweifel, dass Trent jede Menge Schmerz gespürt hatte, bevor er starb.

»Wir müssen mit dem Profiler sprechen«, sagte Mac. »Wenn unser Täter seine Opfer betäubt, hat er seine Vorgehensweise geändert.«

Katherine drehte sich von Trents Körper weg. Der Geruch hier verursachte ihr Übelkeit. Nein, einfach hier zu sein, so nah bei den Opfern …

*Sie hatten alle zu viel ertragen müssen.* Und warum? Weil der Killer sie für den Tod bestimmt hatte.

Aber warum diese Menschen … *und warum nicht mich?*

»Katherine!«, rief Dane hinter ihr her, als sie zur Tür eilte.

Aber Katherine schüttelte nur den Kopf. Sie brauchte Luft. Sie erstickte hier drin. Sie schob sich durch die Türen und wartete nicht auf den Fahrstuhl, sondern eilte die Treppe hinauf.

Dann war sie draußen. Der Hinterhof war fast verlassen, und sie atmete tief ein.

Eine Hand legte sich auf ihre Schulter. Sie erkannte die Berührung fast augenblicklich. Dane.

Sie drehte sich nicht zu ihm um. »Ich will, dass das aufhört.« Was mussten sie dafür tun?

»Das Medikament ist der größte Durchbruch, den wir bisher gehabt haben. Wir können seine mögliche Herkunft nachverfolgen und den Mistkerl ausfindig machen.«

»Er hat seine Opfer nicht betäubt …«

Dane umfasste ihr Kinn und zwang sie, ihn anzusehen. »Das war vor drei Jahren. Vielleicht ist etwas mit ihm passiert. Vielleicht muss er sie betäuben, um sie in seine Gewalt zu bekommen. Was auch immer der Grund sein mag, diese Information ist, was wir brauchen. Wir können ihn finden.«

Sie konnte die Toten nicht aus dem Kopf kriegen. Sie würde sie nie mehr aus dem Kopf kriegen. »Er beobachtet mich immer«, sagte sie. Ihr Blick suchte den Parkplatz ab. »Er wusste über mich und Trent Bescheid, daher hat er Trent umgebracht. Er weiß auch über uns Bescheid, Dane.« Verflucht, sie war letzte Nacht so egoistisch gewesen. Hatte mit ihm zusammen sein wollen, weil er dafür sorgte, dass sie sich lebendig fühlte.

Obwohl mit ihr zusammen zu sein seinen Tod bedeuten konnte.

Sie schüttelte den Kopf. »Er hat gesagt, ich solle mich von dir fernhalten.«

»Und genau deshalb wirst du ganz dicht bei mir bleiben. Dieser Mistkerl hat dir gar nichts zu sagen. Wir tanzen nicht nach seiner Pfeife.«

Doch, das taten sie. Verstand Dane das nicht? Mit jedem Toten, den sie fanden, liefen sie dem Killer blind hinterher.

»Ich will nicht, dass du das nächste Opfer bist«, sagte sie, und plötzlich war sie diejenige, die *ihn* festhielt. Ihre Nägel gruben sich in seine Arme. »Ich will das nicht, verstehst du?«

Nicht, wenn sie gerade angefangen hatte, sich etwas aus ihm zu machen. Er hatte ihre Mauern durchbrochen, und sie wollte nicht, dass er ihretwegen starb.

»Er wird mich nicht überrumpeln. Ich bin der, der ihn schnappen wird.«

So selbstsicher. So zielstrebig.

Sie wollte ihm glauben, aber sie hatte Angst.

*Was, wenn …*

Dane küsste sie. Fest. Intensiv. »Du verlierst mich nicht, und ich lasse dich nicht gehen.«

»Ich will, dass du auf dem Revier bleibst«, sagte Dane, während er seine Waffe überprüfte. Er würde zurück zu Trent Lancasters Wohnung gehen und sicherstellen, dass die Spurensicherung nicht irgendein Detail übersehen hatte. Je mehr er über die Opfer herausfand, desto mehr konnte er möglicherweise auch über den Killer erfahren.

»Nein.« Katherines Stimme war leise und entschlossen und sagte überhaupt nicht das, was er hören wollte.

Sie saß auf seinem Schreibtischstuhl. Er beugte sich über sie und sperrte sie mit seinen Händen ein. »Ich muss wissen, dass du in Sicherheit bist.«

»Ich kann mich nicht weiter verstecken.« Ihr Kinn hob sich. Sexy. Stark. Aber sie machte ihn verrückt, wo er sie doch nur beschützen wollte. »Er hat nie versucht, mir etwas zu tun, verstehst du das nicht? Wenn er mich töten wollte, hätte er mich in der Galerie erledigen können.«

Das war kein Bild, das Dane im Kopf haben wollte. Aber er wusste, dass sie recht hatte – und er dachte das Gleiche.

*Er hatte die Gelegenheit. Und jede Menge Zeit.* Er hätte Katherine leicht töten können, bevor Dane kam.

»Ich gehe nicht zurück zum Unterschlupf. Ich verstecke mich auch nicht den ganzen Tag auf dem Polizeirevier.« Ihr Blick war

Vasen mit Rosen auf die Tische gestellt hatte. Der übelkeiterregend süße Duft schlug ihr in dem Moment entgegen, als sie eintrat.

*So viele verfluchte Rosen.* So kurz vor dem Valentinstag waren die Rosen überall. Und sie *hasste* sie.

Sie atmete langsam aus und straffte die Schultern. Sie war aus einem bestimmten Grund hierhergekommen, verdammt noch mal, und sie würde sich nicht von ein paar Blumen aufhalten lassen. Als sie sich der Theke näherte, hob Joe den Kopf. Seine Augen weiteten sich, als er sie sah.

»Katelynn.«

Genau. »Dann schätze ich, du hast wohl die Nachrichten gesehen.«

Sie glitt auf ihren Stammplatz an der Theke. Ben war nicht da. Sie hätte gerne mit ihnen beiden gesprochen.

Und ihnen gesagt, dass sie auf der Hut sein sollten.

Denn das war einer der Gründe, warum sie hier war. Nicht nur, um sich zu entschuldigen, weil sie ihnen gestern Angst eingejagt hatte, sondern auch, um sie zu warnen.

Es war die Wahrheit gewesen, als sie Dane gesagt hatte, dass diese Männer das waren, was Freunden am nächsten kam. Würde diese Nähe sie zu Zielscheiben machen?

Katherine konnte es nicht darauf ankommen lassen.

Joes Blick wanderte über ihr Gesicht. Er war heute sehr zurückhaltend, während er sie zuvor immer mit einem warmen Lächeln begrüßt hatte.

Das Lächeln war verschwunden.

»Ich habe die Nachrichten gesehen«, sagte er leise, während er sich zu ihr beugte. »Sie haben diesen Mann in deiner Galerie gefunden.«

Sie nickte.

Es schien, als seien die anderen Stimmen im Café verstummt, oder bildete sie sich das nur ein?

»Dann bist du hierher gelaufen, mit dieser Pistole in der Hand …«

Katherine atmete tief ein und lehnte sich zu ihm. »Ein sehr gefährlicher Mörder jagt in dieser Stadt.«

»Der Valentinstag-Killer.« Die Falten um seine Augen schienen tiefer.

»Ja. Ich hatte gestern diese Waffe … Ich hatte sie, weil ich versucht habe, mich zu schützen.«

»Vor dem Mörder.«

»Er ist ein Mann, der das, was er will, nicht aus den Augen verliert.« Und was hatte sie für ein Glück, dass sie genau das zu sein schien, was er wollte. Katherine beugte sich vor. »Ich will, dass du mir versprichst, wachsam zu sein, okay? Geh nirgendwo allein hin. Bleib nicht spät allein im Café. Sei einfach vorsichtig.«

Seine Brauen hoben sich. »Bist du deshalb heute hergekommen? Um mir zu sagen, dass ich vorsichtig sein soll?«

»Ich glaube, er beobachtet mich.« *Ich weiß, dass er mich beobachtet.* »Und das bedeutet, er könnte die Menschen in meinem Leben auch beobachten. Dich und Ben … Ihr zwei wart immer nett zu mir, und ich würde nicht wollen, dass einem von euch etwas zustößt. Du und Ben … ihr seid fast meine Freunde.«

Joe war einen Moment still, dann wandte er sich von ihr ab. Katherine wäre am liebsten in sich zusammengesunken, aber sie hielt sich mit Gewalt aufrecht. Sie hatte kein warmes Willkommen erwartet, aber sie hatte Joe warnen müssen.

Ein Becher Milchkaffee wurde vor sie geschoben. Sie sah überrascht auf.

Joe hielt ihrem Blick stand. »Wir sind nicht fast Freunde. Wir *sind* Freunde … *Katherine.*«

Sie lächelte zaghaft.

Aber dann wurde Joe von einem anderen Gast weggerufen, bevor sie noch etwas zu ihm sagen konnte. Katherine nahm einen Schluck von ihrem Kaffee. Ihr war jetzt wärmer, aber nicht wegen des heißen Getränks. Die Türglocke schellte, und Katherine blickte sich um in der Hoffnung, Ben zu sehen. Aber es war nicht Ben, der im Türrahmen stand.

Sondern jemand anderes, den sie kannte.

*Evelyn?*

Anspannung ließ Katherine erstarren, als Evelyns Blick ihrem mit Laserschärfe begegnete.

Sie kam auf die Füße und warf etwas Geld auf die Theke. Dies war kein Ort für eine öffentliche Auseinandersetzung. Joe verdiente Besseres. Evelyn war ihr offensichtlich hierher gefolgt. Aus ihren früheren Sitzungen wusste Evelyn, dass es zu Katherines Routine gehörte, in diesem Café zu verkehren.

*Sie ist meinetwegen hergekommen.*

Na schön, aber sie würde diesen Kampf von Joe fernhalten.

Evelyn marschierte auf sie zu.

Katherine schüttelte den Kopf. »Ich werde nicht …«

»Es tut mir leid.« Evelyns Stimme klang brüsk.

Katherine runzelte die Stirn und bemerkte, dass Evelyn Mascaraflecken unter den Augen hatte. Ihr Make-up war verwischt. Nein, es sah eher aus, als habe sie seit gestern Abend kein neues mehr aufgelegt.

In ihrem Gesicht war Angst zu lesen.

»Ich habe gestern die Beherrschung verloren. Ich war so außer mir wegen Trent, dass ich …« Sie holte tief Luft. Ihre zitternden Hände trafen die Theke und rissen Katherines Kaffeebecher um. »Ich hätte mich nie an die Presse wenden sollen. Es tat nur so weh.«

Dies war eine Evelyn, die Katherine noch nie erlebt hatte. Für gewöhnlich war die Psychiaterin so beherrscht.

Aber jetzt strömten Emotionen aus jeder Pore ihres Körpers.

Katherine setzte sich langsam wieder auf den Barhocker. Eine Kellnerin stellte ihr einen frischen Kaffee hin.

»Ich glaube, er war in meinem Haus …«

»Kann ich Ihnen etwas bringen, Miss?«, unterbrach die Kellnerin sie.

Evelyn sah sie mit leerem Gesichtsausdruck an.

»Bringen Sie ihr bitte das Gleiche«, sagte Katherine sanft.

»Als ich gestern Abend nach Hause kam, war meine Vordertür unverschlossen.« In Evelyns Augen glänzten Tränen. »Ist er hinter mir her? Wegen dem, was ich Ihnen angetan habe?« Ihre Stimme war ein Flüstern, das nur bis zu Katherine drang.

»Ich weiß nicht, was er tut«, sagte Katherine.

Noch eine Tasse wurde zu ihnen geschoben. Evelyns Hände zitterten so stark, dass sie noch mehr verschüttete. Katherine versuchte, ihr zu helfen, alles aufzuwischen.

»Ich will nicht sterben.« Evelyn sah sie bei diesem Geständnis nicht an.

*Ich auch nicht.*

»Sollte ich die Stadt verlassen?« Evelyn nahm einen Schluck von dem Kaffee. »Werde ich dann sicher sein?«

Katherine trank etwas ihres eigenen Milchkaffees und dachte nach. Sie hatte versucht, zu fliehen und sich eine neue Identität zuzulegen, aber der Killer hatte sie dennoch ausfindig gemacht.

»Ich werde niemals sicher sein, oder?« Alle Hoffnung war aus Evelyns Stimme gewichen.

Katherine blickte zu ihr. »Dane und Mac werden ihn finden. Sie haben einen Beweis gefunden, dass er seinen Opfern ein Mittel verabreicht hat …«

Evelyns Augen weiteten sich.

»Sie verfolgen das zurück«, sagte Katherine. »Wir müssen …« Am Leben bleiben, bis sie ihn geschnappt haben. Nein, das konnte sie nicht sagen. Katherine trank mehr von ihrem Kaffee. Sie stellte den fast leeren Becher ab. »Bleiben Sie nicht allein. Gehen Sie zu einem Freund, einem Verwandten. Verschaffen Sie sich Polizeischutz.«

»Habe ich«, gestand Evelyn, während ihre Augen zu einem Mann in einer nahegelegenen Nische wanderten.

Katherines Schläfen pochten. Evelyn im Fadenkreuz des Killers? Erst Trent, jetzt Evelyn. Kein Wunder, dass sie Angst hatte.

Katherine fürchtete auch um sie.

»Etwas über ihn zu hören war eine Sache«, flüsterte Evelyn. »Unsere Sitzungen, das war anders.« Sie nahm Katherines Hand und hielt sie fest. »Ich möchte nicht eines seiner Opfer werden.«

Katherine schluckte. Das Pochen hinter ihren Schläfen wurde schlimmer. »Haben Sie Verwandte außerhalb der Stadt, bei denen Sie bleiben können?«

Evelyn nickte.

»Dann fahren Sie zu ihnen.« Nur weil er Katherine gefolgt war, musste das noch nicht bedeuten, dass er Evelyn folgen würde. Wenn sie aus der Stadt wäre, würde sein Augenmerk vielleicht zurückfallen auf …

*Mich.*

»Wie haben Sie das gemacht?«, fragte Evelyn und fuhr sich mit der Hand durchs Haar. »All diese Jahre mit dem Wissen, dass er sie jagt …?«

»Es war schwierig, nicht verrückt zu werden«, gestand Katherine. »Ich schätze, deshalb bin ich letztlich zu Ihnen gekommen.«

Evelyn blinzelte, als sei sie überrascht, und etwas, das fast ein Lächeln war, spielte um ihre Lippen.

Ein weiteres Klingeln ertönte von der Tür.

Katherine sah hinüber. Diesmal stand Ben mit seiner blonden Freundin im Türrahmen.

Sie musste mit ihm sprechen, musste auch ihn warnen.

»Entschuldigen Sie mich bitte«, murmelte sie, aber ihre eigene Stimme klang merkwürdig in ihren Ohren.

Katherine versuchte, aufzustehen, aber ihre Knie gaben nach. Sie fiel mit einer Wucht zu Boden, die ihren ganzen Körper erschütterte.

Ihre Hände stemmten sich schwach gegen die Fliesen, aber sie konnte nicht aufstehen.

»Katherine?« Ben eilte zu ihr.

»Katherine.« Evelyn kniete vor ihr. »Was ist los?«

Die Zivilpolizisten eilten hinter Evelyn herbei.

Dann verschwamm Evelyn vor ihrem Blick. Katherine verdrehte die Augen. Ihr Körper wurde von Krämpfen geschüttelt.

»Sie hat einen Anfall!«, schrie Evelyn. »Ruft einen Notarzt!«

Feste Hände legten sich auf Katherine und hielten sie unten, aber ihr Körper zuckte noch immer. Sie hatte einen beißenden, bitteren Geschmack im Mund, und ihr Herz raste so schnell. Zu schnell.

»Katherine?« Die Stimme kam von rechts. Sie versuchte zu sehen, wer sprach, aber sie konnte nichts erkennen.

»Katherine, hier ist Ben. Halt durch, okay? Joe ruft gerade den Notarzt.«

Ben. Sie musste Ben warnen. »Kill …«

»Was sagt sie?«, fragte Ben. »Katherine, sag es noch einmal.«

»Lauf …« *Lauf weg. Der Killer ist in der Stadt. Ich will nicht, dass noch jemand verletzt wird.*

*Nicht noch jemand unter seinem Messer.*

Aber sie konnte Ben das nicht sagen. Sie konnte gar nichts sagen, denn als sie zu sprechen versuchte, röchelte sie nur.

»Macht ihr die Atemwege frei.« Diese Stimme gehörte einem der Polizisten. Plötzlich war eine Hand unter Katherines Kinn. Sie versuchte, Luft zu holen, konnte es aber nicht.

Sie konnte gar nicht atmen.

Die Stimmen um sie herum verstummten.

»Katherine?«

Jemand drückte ihre Hand.

Da war ein Summen von Stimmen.

Türen schlugen.

»Alles wird gut, okay? Maggie, ruf deinen Dad an. Lass ihn wissen, was passiert ist.« Die Stimme war tief und männlich, und sie kannte sie.

Die Welt begann sich zu bewegen – nein, *sie* bewegte sich. Sie wurde transportiert … In einen Rettungswagen?

»Ich werde bei ihr bleiben«, sagte die Stimme, und dann war er da. Ben, der stirnrunzelnd auf sie herunterblickte. »Ich war mal Rettungssanitäter«, sagte er, und sie bemerkte, dass zu ihrer Rechten ein Sanitäter saß, der ihr eine Nadel in den Arm stach.

Sie verzog das Gesicht.

»Es ist alles okay. Hey, hey, lass die Augen offen!«, fuhr Ben sie an.

Wollte sie ja, aber es war so schwer.

Seine Finger drückten die ihren.

»Bist du auf irgendetwas allergisch?«, fragte Ben. »Hat etwas …?«

Es gelang ihr, den Kopf zu schütteln.

»Gift, Drogen …« Der andere Mann redete, aber sie konnte kaum verstehen, was er sagte.

Ihr Herz schlug jetzt nicht mehr schnell. Es schlug zu langsam.

Eine Sirene heulte auf.

Ihre Finger waren noch immer mit Bens verschränkt. »Du wirst schon wieder«, sagte er zu ihr. »Halt einfach durch. Ich passe auf dich auf.«

Ihre Augen weigerten sich, länger offenzubleiben.

Danes Blick glitt durch Trent Lancasters Schlafzimmer. Nichts im Haus war durcheinander. Er hatte gehofft, einen Hinweis zu finden, der ihm verriet, ob Trent in den Tagen vor dem Überfall beobachtet oder verfolgt worden war.

Das Telefon an seiner Hüfte vibrierte. Dane nahm es ans Ohr. »Black.«

»Mach dich auf den Weg zum Mercy General«, befahl die Stimme des Captains. »Sofort.«

»Was ist los?«

Mac sah zu ihm hinüber, anscheinend hatte der angespannte Ton in Danes Stimme ihn aufhorchen lassen.

»Maggie hat gerade angerufen.«

Maggie. Harleys Tochter.

»Sie war in einem Café im Quarter. Katherine war dort …«

*Warum würde Katherine …*

»Katherine ist zusammengebrochen. Sie wird gerade zum Krankenhaus gebracht. Maggie hat sie erkannt, sie hatte die Nachrichten gesehen, und sie hat angerufen, weil sie Angst hatte, dass der Killer versucht haben könnte, Katherine etwas anzutun.«

Dane rannte bereits in Richtung Tür.

Katherines Kehle schmerzte. Ihr Magen schmerzte ebenfalls, und der bittere Geschmack in ihrem Mund war nur noch schlimmer geworden.

Als sie die Augen öffnete, war die Welt weiß. Weiße Decke, weiße Wände, helles, weißes Licht über ihr.

Jemand hielt ihre Hand.

Ben. Ben hatte im Rettungsfahrzeug ihre Hand gehalten.

Sie drehte den Kopf, aber Ben war nicht da.

Es war Dane.

Er sah verhärmt aus. Unter seinen Augen waren dunkle Schatten, und die Falten um seinen Mund schienen tiefer.

Aber als er in ihre Augen sah, glitt ein Lächeln über sein Gesicht. »Du bist zurück.«

»Wo … war … ich …«, Gott, ihre Kehle schmerzte wirklich, »… denn?«

»Nicht bei mir.« Er beugte sich vor und drückte ihr einen Kuss auf die Lippen. »Und ich möchte, dass du mir versprichst, das niemals wieder zu tun.« Er drückte den Knopf an der Seite ihres Bettes, der die Schwester rief.

Sie versuchte, sich im Bett umzudrehen. »Wie bin … ich …?

»Du bist betäubt worden, Katherine.« Wut brannte in seinen Augen, als sich seine Hand fester um ihre legte. »Mit einem verdammt tödlichen Mix, der dich hätte umbringen sollen. Aber die Ärzte hier haben ein wahres Wunder vollbracht.«

Hatten sie ihr den Magen ausgepumpt? Schmerzten ihr Hals und ihr Magen deshalb so sehr?

»Du hast es geschafft.«

Er küsste sie wieder, als könne er sich nicht helfen. »Ich habe noch nie solche Angst gehabt«, flüsterte er.

»Wie …«, begann Katherine wieder.

»Wir glauben, dass es in deinem Getränk war. Joe ist auf der Wache, und Mac wird diesen Mistkerl weichkochen.«

»Nicht … Joe …« Er hatte ihr nicht einmal den Milchkaffee gegeben, oder? Es fiel ihr so schwer, sich zu erinnern.

Die Tür öffnete sich, und eine Frau mit einem Clipboard hastete herein. Als sie Katherine sah, lächelte sie. »Sie sind wach.« Ihr warmer Blick fiel auf Dane. »Ich hatte das Ihrem Detective schon prophezeit, aber er hat darauf bestanden, bei Ihnen zu bleiben.«

Ihr Herz schlug schneller, und die Monitore zu ihrer Rechten spiegelten das hektische Geräusch wieder.

»Sie werden sich gut erholen, Ms. Cole. Sie haben großes Glück gehabt. Das Fentanyl war mit mehreren Mitteln vermischt, um …«

»Fentanyl«, wiederholte Katherine. Die Monitore piepten jetzt wie verrückt.

Die Ärztin nickte und begann darüber zu reden, warum Katherine sich vor Schmerzen gekrümmt hatte. Die Mischung der Mittel. Die Intensität …

Katherine hörte sie kaum. Ihr Blick war zurück zu Dane gewandert. »Er wollte mich umbringen«, flüsterte sie leise. Der Killer hatte ihr das gleiche Betäubungsmittel gegeben, das er seinen anderen Opfern verpasst hatte.

*Er hat versucht, mich umzubringen?*

Sie hob die linke Hand. Ein Zugang lag in der Vene auf dem Handrücken. Ihre Finger hoben sich und schwebten über ihrem Herzen.

Fast meinte sie, die Klinge seines Messers spüren zu können.

»Ich glaube nicht, dass er gewollt hatte, dass es so schnell wirkt«, sagte Dane. »Er hatte vermutlich geplant, dich in dem Moment zu schnappen, wenn du das Café verlässt.«

Allerdings hatte sie es nie aus dem Café hinausgeschafft.

*Er hat versucht, mich umzubringen.*

Die Ärztin hatte begonnen, die Monitore neben Katherine zu überprüfen.

»Er war dort«, sagte Katherine. Ihre Stimme war stärker, obwohl ihre Angst zugenommen hatte. Sie versuchte, sich an die Kunden im Café zu erinnern. Andere hatten in ihrer Nähe an der Bar gesessen, aber sie hatte ihnen kaum einen Blick zugeworfen. Sie war damit beschäftigt gewesen, sich mit Evelyn zu unterhalten. »Evelyn …«

»Sie ist über vier Stunden im Krankenhaus geblieben und hat gewartet, bis wir sicher waren, dass es dir besser geht.« Er strich ihr das Haar zurück. »Ich habe einen Polizisten angewiesen, sie nach Hause zu bringen.«

Katherine dachte nicht, dass Evelyn lange zu Hause bleiben würde. Die Frau war panisch vor Angst, und nach diesem Überfall

… Nun, sie ging davon aus, dass Evelyn so schnell wie möglich ihre Koffer packen würde.

Die Ärztin verabschiedete sich.

»Ich habe Angst«, gestand Katherine.

Danes Kiefer mahlten.

»Er hat mich unter Drogen gesetzt.« Sie schüttelte den Kopf. Ein bitteres Lächeln lag auf ihren Lippen. »Ich schätze, das bedeutet, dass Marcus sein Profil umschreiben muss.« Er war sich immer so sicher gewesen, dass der Killer ihr nichts tun würde.

War sie sich auch sicher gewesen?

Nein, sie hatte immer gedacht … *Eines Tages wird er hinter mir her sein.*

Dieser Tag war gekommen.

»Ich will, dass du mit Ross gehst.«

Sie blinzelte überrascht.

»Er arbeitet bereits an einer neuen Identität für dich. Ich will, dass du mit ihm weggehst, sobald du aus dem Krankenhaus entlassen wirst.« Dane nickte bestimmt. »Du wirst, bevor es Nacht wird, aus New Orleans fort sein. Du wirst sicher sein.«

Wieder ein neuer Name, eine neue Stadt? »Er wird mich wieder finden.«

»Nicht bevor ich *ihn* finde.«

»Ich will das nicht.«

»Ich dachte, du seist tot.« Seine Stimme war rau. »Als ich dich in der Notaufnahme gesehen habe, warst du so blass und still, und ich dachte, die Ärzte könnten dich nicht retten.«

Angst spiegelte sich in seinen Worten.

»Ich will mich nicht noch einmal so fühlen. Ich werde dich nicht als Köder benutzen. Ich werde dich überhaupt nicht benutzen. Du gehst mit Ross. Er wird dich in Sicherheit bringen, bis das hier vorbei ist.«

Sie versuchte, sich im Bett aufzusetzen, und sofort war Dane auf den Füßen. Er half ihr und stützte sie. »Wenn ich gehe, was passiert dann?« Sie leckte sich die trockenen Lippen. »Er wird sauer und sucht sich ein anderes Opfer? Jemanden, der eine Rolle in meinem Leben gespielt hat? Ich will nicht für noch mehr Morde verantwortlich sein.«

»Und ich will nicht, dass du stirbst.«

Ein Klopfen kam von der Tür.

Dane sah zu dem Polizisten hoch, der den Kopf hereinsteckte.

»Der Captain ist hier«, sagte dieser, »und einige andere Besucher.«

Dane nickte mit grimmiger Miene. Als wenn er dem Captain verbieten könnte, hereinzukommen.

Die Tür schwang auf, und Harley marschierte herein. Ben war hinter ihm, mit dem Arm um die Schulter einer hübschen Blonden … warte, Maggie. Ihr Name war Maggie.

Was führte die alle zusammen?

»Sie haben uns einen ganz schönen Schrecken eingejagt«, sagte Harley ruhig.

»Mir selbst auch«, gelang es Katherine zu antworten.

Ben trat von Maggie weg und kam näher ans Bett. Er hatte Tulpen in der Hand. »Maggie und ich wollten dir das bringen. Wir hoffen, du kommst hier bald wieder raus.«

Ben. Er hatte ihr im Café geholfen. Er hatte ihr im Rettungswagen die Hand gehalten.

»Danke«, flüsterte Katherine. Ihr Körper hatte sich beim Anblick der Blumen angespannt. Nicht Rosen, nein, aber sie konnte überhaupt keine Blumen mehr ansehen, ohne an *ihn* zu denken. Sie konnte sich weder an dem Geruch noch an dem Anblick erfreuen.

Für sie waren Blumen zu sehr mit dem Killer verbunden. Vielleicht würde es eines Tages anders sein, aber … Katherine konnte sich nicht einmal überwinden, den Arm auszustrecken und die Tulpen entgegenzunehmen.

Bens Kopf neigte sich zu ihr. »Ich würde nicht zulassen, dass dir etwas zustößt.« Er lächelte ihr zu. »Du kannst auf mich zählen.« Er legte die Tulpen auf den kleinen Tisch neben dem Bett.

Tränen drohten ihr in die Augen zu steigen. Als sie nicht danach gesucht hatte, hatte sie Freunde gefunden.

»Das ist meine Tochter«, sagte Harley und blickte zu Maggie. »Sie hat auf dem Revier angerufen, und Sie können mir glauben, wir haben alles stehen und liegen lassen und sind zu Ihnen geeilt.«

Katherines Blick fiel auf Dane.

»Ich konnte nicht schnell genug da sein«, murmelte er.

»Wer hat Ihnen das Getränk gegeben?«, fragte Harley. »Erinnern Sie sich, was passiert ist?«

»Bruchstückhaft.« Winzige Bruchstücke. »Ich habe mein Getränk verschüttet, und ich glaube, die Kellnerin hat mir ein neues gegeben.«

Harley und Dane sahen sich an. »Wir haben die Spurensicherung das ganze Café absuchen lassen, aber bisher waren die einzigen Spuren von Fentanyl, die wir gefunden haben, in Ihrer Tasse.«

»Das Café war brechend voll«, flüsterte Maggie. »Da waren so viele Leute …«

»Und manche von ihnen haben sich aus dem Staub gemacht, bevor wir den Tatort sichern konnten. Die Beamten haben so viele Kontaktdaten gesammelt, wie sie konnten, und sie befragen alle, die sie im Café angetroffen haben. Wir werden herausfinden, wer Ihnen das Mittel verabreicht hat.« Harley klang unnachgiebig.

»Aber was geschieht in der Zwischenzeit?«, fragte Katherine. Sie zog die dünne Krankenhausdecke höher. »Dane möchte, dass ich die Stadt verlasse, aber ich bin es leid, davonzulaufen. Ich kann nicht mehr.«

Noch ein Klopfen an der Tür. Sie sah hoch und erwartete zu sehen, dass Ross hereingeführt wurde. Mit dem Marshal wäre die Party erst komplett.

Aber es war nicht Ross. Es war der uniformierte Beamte, mit grimmigem Gesichtsausdruck. »Blumen«, sagte er mit angespannter Stimme.

Nicht einfach nur irgendwelche Blumen. Er trug Rosen in den Händen.

Die Überwachungsmonitore begannen wieder panisch zu piepen.

»Die Schwester hat sie gerade gebracht«, sagte der Polizist. »Ich dachte …«

»Captain, bleiben Sie bei ihr«, rief Dane und eilte aus dem Raum.

Und Katherine verstand, dass der Killer niemals aufhören würde, seine Spielchen zu spielen. Nicht bis sie tot wäre.

Oder bis er es war.

»Katherine?« Ben hatte sich nicht bewegt. Maggie stand bei ihm und sah nervös aus.

Sie konnte ihr da kaum einen Vorwurf machen.

Der süße Duft der Rosen ließ das ganze Zimmer nach Tod riechen. Übelkeit rumorte in Katherines Magen. »Ihr solltet gehen«, gelang es ihr, zu Ben und Maggie zu sagen. »Bitte, ihr solltet euch besser von mir fernhalten.«

Maggie wich zurück. Als Tochter eines Polizei-Captains würde sie verstehen, wie gefährlich die Welt sein konnte.

Bens dichte Brauen senkten sich.

Aber Harley schob sie zur Tür, während er sein Handy herausfischte und begann, verstärkte Bewachung für das Krankenhauszimmer anzuordnen.

Und der Polizist stand weiterhin da und hielt die Blumen.

Blutrot. Sie waren blutrot.

»Wie viele sind es?«, fragte Katherine.

Der Polizist blinzelte.

»Zählen Sie die Rosen«, fuhr Harley ihn an.

»Elf, Sir.«

Elf. Das bedeutete, eine war wie immer für die Hand des aktuellen Opfers reserviert.

# – 15 –

»Ich will, dass du deine Koffer packst«, sagte Dane, während er die Beifahrertür für Katherine öffnete. »Wir fahren zu deinem Haus, packen ein, was du brauchst, und dann schaffen wir dich schleunigst hier weg.«

Die verdammten Blumen. Der Bastard hatte tatsächlich die Unverschämtheit besessen, sie ihr ins Krankenhaus zu schicken. Die Krankenschwester hatte ihm mitgeteilt, dass ein Junge vom Lieferservice sie ihr gegeben habe, und die Überwachungskameras bestätigten dies. Die Videos hatten eine unfassbare Menge an Rosenlieferungen aufgezeichnet. Was sonst schickten die Leute auch zum Valentinstag? Rosen. Überallhin. In beinahe jedes Krankenhauszimmer.

Nach einigen intensiven Nachforschungen gelang es ihnen, die Lieferung zu einem Blumenladen in der Chartres Street zurückzuverfolgen. Der völlig überarbeitete Florist hatte den Auftrag in seinen Büchern – zusammen mit mehr als zweihundert anderen Bestellungen für ein Dutzend Rosen. Dieser spezielle Auftrag war über das Internet eingegangen und mit einer gestohlenen Kreditkarte bezahlt worden. Die Techniker auf dem Polizeirevier versuchten, die IP-Adresse zurückzuverfolgen, aber bisher hatten sie noch keinen Erfolg gehabt.

*Ich will, dass Katherine die Stadt verlässt.*

»Er wird mir folgen«, sagte Katherine. »Er wird mir *immer* folgen.«

Sie war zu blass. Sie wäre fast gestorben. Er konnte das Bild ihres reglosen Körpers nicht mehr aus seinem Kopf kriegen. »Er macht Fehler. In das Café zu gehen, den Floristen zu benutzen ... Wir sind so verdammt nah dran, ihn zu stellen.« Seine Finger bohrten sich in ihre Schulter. »Ich will nur etwas Zeit, Katherine. Zeit, in der ich mich auf den Fall konzentrieren kann, weil ich weiß, dass du in Sicherheit bist.«

»Und ich will nicht, dass jemand anderes meinetwegen stirbt.«

Er zog sie zum Haus. Ein Polizist stand vor ihrer Tür. Auf seinen Befehl. Er wollte, dass Katherine rund um die Uhr bewacht wurde. »Es liegt nicht an dir. Es ist dieser gestörte Killer.« Wie viele Male musste er ihr das noch sagen?

»Das ist leicht gesagt, wenn das Blut nicht an deinen Händen klebt.«

Er fing ihre rechte Hand ein. Klein. Seidenweich. »Hier ist kein Blut. Es ist alles seine Schuld.«

Sie presste die Lippen zusammen und schlüpfte ins Haus. Er folgte ihr, blieb dicht wie ein Schatten an ihr dran, während sie auf die Treppe zuging.

Er wollte immer in ihrer Nähe sein. Sie war dem Tod zu nah gekommen, und er hatte seinen schlimmsten Albtraum gesehen.

Die Treppe knarrte leise, als sie hochgingen, und dann waren sie in Katherines Schlafzimmer. Das Schlafzimmer roch nach ihr. Süß. Leicht.

Er wusste, seine Sorge würde nicht verschwinden, wenn sie mit Ross wegfuhr. Wenn er sie nicht sehen konnte, wäre er immer noch panisch, das wusste er nur zu genau. Er würde sich nur sicher fühlen, wenn er rund um die Uhr ein Auge auf sie haben konnte.

*Jede verdammte Sekunde.*

Plötzlich verstand er. Er wollte immer ein Auge auf Katherine haben, sodass er sie beschützen konnte.

Der Killer ... der Killer würde auch immer ein Auge auf sie haben wollen.

Während Katherine in ihrem Ankleidezimmer wühlte, zog er Latexhandschuhe heraus und streifte sie sich über.

Er begann, durch das Zimmer zu gehen, sorgfältig in jede Ecke zu sehen, neben jedes Fenster.

»Was machst du da?«, fragte sie.

Er blickte über die Schulter zu ihr. Sie stand im Türrahmen des Ankleidezimmers und sah ihn mit einem Stirnrunzeln an.

Polizisten waren in ihrem Haus gewesen – Dutzende von ihnen. Aber sie hatten den Killer draußen halten wollen. Dane verstand, dass er schon längst drinnen war. »Er hat gesagt, er beobachtet dich.«

Sie nickte. Ihre rechte Hand hielt krampfhaft den Griff einer kleinen Reisetasche umklammert.

»Er ist besessen, daher wird er dir jederzeit nah sein wollen.« Er fuhr mit seiner langsamen Suche fort, ließ seinen Blick sorgfältig über jeden Zentimeter ihres Zimmers wandern. »Und er hat dir befohlen, dich von mir fernzuhalten.«

»Ja.«

War das, weil der Scheißkerl wusste, dass Dane mit ihr geschlafen hatte? War er deshalb durchgedreht und hatte sie angegriffen?

Wenn er das wusste, hatte er auf jeden Fall zugesehen. Dann hatte er einen Blick direkt in Katherines Schlafzimmer.

Die Spurensicherung hatte ihr Haus sorgfältig abgesucht, sie würden keine kleine Kamera oder auch nur eine Wanze übersehen haben. Nicht, wenn sie an den offensichtlichen Stellen versteckt wäre, die das Team alle überprüfen würde.

Nicht offensichtliche hingegen …

*Ich weiß, dass du zusiehst.*

Sein Blick blieb an der Alarmanlage an der rechten Wand hängen. Das grüne Licht leuchtete und zeigte, dass das System funktionierte. »Wer hat das Sicherheitssystem installiert?«

»Eine … äh, eine lokale Firma. Joe aus dem Café hat sie mir empfohlen.«

Verdammt. Mac hatte Joe aus dem Revier herausspazieren lassen. Der Kerl war stundenlang verhört worden, aber er hatte geschworen, dass er nichts mit dem Anschlag auf Katherine zu tun hatte. Sein Anwalt hatte darauf gedrängt, ihn entweder anzuklagen oder gehen zu lassen.

Sie hatten keine Beweise für eine Anklage.

Danes Blick war auf den Kasten der Alarmanlage gerichtet. »Ross hat sich nicht selbst darum gekümmert?« Er hätte es tun sollen.

»Er hat sie überprüft und gesagt, sie seien in Ordnung.«

Der Kasten störte ihn. Er war größer als der, den er in ihrem Arbeitszimmer gesehen hatte – mindestens zehn Zentimeter größer. Und er war mit direktem Blick auf ihr Bett und zum Eingang des Badezimmers angebracht worden.

Er kniff die Augen zusammen und trat etwas näher an ihn heran.

Auf der Vorderseite war ein kleines Loch. Und was da frech wie Rotz hervorlugte, sah aus wie eine winzige Kameralinse.

Er drehte sich um und ging zu Katherine. »Nimm die Tasche und lass uns verschwinden.«

»Aber …«

Er brachte seinen Mund an ihr Ohr. Es sah vermutlich aus, als küssten sie sich, aber er wollte, dass sie sein Flüstern verstand. »Sag nichts. Er sieht uns zu.«

Ein Zittern lief durch ihren Körper, aber sie nickte.

Der kranke Spinner hatte sie tatsächlich die ganze Zeit über beobachtet. Aber Dane würde nicht rüberlaufen und sich die Kamera schnappen. Sie sendete. Wenn der Killer sah, dass sie ihm auf die Schliche gekommen waren, würde er fliehen.

Aber wenn sie diese Übertragung zurückverfolgen konnten, ohne ihn in Alarmbereitschaft zu versetzen …

*Hab ich dich.*

Er entzog sich ihr. »Lass uns gehen.«

Katherine nickte. Ihre Gesichtszüge waren entspannt, zeigten weder Angst noch Wut. Die Frau war wirklich eine verdammt gute Schauspielerin. Sie hielt noch immer die Tasche umklammert, eilte durch den Raum und packte einige Kleidungsstücke ein. Sie griff in ihren Nachttisch und zog etwas heraus …

»Ich werde eine Weile nicht zurückkommen, oder?«, fragte sie.

Er schüttelte den Kopf.

Diese Frau hatte gerade eine Waffe in ihre Tasche geschmuggelt. Verdammt, er könnte sich wirklich in sie verlieben.

*Könnte?*

»Dann versuch ich, so gut wie möglich vorbereitet zu sein.«

*Ja, verdammt noch mal.*

Sie verließen das Haus und gingen zurück zu Danes Wagen. Sobald sie die Türen geschlossen hatten, hatte er seinen Captain in der Leitung. »Harley, setz so schnell wie möglich ein Techniker-Team auf Katherines Haus an. Der Mistkerl hat sie beobachtet. Er hat eine Kamera in ihrem Schlafzimmer.«

Aus dem Augenwinkel sah er, wie Katherine die Hände im Schoß zu Fäusten ballte.

»Ja, ja«, antwortete er dem Captain. »Ich glaube, wir können das Signal zurückverfolgen. Ihn finden. Ihn aufhalten.«

Dann könnte Katherine ihr Leben zurückhaben.

Sie waren nah dran. So verdammt nah. Der Killer hatte einen Fehler gemacht. Er hatte ihnen eine Fährte aus kleinen Brotkrumen hinterlassen, der sie folgen konnten. Dies war der Durchbruch, den sie gebraucht hatten. Das war es. Die Spurensicherung hatte nicht daran gedacht, die Alarmanlage zu überprüfen, verdammt. Das war auch das eine Ding, von dem jeder annehmen würde, dass es sicher sei. Ross hatte vielleicht der Sicherheitsfirma ein Okay gegeben, aber Dane glaubte nicht, dass er wirklich in Katherines Schlafzimmer gegangen war. Er hatte den Kasten nicht *gesehen.*

Und die ganze Zeit hatte der Killer Katherine beobachtet.

Damit war jetzt Schluss.

Die Techniker waren in einem Lieferwagen, der den großen Aufdruck eines örtlichen Kabelsenders auf der Seite trug. Dane kauerte in diesem Wagen, und Katherine saß ganz in seiner Nähe.

John Baylor, der Technik-Guru der Polizei von New Orleans, tippte wütend auf seinem Laptop. »Es ist eine Übertragung mit kurzer Reichweite.«

Leider war das genau, was Dane befürchtet hatte.

»Kurze Reichweite?«, wiederholte Katherine.

»Vielleicht anderthalb Kilometer, auf keinen Fall mehr als drei«, erklärte John, ohne von seinem Computer aufzusehen.

Katherine blickte Dane an. »Er war weniger als anderthalb Kilometer von mir entfernt? Die ganze Zeit über?«

Dane wusste nicht, wie lange er hier gewesen war. »Wann hast du deine Alarmanlage installieren lassen?«

»Vor einem Jahr.«

Scheiße.

Harley war bei der Sicherheitsfirma und befragte den Manager und jede Person, die dort arbeitete.

»Hab den Bastard schon fast gehabt. Er hat einige falsche Fährten ausgelegt, die das Signal weitergeben und uns auf eine falsche Spur führen sollen, aber ich hätte fast …« John versetzte der Tastatur einen leichten Schlag mit der Handfläche. »Hab ich dich.«

»Wo?«, wollte Dane wissen.

»Fünf Häuserblocks entfernt.«

»Fünf Blocks?« Katherines Stimme war um eine Tonlage gestiegen.

Dane fischte sein Handy aus der Tasche und rief den Captain an. »Wir sind unterwegs.«

»Fünf-zwei-null-sieben Oakland Way«, sagte John lächelnd.

Dane war zu angespannt, um zu lächeln. Er wollte in dieses Haus. Er wollte *jetzt* reingehen. Aber er wusste, wie so etwas gehandhabt werden musste. Er gab dem Captain die Anschrift.

»Verhaltet euch still, bis ich da bin«, befahl Harley. »Ich schicke Verstärkung. Wir machen es richtig und schnappen ihn.«

Dane schob das Telefon in die Tasche zurück. Er beugte sich vor und drückte seine Lippen auf Katherines. »Es ist fast vorbei«, versprach er ihr.

Aber eine leichte Falte war zwischen ihre Brauen eingegraben. »Fünf Blocks? Ich … ich habe gedacht, ich sei sicher, und er war nur *fünf Blocks* entfernt.«

»Er wird ziemlich bald hinter Gittern sitzen. Er wird nie wieder jemandem etwas tun.« Nach all seinen Morden könnte ihm eine Nadel in den Arm gejagt oder er könnte auf dem Stuhl geröstet werden. Dann wäre Katherines Albtraum wirklich vorüber.

Katherine nahm seinen Arm und hielt ihn fest. »Sei vorsichtig.«

Das war er immer.

Sie schüttelte den Kopf. »Sei nicht arrogant. Sei vorsichtig. Er ist klug, und er wird sich nicht so einfach ohne Gegenwehr geschlagen geben.«

Gut. Denn Dane war mehr als bereit für den Kampf.

»Was machen Sie da, Detective? Versuchen Sie, mir meine Kat wegzunehmen?« Der Killer starrte auf den Bildschirm, spulte die Aufnahme zurück und spielte sie nochmals ab.

Der Detective berührte Kat zu oft. Er hatte zuerst gedacht, ihre Beziehung sei eine Finte.

*Ein Manöver, um an mich ranzukommen.*

Aber Kat blickte den Detective anders an. Ihr Blick wurde weicher, wenn sie ihn ansah.

Und sie berührte ihn. Kat berührte nicht gern andere Menschen. Aber sie berührte Dane Black. Viel zu oft.

Er beugte sich vor und studierte die Szene noch einmal. Etwas stimmte nicht. Er funkelte den Detective an. Der Mann hatte eine Vergangenheit, die so verkorkst war wie seine eigene. Er war nicht gut genug für Katherine.

Und wenn er sie weiter anfasste …

Der Detective trug Latexhandschuhe. Warum? Warum würde er Handschuhe tragen, wenn sie nur hier waren, um eine Tasche für Kat zu packen?

Er wich vom Bildschirm zurück.

Hier ging es nicht um Kleidung.

Dane Black hatte in diesem Haus nach etwas gesucht. Und dann hatte er sich im Eiltempo davon gemacht … weil er gefunden hatte, was er gesucht hatte.

Er beobachtete, wie der Blick des Detectives auf den Kasten der Alarmanlage fiel. Und während Katherine packte, hatte Dane …

*Er hat mich gefunden.*

Der Killer drehte sich um und rannte Richtung Treppe.

Das Haus war unauffällig. Klein und aus Backstein erbaut, schmiegte es sich an das Ende einer schmalen Straße. Es dämmerte, und dunkle Schatten breiteten sich aus.

Aus seiner Position hinter dem Streifenwagen starrte Dane böse zum Haus hinüber.

»Sieht nicht aus wie das Heim eines Serienmörders, oder?« Die Frage kam von Anthony Ross. Wie Dane stand er hinter dem Streifenwagen. Der Marshal war einer der Ersten gewesen, der hier angekommen war.

»Es sieht *genau* aus wie das Zuhause eines Serienmörders«, korrigierte Marcus ruhig von Danes Seite. »Es ist ja nicht so, als hätten die blinkende Neonlichter.« Die Stimme des Profilers klang angespannt.

»Neonlichter würden den Job viel einfacher machen.« Ross veränderte leicht die Position und zog seine Pistole heraus.

Dane hielt seine Waffe bereits in der Hand. Er wartete nur noch auf den Befehl des Captains. Sie hatten ihren Durchsuchungsbeschluss – sie hatten mehr als genug Grund, diese Tür einzutreten.

Jetzt musste der Captain nur noch das Zeichen geben. *Na los, Harley. Na los, verdammt noch mal.*

Katherine war in dem Lieferwagen links von Dane. Nach allem, was sie durchgemacht hatte, verdiente sie es, dabei zu sein, wenn sie den Killer dingfest machten. Als Dane den Lieferwagen verlassen hatte, war Katherine still und angespannt gewesen.

Sie machte sich Sorgen, dass der Killer eine Art Last-Minute-Angriff plante. Und ja, sie hatte recht. Dane war sich sicher, dass einer wie der Valentinstag-Killer sich nicht einfach würde festnehmen lassen.

»Das Gefängnis ist keine Option für ihn«, sagte Marcus und sprach Danes Gedanken laut aus. »Seien Sie da drinnen auf alles vorbereitet.«

Das würde er sein.

Auf jede verdammte Situation.

Harley kam auf die Männer zu. Wie Dane und die anderen trug er eine kugelsichere Weste. Polizisten standen um sie herum und warteten nur auf das Signal, das Haus zu stürmen.

Als er sich näherte, starrte Harley Dane in die Augen. »Bist du bereit?«

»Ja.«

Harley nickte. »Dann geh und schnapp dir den Bastard. Mach New Orleans wieder sicher.«

Das musste Dane nicht zweimal hören. Er führte sein Team auf das Haus zu. Die eine Hälfte der Männer würde ihm durch die Vordertür folgen. Die andere würde mit dem Marshal hinten reingehen.

Die Polizisten hatten das Haus umstellt. Niemand da drinnen würde entkommen.

»Es ist alles gut«, sagte Captain Dunning, als Katherine aus dem Wagen kam und sich neben ihn stellte. »Diese Männer wissen genau, was sie tun.«

Sie verstand das. Aber es zu wissen half nicht gegen die nagende Angst, die in ihr wuchs. »Ich will einfach nur, dass es vorbei ist.«

Aber …

Sie hatte Angst zu hoffen.

Dane war jetzt an der Vordertür. Sie sah, wie er den Männern, die bei ihm waren, gestikulierend etwas mitteilte. Dann trat er die Tür auf, stürmte hinein. »Er muss immer der Erste sein«, murmelte sie.

»Dane will nicht, dass irgendjemand ihm das Risiko abnimmt.«

Aber sie wollte nicht, dass er sein Leben riskierte.

Sie hielt ihre Tasche umklammert. In der Tasche war ihre Waffe. Wenn sie dem Killer so nah war, wollte sie diese Waffe in Griffweite haben. In den Händen.

Fünf Blocks entfernt. Übelkeit tobte in ihrem Magen. Nicht von den Überresten der Drogen, sondern aus Angst und Wut. »Ich muss ihn gesehen haben«, sagte sie. Als sie joggen war. Zur Arbeit ging. »Ich habe es nie geahnt.«

»Vermutlich weil er jetzt anders aussieht. Genau wie Sie das tun.«

Neues Haar. Ungebräunte Haut. Und sie hatte etwas Gewicht verloren. Aber … bei ihm musste es mehr als das sein. Sie würde sich an sein Kinn erinnern. Seine Augen. Seine Nase. Wenn er so nah war, warum hatte sie ihn nicht gesehen?

Die Polizisten waren jetzt im Haus.

Alles, was sie tun konnte, war abwarten.

Das Haus war sauber – fast schon zu sauber. Als lebe hier keine echte Person. Zeitschriften waren ordentlich auf dem Couchtisch gestapelt. Es war nicht mal ein Körnchen Staub auf dem Klapptisch. Bücher waren sorgfältig auf dem kleinen Regal in einer Ecke des Wohnzimmers arrangiert – in alphabetischer Reihenfolge.

Die Polizisten durchsuchten jeden Zentimeter des Erdgeschosses. Ross und sein Team gingen zum hinteren Teil des Hauses, aber Dane wusste, wo der Killer gerne arbeitete, daher machte er sich auf den Weg in den Keller. Mit einer Handbewegung brachte er zwei Polizisten dazu, ihm zu folgen. Er riss die Tür zur Treppe auf und eilte die schmalen Stufen hinab.

Dane machte sich Sorgen, dass er unten eine Leiche finden könnte. Die gleiche kranke Szene, die der Killer schon vorher für sie hinterlassen hatte.

Aber es gab keine Leiche. Da war überhaupt niemand.

Dane besah sich aus schmalen Augen den kleinen Tisch rechts an der Wand. Ein Computer stand darauf. Ein Video lief auf diesem Bildschirm in Schleife, immer wieder. Dane und Katherine. In ihrem Schlafzimmer.

Er hatte sie beobachtet. Vor nur wenigen Minuten.

Dane starrte mit angespanntem Körper auf den Bildschirm. *Du warst hier. Bist du es immer noch?* »Sucht in jedem Schrank, unter jedem Bett – an jedem verdammten Ort!«, rief er. Er tippte gegen seinen Sender. »Captain, es könnte sein, dass er gerade erst aus dem Haus geflohen ist. Lassen Sie die Männer ausschwärmen!«

Der Captain rief Befehle, ordnete an, die Gegend abzusuchen.

»Gehen Sie zurück in den Lieferwagen«, sagte er mit geröteten Wangen zu Katherine. »Bleiben Sie dort, bis alles gesichert ist.«

Ein Polizist rannte aus dem hinteren Bereich des Hauses auf Harley zu. Er hatte eine Sturmmaske übers Gesicht gezogen. Harley gestikulierte in seine Richtung. »Übernehmen Sie die südliche Patrouille! Schließen Sie sich den Männern dort an!«

Harley drehte sich weg von dem Polizisten und half Katherine in den Lieferwagen.

Der Polizist ging nicht nach Süden.

Katherine runzelte die Stirn. »Warten Sie, haben Sie ihm nicht gesagt …«

Harleys Handy klingelte. Er schnappte es sich mit der linken Hand, während seine rechte die Tür des Lieferwagens zuzog. »Bleiben Sie drinnen«, befahl er ihr noch einmal.

*Aber der Polizist ist nicht nach Süden gegangen. Er ist in Richtung Wald gelaufen.*

Katherine blickte hinüber zu dem Techniker. John sah angespannt aus. Sein Blick war auf den Computerbildschirm gerichtet.

»John, wem gehört dieses Haus?«

Er sah zu ihr rüber. »Das kann ich Ihnen noch nicht sagen. Nach allem, was ich herausgefunden habe, sollte es eigentlich niemandem gehören. Es stand vor einem Jahr zur Zwangsversteigerung.« Sein Blick wanderte zurück auf den kleinen Bildschirm. »Licht ist angeschlossen, Gas und Strom, aber es sieht aus, als habe der Kerl drei verschiedene Namen dafür benutzt. Durchtriebener Scheißkerl.«

Ja, das war er.

Katherine blickte auf die geschlossene Lieferwagentür. Sie sah immer noch diesen Polizisten vor sich, der in die falsche Richtung ging. Vermutlich war es nichts. Vielleicht hatte ihm jemand befohlen, dort zu suchen, aber …

Es fühlte sich falsch an. Sie griff nach ihrer Tasche und der Pistole darin. Genau jetzt brauchte sie diese Sicherheit.

Als ihre Finger sich um die Tasche schlossen, hörte sie jemanden leise nach Luft schnappen und kurz darauf ein dumpfes Geräusch. *Als sei ein Körper auf dem Boden aufgeschlagen.*

Ihr schlug das Herz bis zum Hals. Sie sprang auf und betätigte den Türgriff. Die Tür rollte zurück, und das Licht aus dem Inneren des Wagens fiel auf den Boden.

Und zeigte Katherine frische Blutspritzer – nur Zentimeter vom Lieferwagen entfernt.

John griff nach ihr. »He, was machen Sie da? Der Captain hat gesagt, Sie sollen …«

»Haben Sie das Geräusch nicht gehört?«

Er sah sie ausdruckslos an. Hatte er nicht. Er hatte es nicht gehört. Aber sie schon. »Er ist da draußen.« Sie umklammerte die Tasche fester. »Da ist Blut auf dem Boden. Es tut mir leid, aber Sie müssen mich aus diesem Wagen lassen.« Sie würde sich nicht wieder verstecken. Sie würde nicht andere das Risiko tragen lassen.

John beugte sich aus der Wagentür. »Blut? Wo?«

Sie zeigte auf den Boden und hörte, wie er überrascht nach Luft schnappte. »Gehen Sie ans Funkgerät«, befahl sie ihm. »Der Killer ist hier.« Bevor er sie aufhalten konnte, sprang sie aus dem Wagen. Sie schnappte sich die Pistole aus ihrer Tasche. Harley war verschwunden. Von dem Polizisten, der die Sturmmaske getragen hatte, fehlte jede Spur. Wo waren sie?

Sie blickte sich auf der Straße um.

Harley hatte gewollt, dass der Polizist in Richtung Süden suchte.

*Dann bleiben ja nur noch Norden, Westen und Osten übrig.*

Sie bemerkte ein kaum hörbares Stöhnen. Schmerzerfüllt, leise. Das Geräusch kam von links. *Nach Westen.*

Sie rannte, so schnell sie konnte, sprang über eine hohe Reihe Büsche und fühlte ein Kratzen an ihrem rechten Bein. Stolperte über ein Dreirad, das jemand liegen gelassen hatte, und …

Harley lag auf dem Boden.

Der Polizist mit der Sturmmaske war über ihn gebeugt. Der Polizist … Er hielt Harley ein Messer an die Brust.

»Du hättest besser auf sie aufpassen sollen. Ich meine, immerhin nennst du dich einen Bullen.« Sie hörte die Worte aus der Entfernung. Sie schienen zu leise. Vielleicht war ihr Herzschlag zu laut.

»Du bist nutzlos. Das ist es, was du bist.«

Diese Stimme.

»Michael.« Das erste Mal, dass sie seinen Namen sagte, seit dem Tag, als sie ihn über einem anderen Opfer hatte stehen sehen. Nur dieses Mal war das Opfer nicht tot.

Sie sah, wie sich seine Schultern spannten. Die Dunkelheit nahm zu, und es war schwer, ihn deutlich zu sehen. Die Maske versteckte sein Haar, und die Schultern – sie waren viel breiter als früher.

Er drehte sich nicht zu ihr um, und er bewegte sich nicht von Harley weg. Harley kämpfte nicht gegen seinen Angreifer. Er lag nur schlaff auf dem Boden.

»Du solltest nicht hier sein, Kat.« Michaels Stimme rügte sie. »Ich habe gesehen, dass der Captain dich in den Lieferwagen verfrachtet hat. Du solltest im Lieferwagen sein.«

*Der Valentinstag-Killer. Nenn ihn so.* So trennte sie die beiden voneinander. Ihre Methode, wie sie sich selbst davon überzeugte, dass sie nie einen Mörder geliebt hatte.

Sie war gut darin, sich selbst zu belügen.

Er hielt noch immer das Messer über Harleys Brust. »Der Captain hat dir gesagt, dass es im Wagen sicher ist.«

»Ich hätte an jenem Tag auch nicht früher nach Hause kommen sollen.« Die Pistole zitterte in ihren Fingern. »Geh von ihm weg, oder ich werde schießen.«

Er lachte. »Das schon wieder, hm?«

»Diesmal ist Munition drin.« Sie hatte dafür gesorgt. »Jetzt weg von ihm.«

Stille. Er hob das Messer, nahm es von Harleys Körper, aber ließ es nicht fallen. »Hast du gewusst, dass Harley derjenige ist, der zugelassen hat, dass dein Detective so gestört und kaputt ist?«

»Dane ist nicht gestört.« Und kaputt war er auch nicht. »Du bist es.«

Wieder Gelächter. Das tiefe, kehlige Lachen, an das sie sich so gut erinnerte. »Ach, Kat, hast du nicht verstanden, dass du dich nur zu Männern wie mir hingezogen fühlst? Du siehst die Dunkelheit in uns, und sie zieht dich an.«

»Geh von ihm weg.«

»Du hast jetzt die Wahl, Kat. Du kannst diesen Mann retten. Einen Mann, der zugesehen hat, wie ein Kind wieder und wieder geprügelt wurde, einen Mann, der eine Uniform trug, die sagte, er würde alle beschützen …«

Harley stöhnte.

»Oder du kannst zurück zu diesem Haus rennen. Vielleicht hast du Zeit, deinen Detective zu retten.«

Ihr Herz schlug so schnell, dass ihr die Brust schmerzte. »Was hast du getan?«

»Ich habe aus meinem letzten Fehler gelernt. Ich werde nicht noch einmal Beweise zurücklassen.« Er schüttelte den Kopf. Sie hätte beinahe sein Kinn gesehen. Beinahe. Sie wollte das Gesicht sehen, hinter dem er sich versteckte. »Das ist einfach schlampig, wenn man seine Arbeit zurücklässt. Aus dem Haus wird nichts entfernt werden.«

Sie blickte über ihre Schulter. Sie konnte nur das Dach des Hauses Nummer 5207 Oakland Way sehen.

»Ich würde sagen, du hast etwa zwei Minuten. Wenn du da reingehst«, er legte eine Pause ein, »dann sei bitte wieder draußen, bevor die Zeit um ist. Ich will nicht, dass du stirbst.«

Ihre Wangen waren taub. »Eine Bombe?« Dieses Sprengkommando, zu dem er beim Militär gehört hatte. O Gott, er würde wissen, wie man ein Haus in die Luft jagte. Zwei Minuten – es ergab Sinn. Er hatte etwas hinterlassen, das explodieren würde.

Ihre Hand hörte auf zu zittern. »Ich werde sie alle retten.«

Sein Körper spannte sich. Er sprang hoch und nach links.

Sie schoss.

Die Kugel drang in seine Schulter.

Das Messer fiel mit einem Klappern zu Boden.

Bevor sie wieder schießen konnte, hechtete er auf eine kleine Reihe Bäume auf der rechten Seite zu und steuerte ein kleines Gehölz an, das die Siedlung vom Rand des Sumpfes trennte. Er hinterließ eine Blutspur.

*Ich habe auf ihn geschossen.*

Sie eilte nach vorn. »Captain!«

Blut lief Harley die Schläfen hinab. An der Seite seines Kopfes war eine riesige Platzwunde. Mehr Blut auf dem Bürgersteig. *Er hat ihn auf den Kopf geschlagen.* Das war das dumpfe Geräusch gewesen, das sie gehört hatte.

Aber der Captain lebte noch. Er atmete noch.

Katherine blickte zum Wald hinüber. Sie konnte hinter ihm herrennen. Er war verletzt. Das war ihre Chance, ihn zu kriegen. *Ihre Chance.*

Aber ihr Blick wanderte zurück zum Dach des Hauses. Zwei Minuten. Mittlerweile weniger. Wenn er nicht geblufft hatte, dann gab es Sprengstoff, der explodieren würde …

Sie sprang auf und rannte auf das Haus zu. »Raus da«, schrie sie, während sie sich hastig dem Gebäude näherte. Einige Polizisten liefen bereits auf sie zu. Sie hatten den Schuss gehört. Er schien die allgemeine Aufmerksamkeit auf sie gelenkt zu haben. Gut.

Sie hob die Pistole in die Luft und feuerte sie noch einmal ab.

»Raus da«, wiederholte sie. »Das Haus ist eine Falle! Es wird …«

Ein Polizist warf sie zu Boden. Ein Mann, den sie noch nie zuvor gesehen hatte. Ihr Körper traf mit Wucht auf, und er verdrehte ihr das Handgelenk, bis ihr die Waffe aus den Fingern fiel.

»Sofort weg von ihr!« Danes Stimme. Der Polizist, der sie angegriffen hatte, wurde zur Seite geworfen. Dane griff nach ihrer Hand und zog sie hoch und an sich. »Baby, was zum Teufel …!«

»Der Killer. Er hat das Haus so präpariert, dass es in die Luft fliegen wird.« Ihr Blick fiel über seine Schulter. »Hol sie da raus.«

»Raus!«, brüllte Dane in sein Funkgerät, noch während er Katherine auf die Arme hob und mit ihr vom Haus weglief. »Sofortiger Rückzug! Das Haus ist nicht sicher.«

Die Polizisten rannten aus dem Haus. Katherine drehte sich und versuchte, die Vorderseite des Hauses zu sehen. Weitere Polizisten liefen hinaus. Da war Ross, der aus der Vordertür sprang, und dann …

Eine Explosion sprengte die Fenster. Glas flog durch die Luft, als eine Hitzewelle sich vom Haus ausbreitete. Flammen. Steine. Holzstücke.

Katherine flog ebenfalls. Dane und sie wurden durch die Luft geschleudert und schlugen hart auf den Boden.

Dane lag über ihr. Sein Mund bewegte sich, aber alles, was sie hören konnte, war ihr Herzschlag. Sie hörte nur …

»Katherine, bist du in Ordnung? Verdammt, sag doch was.«

Sie legte ihre Hand auf den Boden, fühlte Blut über ihre Wange laufen. »Haben es alle rausgeschafft?«

Sein Mund verzog sich. »Ich weiß es nicht.« Er zog sie gegen sich. Hielt sie fest.

Sie sah zurück auf das Inferno. Von dem Haus war nichts übrig geblieben – nur eine zerbrochene Hülle, die lichterloh brannte.

»Der Captain ist verletzt.« Der Schrei kam von John.

Katherine sprang auf die Füße. Die Welt drehte sich für einen Moment. Dane griff nach ihr. »Erst mal langsam.«

Jetzt gab es kein Langsam. »Der Killer. Er hat den Captain überrumpelt.«

Danes Augen weiteten sich.

»Ich habe ihn gesehen. Ich habe auf ihn *geschossen*.«

»Hast du ihn getötet?«

Sie schüttelte den Kopf.

»Ich brauche Hilfe!«, schrie Marcus. »Ruft einen Rettungswagen.«

Katherine und Dane eilten in Richtung des Schreis. Der Profiler kniete über dem Captain. Harleys Augen waren geschlossen. Seine Brust schien sich kaum zu heben.

»Er ist vermutlich von der Explosion weggeschleudert worden«, sagte Marcus mit rauer Stimme. Er hatte tiefe Kratzer und Schnitte auf den Armen. Es sah aus, als sei er auch durch die Luft geschleudert worden.

»Nein«, sagte Katherine ihm, »ist er nicht.«

Die Sirenen heulten. Die Rettungswagen, die nur ein paar Blocks entfernt gewartet hatten – zurückgehalten als Vorsichtsmaßnahme, während die Polizisten das Haus stürmten –, rasten herbei.

»Er ist in diese Richtung gerannt«, sagte Katherine und zeigte auf die Bäume. Die Nacht war zu schnell gekommen, aber das Inferno erhellte den Waldrand. »Er blutet. Wenn ihr die Hunde holt, könnt ihr ihn verfolgen. Er hat versucht, den Captain zu ermorden.«

Ross war hinter sie getreten. Blut rann an der Seite seines Gesichts hinab. »Katherine, woher haben Sie gewusst, dass das Haus in die Luft fliegen würde?«

Dane schickte Polizisten in die Wälder und rief über Funk nach den Hunden.

Sie wichen zurück, sodass sich die Sanitäter mit Harley beschäftigen konnten. »Der Killer hat es mir gesagt. Er sagte, ich hätte eine Wahl zu treffen. Ich könnte den Captain retten oder die Männer im Haus.«

Ross' Augen verengten sich zu Schlitzen. »Er wollte, dass wir alle sterben?«

»Es ging nicht um euch.« Dem Killer waren die Leben, die seine Tat gekostet hätte, egal gewesen. »Er wollte keine Beweise zurücklassen.« Sie wischte sich mit der Hand über das Auge – über den Schnitt in der Augenbraue, der auf ihre Wange blutete.

Ross nickte grimmig. »Ich schließe mich der Suche an.«

Sein Hemd war verbrannt und blutig. Große Blutflecken bedeckten seine Schultern. Er schien sich kaum auf den Beinen halten zu können. »Nein, Sie brauchen Hilfe.« Katherine drehte sich um und rief nach einem Sanitäter.

Doch als sie zurückblickte, war Ross weg. In den Wäldern verschwunden.

Sie seufzte. Ross musste behandelt werden, aber sie wusste, dass für ihn der Job immer zuerst kam.

Sie stand inmitten des Chaos, und ihr Blick wanderte über die Szene vor ihr. So viele waren verletzt.

Ein weiteres Rettungsfahrzeug bog in die Straße. Sie hatte ein halbes Dutzend Polizisten gezählt, die Verbrennungen hatten und bluteten. Ein Mann hatte ein gebrochenes Bein, ein anderer einen gebrochenen Arm, beides vom Aufprall nach der Explosion.

Wenn sie den Killer nicht mit Harley gesehen hätte, wenn sie nicht auf ihn geschossen hätte, wären alle diese Männer tot.

Dane wäre tot.

Sie starrte zurück auf das Feuer. Die Flammen waren so groß und hell.

Der Killer war davongekommen.

*Ein Tag bis zum Valentinstag. Nur einer.*

Er war entkommen, aber sie glaubte nicht, dass er weit weggelaufen war.

Der Killer lächelte, während er das Letzte aus seinem Fahrzeug herausholte und aus dem Sumpf raste. Er hatte sich schon vor langer Zeit eine perfekte Fluchtroute herausgesucht.

*Hab immer einen Fluchtplan.* Diese wichtige Lektion hatte er gelernt. Dank Kat.

Daher war er vorbereitet gewesen, genau wie ein guter Pfadfinder.

Er konnte den Rauch in der Luft hängen sehen. Die Sirenen der Feuerwehr und der Rettungsfahrzeuge hören, die herbeieilten.

Katherine hatte so viel Angst gehabt. Sie hatte geschrien in ihrer Verzweiflung, diese Männer und Frauen aus dem Haus zu holen.

*Es gab keinen Timer, Schätzchen.*

Als ob er jemals ihre Sicherheit auf diese Weise gefährden würde. Er hätte die Explosion nie ausgelöst, solange Katherine dem Haus zu nah war.

Er hatte den Zünder bei sich gehabt. Er war absichtlich in den Wald gerannt. Dann, mit einem Knopfdruck auf sein Handy, hatte er die Explosion ausgelöst.

In den letzten Jahren hatte er eine ganze Menge nützlicher Tricks gelernt. Wenn man verschwinden musste, wenn man herausfinden musste, wie man jemand anders wurde, zahlte es sich aus, so viele tödliche Tricks zu kennen, wie man nur konnte.

Er hatte zugesehen. Er hatte den Detective Katherine packen und mit ihr wegrennen sehen. Er hatte natürlich gewusst, dass dies Danes Reaktion sein würde. *Bring das Mädchen in Sicherheit. Spiel den Helden.*

Und er *spielte* nur.

Der Mistkerl würde bald genug bezahlen.

Selbst mit seiner Verletzung – die süße Kat hatte ihn kaum angekratzt – war es ein Leichtes gewesen, in der geliehenen Polizeiuniform zu entwischen. Jetzt, solange die Polizisten abgelenkt waren und die Wälder durchsuchten, die so verdammt leer waren, würde er sich auf sein nächstes Opfer konzentrieren. Ein Opfer, das nicht wissen würde, wie ihm geschah.

Es war fast Valentinstag.

Zeit zu feiern.

*Bist du bereit, die Meine zu werden, Kat? Für immer … mein.*

# – 16 –

Ronnie schaltete das Licht in ihrem Büro aus und griff nach ihrer Tasche. Es war fast neun Uhr abends. Sie hätte schon vor Stunden gehen sollen, aber sie war geblieben, in der Hoffnung, noch Trent Lancasters Tox-Befund zu erhalten. Der Typ, der den Bericht anfertigte, schien die Bedeutung der Worte ›so bald wie möglich‹ nicht zu verstehen. Captain Harley würde ihm in den Arsch treten müssen.

Ihre Tennisschuhe quietschten auf dem Kachelboden. Sie ging an Mr Jarvis vorbei, dem Nachtwächter, und nickte ihm kurz zu. Er hörte Musik über Kopfhörer, daher blickte er kaum in ihre Richtung.

Sie atmete aus und eilte zur Treppe. Der Tag war beschissen gelaufen, und sie wollte nur noch nach Hause, duschen und ins Bett schlüpfen.

Vorzugsweise mit Mac. Vielleicht würde er noch rüberkommen und ihr Gesellschaft leisten. Vor diesem schrecklichen Fall hatten sie einen romantischen Valentinstagsausflug geplant.

Jetzt konnte niemand auf dem Revier den Valentinstag noch mit den gleichen Augen betrachten.

*Es geht um Tod, nicht um Liebe.*

Sie schob die Hintertür des Pathologiegebäudes auf und ging zu ihrem Wagen. Der Jeep wartete unter dem Schein des Parkplatzlichts. Sie stellte ihn immer im Licht ab. Es war eine Berufskrankheit: Überall sah sie Gefahren lauern. Genau jetzt umklammerten ihre Finger eine Dose Abwehrspray.

*Weil ich immer die Toten sehe. Wo auch immer ich hingehe.* Nachdem die Leichen auf ihrem Tisch gelegen hatten, verfolgten sie sie. Ihre Geschichten verfolgten sie.

Als sie näher an das Fahrzeug kam, bemerkte sie, dass etwas nicht stimmte. Ihr rechter Hinterreifen war platt. Vollständig platt.

Was zur Hölle …

Ihre Augen verengten sich. Die Dusche würde eine Weile warten müssen. Sie blickte über die Schulter zurück zum Gebäude. Sie konnte den Reifen selbst wechseln, das war kein Problem, aber sie würde es nicht tun. Auf keinen Fall würde sie sich hier hinhocken, allein im Dunkeln, und mit diesem Reifen kämpfen. Sie drehte sich um und ging. Sie würde jemanden um Hilfe bitten. Sofort kam ihr Mac in den Sinn. Der Mann war recht geschickt mit seinen Händen.

Hier draußen zu stehen könnte aus dem Drehbuch für einen Horrorfilm stammen. Sie langte nach dem Türgriff, um zurück ins Gebäude zu gehen.

Aber der Türgriff drehte sich nicht. Die verdammte Tür war verschlossen.

Scheiße.

Manchmal verriegelte sich das Schloss automatisch. Sie hatte sich schon dreimal bei der Wartungsabteilung darüber beschwert. Aber natürlich hatten sie es nicht repariert. Die Wartungsleute hatten ihre Prioritäten, und die Hintertür gehörte nicht dazu.

Ronnie schnappte sich ihr Handy. Sie würde Mac anrufen. Er konnte kommen, sie treffen und ihr helfen, den Reifen zu wechseln. Vielleicht könnten sie dann zusammen wegfahren und …

Etwas stach sie in den Nacken. Sie schrie, mehr vor Schreck als aus Schmerz, denn sie hatte niemanden näherkommen hören.

Sie fiel. Das Handy glitt ihr aus den Fingern. Sie versuchte, das Spray zu benutzen, das sie noch immer umklammert hielt, und der Sprühnebel schoss aus der Dose.

Aber er traf niemanden.

Sie fiel zu Boden. Ihr Körper wurde rasch träge. Die Muskeln verweigerten den Dienst. Sie öffnete den Mund, um zu schreien, aber etwas Klebriges und Raues wurde ihr auf die Lippen gedrückt.

Sie kämpfte darum, die Augen offen zu halten. Ihre Lider wollten sich senken. Sie konnte das Licht des Gebäudes nicht mehr sehen. Konnte ihren Jeep nicht sehen.

Sie konnte gar nichts sehen.

Als sie auf dem harten Boden zusammensackte, wusste Ronnie ganz genau, was mit ihr geschah.

Ihr war eine Injektion in die Schlagader verpasst worden. Fentanyl breitete sich durch ihren Körper aus, sie hatten keinen Zweifel daran.

Genau wie bei Savannah und Amy.

Sie würde nicht in der Lage sein, sich gegen ihren Angreifer zu wehren.

Nicht, wenn er ihr ein Messer ins Herz stoßen wollte.

Dane starrte missmutig auf die Bäume um sich herum. Die Hunde vor ihm waren verstummt. Zuerst hatten sie wütend gebellt.

Dann hatten sie die Spur des Killers verloren.

Es war auch verdammt noch mal nicht hilfreich, dass der Wald an den alten Highway angrenzte. Der Killer könnte das natürlich gewusst haben. Dane war sich sicher, dass der Scheißkerl seine Flucht geplant hatte. Die Bombe war auch vorbereitet gewesen, daher war es naheliegend, dass er ein Fahrzeug in der Nähe gehabt hatte.

»Sucht weiter«, befahl er den Hundeführern, aber er hatte nicht viel Hoffnung, dass sie in dieser Nacht noch irgendetwas finden würden.

Der Geruch des Rauchs lag in der Luft, und als er zu der schwelenden Ruine des Hauses am Oakland Way zurückging, sah er Feuerwehrleute, die sich vor Ort versammelt hatten.

Der Captain war weg – unterwegs ins Krankenhaus, genau wie mindestens fünf weitere Polizisten, die bei der Explosion verletzt worden waren.

Marcus sah hoch, erkannte Dane und eilte zu ihm.

»Steht das in Ihrem verdammten Profil?«, wollte Dane wissen.

Marcus war blass. »Er verwischt seine Spuren. Die Explosion war für ihn notwendig, nicht …«

»Nicht wie die Morde, die er zum Vergnügen begeht«, ergänzte Dane. »Was wird er als Nächstes tun? Er hatte es auf Katherine abgesehen …«

Marcus sah zur Seite. Katherine stand zwischen zwei Polizisten.

»Und sie hat auf ihn geschossen«, schloss Dane. Sie hatte den Bastard angeschossen *und* Dane und seine Männer gerettet. Die Frau war so viel stärker, als er je geahnt hatte. »Ich schätze, dies dürfte Ihre Theorie, dass sie in die Verbrechen verwickelt ist, über den Haufen werfen, oder?«

»Katherine ist nicht so, wie ich gedacht habe.«

Aber sie war mehr, als Dane je erwartet hatte.

»Wir haben eine Fahndungsmeldung an alle Krankenhäuser geschickt«, sagte Dane, während er auf Katherine zuging. Er hasste diesen angespannten Ausdruck in ihrem Gesicht. »Er ist verletzt. Wenn er sich behandeln lässt, werden wir es wissen.« Die Polizisten verstärkten auch ihre Suche in der Stadt.

Danes Handy klingelte. Während er auf Katherine zuging, nahm er das Gespräch entgegen. »Black.«

»Ich brauche dich auf dem Revier.«

Dane runzelte die Stirn. Das war Macs Stimme – und sie zitterte.

»Ich bin am Tatort. Wir sind noch nicht fertig hier …«

»Ronnie ist verschwunden. Sie ist entführt worden.«

»Bist du sicher?« *Ronnie?*

»Verdammt sicher. Ihr Jeep steht noch auf dem Parkplatz. Ein Hinterreifen ist aufgeschlitzt worden, und niemand kann sie ausfindig machen.« Er hörte Wut und Angst in Macs Stimme. Alle hielten Mac für beherrscht, aber Dane wusste, wenn es um Ronnie ging, war es mit seiner Beherrschung nicht weit her.

Ronnie und Mac inszenierten eine Show für den Rest des Reviers, aber Dane hatte sie vor ein paar Monaten beim Knutschen erwischt. Sie hatten etwas am Laufen – und zwar etwas verdammt Ernstes.

»Sie geht nicht ans Telefon«, sagte Mac. »Sie ist nicht zu Hause. Sie ist *weg.*«

Katherine legte die Stirn in Falten und kam ihm entgegen. »Dane?«

»Ich bin schon unterwegs«, sagte Dane. Er legte auf. Blickte zu Katherine. Zu Marcus. »Er hat die Gerichtsmedizinerin entführt. Der Bastard hat uns hier zurückgelassen, um Schatten nachzujagen … und hat sich inzwischen sein nächstes Opfer geschnappt.«

Ronnie kniff die Augen im grellen Licht zusammen. Sie hatte einen fürchterlichen sauren Geschmack im Mund und …

Sie konnte sich nicht bewegen.

Ihre Erinnerung kam in einer Welle zurück, und sie wollte den Mund öffnen, um zu schreien. Aber das Geräusch wurde im Keim erstickt, denn etwas war über ihrem Mund.

Klebeband.

Ihre Hände waren mit einem Seil gefesselt und über ihrem Kopf festgebunden. Ihre Fußgelenke waren ebenfalls gebunden, und sie konnte sich nicht bewegen.

Sie lag auf einem Tisch, ähnlich denen in ihrem Labor. Die, die sie für ihre Autopsien benutzte.

Eine Träne lief ihr aus dem Auge.

»Sie sind wach.«

Die Stimme kam durch einen Verzerrer und ließ sie zusammenzucken und sich umdrehen. Ihre Brille war verschwunden. Ohne sie konnte sie kaum weiter als einen halben Meter klar sehen. Der Killer war nicht mehr als ein schwarzer Fleck.

»Ich dachte schon, Sie hätten eine Überdosis abgekriegt, bevor wir irgendwelchen Spaß haben können.«

Ronnies Schläfen pochten. Ihr Herz raste.

Der dunkle Fleck bewegte sich, umkreiste den Metalltisch. »Tut mir leid wegen der blauen Flecken. Leider musste ich sie reinschleppen. Ich war auf der Treppe nicht gerade sanft.«

Ronnies rechtes Handgelenk schmerzte. Sie hatte den Verdacht, dass es gebrochen war.

»Aber sicherlich, Dr. Thomas, können Sie verstehen, dass manchmal ein wenig Schmerz notwendig ist.«

Ronnie blinzelte und versuchte, mehr zu sehen, aber das Licht war zu hell und ihr Angreifer zu weit entfernt.

Dann fühlte sie etwas über ihren Arm streichen. Gerade mal fünf Zentimeter unter dem Ellenbogen.

»Schmerz ist notwendig. Um die Dinge so zu gestalten, wie sie sein sollen.«

Sie schrie hinter dem Klebeband, aber heraus drang wieder nur ein ersticktes Geräusch.

Das Messer schnitt in ihre Haut. *Schnitt Nummer eins.*

»Versuchen Sie, sich nicht zu sehr zu wehren. Es ist wichtig, dass ich diesen Teil genau richtig hinkriege.«

Sie würde nicht einfach daliegen und sich filetieren lassen. Aber als sie versuchte, sich zu winden, stellte sie fest, dass ihre Muskeln ihr nicht gehorchten. Es waren nicht nur die Stricke, die sie festhielten. Die Wirkung des Fentanyls war noch nicht vollständig abgeklungen.

Noch ein Schnitt. Dieser tiefer. Länger.

»Das war ein guter …«

Der Schrei hallte in ihrem Kopf.

Und das Messer senkte sich erneut.

Die Polizisten waren es nicht gewohnt, ihr eigenes Territorium als Tatort zu behandeln. Aber dieses Mal war das genau, was sie tun mussten. Hinter den Todeshallen schwärmten Beamte über den Parkplatz. Dane sah Mac in der Nähe von Ronnies Jeep kauern, und sein Gesicht …

Sein Partner musste kurz davor sein, innerlich zu zerbrechen.

Verdammt.

Mac blickte hoch und erkannte Dane und Katherine. Er kam zu ihnen.

»Katherine, haben Sie einen Anruf erhalten?«, fragte Mac. »Er hat Sie angerufen, als er Savannah Slater und Amy Evans entführt hatte. Hat der Bastard Sie angerufen, als er Ronnie mitgenommen hat?«

Katherine schüttelte den Kopf.

Dane sparte sich den Einwurf, dass der Killer auch nicht angerufen hatte, als Trent Lancaster getötet worden war. Er wusste, dass Mac den Anruf als Zeichen der Hoffnung wertete. Wenn sie den Anruf erhielten, war Ronnie noch am Leben.

Wenn sie ihn nicht erhielten …

Mac schluckte. »Wir haben Ronnies Brille gefunden. Zersplittert. Genau da drüben.« Er deutete auf die Metalltür, die in das Gebäude führte. »Ich glaube, sie sah ihren Jeep, entdeckte den platten Reifen und versuchte, zurück ins Gebäude zu gelangen.«

Dane ging zur Tür. Mit Handschuhen zog er am Griff.

Die Tür ging nicht auf.

»Das verdammte Teil klemmt wieder.« Macs Stimme vibrierte vor Wut. »Ich habe der Wartungsabteilung mehrfach gesagt, dass das Schloss sich verklemmt, wenn die Tür schließt. Wenn sie es nur durch diese Tür geschafft hätte …«

»Es tut mir leid«, flüsterte Katherine.

Mac verzog das Gesicht.

So wie die beiden sich benahmen, planten sie bereits Ronnies Beerdigung. »Sie ist nicht tot«, zischte Dane in dem Bedürfnis, die Angst und Niederlage aus den Augen seines Freundes zu verjagen. Mac musste stärker sein.

Macs Kopf schnellte hoch. Aus schmalen Augen sah er Dane an. »Ich habe die Logs überprüft. Als ich dich angerufen habe, war sie schon seit über einer Stunde vermisst.« Er wischte sich mit einer Hand über das Gesicht. »Wir hatten uns treffen wollen, aber wegen des Falls hatte ich es nicht geschafft. Ich … ich habe versucht, sie telefonisch zu erreichen. Als ich das nicht konnte, habe ich mir

Sorgen gemacht – verdammt große Sorgen …« Seine Worte erstarben.

Wenn sie schon seit über einer Stunde vermisst wurde … Scheiße. Der Killer würde viel Zeit gehabt haben, sich selbst zu verarzten – besonders wenn er nur eine Fleischwunde hatte – und zu Ronnie zu fahren. Der Bastard *spielte* mit ihnen.

»Was denken Sie«, wollte Mac wissen, »wie lange genau wird es dauern, bis er ihr ein Messer ins Herz stößt?«

»Für gewöhnlich über vier Stunden«, war Katherines ruhige Antwort. »So lange hat er in Boston gebraucht.«

Dane nahm ihren Arm. »Sie lebt. Wir müssen sie nur finden.«

Die Falten in Macs Gesicht waren tiefer. Seine Augen wild. »Wie?« Angst brach ihm die Stimme. »Die Spurensicherung ist über diesen Parkplatz gekrochen. Sie haben nichts gefunden.«

»Videoüberwachung.«

»Die Kamera ist seit drei Wochen außer Betrieb«, erwiderte Mac und ließ die Schultern hängen.

Danes Handy klingelte. Er fischte es heraus und nahm sich nicht die Zeit, auf das Display zu sehen. »Black.«

Der Schrei einer Frau gellte durch den Hörer.

Sein Blut gefror. Er drehte das Telefon um und starrte auf das Display – der Anruf kam von Ronnies Handy.

Der Scheißkerl machte seinen Todesanruf dieses Mal nicht an Katherine.

»Lassen Sie sie gehen«, brüllte er.

Macs Augen weiteten sich. »Ronnie.«

Der Schrei in der Leitung erstarb.

*Ihr Handy.* Dane formte die Worte stumm mit den Lippen. Mac wandte sich ab und eilte weg. Im Laufen rief er dem Technikerteam zu, sie sollten Ronnies Handy orten. Sie hatten es nicht finden können, solange es ausgeschaltet war, aber jetzt konnten sie die Mobilfunkmasten anzapfen und versuchen, das Signal zu orten.

»Bringen Sie sie nicht um«, sagte Dane. Er hatte die Stimme gesenkt und sprach schnell. »Lassen Sie Dr. Thomas frei. Lassen Sie sie einfach zurück und gehen Sie weg …«

Gelächter. Das Geräusch klang schief. Der Killer benutzte offensichtlich einen Stimmverzerrer. Dann sprach er: »Sie ist eigentlich nicht mein Typ.« Die Stimme war so verzogen wie das Lachen. »Aber ich bin ziemlich sauer auf euch beschissene Bullen, daher habe ich beschlossen, es euch heimzuzahlen.«

Mac kauerte bei den Technikern. Sie würden das Signal orten. Sie würden sie finden.

»Warum sonst würden Sie mich anrufen, wenn Sie nicht wollten, dass ich Sie finde? Sie wollen, dass wir Sie aufhalten.«

Stille. Kein Widerspruch.

»Daher sparen Sie uns allen etwas Zeit und sagen Sie uns, wo Sie sind.«

»Sie sind noch nicht dran. Keine Sorge, Sie werden bald sterben.«

Die Leitung erstarb.

»Dane?«, Katherine berührte seinen Arm.

Er starrte Katherine an. »Er tut ihr weh«, flüsterte er. Er wollte nicht, dass Mac das hörte.

»Wir haben Ronnie«, schrie Mac, der nichts von dem, was Dane gesagt hatte, mitbekommen hatte. Dane wirbelte herum und sah, wie Mac auf ihn zurannte.

»Die Techniker haben sie geortet. Das Signal kam ungefähr aus der Ecke vierundfünfzigste Straße und Millway.«

Er wusste, Millway war voller heruntergekommener, leerer Häuser. Der perfekte Ort, um eine Leiche zurückzulassen.

»Wir durchsuchen jedes Haus dort«, rief Dane den Männern zu, die heraneilten, um seinen Anweisungen Folge zu leisten. »Jedes einzelne.« Der Staatsanwalt war anwesend, hielt sich aber im Hintergrund. Er würde jedes Problem, das sich betreffs eines Durchsuchungsbefehl ergeben sollte, lösen können. »Dr. Thomas ist eine von uns, und wir bringen sie lebendig zurück.« Dane erwähnte ihre Schreie nicht. Er drehte sich um und eilte zu seinem Wagen. Katherine wich ihm nicht von der Seite.

Jeder Mann und jede Frau hier wusste, dass Ronnies Leben auf Messers Schneide stand. Sie mussten sie finden.

Bevor ihre Schreie für immer erstarben.

»Sie kommen.«

Sie hatte den Geruch von Blut in der Nase. Ihr eigenes Blut.

Das Handy lag auf dem Tisch neben ihr.

»Ich muss mich beeilen. Wir haben keine Zeit zu verschwenden.«

Das Messer hob sich.

»Ich werde längst weg sein, wenn sie Ihre Leiche finden.«

Sie war nicht bereit zu sterben. Sie und Mac … Sie hatten Pläne. Sie hatten darüber gesprochen, zusammen ein Haus zu kaufen und eines Tages vielleicht sogar ein Kind zu haben.

*Ich will nicht, dass Mac meine Leiche findet.*

Ronnie versuchte, hinter dem Klebeband zu sprechen, aber es gelang ihr nur ein schwaches Murmeln. Der lange, schreckerfüllte Schrei, der kurz zuvor durch den Raum gehallt war …

War nicht ihrer gewesen.

Er war von der Irren mit dem Messer gekommen.

Denn der Stimmverzerrer war jetzt weg. Und obwohl sie den Mörder nicht sehen konnte, konnte Ronnie die Frau sehr gut hören.

*Nicht der Valentinstag-Killer.*

»Als ob ich die Opfer tatsächlich sprechen lassen würde.« Ein tiefes Lachen kam von der Mörderin. »Sie könnten verraten, dass eine Frau sie festhält und nicht der echte Valentinstag-Killer.«

Jetzt verstand sie, warum Fentanyl im Blut der Opfer gefunden worden war. Weil eine Frau sie entführt hatte. Und die Mörderin hatte ihre Opfer außer Gefecht setzen müssen.

Sie konnte sie nicht betören und verführen, wie der Killer das in Boston gemacht hatte.

*Nicht der verdammte Valentinstag-Killer.*

Aber sie würde sterben, und niemand würde die Wahrheit erfahren.

Das Messer hatte gerade begonnen, sich auf Ronnies Herz hinabzusenken, als sie es hörte. Das leise Quietschen einer Tür, die sich öffnete. Die Irre erstarrte.

»Sie können nicht hier sein«, sagte sie. »Noch nicht …«

Jemand *war* hier. Ronnie wurde schwindelig vor Hoffnung.

Oder vielleicht war es auch nur wegen des Blutverlustes.

Es war ihr egal. Sie brauchte einfach nur Hilfe. Sie versuchte zu schreien, aber ihr Stöhnen drang kaum durch das Klebeband.

Die Verrückte war herumgewirbelt. Sie hatte das Messer in der Hand und lief auf die Treppe zu. Als sie wegging, begann Ronnie noch einmal, gegen die Fesseln anzukämpfen. Die Wirkung des Medikaments hatte nachgelassen, aber aufgrund der Verletzungen waren ihre Arme beinahe nutzlos.

Aber mit dem Blut, das ihre Handgelenke bedeckte, konnte sie vielleicht ihre Hände drehen und aus den Fesseln ziehen.

Sie konnte die Verrückte nicht mehr sehen. Sie war die Treppe hochgegangen.

Ein schwacher Lufthauch blies über ihre Haut.

Sie bekam Gänsehaut. Zuvor war da kein Lufthauch gewesen.

Sie konnte frische Luft riechen, die den erstickenden Geruch ihres Blutes überdeckte.

Mehr Tränen füllten ihre Augen.

Dann presste sich eine Hand gegen ihre Wange. Sie war behandschuht. Die Hand wischte ihr die Tränen weg.

Ronnie zuckte zusammen.

»Schhhh …« Es war ein leiser, besänftigender Ton. »Ich bin nicht hier, um Ihnen wehzutun«, sagte eine Männerstimme.

Um besser sehen zu können, kniff sie die Augen zusammen. Sie sah ein Messer aufblitzen und erkannte, dass er gelogen hatte.

*Der Valentinstag-Killer?*

»Was hat der Täter gesagt?«, fragte Katherine, während sie in Richtung Millway fuhren.

Danes Hände umklammerten das Lenkrad so fest, dass seine Knöchel sich weiß färbten. Er behielt die Straße im Auge, als er antwortete: »Er hat uns an der Nase herumgeführt.« *Mich* an der Nase herumgeführt.

»Bist du sicher, dass er Ronnie hat? Bist du sicher, dass sie noch lebt?«

Die Polizeiautos fuhren nicht mit heulenden Sirenen. Sie gingen vor wie bei ihrer Suche nach Amy Evans. Genau wie zuvor hatten sie Angst, sie könnten ihn in die Enge treiben. Wenn er in die Enge getrieben wurde, tötete er.

»Dane, bist du dir sicher?«, hakte Katherine nach.

Er sagte ihr, was er den anderen nicht erzählt hatte. »Sie hat geschrien. Die Toten schreien nicht.«

Er konnte Katherines intensiven Blick auf sich fühlen. »Er lockt dich an – genau wie zuvor. Es ist alles genau wie beim letzten Mal.«

Es sollte besser nicht so enden wie beim letzten Mal. Mac würde den Anblick von Ronnies Leiche nicht unbeschadet überstehen.

»Warum hat er dich angerufen? Er hat immer mich angerufen.« Ihre Stimme klang verwirrt. »Warum ändert er das jetzt?«

»Vermutlich weil er weiß, dass wir deine Telefonleitung überwachen. Wir hatten uns auf den Anruf vorbereitet. Vielleicht dachte er, so würde es länger dauern, ihn zu orten.« *Und außerdem wollte das Arschloch mich herausfordern und mich reizen, bis ich sauer würde.*

Was ihm gelungen war.

»Wir werden nicht zu spät kommen«, sagte er. »Wir werden nicht zu spät sein.«

Ronnie war klug. Und sie war stark. Sie wusste, was auf sie zukam. *Also benutz das, Ronnie. Lenk den Scheißkerl ab. Verschaff uns etwas Zeit.*

Die Seile fielen von Ronnies Handgelenken. Tränen liefen ihr über die Wangen, denn es fühlte sich an, als würden ihr tausend Nadeln in die Fingerspitzen gestoßen.

»Sie hat Sie zu eng gefesselt.« Seine Stimme war wütend. »Das Werk einer verdammten Amateurin.«

Ein Teil von ihr war fast wahnsinnig vor Angst. Zitterte. In ihrem Kopf schrie sie.

Das Messer zerschnitt das Seil an ihren Fußgelenken. »Sie haben großes Glück, Dr. Thomas.«

Sie fühlte sich gerade gar nicht, als hätte sie Glück.

»Wenn Ihre Brille nicht zerbrochen auf dem Parkplatz liegen geblieben wäre, dann, fürchte ich, würde dies völlig anders ausgehen. Ich kann nicht zulassen, dass Sie mein Gesicht sehen.«

Sie drehte den Kopf und vergewisserte sich, dass sie nicht zum Ende des Tisches sah, wo er stand.

Er lachte leise. »Selbst wenn Sie sich in meine Richtung drehen würden, wie viel könnten Sie erkennen? Ich habe Nachforschungen über Sie angestellt. Sie haben einen genialen Kopf, aber ein wirklich beschissenes Sehvermögen.«

Er griff nach ihrem rechten Arm. Sie zuckte zusammen, als seine Finger sich um ihr Handgelenk schlossen. »Ich glaube, Sie wissen«, sagte er leise, »dass sie hier zu tief geschnitten hat. Wenn Sie die Blutung nicht stoppen, könnten Sie sterben. Möchten Sie leben, Dr. Thomas?«

Ein Bild von Mac erschien vor ihrem geistigen Auge. Sie nickte.

»Dann werden Sie sich jetzt von diesem Tisch entfernen. Sie werden geradeaus gehen – zwei Meter weit. Zwei Meter. Greifen Sie nach oben links. Dort ist ein altes Fenster. Ich habe mir erlaubt, es für Sie offenzulassen.« Er zog sie auf die Füße, hielt sie fest, als ihre Knie drohten, unter ihr nachzugeben. »Ich habe sogar eine Kiste hingestellt, sodass Sie sich daraufstellen und das Fenster erreichen können.«

Er schüttelte sie. »Reißen Sie sich zusammen. Die Medikamente wirken noch in Ihnen, daher könnten Sie Schwierigkeiten haben, allein rauszukommen. Sie müssen sich gegen sie wehren, verstanden? Versuchen Sie es mit aller Kraft. Klettern Sie aus dem Fenster. Gehen Sie von diesem Haus weg. Kriechen Sie, falls es notwendig ist.«

Das würde sie. Sie würde alles tun, um zu überleben.

Und sie sah immer noch nicht in sein Gesicht.

Er brachte seinen Kopf näher an sie. Ronnie presste die Augen zu. Sie konnte die Treppe oben knarren hören.

Die Wahnsinnige kam zurück.

»Wissen Sie, wer ich bin?«, fragte er in Ronnies Ohr. Der Atem seines leisen Flüsterns jagte einen Schauer reinen Grauens durch sie.

Sie bewegte sich nicht.

Seine behandschuhte Hand lag über ihrer tiefsten Wunde. Drückte zu.

*Er hilft mir.*

»Sie sind so klug, natürlich wissen Sie …«

Sie sah nur Schwärze. Ihre Augenlider waren so fest zusammengepresst, dass sie schmerzten.

»Wenn Sie irgendjemandem von mir erzählen, Dr. Thomas, werde ich Sie finden. Es gibt keinen Polizisten, der Sie beschützen kann. Keinen Liebhaber, der Sie vor mir verstecken kann. Ich werde Sie finden, und dann wird Ihnen diese kleine Folterszene wie eine zärtliche Erinnerung vorkommen im Vergleich zu dem, was ich Ihnen antun werde.«

Das Versprechen war eindeutig.

»Gehen Sie zwei Meter geradeaus, klettern Sie auf die Kiste, schieben Sie sich durch das Fenster. Sehen Sie nicht zurück, und erzählen Sie niemandem von mir.«

Sie nickte panisch, bereit, alles zu versprechen, alles zu tun, wenn sie nur entkommen konnte.

»Wenn Sie es ihnen sagen, werde ich Sie zur Strecke bringen.«

Er ließ sie los. Ronnie trat einen zitternden Schritt vor. Er fing sie auf, als ihre Beine nachgaben. »Kriechen Sie, wenn es nötig ist«, erinnerte er sie mit zusammengebissenen Zähnen.

Das würde sie. Aber als sie ein weiteres Knarren von oben hörte, zuckte ihr Kopf in Richtung des Geräuschs. Selbst wenn sie jetzt entkam, würde die Wahnsinnige sie aufspüren? Sie töten?

»Machen Sie sich ihretwegen keine Sorgen«, sagte er – fast meinte sie, sie könne ein Lächeln in seiner Stimme hören. »Sie wird bald tot sein. Ich schulde ihr einigen Schmerz.«

Dann ließ er sie los. Ronnie schlug auf dem Boden auf, und Schmerz explodierte in ihrem Knie. Ihre alte Verletzung von einem Unfall mit einem angetrunkenen Fahrer war nie richtig verheilt. Aber sie sorgte sich nicht darum, wie sehr sich das Knie gerade verschlimmert haben mochte.

Sie begann zu kriechen.

Zwei Meter. Nur zwei Meter.

Sie hörte seine Schritte hinter sich. Er ging weg.

Ihre blutigen Finger berührten die Kiste. Sie zog sich hoch. Kletterte. Erkämpfte sich einen Weg zum Fenster. Frische Luft blies ihr ins Gesicht.

Hinter sich hörte sie einen Schrei.

Dane sprang aus dem Wagen. Es gab fünf Häuser in dieser Sackgasse. Alte Häuser, verlassen und zugenagelt, die nur dastanden und verfielen. Weitläufige, überwachsene Grundstücke umgaben alle Gebäude. Die Natur versuchte, sich das Gelände zurückzuerobern. Mit Erfolg.

Aber Dane wusste, dass eine Baufirma dieses Terrain bald nutzen wollte. Sie würden all diese Häuser innerhalb einer Woche plattwalzen. Bis dahin wäre niemand mehr hier.

Der Mörder hatte sich das gut ausgesucht.

Aber nicht gut genug.

Katherine war hinter ihm – beschützt von zwei Polizisten. Mac führte ein Team auf das erste Haus zu.

*Nicht dieses.*

Das erste Haus war zu offensichtlich. Zu einfach. Danes Blick fiel auf das zweite Haus. Das dritte.

Das vierte Haus hatte tote Rosen neben der Tür. Kletterrosen, die im Winter erfroren waren.

»Es ist das vierte Haus«, zischte Dane in sein Headset, das er sich wenige Augenblicke zuvor gegriffen und, so schnell es ging, angelegt hatte. Sie waren jetzt alle verbunden, konnten miteinander kommunizieren, während sie suchten.

Er zog seine Waffe heraus und rannte auf das vierte Haus zu. Seine Aufmerksamkeit war auf die Türen gerichtet. Die vernagelten Fenster und …

Jemand kam ihm entgegen. Kroch vom Haus weg.

Er zielte mit seiner Waffe. »Polizei!«, schrie er. »Hände hoch!«

Aber es kamen keine Hände hoch.

Die Gestalt rutschte sogar noch tiefer in das hochgewachsene Gras. Schritte eilten von hinten heran. Die anderen, die zu ihm aufschlossen.

»Identifizieren Sie sich«, verlangte Dane, während er mit der linken Hand seine Taschenlampe griff.

Das Licht fiel auf einen wirren Schopf roten Haars. Gekrümmte Schultern. Blutige Finger, die sich in die Erde gruben.

*Ronnie.*

Er rannte zu ihr. »Ich hab sie«, rief er. Aber verdammt, sie sah übel aus.

Vorsichtig rollte er sie herum.

Die anderen Polizisten näherten sich und beleuchteten sie mit ihren Lampen.

Er sah, dass ihr Mund mit Klebeband bedeckt war. Überall war Blut. Es durchnässte ihr Hemd. Ihre Kleider waren damit vollgesogen.

»Ronnie?« Er griff nach dem Klebeband und zog es vorsichtig ab. »Wo ist der Bastard?«, flüsterte er ihr zu, noch während er sah, wie ihr Blut aus den aufgeschlitzten Armen pumpte.

»Holt die Sanitäter«, rief er, bevor Ronnie sprechen konnte.

Ihr Körper erschauerte in seinen Armen. Zitterte so sehr.

»Ronnie?« Mac war da, seine Stimme war gebrochen. Ihr Kopf zuckte zu ihm. Tränen liefen ihr die Wangen hinunter. Sie schob sich von Dane weg und warf sich auf Mac.

Seine Arme schlossen sich um sie. Er hob sie hoch und drückte sie eng an sich. »Du hast mich zu Tode erschreckt.«

Aber dann verstärkte sich ihr Schaudern. Es war nicht mehr nur ein Zittern, es waren Krämpfe. »Sanitäter«, schrie Dane wieder.

Mac wartete nicht darauf, dass die Sanitäter zu ihm kamen. Er drehte sich um und rannte mit Ronnie in den Armen auf die Polizeifahrzeuge zu, die am Rand der Straße warteten.

Dane wandte sich der Reihe der Häuser zu. Der Bastard konnte noch immer da sein. Er gestikulierte in Richtung des vierten Hauses. Vier Männer und eine uniformierte Frau folgten ihm unverzüglich. Alle hielten die Waffen im Anschlag.

Die durchhängende Veranda ächzte unter seinem Gewicht. Er griff nach der Tür.

Sie war bereits offen.

Das ersparte es ihm, sie einzutreten.

Er eilte hinein in diese dunkle Höhle von einem Haus. Die anderen folgten ihm und überprüften den Raum. Sie fanden nichts als Dreck und kaputte Möbel. Und Kakerlaken, die sich eiligst vor ihnen aus dem Staub machten.

Der Boden knarrte unter Danes Füßen. Die anderen Polizisten schwärmten aus. Sie durchsuchten die wenigen Zimmer des Hauses. Und fanden nichts.

Er *wusste,* dass er hier richtig war. Seine Instinkte schrien es ihm zu. Er öffnete die schmale Tür zu seiner Linken. *Kein Schrank.*

Es war eine Treppe. Eine Treppe, die von einem schwachen Lichtschein, der von unten kam, beleuchtet wurde.

Die anderen hatte seine Entdeckung bemerkt und eilten zu ihm. Da die Dielen so laut waren, gab es keine Chance, den Täter zu überraschen.

Aber es spielte keine Rolle, ob er überrascht war oder nicht. Was eine Rolle spielte, war, ihn zu fangen.

Dane ging die Stufen hinab. Das Licht kam aus einer alten Laterne, die hier aufgestellt worden war. Der Keller war groß, die Wände erstreckten sich bis in die Schatten. Er hatte die gleichen Ausmaße wie das Erdgeschoss des Hauses. Und genau in der Mitte stand ein großer Metalltisch, von dem Blut auf den schmutzigen Boden tropfte.

Blutige Seile waren auf dem Tisch zurückgelassen worden. Er starrte darauf und bemerkte die sauberen Schnitte. Durchgeschnitten.

Ronnie hatte sich nicht befreit, indem sie am Seil gezogen oder es zerrissen hatte. Ein Messer hatte ihre Fesseln durchtrennt.

Allerdings konnte er kein Messer entdecken, als er sich umsah. Nur Blut.

»Das Haus ist gesichert«, sagte ein Polizist hinter ihm.

Hier stimmte etwas nicht. Er starrte weiter auf die Seile. Er hob eine Hand zu dem Sender an seinem rechten Ohr. »Er ist nicht im Haus.«

Sein Blick wanderte durch den Keller. Keine Bilder. Keine Kleider. Keine Möbel. Nur der Tisch. Und das Blut.

Die Seile waren durchgeschnitten worden.

»Wir durchsuchen die Häuser hier alle«, antwortete Detective Karen James in Danes Ohr. »Wir schicken Polizisten und Hunde in die Wälder.«

»Ich möchte mit Ronnie sprechen.« Er drehte sich von dem Tisch weg. Eine lebendige Zeugin. Sie könnte ihnen genau sagen, was hier vor sich ging.

*Hier stimmt etwas nicht.*

Es sah aus, als habe der Täter Ronnie einfach gehen lassen. Als habe er sie verletzt, gefoltert, aber ihr am Ende das Leben geschenkt.

Der Schein seiner Taschenlampe wanderte noch einmal über den Boden. Die Blutspur führte vom Tisch zum offenen Fenster. Einem Fenster, das nicht vernagelt war. So war Ronnie nach draußen entkommen. Sie war durch das Fenster geklettert und der Freiheit entgegengekrochen.

Sorgfältig lief er den ganzen Raum ab.

Er erstarrte, als er die Blutstropfen auf der vierten Stufe sah. Er war die Treppe so schnell herabgekommen, dass er sie zuvor nicht bemerkt hatte.

»Diese Stelle sichern«, rief er. Er konnte Blut sehen und … Mist, waren das Haare, die im Blut klebten? Es sah jedenfalls so aus. Eine lange Haarsträhne.

Blondes Haar.

Keines der Opfer, von denen er wusste, hatte blondes Haar. Und das Blut hatte keine Spur hinterlassen. Es gab nur ein paar Tropfen auf der Treppe, weit weg von der Spur, die, wie er annahm, Ronnies Fluchtweg anzeigte.

Noch ein Opfer?

Oder der Mörder? War der Mörder auf der Flucht gestürzt? Hatte seinen Kopf gegen die Stufe geschlagen und war dann verletzt verschwunden?

Allerdings war diese Haarsträhne sehr lang. Sein Herz schlug schneller. Vielleicht war es gar kein *er*, nach dem sie suchten.

Ein Rettungswagen brachte die Gerichtsmedizinerin fort. Sie war voller Blut, weinte und wollte Mac nicht loslassen.

Katherine beobachtete, wie er mit in das Fahrzeug kletterte. Er wollte sie auch nicht loslassen.

Dane war aus dem Haus herausgekommen. Hunde jagten in den Wäldern, suchten das Gebiet ab. Ihr Bellen und Knurren war in der Stille der Nacht weithin zu hören.

Es war heiß, drückend heiß, aber dennoch waren ihre Arme mit Gänsehaut überzogen.

Und sie fühlte sich, als werde sie beobachtet.

Katherine sah durch die Dunkelheit. Das Haus war klein, und wenn es nicht so vernachlässigt gewesen wäre, hätte es wie ein normales Haus ausgesehen. Wie waren seine Besitzer wohl gewesen, bevor die Zeit es so aus der Form gebracht hatte?

Hatte ein Monster dort gelebt? Versteckt unter der Maske eines lächelnden Gesichts? Denn dieses Haus mit seinen toten Rosen – es schien nicht zufällig ausgewählt. Der Killer hatte sie hierhergelockt, ihnen die Rosen gezeigt, weil er gewollt hatte, dass sie etwas fänden.

*Es geht nicht nur um Ronnie. Der Mörder möchte uns hier etwas zeigen.*

»Verdammte Scheiße.« Es war Dane, der mit blitzenden Augen auf Katherine zulief. »Ich habe gerade die Informationen über dieses Haus erhalten. Möchtest du wissen, wer hier zwei Jahre lang gelebt hat, als sie noch ein Kind war?«

Katherines Blick wanderte zu den Rosen. Rosen waren in den Händen der Opfer gewesen. Rosenblüten waren in den Sendungen mit den Fotos gewesen.

Danes Frage hallte in ihrem Kopf nach. *Sie.*

Katherine erinnerte sich an eine Frau, die gern frische Rosen in der Nähe hatte. Rosen, die immer gegossen wurden. Die immer blühten. Der Duft der Rosen hatte bei Katherine dazu geführt, dass sie sich jedes Mal verspannte, wenn sie das Büro betrat.

Katherine schüttelte den Kopf. Sie hätte es ahnen müssen. Die ganzen Fragen. Die Intensität.

Noch bevor Dane den Mund öffnete, um es ihr zu sagen, wusste sie bereits, wer hier gewohnt hatte.

»Hallo, Dr. Knight.«

Die Stimme holte sie zurück ins Bewusstsein.

»Tut mir leid, dass ich Sie fesseln musste«, sagte der Mann, und Evelyn bemerkte, dass ihre Hände und Füße mit dickem, schwerem Seil gefesselt waren. Seil, das an ihrer Haut rieb, sie wundscheuerte und sie gefangen hielt.

»Aber ich bin sicher, Sie verstehen das«, fuhr er mit sanfter Stimme fort. Sie waren in einem Auto. Genauer, einem SUV. Sie war hinten reingequetscht worden. Sehen konnte sie ihn nicht, nur hören. »Ich musste dafür sorgen, dass Sie während des Transports keine Dummheiten machen.«

Er begann zu pfeifen. Leichthin, sorglos.

Sie war mit Blut bedeckt. Er pfiff.

Ihr stockte der Atem. Sie wollte zu ihm hinüberrufen, aber Klebeband verschloss ihren Mund.

»Sie hätten die Gerichtsmedizinerin nicht mitnehmen sollen. Das war ein dummer Fehler.«

Die Handschuhe waren weg. Er hatte sie genommen. Genau wie ihr Messer.

»Oh, es tut mir leid.« Jetzt klang er reumütig. »Ich hätte mich wahrscheinlich vorstellen sollen, nicht wahr?«

Nein, das brauchte er wirklich nicht. Sie wusste bereits ganz genau, wer er war. Sie wusste alles über ihn. Aber …

»Ich bin der Valentinstag-Killer«, sagte er.

Ihr Herz schlug schneller, aber dieses schnelle Herzklopfen rührte nicht von ihrer Angst. *Der Valentinstag-Killer.* Sie hatte ihn so lange schon treffen wollen.

»Und ich fürchte, Sie werden bald tot sein.«

Ihre Begeisterung verflüchtigte sich. Sie kämpfte stärker, zog an den Seilen. Sie wollten nicht nachgeben.

Er fing erneut an zu pfeifen.

# – 17 –

Katherine sah zu, wie Dane in dem kleinen Wartezimmer des Krankenhauses auf- und ablief. Sein Körper war voller kaum zurückgehaltener Energie. Mac war bei ihnen, die Hände in die Taschen seiner Hose geschoben. Er stand leicht vorgebeugt und starrte auf den Boden.

»Sie wird sich wieder ganz erholen«, sagte die Ärztin, die im Türrahmen erschien. Es war die gleiche Ärztin, die auch Katherine behandelt hatte. »Aber sie ist noch bewusstlos. Sie hatte Fentanyl in sich, daher ist es ein Wunder, dass sie es geschafft hat, aus dem Haus zu kriechen.«

Mac schnellte auf die Füße. »Ich möchte zu ihr.«

Die Ärztin nickte.

Dane hielt Mac am Arm zurück. »Sobald sie wach ist, rufst du mich an.«

Marcus kam den Gang herunter. »Ist Dr. Thomas …«

»Sie wird überleben«, sagte Dane und versuchte, seine Schultern zu lockern. »Ein Nachahmer. Wir hatten es mit einem verdammten Nachahmer zu tun.«

»Nein«, widersprach Katherine rasch und ballte die Hände zu Fäusten. »Ich habe ihn *gesehen*. Er ist hier. Er war in meiner Galerie, er war in dem Haus im Oakland …«

»Er ist hier«, stimmte Marcus zu, »und er wollte, dass Sie wissen, dass er Trent Lancaster umgebracht hat, aber wegen des Fentanyls im Blut der anderen Opfer … Ich glaube nicht, dass er diese Morde begangen hat. Er weiß, was passiert – dass jemand anderes in seinem Namen auf der Jagd ist.« Er atmete langsam aus. »Ich hatte mich so auf sein Profil versteift, dass ich nie eine Alternative in Erwägung gezogen habe.«

Eine Alternative. Evelyn.

Marcus' Blick wanderte zu Katherine. »Mit ihrer medizinischen Zulassung hat Dr. Knight Zugang zu Fentanyl«, sagte er mit tiefer Stimme.

*Meine Schuld.* »Ich habe ihr erzählt, dass Ronnie Fentanyl in den Tox-Berichten der Opfer entdeckt hat«, flüsterte Katherine. »Sie muss befürchtet haben, dass Ronnie mehr herausfinden würde, daher hat sie sie aus dem Weg schaffen wollen.«

Marcus nickte.

»Evelyn ist besessen vom Valentinstag-Killer.« Katherine legte die Hände vor sich. Verschlang sie ineinander. »In all den Sitzungen, die ich bei ihr hatte, hat sie mich immer über ihn ausgefragt. Darüber, was er getan hat. Warum ich dachte, dass er die Morde begangen habe.« *Warum er mir nie etwas getan hatte.* »Ich bin nicht mehr zu ihr gegangen, weil ich mich fühlte, als sei sie mehr an dem Killer interessiert als daran, mir zu helfen.«

Evelyn hatte ihr das Gefühl gegeben, irreparabel geschädigt zu sein.

Eine Kuriosität, etwas, das man untersuchte, studierte. Über das man Buch führte.

»Haben Sie sie über die spezielle Art, wie er seine Opfer geschnitten hat, informiert? Die einundzwanzig Schnitte?«, fragte Marcus und fixierte sie mit seinem Blick.

Sie nickte erschüttert. »Ja.« Sie hatte gedacht, dass das Detail keine Rolle spiele, dass es sicher sei, ihrer Ärztin so etwas zu erzählen. Es war ja nicht so, als habe sie es der Presse mitgeteilt. Etwas während ihrer Therapie zu erwähnen hätte okay sein sollen.

Sie hatte sich komplett geirrt.

In Danes angespanntem Gesicht war Abscheu zu erkennen. »Und dank der übereifrigen Presse wusste jeder, dass der Killer Rosen in den Händen seiner Opfer zurückließ. Rosen und ein Loch im Herzen.«

Ja, jeder wusste das.

Dane stand dicht bei Katherine. Nur einen Schritt entfernt. Sie wollte nach ihm greifen und ihn berühren, ihn beruhigen, denn sie konnte so viel Schmerz und Wut in seinem Gesicht sehen.

Aber sie bewegte sich nicht.

Noch nicht.

*Evelyn war nicht am Tatort gefunden worden.*

Sie kämpfte mit ihrer eigenen Anspannung. Ihren eigenen, zunehmenden Ängsten.

»Also war die Psychiaterin ein Fan, die genau wie der Killer sein wollte«, sagte Dane. »Die Frage ist … wo ist sie jetzt?«

Marcus blieb still.

Katherine nicht. »Wo ist sie, und wo ist der Valentinstag-Killer?«

Sie verließen das Krankenhaus und fuhren zurück zur Polizeiwache. Während Dane sich in der Umkleide umzog und seine von der Asche beschmutzten, blutbefleckten Kleider loswurde, wartete Katherine in der Nähe seines Schreibtisches. Ihre Finger tippten nervös auf das Holz. Das Büro war größtenteils verlassen. Es ging auf sechs Uhr morgens zu, und sie konnte schwache Lichtstrahlen durch die Jalousien fallen sehen.

Ein Detective ging auf seinem Weg zur Tür an ihr vorbei. Sie blickte zu ihm hinüber – er trug eine große, herzförmige Pralinenschachtel unter dem Arm. Als er sah, dass ihr Blick auf die Schachtel gefallen war, verzog er das Gesicht ein wenig und lächelte sie an. »Für meine Frau. Sie wünscht sich immer Pralinen.«

Katherine nickte. Nur weil der Valentinstag für sie gleichbedeutend mit Albträumen war, bedeutete es noch nicht, dass alle anderen genauso empfanden.

*Vielleicht wird es eines Tages einfach nur ein Feiertag für mich sein.*

Ja, sicher. Sie konnte sich mit so etwas nicht einmal mehr selbst belügen.

»Komm mit.«

Ihr Kopf ruckte bei Danes leisen Worten hoch. Sein schwarzes Haar war feucht, sein Blick intensiv.

Sie stand auf und folgte ihm einen schmalen Gang entlang. Niemand hielt sie auf. Es war noch nicht einmal jemand hier, der sie hätte sehen können.

Er öffnete eine Tür und machte einen Schritt zurück, um sie eintreten zu lassen. »Dieses Mal wird verdammt noch mal niemand zusehen.« Er schloss die Tür hinter ihr. Stellte einen Stuhl unter die Klinke.

Sie runzelte die Stirn und drehte sich zu ihm um. Wann hatte jemand zugesehen? »Dane …«

»Ich habe den Tisch gesehen, ich habe das Blut gesehen.« Er fing ihr Kinn ein. Sanft hob er ihren Kopf und starrte ihr in die Augen. »Und alles, woran ich denken konnte, war, dass ich nicht wollte, dass das mit dir geschieht.«

Seine Stirn lehnte sich gegen ihre. »Mac war außer sich. So verzweifelt, weil er zu Ronnie wollte. Ich wusste, wie viel Angst er hatte. Wenn du das gewesen wärst …«

Er brach ab, und sein Mund nahm ihren. Der Kuss war heiß, fest und ungestüm. Unbeherrscht. Voll nackten Verlangens.

»Ich will, dass das niemals du bist.« Er sprach die Worte gegen ihre Lippen.

Sie verstand, dass ihr Albtraum jetzt auch seiner geworden war.

»Das werde ich nicht«, versprach sie, hob die Hände und legte sie ihm auf die Schultern. »Ganz bestimmt nicht.«

Sein Mund war auf ihrem. Sie konnte fühlen, wie sich seine Erektion gegen sie drückte. Warm. Hart. *Lebendig.*

Sein Duft umgab sie. Frisch aus der Dusche. Das leichte Aroma seiner Seife. Und der Geruch darunter, der sein eigener war. Ihre Fingernägel gruben sich ihm in die Schultern.

»Ich brauche dich«, knurrte er.

Es gab kein Vorspiel. Keine Finesse. Das wollte sie nicht. Brauchte sie nicht.

Sie brauchte nur Dane.

Er schob ihre Jeans hinunter. Sie öffnete seinen Hosenbund. Er hob sie hoch. Drückte ihren Rücken gegen die Wand. Zog ihren Slip zur Seite.

Ihr Herz raste. Ihr Körper erschauerte.

Dane starrte ihr in die Augen. »Du wirst es nicht sein.«

Sie starrte zurück. Sah durch die Wut hindurch bis zu seiner Angst. *Und du wirst es auch nicht sein. Ich werde nicht zulassen, dass du es bist.*

Er stieß in sie. Fest und stark, füllte sie vollständig aus. Ihre Blicke hielten einander gefangen.

Seine Hand glitt zwischen ihre Körper. Fand das Zentrum ihres Verlangens. Streichelte sie.

Er zog sich zurück. Stieß mit einer langen, gleitenden Bewegung wieder zu.

Sie biss sich auf die Lippen, versuchte ihr Stöhnen zurückzuhalten. Es gab keine Fenster in diesem Raum. Nur eine Tür. Aber wie dick waren die Wände? Sie wollte nicht schreien.

Er stieß wieder.

Ihr Mund öffnete sich.

Er küsste sie und erstickte ihre Stimme.

Er stieß wieder und wieder zu. Ihr Rücken traf die Wand, ihre Beine schlossen sich enger um ihn. Es war primitiv. Es war roh.

Es war das Leben selbst.

Als der Orgasmus sie überrollte, konnte sie nicht mehr atmen. Ihr Körper spannte sich, ihr Herzschlag schien auszusetzen, und der Höhepunkt überflutete sie. Er war keine einfache Woge. Dazu war er zu verzehrend. Zu tief.

Sie hielt sich an Dane fest, so gut sie konnte, und fühlte, wie die Wucht ihres Höhepunkts sie mit sich riss. Sein Körper spannte sich, und er stieß noch einmal tief in sie. Hielt sie so fest, dass es schmerzte, doch es kümmerte sie nicht. Sie hielt ihn genauso fest.

Hielt sich fest, als wolle sie ihn nie mehr loslassen.

Sein Atem strich über sie. Sie konnte das Donnern ihres Herzschlags hören. Oder war es seiner? Es spielte keine Rolle.

Sie wollte ihn nicht gehen lassen.

Er küsste sie ein weiteres Mal – leicht, sanft – und legte seine Stirn gegen ihre. »Was zur Hölle passiert hier? So etwas tue ich nicht.« Er klang ärgerlich. »Nicht auf dem Revier. Niemals hier. Bei dir verliere ich einfach die Beherrschung.«

Er hob den Kopf. Sein Blick fand den ihren. Die Emotionen, die sie in seinen Augen sah, hätten ihr vielleicht Angst einjagen sollen.

Er fluchte und entzog sich ihr. »Warum? Warum will ich dich so sehr?«

Sie stellte nicht mehr in Frage, warum sie ihn wollte. Sie war nur froh, dass es so war. Froh, dass sie nicht mehr in einem Vakuum lebte.

*Ich lebe. Ich bin kein Geist.*

»Verdammt, ich habe noch nicht einmal etwas benutzt.« Schock vibrierte in Danes Stimme, als er ihre Beine wieder zu Boden ließ.

Ihr zitterten die Knie. Sie schloss die Beine und drückte die Fersen gegen die harten Fliesen, um das Beben besser zu verbergen.

Sie versteifte sich. »Wir müssen uns nicht um eine Schwangerschaft sorgen.«

Sein Blick bohrte sich mit der Intensität eines Lasers in sie. »Nimmst du die Pille?«

Bei null Sex in den letzten drei Jahren? Nein. »Ich brauche keine zu nehmen. Ich kann keine Kinder bekommen. Niemals.« Sie entzog sich ihm, und plötzlich, nachdem sie eben noch Lust, Hitze und Verlangen gespürt hatte, fühlte sie sich nun nur noch … peinlich berührt.

Sie kletterte in ihre Jeans und zog sie hoch, schob das zerrissene Höschen in ihre Hosentasche. Zog sich die Schuhe an.

Er ordnete seine Kleider, aber nicht mit der gleichen Eile. Dann lagen seine Hände auf ihren Handgelenken. Ohne ihr wehzutun. Stark. Stützend.

So wie er meist war.

»Sprich mit mir.«

Das Licht war zu hell. Warum war ihr das vorher nicht aufgefallen? Das Licht in diesem Raum war nackt und grell. Sie hätte es bemerken sollen.

»Katherine.«

Also gut. Er hatte ihr den Albtraum seiner Kindheit und Jugend erzählt. »Du weißt, dass meine Mutter mich geschlagen hat. Ein Vater … war nicht da.«

Er nickte.

»Ich hatte ein Dutzend gebrochene Knochen, bevor ich zehn war. Das Jugendamt nahm mich ihr weg, schickte mich aber letztendlich doch immer wieder zurück.« *Warum?* Sie hatte die Pflegefamilien lieber gemocht. Sie hatte alles lieber gemocht als ihre Mutter. »Sie war drogenabhängig. Sie sagte, sie sei clean, und manchmal war sie es auch für eine Weile.« Es war nie von Dauer gewesen. Nie. »Einen Monat, zwei, dann war sie wieder drauf.«

Sie hasste das grelle Licht. Geheimnisse sollte man im Dunkeln teilen. Nicht in so harscher Helligkeit. Sie sollten nicht geteilt werden, wenn sie Dane noch in sich fühlen konnte. Noch den schwachen Geruch nach Sex wahrnahm.

Sie wollte über die Lust nachdenken, die er ihr bereitet hatte.

Nicht über den Schmerz der Vergangenheit.

*Es gibt kein Entkommen.*

Also stellte sie sich ihren Erinnerungen und erzählte es ihm. »Ich war fünfzehn, als ich sie das letzte Mal gesehen habe.« Sie konnte sich ganz klar daran erinnern. Würde es niemals vergessen. »Sie war high. Total drauf. Und sie saß am Steuer.«

»Katherine …«

Nein. Er hatte gefragt. Jetzt bekam er ihre Geschichte zu hören.

»Die Polizisten dachten, sie habe den Sattelschlepper nicht gesehen. Das ist, was sie alle gesagt haben.« Aber sie waren nicht im Auto gewesen. »Meine Mutter hat Gas gegeben. Sie hat gelacht. Und sie hat das Lenkrad gedreht und auf ihn zugehalten. Ich hätte aus dem Wagen springen können.« Sie hatte die Wahl gehabt. Sie hatte genug Zeit.

Er war still. Mit zusammengebissenen Zähnen und funkelnden Augen starrte er auf sie hinab.

»Aber ich musste versuchen, sie zu retten.« Die Zeit hatte angehalten. »Sie war meine Mutter.«

Sie konnte sich daran erinnern, den Gurt gelöst zu haben. Um das Steuerrad gekämpft zu haben. Sie hatte versucht, auf die Bremse zu treten. Aber ihre Mutter hatte sich gegen sie zur Wehr gesetzt – immer noch lachend.

»Wir sind über die Ampel gefahren. Der Fahrer des Lastwagens versuchte auszuweichen, aber es war zu spät.« Sie zuckte mit den Schultern, aber die Geste war eine Lüge. Es gab nichts Sorgloses an dieser Erinnerung. »Wir waren beide im Wagen eingeklemmt, bis die Feuerwehr uns rausschneiden konnte. Sie ist beim Aufprall gestorben.«

Ihre Hand hob sich zu ihrem Magen. »Ich hatte innere Verletzungen.« Sie war so lange im Krankenhaus gewesen. »Die Narben sind heute kaum noch zu sehen.« Ihr Mund verzog sich. »Ich hatte einen guten Arzt.« Ein ganzes Team davon. »Aber ich werde niemals Kinder bekommen.«

Er zog sie in die Arme. Hielt sie fest. Fühlte sie einen Schauder durch seinen Körper jagen?

Sie drückte ihm die Hände gegen die Brust.

Er ließ sie nicht los. Hielt sie nur noch enger.

Er roch gut. Sie *fühlte* sich gut in seinen Armen.

»Du gehst mir unter die Haut«, flüsterte er.

Sie hörte Schritte den Flur hinabeilen.

»Detective Black?«, rief eine weibliche Stimme.

Noch nie war sie über eine Unterbrechung so froh gewesen. Sie hatte genug von ihrer Seele offenbart.

Dane sah sie nur an. Daher war sie diejenige, die zurücktrat, den Stuhl wegschob und die Tür öffnete. »Er ist hier«, antwortete Katherine.

»Da ist ein Anruf für ihn«, sagte die uniformierte Beamtin. »Es ist Mac. Ronnie ist wach.« Dann wanderte der Blick der Polizistin zu Katherine. »Und sie möchte Sie sehen, Ma'am.«

# – 18 –

Katherines Schuhe tappten über die weißen Fliesen des Krankenhauses. Ein Polizist versperrte den Eingang zu Ronnies Tür. Er hielt Wache, entspannte sich jedoch, als er Dane erkannte.

Katherine blickte auf die geschlossene Zimmertür. Ihr war gesagt worden, dass Ronnie sich weigerte, mit irgendjemanden zu sprechen, aber immer wieder nach ihr verlangt hatte.

Dane öffnete die Tür. »Bleiben Sie hier draußen«, sagte er.

Katherine blickte über die Schulter. Dane sprach nicht mit ihr. Marcus war mitgekommen. Der Profiler nickte langsam, aber er sah nicht gerade glücklich darüber aus, dass er zurückbleiben sollte.

Zögernd betrat sie das Zimmer. Hörte das schnelle Piepen der Maschinen. Das leise Raunen einer Stimme. Dane griff nach dem dünnen Vorhang, der das Bett abschirmte, und schob ihn beiseite.

Mac war da. Er stand über das Bett gebeugt. Strich mit den Fingern über die blasse Wange der Gerichtsmedizinerin.

Bei dem Geräusch, das das Zurückziehen des Vorhangs verursachte, blickte Ronnie zu Dane und Katherine. Sie trug eine Brille mit Metallgestell. Als ihr Blick Katherine fand, begann Ronnies Unterlippe zu zittern.

»Ronnie«, sagte Mac und klang, als werde er innerlich zerrissen. »Es gibt nichts, wovor du Angst haben müsstest, Liebling. Ich bin genau hier. Ich beschütze dich, das schwöre ich.«

Den Blick immer noch auf Katherine gerichtet, sagte Ronnie: »Das kannst du nicht.« Ihre Stimme war fest.

Dane trat vor. Katherine bewegte sich nicht.

»Sag uns, wer dir das angetan hat«, verlangte Dane mit leiser, sanfter Stimme. »Verdammt, Ronnie, wir haben es uns ohnehin schon zusammengereimt, wir brauchen nur deine Bestätig…«

Ronnie schüttelte den Kopf.

»Es war nicht der Valentinstag-Killer, oder?«, fragte Dane.

»Es war diese Schlampe, Evelyn Knight.« Mac kam auf die Füße. Die Maschinen piepten lauter. Schneller. »Wir wissen, dass sie es war. Hör auf, uns auszuweichen, nur wir sind hier in diesem Zimmer, und die Vorschriften kannst du direkt als Klopapier benutzen.«

Wut und Angst hatten bei ihm anscheinend die Kontrolle übernommen. Katherine sah, wie sein verzweifelter Blick zurück auf Ronnie fiel. *Er liebt sie.*

Ronnie sah noch immer ausschließlich Katherine an. »Ich will …« Ihre Stimme war heiser. Dane hatte gesagt, er hatte sie am Telefon schreien hören. »Ich will mit ihr sprechen.« Sie hob die Hand, die mit der Infusion verbunden war, und zeigte auf Katherine. »Allein.«

»Ich will dich nicht allein lassen«, erwiderte Mac sofort mit Vehemenz.

Ronnies Puls stieg. Die Maschinen spielten verrückten. »Bitte.«

Katherine konnte an dem Ausdruck auf Macs Gesicht erkennen, dass er Ronnie nichts verweigern würde. Er nickte. »Ich werde vor der Tür warten.« Er drückte einen Kuss auf Ronnies Wange.

Mit hochgezogenen Augenbrauen blickte Dane zu Katherine.

»Geh«, sagte sie ihm.

Dane und Mac gingen hinaus, um Marcus Gesellschaft zu leisten. Katherine trat näher ans Bett.

»Ich habe Angst«, flüsterte Ronnie.

Katherine nahm ihre Hand. Sie bemerkte, dass Ronnies andere Hand eingegipst war. So viel Schmerz. »Es ist okay. Nach allem, was Sie durchgemacht haben, haben Sie das Recht, Angst zu haben.«

Aber Ronnie schüttelte den Kopf. »Nicht Angst wegen dem, was passiert ist. Angst vor dem, was passieren *wird.*«

Katherine beugte sich näher zu ihr. »Ihnen wird nichts mehr passieren. Sie sind sicher. Sie haben eine Wache vor der Tür, und Sie haben einen ergebenen Detective, der nicht …«

»Mac kann mich nicht beschützen. Niemand kann das.«

»Sie haben einen Albtraum durchlebt.« Einen, den Katherine verstehen konnte.

»Nur Sie können mich beschützen.«

Katherine beugte sich noch näher, da sie Ronnies leise Worte fast nicht verstehen konnte.

»Sie können ihn aufhalten«, fuhr Ronnie fort.

Die Maschine piepte noch immer zu laut – ein Piepen, das nun auch zu dem panischen Rhythmus von Katherines Herz passte. »Wie sind Sie entkommen?«, fragte sie.

Ronnies Lippen zitterten. »Ich kann nicht.«

»Hat Evelyn Sie gehen lassen?«

Ronnie schüttelte den Kopf.

Als sie in Ronnies schreckerfüllte Augen blickte, fühlte Katherine, wie Eis ihre Wangen überzog. »Jemand anders war dort.«

Ein langsames Nicken.

»Sie haben ihn gesehen.«

»Ich konnte ohne meine Brille kaum etwas erkennen.«

Katherine starrte sie nur an.

»Wenn ich rede, werde ich sterben.« Ronnies Hand fand Katherines Handgelenk und klammerte sich daran fest. »Bitte, helfen Sie mir. Ich will nicht sterben.« Tränen liefen ihr die Wangen hinunter.

»Sie werden nicht sterben«, antwortete Katherine sofort mit scharfer Stimme. »Sie sind sicher hier. Es gibt zwei Detectives und einen FBI-Agenten direkt vor Ihrer Tür.«

»Die können mich nicht beschützen. Niemand kann das. Nicht vor …«

Ronnie brach ab und sagte nichts mehr, aber Katherine wusste, was sie gemeint hatte.

*Nicht vor ihm.*

»Dem Valentinstag-Killer.«

Ein Schauder durchlief Ronnie.

»Er war dort?«

Ronnie bestätigte es nicht und bestritt es nicht.

*Wenn ich rede, werde ich sterben.*

»Arbeitet er mit Evelyn zusammen?« Sie befürchtete es. Sie wären ein perfektes, tödliches Team.

Ronnies Lippen zitterten, dann flüsterte sie: »Ich glaube, Dr. Knight ist keine … Bedrohung mehr.«

»Hat er sie mitgenommen?«, fragte Katherine.

In Ronnies Augen standen Tränen. Sie umklammerte Katherine immer fester.

»Ronnie, Sie müssen es Mac und Dane erzählen. Erzählen Sie ihnen, was Sie gesehen haben. Sie können Ihnen helfen.«

»Ich habe gar nichts gesehen.« In Ronnies Worten schwang Wut mit. »Ich konnte nichts sehen. Alles, was weiter als einen halben Meter von mir entfernt war, war verschwommen.«

»Sie haben vielleicht nicht sein Gesicht gesehen, aber sie haben ihn gerochen. Sie haben mit ihm gesprochen. Sie wissen, dass er da draußen ist.«

Ronnie senkte das Kinn. »Ich habe sie schreien hören.«

Kälte lief Katherine das Rückgrat hinunter. »Evelyn?«

Ein Nicken. »Sie wird niemanden mehr verletzen.«

»Sie müssen es Mac und Dane erzählen.«

»Er wird mich jagen. Er wird mich töten und vielleicht sogar Mac.« Ihr Blick ruhte auf den Verbänden, die ihre Arme bedeckten. Auf ihrem gebrochenen Handgelenk. »Ich will nicht auf einer Bahre in meiner eigenen Leichenhalle enden.«

»Drei Jahre lang«, sagte Katherine, »habe ich ständig über meine Schulter geschaut. Mich gefragt, wann ich ihn wiedersehen würde.«

Ronnie blickte zu ihr auf. Die Augen der Gerichtsmedizinerin wirkten groß und verloren.

»So wollen Sie nicht leben. Sie wollen nicht immer über die Schulter blicken müssen.«

Ronnie zog die Hand weg. »Warum hat er Sie in Boston gehen lassen?«

»Das ist die Eine-Million-Dollar-Frage«, murmelte Katherine.

»Warum hat er mich gerettet?« Jetzt klang Ronnie noch verwirrter. »Er foltert und tötet. Warum hat er mich gerettet?«

»Weil Sie nicht die sind, die er will.« Marcus hatte recht gehabt. Er hatte herausgefunden, dass Evelyn seine Morde nachahmte. Katherine machte sich auf den Weg zur Tür.

»Jedes Mal, wenn er jemanden tötet, fühlen Sie sich schuldig, oder?«

Katherine erstarrte an Ort und Stelle. »Ja.«

*Deshalb wollte sie mich sehen. Sie möchte, dass jemand versteht, warum sie der Polizei nichts verrät. Sie arbeitet tagein, tagaus* für die Polizei, aber sie sieht auch die Leichen. Sie will nicht als Opfer in ihrer eigenen Leichenhalle enden.

»Wie leben Sie damit?«

»Man schläft nicht. Erschrickt bei jedem Geräusch. Dann, eines Tages, geht man auf eine Polizeiwache und sagt der Welt, wer man ist.« Sie blickte über ihre Schulter. »Weil man irgendwann an den Punkt gelangt, an dem man es nicht mehr erträgt. Weil es nichts gibt, das man mehr möchte, als ihn aufzuhalten.«

Ronnie sah sie hilflos an. Der innere Kampf spiegelte sich in ihrem Gesicht wider.

»Sie müssen selbst zu dieser Erkenntnis kommen«, sagte Katherine mit einem traurigen Lächeln. »Niemand kann das für Sie tun.« Sie griff nach der Türklinke.

Das Piepen der Maschinen verlangsamte sich. »Holen Sie sie herein«, sagte Ronnie.

Katherine öffnete die Tür und winkte die Polizisten heran. Dane und Mac traten mit grimmigen Gesichtern ein.

Ronnie holte tief Luft. »Evelyn Knight … Sie war diejenige, die mich entführt hatte. Ich hatte zuerst noch nicht einmal erkannt, dass sie das war, weil sie ihre Stimme verstellt hat, aber nach dem Anruf an euch …«

»Als ich dich schreien hörte«, unterbrach Dane.

Ronnie schüttelte den Kopf. »Das war ich nicht. Sie hat mir nie das Klebeband abgenommen. Sie hat geschrien. Sie sagte, sie habe auch die anderen Opfer nicht schreien lassen.«

Savannah. Amy.

»Nachdem sie mit dem Anruf an euch fertig war, hat sie den Stimmverzerrer nicht mehr benutzt. Ich glaube, weil … meine Zeit zu sterben gekommen war. Sie wollte, dass ich wusste, dass sie es war, die mich umbrachte.« Ronnie schluckte. Mac trat näher zu ihr. »Aber dann hat sie etwas von oben gehört. Sie dachte, es sei jemand anderes im Haus.« Sie wurde leise. »Er war da.«

»Der Valentinstag-Killer? Hast du ihn *gesehen*?«, hakte Mac nach.

»Ich habe ihm nicht ins Gesicht gesehen.« Sie sprach voller Scham. »Ich wollte es nicht, weil ich dachte, wenn ich es sehe … Ich hatte Angst, dass er mich dann töten würde.«

Dane blickte hinüber zu Katherine.

»Er war nicht da, um mich zu töten. Er war wegen Evelyn da. Er ließ mich gehen, und ich habe sie schreien hören.«

Gänsehaut überzog Katherines Arme.

»Er hat sie«, sagte Ronnie. »Er bringt sie um.«

Evelyn lag auf einem Tisch. Ihre Hand- und Fußgelenke waren noch immer mit einem Seil gefesselt. Ihr Mund mit dem Klebeband versiegelt. Sie wehrte sich heftig. Wenn sie das Klebeband von ihrem Mund bekäme, könnte sie ihn dazu bringen, sie zu verstehen.

Er tauchte vor ihr auf. Ein helles Licht war direkt über ihrem Kopf angebracht worden, daher konnte sie ihn deutlich sehen.

Er sah anders aus als auf den Bildern, die sie im Internet gesehen hatte.

Gar nicht so, wie sie erwartet hatte.

Aber Evelyn war nicht enttäuscht. Sie hätte seinetwegen niemals enttäuscht sein können.

Er hielt ein Messer in der Hand. Er hob es, und sie hätte sich verspannen sollen. Sie hätte versuchen sollen zu schreien.

Sie starrte nur zu ihm hoch.

*Er wird mir nicht wehtun. Er wird erkennen, was ich bin.* Sie war sich ganz sicher. Sie kannte ihn besser als sonst jemand. Besser als Katherine je hoffen konnte, ihn zu kennen.

Die anderen hatten geschrien. Sie hatten gekämpft.

Er hatte zurückgekämpft.

Sie wehrte sich nicht mehr. Ihr Körper lag schlaff und entspannt auf dem harten Tisch. Sie starrte zu ihm hoch mit all ihrer Sicherheit und ihrer Liebe in den Augen.

Er brachte das Messer näher. »Sie sollten sich fürchten.«

Sie schüttelte den Kopf. *Nein.*

»Dann sind Sie noch verrückter, als ich es bin.«

Er nahm das Messer und schnitt damit über ihren linken Arm. Als das Blut zu fließen begann, weigerte sie sich zu weinen.

Er lächelte auf sie herab und fragte: »Wollen Sie sterben?«

Schmerz pulsierte in ihrem Arm. Es war nicht so, als sei sie das erste Mal geschnitten worden. Mit zehn hatte sie sich selbst oft geritzt.

Sie hatte sich dabei lebendig gefühlt.

Sie fühlte sich jetzt lebendig.

»Wollen Sie?«, fragte er erneut und klang tatsächlich ein wenig neugierig.

Sie würde nicht den Kopf schütteln. Würde nicht nicken. Wenn er eine Antwort wollte, dann würde er sie sprechen lassen müssen. *Nimm das Klebeband ab.*

»Sie halten sich für besonders schlau, was, Dr. Knight?«

Er legte das Messer weg, daher … ja, sie hielt sich für schlau.

Seine Finger näherten sich, stark, lang, golden, und zogen das Klebeband von ihrem Mund. Sie fühlte kaum das Ziehen an ihren Lippen.

»Haben Sie ein paar letzte Worte für mich?«

»Nicht … letzte.« Sie hasste es, dass er sie betäubt hatte. Es wäre nicht notwendig gewesen. Aber zumindest hatte er ihr keine zu starke Dosis gegeben. Nicht so viel, wie sie Amy und Savannah gespritzt hatte.

*Ich habe ihnen geholfen. Ihren Tod einfacher gemacht.*

Er sah stirnrunzelnd auf sie herab. Sie lächelte zu ihm hoch. Ihr hatte gefallen, wie er zuvor ausgesehen hatte, aber dies war sogar noch besser. Wundervoll. Perfekt.

»Ich kenne Sie.« Sie flüsterte ihm dieses Geheimnis zu.

Eine Braue hob sich. »Tatsächlich.« Es war keine Frage.

Aber sie antwortete, als sei es eine gewesen. »Ich weiß so viel über Sie … Ihr Leben … Ihre Morde.«

Sein Körper versteifte sich. »Eine Handvoll Abschlüsse, und schon glauben die Leute, sie wüssten alles.«

»Nicht alles.« Sie schüttelte den Kopf. Versuchte, ihr Lächeln zu beherrschen. *Er ist es.* »Nur über Sie.«

Er griff nicht nach dem Messer. Er musterte sie, als sei sie eine Art Rätsel.

Er verstand noch nicht. Sie war seine andere Hälfte. Die Person, die er brauchte.

*Nicht Katherine.*

»Ich habe Ihren Fall studiert, als ich meinen Doktor gemacht habe. Ich habe alles über Sie gelesen und so viel recherchiert, wie ich konnte.« Die Worte kamen schneller. »Dann habe ich eines Tages zufällig Katherine … Kat … im Quarter gesehen. Ich wusste, wer sie war. Das dunkle Haar hat sie kaum verändert. Wir begannen zu reden. Ich sagte ihr, was mein Beruf ist.« Und Katherine war neugierig geworden … und hoffnungsvoll.

»Kat hat Ihnen von mir erzählt.« Jetzt war definitiv Interesse in seiner Stimme.

Sie nickte. »Sie wollte nicht über Sie sprechen.« Wut brach durch ihre Worte. »Aber ich habe ihr gesagt, dass es für den Fortschritt ihrer Therapie notwendig sei. Ich habe sie gezwungen, es mir zu erzählen.« Evelyn hatte die Details aus Katherine herausgebohrt, ein wertvolles Geheimnis nach dem anderen.

Seine Augen verengten sich. »Sie sind eine von denen.«

Jetzt schien er Abscheu zu empfinden. Nein, nein, das konnte sie nicht zulassen. »Von denen?«

Seine Hand hob sich, streichelte ihre Wange. Sandte eine heiße Flamme in ihren Unterleib. »Eine dieser gestörten Frauen, die es heiß macht, einen Mörder zu vögeln«, murmelte er.

Sie schnitt eine Grimasse. Zog an den Seilen. »Nein. Haben Sie denn nicht gesehen, was ich getan habe?« Seine Anschuldigung verletzte sie.

Sie kannte ihn so gut.

Konnte er nicht auch versuchen, sie besser kennenzulernen?

»Was Sie getan haben …« Seine Finger lagen noch auf ihrer Wange. »Sie haben die Vergangenheit wieder aufgewühlt. Eine neue Jagd auf mich ausgelöst. Getötet, und es so aussehen lassen, als seien Sie ich.«

Ein Lachen kam über ihre Lippen. »Ich habe Ihnen ein Geschenk gemacht. Ich habe bewirkt, dass sich alle wieder an Sie erinnern.«

Er schüttelte den Kopf. »Sie haben bewirkt, dass sie mich wieder jagen. Bis Sie angefangen haben, war ich für die meisten Leute nur eine Erinnerung. Sie haben mich wieder zu einem Albtraum gemacht.«

Ja, er hatte sie verstanden. Sie starrte ihm in die Augen und flüsterte: »Gern geschehen.«

Dane lief den schmalen Krankenhausflur auf und ab. Wo auch immer er sich hinwendete, waren rote, herzförmige Ballons oder Rosen, die den Patienten geliefert wurden. Sie wirkten auf ihn wie Ohrfeigen. Der Valentinstag-Killer, der ihn verspottete. »Wo würde er sie hinbringen?« Verdammt. Er entkam nicht noch einmal. »Wohin?«

Der Profiler schloss zu ihm auf. Katherine und Mac saßen noch in Ronnies Zimmer und sprachen leise mit ihr.

»Er ist wütend auf Evelyn«, sagte Marcus. »Er wird sie bestrafen.«

Dane wirbelte zu ihm herum. »Evelyn war diejenige, die Katherine betäubt hat.« Sie war dagewesen, genau da, in diesem Café.

Evelyn hatte ihr das Mittel vermutlich in den Kaffee geschüttet, als Katherine abgelenkt war.

»Das ist es, was ihn am wütendsten macht«, sagte Marcus mit einem Nicken. »Evelyn hat versucht, die *eine* Frau zu verletzen, von der er glaubt, dass er sie liebt.«

Das Haus war weg. In die Luft geflogen. Evelyns Haus war unter Polizeiverschluss.

Wo sonst würde er hingehen?

»Evelyn hat es zu einer persönlichen Sache gemacht, dadurch, dass sie Katherine angegriffen hat, daher wird er dem Mord an ihr besondere Bedeutung verleihen wollen ...«

Besondere Bedeutung.

Dane erstarrte. »Ihre Praxis.«

Weil Katherine in diesem Büro gewesen war und Geheimnisse über ihn ausgeplaudert hatte.

Und Dane wusste bereits, dass es auf diesem Stockwerk keine Sicherheitskameras gab.

*Der perfekte Ort für einen Mord.*

»Mac!« Dane stürmte zurück ins Krankenzimmer. »Ich glaube, ich weiß, wo sich der Mistkerl versteckt.«

Und wo er weitermordete.

»Sie haben einen Fehler gemacht, als Sie Kat ausgesucht haben«, erklärte Evelyn ihm. Sie wünschte, er würde ihr die Fesseln abnehmen, aber dahin kämen sie schon noch. Zuerst würden sie sprechen. Sie wollte schon so lange mit ihm sprechen. »Sie hat Sie nie verstanden.«

Jetzt runzelte er die Stirn, beugte sich über sie und schob die Ärmel ihres Shirts hoch. Seine Hände strichen ihr über die Oberarme, und sie wusste, dass er die alten Narben fühlte.

»Ich habe überlebt«, flüsterte sie, »genau wie Sie. Wissen Sie, was ich für Sie getan habe?«, fragte sie. »Ich habe für Sie *getötet.*«

Er lächelte sie an und entblößte perfekte, weiße Zähne. »Nein, das haben Sie für sich selbst getan. Weil Sie gestört und krank sind. In Ihnen lebt ein Monster. Eines, das schon lange herauskommen wollte.«

»Nein, nein, ich habe Ihnen geholfen …«

»Ich habe davon gehört, dass es Leute gibt, die Psychiater werden, weil sie selbst krank sind.« Er griff nach seinem Messer. »Deshalb werden Menschen auch Serienmörder. Ich meine, ich weiß, dass ich krank bin. Ich sollte es nicht mögen zu töten. Ich sollte es nicht genießen, wenn ich das Leben in den Augen eines Menschen erlöschen sehe, aber ich tue es.« Er hob das Messer. Beobachtete, wie das Licht auf der Klinge blitzte. »Aber was soll man machen? Wir sind die, die wir sind.«

»Nicht.« Er kam mit dem Messer auf sie zu.

»Sie haben sich als Jugendliche geritzt«, sagte er. Seine Worte waren ein dunkles Grollen. »Was hat Sie dazu gebracht, Evelyn? Was hat Sie so verstört?«

Sie erinnerte sich an das alte Haus, in dem sie einmal gelebt hatte. Mit den wunderschönen Rosen, die ihre Mutter geliebt hatte. »Meine Mutter starb, als ich fünf war.«

Er wartete. Beobachtete.

»Mein Vater hat wenige Jahre später eine andere Frau geheiratet, und ich habe sie *gehasst*.«

Seine Augen blinzelten nicht.

»Wenn mein Vater nicht in der Stadt war, lud sie Männer ein. Ich habe es ihm erzählt, aber er hat mir nicht geglaubt. Niemand hat mir je geglaubt.« Leiser.

»Diese Männer, was haben sie getan?«

Nur ein Mann. »Er hat mir wehgetan.« Er war betrunken gewesen. Hatte sie allein vorgefunden. Seine Hände waren groß und blass mit Sommersprossen.

Sie hatte geblutet.

Ihre Stiefmutter hatte gelacht, als sie ihr die Geschichte erzählt hatte. Denise mit ihrem langen, dunklen Haar und ihrer blassen, perfekten Haut.

Denise hatte aufgehört zu lachen, als Evelyn sie die Treppe hinabgestoßen hatte. Ein Unfall, oder zumindest hatten die Polizisten das gedacht.

Wie falsch sie gelegen hatten.

»Hat es noch andere gegeben?«, fragte er leise. »Andere, die Sie umgebracht haben?«

Seine Augen sagten, dass er über ihre Stiefmutter Bescheid wusste.

Wusste er Bescheid über den Mann, den sie an ihrem einundzwanzigsten Geburtstag in einer Bar aufgegabelt hatte? Als sie ihre Meinung über den Flirt geändert und Angst bekommen hatte, war er wütend geworden. Er hatte sie zu mehr gedrängt. Hatte versucht, sich mehr zu nehmen, als sie geben wollte, und sie hatte ihr Messer aus der Tasche gezogen. Sie hatte immer ihr Messer dabei. Sie musste sich sicher fühlen.

Das Messer war in der Kehle des Studenten gelandet.

»Ach, Evelyn …« Sein Seufzen war traurig. »Sie haben nicht für mich getötet. Sie haben das alles für sich selbst getan.«

»Wir sind uns gleich«, belehrte sie ihn verzweifelt, in dem Willen, ihn verstehen zu lassen. Da war nichts gestört an ihr. Sie war stärker, besser – genau wie er. Sie passten zueinander. »Wir haben überlebt. Wir sind stärker geworden.«

Er nickte. »Ja.«

*Ja.*

»Ich kann besser für Sie sein, als Kat es war.« Ihre Worte kamen rasch. »Ich kann genau das sein, was Sie brauchen. Ich kann *alles* sein …«

»Kat ist geschlagen worden, als sie ein Kind war. Wieder und immer wieder verletzt worden. Sie ist nicht …« Seine Augen blickten auf das Messer. »Sie ist nicht so geworden wie wir.«

»Kat ist schwach. Sie erschrickt vor ihrem eigenen Schatten. Sie …«

Sein Kopf schnellte hoch. Wut blitzte in seinen Augen auf und jagte ihr Angst ein. »Sie ist stärker, als Sie es sind. Stärker als all die anderen. Ungebrochen. Rein. Sie ist nicht wie die anderen Frauen.«

Die Frauen, die er in Boston getötet hatte? Oder hatte es sogar noch mehr gegeben?

Eifersucht regte sich in ihr.

»Die anderen haben sich einen Scheißdreck um irgendwas oder irgendjemanden gekümmert. Aber Kat nicht. Kat hat sich gesorgt. Sie … hat mich *geliebt.*«

»Nein.« Es brach aus ihr heraus. »Sie hat geliebt, was sie dachte, das Sie sind. Ich liebe Sie.« Alles an ihm.

»Kat ist gut«, flüsterte er. »Sie hat keine Drogen genommen, hat sich nicht prostituiert wie die anderen, die einen elendig armen Start ins Leben hatten wie wir. Sie war besser.« Seine Augenlider flatterten nervös. »Sie weckte in mir den Wunsch, besser zu sein.«

»Sie *sind* besser …«

»Und Sie haben versucht, sie umzubringen.« Seine Augen glühten.

Ihr stockte der Atem.

»Glauben Sie, ich wusste nicht, dass Sie das waren? Sie mit Ihren Medikamenten. So eine dilettantische Art, jemanden umzubringen. Zuerst Savannah, dann Amy. Und dann haben Sie sich an meiner Kat vergriffen.«

Wut brannte in ihr. »Katherine ist nicht besser als ich.« Katherine war so gestört, wie man nur sein konnte. Evelyn wusste, sie hätte die dumme Schlampe schon vor Monaten erledigen sollen. Direkt nachdem Trent zum ersten Mal ein Auge auf sie geworfen hatte.

*Trent.*

»Sie haben Trent ermordet«, sagte Evelyn. Zuerst war sie wegen Trents Tod am Boden zerstört gewesen. Sie hatte nie geplant, dass er würde sterben müssen, aber als sie verstand, was sein Tod bedeutete …

*Der Valentinstag-Killer war hier.*

Ihr Schmerz war verflogen, und sie hatte die notwendigen Schritte unternommen, Kat auszuschalten. Nur war Kat nicht gestorben.

»Ich habe viele Leute umgebracht.« Er war absichtlich vage. Mit dem Messer schnitt er ihr Shirt auf.

Sie hatte keine Angst. »Trent Lancaster. Ich dachte, es sei vielleicht Kat gewesen … aber *Sie* waren es.«

»Er hätte sie nicht verletzen sollen.«

Er hatte Trent für Kat getötet? Ihre Wut brach hervor. »Sie ist sein Leben nicht wert gewesen.«

Die Klinge des Messers dehnte den Träger ihres BHs. »Sie hassen meine Kat, nicht wahr?«

Sie blieb still. *Ja. Solange es sie gibt, wirst du mit ihr verbunden sein.* »Sie brauchen sie nicht mehr.« Warum konnte er das nicht verstehen? »Sie haben mich. Ich werde Sie nie verurteilen. Ich kann Ihnen helfen. Sie beschützen.« Deshalb war sie Psychiaterin geworden. Um sich selbst zu beschützen. Um die Schwächen der anderen kennenzulernen. »Befreien Sie mich nur von diesen Fesseln. Ich kann Ihnen so viel bieten. Ich kann …«

Er stieß ihr das Messer in die Brust. Sie schrie, keuchte, als der Schmerz sie durchflutete. Er beugte sich vor und legte seine Lippen an ihr Ohr. »Ich weiß, Sie hatten geplant, als nächstes Kat zu töten. Ich weiß Bescheid über Ihre Stiefmutter, ich weiß Bescheid über den Studenten. Ich weiß Bescheid über den alten Bastard, den Sie im Pool ertränkt haben.« Seine Lippen berührten ihre Ohrmuschel. »Ich weiß alles über Sie, Dr. Knight. Und Sie sind *nicht*, was ich brauche.« Er drehte das Messer in der Wunde.

»Ich … liebe …« Ihre Finger wollten sich nicht mehr bewegen. Die Seile bereiteten ihr keine Schmerzen mehr.

Ihr Körper fühlte sich kalt an. Schon. Ihr war kalt, und sie wollte etwas zum Zudecken, um sich zu wärmen.

Sie hatte ihn geliebt. Geglaubt, sie hätte jemanden gefunden, der sie verstand …

»Sie haben gedacht, Sie könnten Kat verletzen.« Die Wut in seiner Stimme war rau geworden. »Niemand verletzt sie.«

Er war vollkommen auf Kat fixiert.

*Genau wie ich zu sehr auf ihn fixiert war.*

Er war nicht perfekt. War nicht der Mann, den sie gebraucht hatte. War nicht der perfekte Mann, der ihre Geheimnisse verstehen konnte.

Er war die Dunkelheit. Er war der Tod.

Ihre Lider schlossen sich.

Das Messer drehte sich erneut, aber dieses Mal fühlte Evelyn den Schmerz nicht mehr. Sie war weit darüber hinaus, noch irgendetwas fühlen zu können.

Dane trat die Tür zur psychiatrischen Praxis ein. Mac war dicht hinter ihm, als er hineinrannte.

Dane konnte Blut riechen.

Er hörte ein schwaches Gurgeln, ein Stöhnen …

Er lief weiter, die Waffe im Anschlag, und eilte auf die Tür zu Evelyns Büro zu.

Ein weiterer Tritt, und die Tür war offen.

Der Blutgeruch war viel stärker.

»Scheiße«, murmelte Mac.

»Hände hoch«, rief Dane, als er die Szene vor sich sah.

Evelyn war auf ihren eigenen Tisch gefesselt. Um sie herum war überall Blut. Und ein Mann beugte sich über sie. Er hatte Dane den Rücken zugewandt, doch er kam ihm verdammt bekannt vor.

Seine Hände begannen sich zu heben. Es war keine Waffe darin, denn sein Messer war in Evelyns Brust vergraben.

»Treten Sie von ihr zurück«, befahl Dane.

Der Mann trat zurück.

Dane eilte vor. Fühlte an Evelyns Hals nach einem Puls.

»Sie sind zu spät gekommen«, sagte der Mann. »Das ist Kat vor Jahren auch. Immer zu spät …«

Endlich drehte er sich zu Dane um.

Dane kannte dieses Gesicht.

Die braunen Augen. Die gebrochene Nase. Dieser Kerl hatte behauptet, Katherines Freund zu sein. Dieser Kerl ging verdammt noch mal mit der Tochter des Captains.

Er starrte Ben Miller an.

In der Ferne heulten Sirenen.

»Sie sehen überrascht aus«, murmelte Ben lächelnd. »Kat hat so ausgesehen, als sie mich mit Stephanie fand. Überrascht, schockiert …« Er machte einen Schritt nach vorn.

»Noch ein Schritt, und ich jage Ihnen eine Kugel ins Herz«, sagte Dane.

Der Killer zog die Brauen hoch. »Würden Sie auf einen unbewaffneten Mann schießen?«

»Wenn es sich bei dem unbewaffneten Scheißkerl um Sie handelt, dann ja, würde ich.«

Er würde es tun. Es war ein Teil der Dunkelheit in ihm.

Der andere Mann lächelte. »Ich wusste, dass Sie so sind. Sie sind kein Held. Kat täuscht sich in Ihnen.«

Mac ergriff die Arme des Killers und begann, ihm die Handschellen anzulegen, während Dane den Mistkerl im Visier behielt.

»Reden Sie nicht über sie«, zischte Dane.

»Warum? Haben Sie Angst, Sie könnte verstehen, dass Sie genauso krank sind wie ich? So krank wie …?«

»Ich weiß, Sie wollen, dass ich abdrücke«, fuhr Dane ihn an.

»Das ist, was *Sie* wollen.« Er verzog das Gesicht, als Mac die Handschellen festzog. »Sie beide wollen mich tot sehen. Aber die Dienstmarken, die Sie tragen, lassen nicht zu, dass Sie mich ungestraft erschießen können.«

Er blickte über seine Schulter zu Mac. Schweiß perlte auf Macs Schläfen. »Diese kleine Gerichtsmedizinerin … Ich hatte sie gewarnt, was passieren würde, wenn sie redet.«

»Sie werden ihr nichts tun«, donnerte Mac.

»Vielleicht werde ich nicht derjenige sein, der ihr etwas tut.« Der Killer zuckte mit den Schultern. »Vielleicht wird es einer meiner Fans sein. Sehen Sie mal ins Internet. So viele Leute da draußen möchten verzweifelt von der Macht kosten. Ich wette, ich könnte einen von ihnen dazu bringen, alles für mich zu tun.«

Es stimmte. Verdammt. Mit ein paar sorgfältig gewählten Worten würde ein neuer Nachahmer geboren werden. *Ziele und töte.*

Macs Atem kam stoßweise. »Sie werden nicht …«

»He!«, zischte Dane und brachte die Aufmerksamkeit des Mörders zurück zu sich. Mac war am Rande des Zusammenbruchs. Er würde nicht zulassen, dass sein Partner die Kontrolle verlor.

Er würde nicht zulassen, dass der Killer ihnen die Kontrolle entriss.

»Sie haben das Recht zu schweigen«, begann Dane. Sein Blick wanderte zu Mac. »Ruf Verstärkung. Sag ihnen, wir haben den Scheißkerl.«

Der Körper des Killers hatte sich gespannt.

»Alles, was Sie sagen, kann und wird gegen Sie verwendet werden«, fuhr Dane fort. Er stand direkt vor ihm, blickte ihm in die Augen.

Aber der andere Mann lachte nur. »Ich werde nicht im Gefängnis bleiben, daher spielt es keine Rolle, was ich sage.«

Mac schob ihn in Richtung Tür. »Sie kommen nie mehr raus. Die werden Sie in ein Loch stecken, das so tief ist, dass Sie das Tageslicht nicht mehr sehen können.«

Er hörte nicht auf zu lächeln. Als Dane damit fertig war, dem Mistkerl seine Rechte zu verlesen, wurde er das Gefühl nicht los, dass dies noch nicht das Ende für den Serienmörder war.

Noch nicht.

»Der Captain hat eine hübsche Tochter«, murmelte der Killer, als sie ihn zur Tür schoben. »Nicht so hübsch wie meine Kat, aber ich habe es genossen, sie kennenzulernen.«

Der Wichser. Der Captain war noch immer im Krankenhaus – auf der Intensivstation. Dane hatte versucht, Maggie zu erreichen, aber ihm war gesagt worden, sie sei wegen eines Seminars außerhalb der Stadt.

»Obwohl ich nicht weiß, ob die süße Maggie es auch so sehr genossen hat, mich kennenzulernen.«

*Sie ist nicht außerhalb der Stadt.* Scheiße. Dane packte den Mann fester. »Was haben Sie getan?«

Der Valentinstag-Killer sah ihn an. »Ich schätze, dass Sie abwarten müssen, um es herauszufinden, oder? Detective?«

Katherines Körper spannte sich, als sich die Türen des Hochhauses öffneten. Ein Wachmann war in der Lobby – er hatte kurz zuvor Dane und Mac Zugang zur Praxis verschafft.

Jetzt kam der Mann raus. Er hielt ein Funkgerät in der Hand, und es sah aus, als riefe er Verstärkung.

»Heilige Scheiße«, flüsterte Marcus, der die Tür seines Fahrzeugs aufdrückte. »Sie haben ihn.«

Sie hatte mit Marcus im Wagen gesessen. Dane hatte sich geweigert, sie ins Gebäude mitkommen zu lassen, und Marcus war auserkoren worden, Wache zu schieben. Aber als sie die drei Männer sah, die aus dieser Schwingtür kamen, zwängte Katherine sich aus dem Fahrzeug.

Sirenen heulten in der Ferne und kamen immer näher. Verstärkung für die Detectives eilte zum Tatort.

Dunkle Schatten verbargen viel von den Männern, während sie auf Katherine zugingen. Marcus kam direkt neben ihr zu stehen, und sie sah, wie er seine Waffe zog.

Ihre Augen strengten sich an, mehr zu erkennen.

Dane … Danes starke Schultern. Sein entschlossener Gang. Er war unversehrt.

Und … da war Mac auf der linken Seite. Er hielt den Gefangenen fest.

Bremsen quietschten hinter ihr. Die Kavallerie war da.

Sie sah sich nicht um. Sie war zu sehr damit beschäftigt zu versuchen, das Gesicht des Mannes zu erkennen, der von Dane und Mac festgehalten wurde.

Der Mann, den …

Sie kannte.

Die drei Männer waren gerade unter eine der Straßenlaternen getreten. Katherines Herz schien in dem Moment stehenzubleiben, als ihr Blick über das Gesicht des Gefangenen wanderte.

Es war nicht das Gesicht des Mannes, den sie als Michael O'Rourke gekannt hatte. Michael war auf klassische Weise gut aussehend gewesen. Hohe Wangenknochen. Eine gerade Nase. Dunkles Haar.

Dieser Mann … Er sah überhaupt nicht wie der Valentinstag-Killer aus.

Vermutlich war das der Grund, warum sie ihn so oft gesehen hatte, ohne zu erkennen …

Katherine sah den Mann, den sie als Ben Miller gekannt hatte, direkt an. Den Bodybuilder Ben mit seinem offenen Lächeln. Der Typ, der immer morgens im Café war und nach seinem Training frühstückte.

Immer im Café … *auf mich gewartet hat.*

Immer da gewesen war … *um mich zu beobachten.*

Er trug Kontaktlinsen. Deshalb waren seine Augen dunkel und nicht grün, wie sie es in ihrer Erinnerung waren. Kontaktlinsen und eine falsche Brille. Die Brille war eine zusätzliche Tarnung gewesen, um sie auf die falsche Fährte zu locken. Sie hatte bewirkt, dass seine Augen größer aussahen, aber jetzt, ohne sie, konnte sie sehen, dass die Form seiner Augen … die gleiche war.

»Hallo, Kat.« Er hatte den falschen Südstaatenakzent fallen gelassen, das Rollen, das Bens Worte immer begleitet hatte.

Seine Nase war anders – das Nasenbein breiter mit einem leichten Knick in der Mitte. Seine Wangen waren voller, sein Kinn runder. Sogar die Lippen waren anders. Was hatte er getan? Hatte er sich Kollagen spritzen lassen? Er hatte sich die Haare gefärbt. Sie ein ganzes Stück länger wachsen lassen. Lang genug, dass sie sich leicht lockten. Michael – er hatte sein Haar immer fast zu kurz getragen.

»Hast du mich vermisst?«, fragte er leise.

Polizisten schwärmten um ihn herum. Dane und Mac behielten ihn im Griff und schubsten ihn auf den Fond eines Streifenwagens zu.

»Ich habe dich vermisst«, rief er ihr zu. »So sehr, dass ich dir wieder nah sein musste.«

Wie oft hatten sie gemeinsam gefrühstückt? Er war all diese Tage nur wenige Meter von ihr entfernt gewesen …

Und sie hatte es nicht gewusst.

»Niemand sonst war je so perfekt für mich, niemand sonst war gut genug …«

Dane knallte die Tür zu und unterbrach damit seine Worte. Ein Polizist saß bereits hinter dem Lenkrad des Wagens. Mac sprang auf den vorderen Beifahrersitz. Die Sirene heulte auf, als das Fahrzeug losrollte.

Ein weiterer Streifenwagen klemmte sich hinter dieses Fahrzeug. Ein Motorrad fuhr voraus und führte die Fahrzeugkolonne an.

Katherine stand da, verloren, wie betäubt, während die sich drehenden Lichter des Streifenwagens die Szene beleuchteten.

Jemand berührte sie an der Schulter und sie erschrak, zuckte zusammen.

»Ganz ruhig«, flüsterte Dane. »Ich bins.«

Seine Berührung wärmte sie normalerweise, doch genau jetzt fühlte sie sich … kalt. »Wo ist Evelyn?«

Keine Antwort.

»Wo ist sie?«, verlangte sie zu wissen.

»Sie war bereits tot.« Sein Kiefer spannte sich. »Sie wollte den Valentinstag-Killer, und es sieht aus, als habe sie genau das bekommen, was sie gewollt hatte.«

Marcus fluchte.

Polizisten waren auf dem Weg in das Gebäude. Ein Wagen der Spurensicherung fuhr vor.

»Die Reporter werden bald hier sein«, sagte Dane. »Sie hören bestimmt den Polizeifunk mit. Wir müssen dich von hier wegbringen.«

Genau. Aber sie bewegte sich nicht.

Dane legte ihr die Hände auf die Schultern und zog sie an sich. »Wir haben ihn, Katherine. Wir haben den Mistkerl.«

»Er sieht so anders aus«, flüsterte sie. »Aber bevor er in diesen Streifenwagen gestiegen ist, war seine Stimme … seine Stimme war Michaels Stimme.«

Dane nickte grimmig. »Wir werden die Fingerabdrücke überprüfen, seine DNS vergleichen, aber der Bastard hat oben bereits gestanden. Er *ist* der Valentinstag-Killer.«

»Dann ist es vorüber«, sagte Marcus. »Seine Verbrechen haben ein En…«

Aber er brach ab, als er genau wie Katherine das heftige Kopfschütteln Danes sah.

»Wir müssen Maggie Dunning finden«, sagte Dane.

»Ist sie nicht im Krankenhaus?«, fragte Katherine langsam. »Bei ihrem Vater?«

»Ich hoffe bei Gott, dass sie das ist.« Aber Dane sah nicht hoffnungsvoll aus. »Denn es klang oben, als verspotte der Kerl uns.« Sein Blick brannte sich in Katherines. »Er wollte uns weismachen, dass er da draußen noch ein weiteres Opfer hat …«

»Maggie.« Margaret Dunning.

Marcus rollte auf seinen Fußballen nach vorne. »Er spielt noch immer mit uns.«

Danes Ausdruck war hart, undeutbar, aber Angst hatte sich in Katherine ausgebreitet, denn ja, sie befürchtete, dass der Killer immer noch mit ihnen spielte und dass die Zeit des Mordens nicht vorbei war.

Noch nicht.

# – 19 –

Sie hatten den Scheißkerl.

Der Valentinstag-Killer saß auf einem Stuhl in Befragungszimmer eins, die Hände in Handschellen auf dem Rücken, zwei Polizisten, die ihn bewachten, nur ein paar Schritte entfernt. Dane und Mac waren im Beobachtungsraum, umgeben von einem halben Dutzend anderer Polizisten. Der Staatsanwalt, Henry Meadows, war ebenfalls da und tigerte nervös umher. Er schwitzte. Dabei war der Staatsanwalt, der sonst auch in brenzligen Situationen stets die Nerven behielt, eigentlich kein Typ, der leicht schwitzte.

»Niemand scheint in der Lage zu sein, herauszufinden, wo Margaret Dunning ist«, sagte Meadows und biss die Zähne zusammen. Seine hellen blauen Augen bildeten einen auffälligen Kontrast zu seiner dunkelbraunen Haut. »Es gibt kein Seminar außerhalb der Stadt. Sie ist seit drei Tagen nicht bei der Arbeit gewesen, und ihre Wohnung ist leer.«

Dane blickte durch den Spiegel. Die Lippen des Mannes auf der anderen Seite waren zu einem leichten Lächeln verzogen. »Er weiß, wo sie ist.«

»Ist sie tot, Detective?«, fragte Meadows geradeheraus.

*Vermutlich.* Aber er konnte sich nicht dazu bringen, auszusprechen, was sie alle befürchteten. Margaret – Maggie. Sie war immer ein so nettes Mädchen gewesen. Freundlich zu jedem, den sie traf. Viel zu vertrauensselig für die Tochter eines Polizisten.

Meadows seufzte. »Wir müssen es herausfinden. Denn ich will nicht mit diesem kranken Spinner über eine Tote verhandeln.«

»Selbst dann nicht, wenn sie die Tochter des Captains ist?«, fuhr Mac ihn an.

Meadows blickte durch den Spiegel. »Die Menschen in dieser Stadt werden die Todesstrafe für ihn fordern. Ich kenne Arschlöcher wie ihn. Habe davon über die Jahre genug gesehen. Jede Menge kranke Spinner. Er wird versuchen, die Leiche der Frau gegen sein Leben einzutauschen. Wenn ich mich auf diesen Handel einlasse …«

»Die Tochter des Captains«, wiederholte Mac und klang, als ersticke er beinahe an den Worten.

»Wenn sie lebt, werde ich alles tun, um sie zurückzubekommen«, sagte Meadows sofort. »Aber erst müssen wir uns absolut sicher sein, dass er sie hat. Dass das Mädchen nicht nur wütend die Stadt verlassen hat oder …«

»Sie ist die Tochter eines Polizisten.« Dane ließ den Killer nicht aus den Augen. Der Typ sah viel zu selbstgefällig aus. »Sie weiß es besser, als einfach zu verschwinden, ohne jemandem zu sagen, wo sie hinfährt.« Er hob die Hand, tippte gegen das Glas. »Er weiß, wo sie ist. Er hat das geplant, als Ausweg für den Fall, dass wir ihn schnappen.«

»Es gibt für ihn keinen Ausweg«, sagte Meadows unnachgiebig.

»Nein.« Dane schüttelte den Kopf. »Nicht für ihn.« Er rollte die Schultern, versuchte, die Anspannung zu vertreiben. Er musste da reingehen und den Bastard dazu bringen zu gestehen … all seine Verbrechen zu gestehen. Er wollte eine lückenlose Beweiskette gegen ihn haben. Er wollte den Scheißkerl dingfest machen. »Okay, Mac, los gehts.« Er wandte sich zur Tür.

Und stellte fest, dass Meadows ihm den Weg versperrte. Die Lippen des Mannes waren fest und seine Stimme hart. »Sie haben großartige Arbeit geleistet, als Sie ihn festgenommen haben, Detective Black, aber von jetzt an halten Sie sich von ihm fern.« Er winkte zwei Detectives auf der Linken zu. »Forrest, Smith, bringen Sie mir ein Geständnis.«

»Was soll der Scheiß?«, wollte Mac barsch wissen.

»Ich denke an den Prozess«, antwortete Meadows im gleichen Ton. »Sie«, er zeigte auf Dane, »schlafen mit der Ex dieses Killers.«

Danes Backenzähne mahlten. »Passen Sie gut auf, was Sie sagen.«

»Und Sie ...« Meadows blickte zu Mac. »Der Killer hat Ihre Freundin bedroht. Keiner von Ihnen beiden ist das, was ich als unbefangen bezeichnen würde. Wenn ich den Kerl zur Todesstrafe verurteilt haben will, brauche ich ein Geständnis, das absolut unangreifbar ist. Eines, das seine Anwälte vor Gericht nicht in der Luft zerreißen können.« Er seufzte und zuckte mit den Schultern. »Tut mir leid, aber Sie beide sind draußen.«

»Das ist totaler Mist«, brach es aus Mac heraus, und er stieß dem Staatsanwalt hart einen Finger in die Brust. »Wir haben diesen Fall bearbeitet, unser Leben riskiert, und jetzt schließen Sie uns aus?«

»Ja.« In Meadows Augen stand Bedauern.

»Auf keinen Fall. Auf keinen ...«, setzte Mac an.

Dane legte seinem Partner die Hand auf die Schulter. »Es ist okay.«

Mac wirbelte zu ihm herum. »Wie kannst du da so gelassen sein?«

Das war er nicht. Innerlich brannte er. »Er ist in Handschellen. Wir haben ihn gekriegt, Mac. Wir haben den Bastard.« Und wenn sie zurückstehen mussten, um die Schlinge zuzuziehen und den Kerl in die Todeszelle zu schicken ... *Das kann ich.*

Denn es ging nicht darum, Schlagzeilen zu machen oder der Detective zu sein, der vor den ganzen Kameras die Taten im Zeugenstand enthüllte. Ihm ging es um Katherine. Darum, ihr ihr Leben zurückzugeben.

Und darum, den Killer aufzuhalten. Sicherzustellen, dass der Scheißkerl nie wieder jemanden verletzte.

Katherine war in Sicherheit. Ronnie war in Sicherheit.

*Und ich hoffe bei Gott, dass es Maggie auch ist.*

»Wir haben unseren Job getan«, wiederholte Dane.

Mac nickte widerstrebend.

»Der Täter hat sich bereits geweigert, mit dem Profiler zu sprechen, daher ist Marcus Wayne zurückgefahren, um den letzten Tatort zu untersuchen und uns mehr Beweise zu bringen, mit denen wir den Sarg dieses Kerls zunageln können«, berichtete Meadows. »Dies ist ein Fall von immenser Bedeutung. Er wird auf jedem Fernsehkanal des Landes zu sehen sein. Ich will nicht, dass wir Ärger bekommen.«

Dane sah über seine Schulter. Forrest und Smith hatten gerade das Befragungszimmer eins betreten.

Der Killer sah ihnen stirnrunzelnd entgegen und schüttelte den Kopf. »Sehe ich aus, als wollte ich Amateure?«, fragte er.

*Sie wollen nicht, dass wir Ärger bekommen, Meadows? Dann passen Sie mal auf … Denn der Valentinstag-Killer liebt es, Ärger zu machen.*

»Oh, machen Sie sich keine Sorgen«, sagte Smith gedehnt und nahm sich den Stuhl ihm gegenüber. »Wir sind keine Amateure.«

Der Killer lachte. Tiefes, rollendes Gelächter mit zurückgeworfenem Kopf. Dann, mit immer noch hämisch verzogenem Mund, sah er von den beiden Detectives weg und starrte direkt auf den Einwegspiegel. *Direkt auf Dane.*

»Ich werde nur mit Dane und Mac sprechen. Der Rest der Polizisten kann sich verpissen.«

»Es geht nicht darum, was *Sie* wollen«, setzte Smith an.

Der Killer starrte nach wie vor auf den Spiegel. »Meadows, sind Sie auch da?«

Der Mann neben Dane erstarrte.

»Sie haben eine so hübsche Frau«, fuhr der Killer fort. »Eine süße Lady, aber Tonya weiß nichts über die Geschäfte, die Sie mit Mördern machen, oder? Es ist schlecht, sich mit Teufeln abzugeben. Sie könnten sich verbrennen.«

»Er hat nicht wirklich gerade den Namen meiner Frau in den Mund genommen.« Eine tödliche Intensität war in Meadows Stimme getreten.

»Meadows, darf ich vorstellen, der Valentinstag-Killer«, murmelte Dane. Er hatte das Gefühl, dass der Killer der Polizei von Anfang an einen Schritt voraus gewesen war.

Und es immer noch war.

Wo war Maggie?

»Ich habe nicht nach einem Anwalt gefragt«, sagte der Killer und trat mit dem Absatz seines rechten Fußes gegen das Stuhlbein. »Und ich werde es auch nicht.«

»Weil Sie ein Idiot sind«, knurrte Meadows.

»Aber ich werde nur mit Dane und Mac sprechen.« Er hörte auf, gegen das Stuhlbein zu treten, und lehnte sich zurück. Das Lächeln auf seinem Gesicht erstarb. »Und es ist nicht so, als hätten wir Zeit zu verlieren.«

Meadows runzelte die Stirn. »Er blufft.«

»Er blufft nicht«, antwortete Dane. Der Staatsanwalt sollte das wissen. »Und vielleicht sollten Sie noch einmal darüber nachdenken, Wayne während der Befragung nicht im Revier zu haben.«

»Sehen Sie sich mal um«, sagte der Killer und riss unschuldig die Augen auf. »Das ganze Team sollte hier sein, oder? Aber … fehlt da nicht jemand?«

»*Margaret*«, flüsterte Meadows.

Dane schüttelte den Kopf. »Maggie wäre nicht auf dem Polizeirevier. Sie kommt niemals hierher.« Sie hasste es, dass ihr Vater ein Polizist war. Hasste die Gefahr, die sie ihr ganzes Leben lang begleitet hatte.

*Das Team …*

Danes und Macs Blicke begegneten sich. »Wurden nach der Explosion Polizisten vermisst? Ist da irgendjemand, von dem wir nicht wissen, wo er ist?« Sie waren so damit beschäftigt gewesen, den Valentinstag-Killer durch den Sumpf zu jagen. Hatte er einen von ihnen erwischt?

»Je länger das hier dauert, desto weniger werde ich sagen.« Der Blick des Killers blitzte zu den Detectives im Befragungszimmer. »Sie zwei sollten besser schnell verschwinden.«

»Und Sie sollten aufhören, sich zu benehmen, als hätten Sie hier etwas zu sagen«, kommentierte Forrest, der hinter ihm zu stehen kam. »Sie sollten …«

Der Killer hechtete aus dem Stuhl, drehte sich und rammte Forrest seinen Kopf ins Gesicht. Blut spritzte dem Detective aus der Nase. Er griff nach seiner Waffe.

Polizisten eilten heran, bereit, seinen Angreifer zu bändigen.

Aber der Kerl setzte sich nur wieder auf seinen Stuhl, als sei nichts gewesen. Er hatte Blut auf dem Hemd und lächelte wieder.

Meadows drückte den Knopf der Sprechanlage. »Sichern Sie den Bastard am Tisch.«

Die Tür hinter Dane öffnete sich. Detective Karen James kam herein. Wie die meisten Polizisten wollte sie unbedingt den berühmten Serienmörder aus der Nähe sehen. Allerdings hätte sie jetzt nicht hier drin sein sollen. Als sie auf der Wache angekommen waren, war Karen die Aufgabe übertragen worden, Katherine zu bewachen, während Dane den Staatsanwalt traf.

»Was ist mit Forrest passiert?«, fragte sie, während sie sich näher zum Glas beugte.

»Der Valentinstag-Killer«, antwortete Mac.

Dane atmete langsam aus. Er mochte es nicht, dass der Mann immer noch seine Spielchen mit ihnen trieb. Die ganze Situation fühlte sich falsch an. »Wo ist Katherine?«, fragte er.

»In Harleys Büro«, antwortete Karen, die immer noch den Killer musterte. »Keine Sorge, Ihre Lady ist in Sicherheit.«

*Ihre Lady.* »Sie müssen uns reinschicken, Meadows«, sagte Dane mit harter Stimme.

»Ich dachte, dass es okay für dich wäre, wenn wir draußen bleiben«, murmelte Mac und sah ihn mit gerunzelter Stirn an.

»Das war, bevor das Arschloch nach uns verlangt und Forrest die Nase gebrochen hat.« *Und gesagt hat, dass uns die Zeit davonläuft. Er treibt immer noch seine Spielchen.*

Meadows lockerte den Knoten seiner Krawatte. »Ich kann nicht. Sie sind persönlich in den Fall verwickelt. Der Captain hätte Sie abziehen sollen.«

»Wir haben den Bastard *aufgrund* unserer persönlichen Verwicklung festgenommen. Wenn Katherine nicht mit uns zusammengearbeitet hätte, hätten ein Dutzend Polizisten in dem Haus im Oakland Way sterben können. Sie hat Harley das Leben gerettet. Die ganze Zeit über hat sie versucht, uns zu helfen, den Killer zu verstehen.«

Er blickte wieder durch den Spiegel. Forrest hielt sich die Hand unter die Nase und versuchte, den Blutfluss zu stoppen. Es sah aus, als würde er jeden Moment die Beherrschung verlieren und den Mann auf dem Stuhl vor sich angreifen.

Doch der saß einfach nur ganz ruhig da.

»Ich bin sicher, meine Neigung zur Gewalt ist in meinem Profil erwähnt worden«, sagte er und richtete sich auf. »Sie müssen gar nicht so überrascht dreinschauen, Detective.«

*In meinem Profil erwähnt …*

Danes Augen verengten sich zu Schlitzen.

*Das ganze Team sollte hier sein.*

Wer würde für den Killer zum Team gehören? Dane, Mac, Wayne … Ross? »Wo ist der Marshal?«

Meadows zögerte.

»Hat irgendjemand Anthony Ross gesehen?«, wollte Dane wissen.

Die Polizisten starrten ihn mit leerem Gesichtsausdruck an.

Dane fischte sein Telefon heraus und versuchte, den Marshal zu erreichen. Ross würde über die Verhaftung Bescheid wissen wollen – aber, verdammt, als sie den Mörder zur Polizeiwache gebracht hatten, hatte die Presse schon auf sie gewartet. Das neue Gesicht des Valentinstag-Killers war bereits auf allen Bildschirmen der Stadt.

Ross musste die Berichte gesehen haben. Er sollte hier sein.

Doch er ging nicht einmal ans Telefon.

Danes Finger umklammerten das Handy. Ross war bei der Explosion im Oakland Way dabeigewesen, aber seitdem hatte er ihn nicht mehr gesehen. »Ist er nach der Explosion ins Krankenhaus gebracht worden?« Am Tatort hatte Chaos geherrscht. So viele verletzte Polizisten …

Niemand antwortete. Scheiße. Dane rief das Mercy General Hospital an und brachte die Rezeptionistin dazu, nachzuforschen, aber es gab keinerlei Aufzeichnungen über eine Behandlung von Anthony Ross.

Dane blickte sich im Zimmer um und entdeckte John Baylor. Er war verdammt froh, dass John da war – der Kerl war der beste Techniker, den sie hatten. »Orten Sie sein Telefon«, wies er ihn an.

»Ich glaube nicht, dass das notwendig ist«, begann Meadows. »Wenn ein Mann nicht rangeht, wenn Sie anrufen, bedeutet das noch nicht …«

»Der Typ da ist zu arrogant, zu verdammt selbstbewusst für einen Mann, der einem Todesurteil entgegensieht.« Dane schüttelte den Kopf. »Anthony Ross hat drei Jahre an diesem Fall gearbeitet – *drei Jahre* –, aber jetzt, da wir den Killer haben, ist er nicht hier?« Nein, das war kein sehr wahrscheinliches Szenario.

Auf den Schläfen des Staatsanwalts bildeten sich Schweißperlen. »Na schön, John, orten Sie das Handy. Zeigen Sie dem Detective, dass er sich irrt.«

Dane wollte sich gern irren.

»Er hat keine Angst vor uns«, sagte Mac. »Das Arschloch *sollte* Angst haben.«

»Er hat keine Angst, weil es ihm scheißegal ist, was wir denken.« Dane nahm seine Waffe aus dem Holster und legte sie auf den Tisch. Wenn er in dieses Zimmer ging, wollte er etwas so Verführerisches lieber nicht in Reichweite haben.

*Denn ich will, dass du stirbst, Bastard.* Wenn er ihm nahe kam, könnte der Wunsch, ihn umzulegen, übermächtig werden.

»Er interessiert sich nur für Katherine«, fügte Mac hinzu und wischte sich mit der Hand übers Gesicht. »Sie ist die Einzige …«

»Vielleicht müssen wir sie da reinbringen.« Danes Kiefer tat weh, so fest biss er die Zähne zusammen. »Er wird Forrest und

Smith überhaupt nichts sagen. Wir verschwenden zu viel verdammte Zeit.«

Der Killer hörte auf zu grinsen. »Tick, tack, tick, tack.«

*Scheiß drauf.* Dane schob sich an Meadows vorbei und drückte den Knopf der Sprechanlage. »Sie haben jemanden in Ihre Gewalt gebracht.«

Der Mann hob die Brauen. »Habe ich das, Detective Black?«

»Er hat sie beide«, sagte Mac. »*Beide.*«

»Sie ziehen voreilige Schlüsse«, sagte Meadows, aber seine Stimme zitterte. »Wir haben keinen Beweis, dass …«

John räusperte sich und nahm das Telefon vom Ohr. »Sir, eine Ortung war nicht notwendig. Wir wissen, wo Ross' Telefon ist.« Meadows sah erleichtert aus. »Ich habe Ihnen doch *gesagt* …«

»Die Gerichtsmedizinerin hat es in Evelyn Knights Manteltasche gefunden. Sie hörte es klingeln, als Detective Black angerufen hat …«

»Ach du Scheiße.« Meadows.

»Tick, tack, tick, tack«, sagte der Killer erneut. »Wenn Sie sich nicht beeilen, werden Sie rot sehen.« Er legte den Kopf zur Seite und sah zu der großen, runden Uhr an der rechten Wand hinüber. »Und sehen Sie mal, es ist Valentinstag.«

Nun war Meadows derjenige, der aus dem Raum eilte und in Richtung Befragungszimmer stürmte. Mac und Dane waren bei ihm und machten ihm den Weg frei.

Meadows stieß die Tür auf, die gegen die Wand knallte. »Wissen Sie, wo sich Anthony Ross aufhält?«

Der Killer nickte. »Ich glaube, das tue ich.« Er zog die Worte übertrieben in die Länge.

»Wo ist er?«

Der Serienmörder tippte sich mit dem rechten Zeigefinger ans Kinn. »Er stirbt gerade. Eine wertvolle Sekunde nach der anderen verstreicht.« Sein Seufzen verriet kein Bedauern. »Ich habe versucht, Ihnen zu sagen, dass wir keine Zeit zu vergeuden haben.«

»Wo …?«

»Ah, Detective Black, ich dachte schon, dass Sie sich zu mir gesellen würden, wenn ich nur den richtigen Köder auslege.« Die Augen des Mannes verrieten keinerlei Gefühl. »Da wir nun alle hier sind und auf den Unsinn verzichten, durch Glas zu reden, sage ich Ihnen jetzt, wie der Deal über die Bühne gehen wird.« Er beugte sich vor.

»Ich verhandele nicht mit …«, begann Meadows.

»Sie verhandeln mit jedem Mörder, Vergewaltiger und Pädophilen, mit dem Sie verhandeln können.« Die Stimme des Killers war gelassen. »Und Sie werden ganz sicher mit *mir* verhandeln. Oder Ihre Welt wird sich in einen Albtraum verwandeln.«

Meadows machte einen großen Schritt auf ihn zu. »Wollen Sie mir etwa drohen?«

»Wenn ich es wirklich wollte, wären Sie jetzt schon tot.« Der Killer neigte den Kopf. »Genau jetzt verhandele ich mit Ihnen. Biete Ihnen einen Deal an. Ein Leben – im Austausch gegen ein anderes.«

»Wir werden Sie nicht freilassen, Sie Bastard.« Meadows funkelte ihn finster an.

»Dann, schätze ich, wird ein Leben wohl verloren sein.« Er sah nicht aus, als interessiere es ihn auch nur im Geringsten. »Aber auf den Marshal können Sie verzichten, oder? Es ist das Mädchen, die hübsche Blonde. Ich schätze, sie wird mehr ins Gewicht fallen.«

Verdammt. Bis zu diesem Moment hatte Dane gehofft, dass es nicht stimmte. Dass Maggie im Krankenhaus auftauchen, an die Seite ihres Vaters eilen würde.

Die Stille lastete schwer auf dem Raum, dunkel und böse. Genau wie der Killer.

»Sie genießen das auch noch, oder?« Dane wusste, dass es stimmte.

Der andere Mann blinzelte, als sei er überrascht. »Natürlich genieße ich es zu töten. Genießen Sie es nicht, wenn Sie die Macht haben, über Leben und Tod zu entscheiden? Wenn Sie die Kontrolle haben?«

»Töten macht mich nicht an.« Dane zischte die Worte durch zusammengebissene Zähne.

Wut flammte in den Augen seines Gegenübers auf, aber das Feuer erlosch rasch wieder. *Kontrolle.* Ja, die wollte der Scheißkerl haben.

»So wird es ablaufen«, erklärte er ihnen. »Ich bringe Sie im Austausch dafür, dass Sie nicht auf Todesstrafe plädieren, zum Marshal.«

»Und was wollen Sie für Maggies Leben?«, verlangte Dane zu wissen.

Meadows war ein Stück zurückgewichen. Kluge Entscheidung. Er musste wohl das Blut auf dem Boden entdeckt haben, das von Forrest. Der lehnte momentan an der rechten Wand. Meadows, Smith, Forrest und die anderen Polizisten hatten alle Angst vor dem Valentinstag-Killer. Ihre Körpersprache und die unruhig hin und her huschenden Blicke verrieten das.

Und *ihm* gefiel es, dass sie Angst hatten.

Dane trat auf ihn zu. Er griff sich den Stuhl und drehte den Mistkerl zu sich. »Was erwarten Sie im Austausch für sie?«

Der Killer blinzelte. »Ist das nicht offensichtlich? Es sollte es zumindest sein. Ich meine, was ist das eine auf dieser Welt, das ich will?«

*Katherine.*

Dane presste ihm die Hände auf die Schultern. Der Druck würde verhindern, dass er aus dem Stuhl hechtete und ihn angriff, so wie er es mit Forrest getan hatte. Dann beugte er den Kopf näher zu ihm und flüsterte. »Sie werden nicht einmal in Katherines Nähe kommen.«

»Dann wird Ihr Captain die Leiche seines kleinen Mädchens finden.« Ein bitteres Lachen. »Oder vielleicht auch nicht. Vielleicht wird er niemals wissen, was mit ihr geschehen ist. Vielleicht wird er den Rest seines Lebens nach ihren sterblichen Überresten suchen.«

Dane starrte in die Augen des Mannes. Eigentlich müsste da eine Seele sein. Da müssten Gefühle sein. Hass. Wut. Angst. Da müsste irgendetwas sein. »Wie zum Teufel sind Sie so geworden?«, fragte er.

»Vielleicht war ich schon immer so.« Aber seine Augenlider zuckten. »Jetzt holen Sie Kat, und lassen Sie uns das hier über die Bühne bringen.«

Dane schüttelte den Kopf. Der Killer redete. Das war es, was sie wollten. Schritt eins war ein Erfolg. Was Katherine betraf … Das würde niemals passieren. Sie würden ihn am Reden halten. Vielleicht diese Wand aus Eis durchbrechen, die er als Schutz benutzte, und dann würde er einen Fehler machen. Ihnen einen Hinweis auf Ross' oder Maggies Aufenthaltsort geben.

Die Tür hinter ihm öffnete sich. Er blickte nicht über die Schulter. Kurz bevor eine Schlange zuschlug, durfte man nicht wegsehen. Jeder kannte diese Lektion. Jeder.

Schwere, schleppende Schritte waren hinter ihm zu vernehmen.

»Wo ist sie?« Die Stimme des Captains. Schwach.

Scheiße. »Du solltest nicht hier sein, Harley.« Der Captain gehörte ins Krankenhaus.

»Habe erfahren … ihr habt ihn festgenommen … musste sehen … die anderen haben mir erzählt … unterwegs … kann meine Maggie … nicht finden …«

Die Stimme des Captains hatte noch nie so verloren geklungen.

»Sie hat nach Ihnen gerufen, als ich gegangen bin«, sagte der Killer.

Der Captain atmete tief und schmerzvoll ein.

Der Typ hatte gerade gestanden, dass er Maggie wehgetan hatte, aber Dane wusste, dass er nachbohren musste, daher sagte er: »Das ist Blödsinn. Sie verschließen Ihren Opfern den Mund mit Klebeband. Sie lassen sie nicht weinen oder betteln.« Vielleicht hatte der Kerl sie nicht. Vielleicht …

»Ich habe Evelyn reden lassen. Als Sie kamen, haben Sie da Klebeband auf ihrem Mund gesehen?«

Nein, da war keines gewesen.

»Sie hat gestanden, Savannah Slater und Amy Evans getötet zu haben.« Er atmete langsam aus. »So eine gestörte Frau. Dr. Knight war innerlich zerbrochen.«

*Und du etwa nicht?*

»Wo ist … Margaret?« Harley hielt sich an Danes Schulter fest, und Dane ließ zu, dass er ihn zu sich zog.

Aber dann …

Er hätte niemals erwartet, dass der Captain sich so schnell bewegen könnte. Blitzschnell hatte er die Pistole gezogen und den Lauf gegen den Kopf des Killers gedrückt. Genau in die Mitte der Stirn. »Wo ist meine Tochter?«

Es schien, als habe jeder Polizist im Raum aufgehört zu atmen. Abgesehen vom Captain. Sein Atem ging schwer. Ein und aus. Hektisch und zu mühsam.

Danes Hände waren in der Luft erstarrt. »Tu das besser nicht, Harley.«

»Er hat es mir erzählt … Ich … habe nichts getan.«

Dane machte vorsichtig einen Schritt auf den Captain zu. Der Mann zitterte am ganzen Körper.

»Ich habe … all die Jahre … zugelassen, dass dir … wehgetan wurde.« Die Waffe grub sich tiefer in die Stirn des Killers. »Diesmal werde ich nicht … untätig zusehen.« Sein Finger spannte sich um den Abzug. »Wo ist sie?«

»Wenn Sie mich töten, wird sie nur einen umso langsameren und schmerzvolleren Tod sterben.« Die Stimme war ruhig und gelassen. *Er fordert Harley heraus.*

Harleys Gesicht verzog sich. Dane hechtete vor, griff sich die Waffe und schob den Captain zurück.

»Gute Arbeit, Detective«, murmelte der Killer. Er sah noch nicht einmal ansatzweise besorgt aus. »Vielleicht steckt doch ein Held in Ihnen.«

*Drück den Abzug,* flüsterte es verführerisch in Danes Kopf. Eine winzige Bewegung, und alles wäre vorbei.

Sein Blick begegnete dem des Killers. *Tu es.* Die Herausforderung schien direkt da zu sein, aber das ergab keinen Sinn. Der Mann kämpfte darum, sein Todesurteil vom Tisch zu bekommen. Warum also sollte er einen Polizisten so weit reizen, bis der ihn umlegte?

»Bringen Sie Katherine Cole her. *Sofort!*«, rief Meadows. Er zeigte mit einem zitternden Finger auf Harley. »Und schafft den Captain hier raus.«

Smith und Forrest kamen dieser Bitte gerne nach.

Dane bewegte sich nicht. Er war nicht sicher, ob er es konnte. *Erschieß den Scheißkerl.*

»Detective, Sie müssen einen Schritt zurücktreten«, wies Meadows ihn an.

Ja, er schätzte, das war, was er tun musste.

»Sie wollen den Abzug drücken, nicht wahr?«, flüsterte der Killer.

»Ja.« Seine eigene Stimme war genauso leise. Der Captain war weg. Nur Dane, Mac und Meadows waren noch im Raum.

»Sich auf einen Handel mit ihm einzulassen wird sich als Fehler erweisen«, warf Mac mit rauer Stimme ein.

»Und wenn ich das nicht tue«, sagte Meadows, »wird ein Mann, den ich seit zwanzig Jahren kenne, sich vermutlich heute Abend eine Kugel in den Kopf jagen.«

Ja, das würde Harley.

Erneut näherten sich Schritte. Nicht schwerfällig dieses Mal. Leicht.

Die Nasenflügel des Killers bebten, als nähme er Witterung auf.

»Dane?« Katherines Stimme klang schockiert.

Denn er drückte noch immer eine Waffe gegen die Stirn des anderen Mannes.

»Sie sieht, was Sie wirklich sind«, erklärte der ihm mit einem Aufblitzen seines herausfordernden Grinsens.

Mit zusammengebissenen Zähnen trat Dane zurück. Er schob die Waffe in das leere Holster unter seiner linken Achsel.

»Ms Cole«, begann Meadows, »es tut mir sehr leid, dass wir Sie rufen mussten.«

»Das muss Ihnen nicht leidtun.« Ihr Blick wanderte durch den Raum. Ruhte kurz auf Dane. Den Killer sah sie nicht an. »Was hat er getan?«

Sie hatten keine Zeit, die Dinge schönzureden. »Zwei Leute werden vermisst. Er behauptet, er habe sie in seiner Gewalt.«

Sie blickte endlich zu ihm. »Hast du?«

Seine Augen veränderten sich, sie verrieten Gefühl – nicht das arrogante Selbstvertrauen, das er gezeigt hatte, seit er aufs Polizeirevier gekommen war. »Ja.«

»Wen hast du in deiner Gewalt?«, fragte sie und stellte sich neben Dane. Ihre Schulter berührte seinen Arm.

Die Augen des anderen Mannes blitzten und verengten sich, als er den Punkt ansah, an dem sie sich berührten. *Noch ein Gefühl. Wut.*

Katherine war auf jeden Fall sein Schwachpunkt. Aber das hatten sie ja bereits gewusst.

Dane hatte sie nur nicht noch einmal benutzen wollen. Er wollte, dass der Albtraum für sie vorbei war.

»Den Marshal.« Der Killer wippte mit den Schuhen auf dem Boden vor und zurück. »Dieser Bastard hätte dich beschützen sollen – das war sein *Job*. Stattdessen bist du fast gestorben, als Evelyn dir das Fentanyl verpasst hat.«

»Das war nicht Ross' Schuld. Er wusste nicht, dass von Evelyn eine Bedrohung ausging. Ja, er sollte mich beschützen … vor dir.« Katherines Stimme war ruhig. So ruhig, wie der Mörder es zuvor gewesen war. *Bevor sie hereingekommen und er aufgeleuchtet ist wie ein Weihnachtsbaum.*

Er leckte sich die Lippen. »Du hast dich verändert, Kat.«

Ihre Augenlider senkten sich und sie trat noch dichter zu Dane. »Wen hast du außer ihm?«

Er atmete zischend aus, als ärgere ihn etwas. »Margaret Dunning. Die verwöhnte Zickentochter des Captains.«

»Passen Sie auf, was Sie sagen«, schnappte Mac.

Der Mann schien nicht in der Lage zu sein, den Blick von Katherine zu wenden. Dane trat vor und stellte sich absichtlich genau vor sie.

O ja, es war Wut, die in seinen Augen loderte.

»Maggie Dunning ist bereits tot«, sagte Dane ruhig.

Meadows hinter ihm fluchte. Genau wie Dane musste der Staatsanwalt gedacht haben, dass Harley aus dem Beobachtungsraum zusah. Dane war sich sicher, dass der Raum mittlerweile brechend voll war.

»Noch nicht«, widersprach der andere Mann sofort. »Aber Sie verschwenden weiter meine Zeit.«

»Und wir sollen einem Serienmörder glauben?«, fragte Mac.

Der Killer warf Mac einen verärgerten Blick zu. Er war nicht aufgesprungen. Hatte nicht angegriffen. »Warum sollte ich lügen?«

*Warum solltest du die Wahrheit sagen?* »Um Ihre Haut zu retten«, antwortete Dane und kämpfte darum, seine eigene Wut zu beherrschen. Dies war der Mann, der Katherine das Leben zur Hölle gemacht hatte. Der Mann, der so viele Frauen gefoltert und ermordet hatte. »Sie würden alles sagen, um der Nadel in den Arm zu entgehen.« Er hielt seine eigenen Arme locker an den Seiten, eine Täuschung, denn sein Körper war kampfbereit gespannt.

»Sie verschwenden so viel Zeit«, seufzte der Mörder. »Aber wenn Sie noch mehr Leben auf dem Gewissen haben wollen, soll mir das recht sein.«

»Dann geben Sie zu, dass Sie Trent Lancaster ermordet haben?«, fragte Dane mit harter Stimme. Er hatte gesagt, dass Evelyn sich zu den Morden an Savannah und Amy bekannt hatte, und das passte – beide Opfer waren mit Fentanyl betäubt worden.

Genau die Droge, die Evelyn zudem sowohl Katherine als auch Ronnie verabreicht hatte.

Aber in Trent Lancasters Tox-Report war kein Fentanyl aufgetaucht.

Nach einem Moment nickte sein Gegenüber.

»Sagen Sie es«, zischte Dane. »Gestehen Sie, was Sie getan haben.«

Katherine trat vor und stellte sich neben Dane.

Der Blick des Killers suchte erneut ihren. Sein Gesicht schien weicher zu werden, als er ihr tief in die Augen sah. »Du bist nicht gestört, Kat. Ich weiß, was er gesagt hat. Ich weiß, wie er mit dir geredet hat. Er hatte es nicht verdient, dir nahe zu sein.«

Katherine seufzte. »Du hast ihm ein Messer in die Brust gestoßen und mich seine Leiche finden lassen.«

»Er war ein Geschenk.«

»Eine Leiche ist kein Geschenk, das ich will.«

Sein Blick glitt über sie. »Du solltest wissen, dass jemand auf dich aufpasst. Ich wollte nicht, dass du glaubst, du könntest ein Opfer sein.« Mit leiserer Stimme fuhr er fort: »Niemals du. Deshalb bin ich in der Galerie geblieben, damit du das verstehst.«

»Haben Sie deshalb Evelyn ermordet?«, fragte Dane. Wenn der Idiot sprechen wollte, sollte er sich ruhig sein eigenes Grab schaufeln. »Weil Sie Katherine zur Zielscheibe gemacht hatte?«

»Sie hat versucht, meine Kat zu töten. Sie war in der Minute tot, als ich das erfuhr.« Er atmete tief ein, als versuche er, sich zu beherrschen. »Außerdem dachte Evelyn, sie sei etwas, das sie nicht war.«

»Und was war das?«, fragte Dane.

»Gut genug für mich. Nur eine Frau war jemals gut genug.« Er drückte die Schultern nach hinten. »Für eine Psychiaterin war die Frau echt ganz schön verrückt.«

*Man muss selbst ein Irrer sein, um einen anderen zu erkennen.*

»Und Sie haben die Bombe im Haus im Oakland Way gezündet?« Es war Meadows, der die Frage gestellt hatte. Er hatte sich etwas beruhigt. Gut.

Der Killer richtete seine Aufmerksamkeit auf Katherine. »Ich wusste, du würdest die richtige Entscheidung treffen.«

»Du hättest fast ein Dutzend Polizisten umgebracht.« Ihre Wangen hatten sich tiefrosa verfärbt.

»Du hättest sie alle sterben lassen können. Du hättest mich umbringen und sie brennen lassen können.«

»Das war keine Option für mich. Ich musste sie retten.«

Der Mann sprang auf die Füße.

Dane und Mac zogen beide ihre Waffen.

Aber er griff nicht an. Er starrte nur Katherine an. »Deshalb bist du anders. Du wählst immer das Leben, obwohl du den Tod wählen solltest. Als du fünfzehn warst, hättest du diese Schlampe im Auto ohne einen Blick zurück sterben lassen sollen. Und im Oakland Way hättest du lachen sollen und zusehen, wie die

Polizisten im Feuer sterben.« Er schüttelte den Kopf. »Wie? Wie machst du das? Hast du ihr nicht wehtun wollen? Deiner Mutter? Hat nicht ein kleiner Teil von dir gewollt, das Haus mit den ganzen Pennern darin verbrennen zu sehen?«

Er deutete mit dem Kopf auf Dane. »Er versteht es. Er hat seinen Alten umgebracht, hast du das gewusst? Er *wollte*, dass er stirbt. Warum bist du anders als er? Als ich?«

Katherine bewegte sich auf ihn zu. Dane streckte den Arm aus, aber sie schob ihn beiseite. »Bring mich zu Maggie und Ross, und ich werde dir sagen, warum. Bring uns jetzt zu ihnen, sorg dafür, dass wir sie finden, solange sie noch leben, und ich werde es dir sagen.«

Seine Augen leuchteten auf. »Abgemacht.«

*Bring mich zu Maggie und Ross.*

»Ich habe nicht zugestimmt, das Todesurteil vom Tisch zu nehmen«, erklärte Meadows angespannt, »aber Sie haben gerade versprochen, uns zu den vermissten Personen zu führen.«

»Ja, habe ich … wenn Kat mit mir geht.« Sein Blick wanderte über die kleine Gruppe im Raum. »Kat. Dane. Und Mac. Nur sie. Sonst niemand.«

Meadows schüttelte den Kopf. »Kommt gar nicht in Frage.«

»Glauben Sie wirklich, Ihre beiden Detectives seien nicht kompetent genug, mich in Schach zu halten? Selbst in Handschellen?« Der Killer sah aus, als habe er Mitleid mit ihnen. »Und dabei hatte ich gedacht, die Polizisten von New Orleans seien toughe Jungs.«

»Wir sind tough«, stimmte Dane zu, »aber nicht dumm.« Der Typ wollte sie aus der Wache haben. Wo zum Teufel würde er sie hinführen?

»Dann machen Sie einen Helikopter klar und lassen Sie uns aus der Luft überwachen.« Der Serienmörder seufzte. »Sie können uns von oben verfolgen, wenn Sie sich dann besser fühlen. Wenn ich meine umfangreichen Kenntnisse über das Sterben zurate ziehe, erwarte ich, dass einer unserer Vermissten nur noch etwa eine Stunde zu leben hat – vielleicht weniger.« Er schürzte nachdenklich die Lippen. »Der Helikopter sollte vermutlich besser einer dieser Rettungshubschrauber sein. Denn wenn Sie die Opfer finden, werden sie sofortige medizinische Hilfe benötigen.«

Scheiße.

»Abgemacht«, sagte Meadows und besiegelte ihrer aller Schicksal.

Mac drückte den Killer zurück auf den Stuhl. Die Tür des Befragungszimmers öffnete sich. Polizisten in Uniform schwärmten herein und bezogen Posten. Dane folgte Katherine zur Tür. Er wollte sie hier raushaben. Meadows eilte ihnen nach.

Sie alle wollten weg vom Hauch des Todes.

»Oh, Meadows?«, rief der Killer ihnen nach.

Dane blickte zurück. Meadows auch.

»Sie *werden* das Todesurteil vom Tisch nehmen.«

Meadows lachte. »Das war Ihr Fehler. Ich habe Ihnen bereits gesagt, das war nicht Teil der Abmachung um Ross und Margaret.«

»Nein, nicht dieser Abmachung, aber wenn Sie wissen wollen, wo die anderen Leichen sind, sorgen Sie besser dafür, dass ich sehr, sehr alt werde.«

*Die anderen Leichen.*

»Sie haben nicht ernsthaft geglaubt, dass ich in diesen letzten drei Jahren aufgehört habe zu töten, oder? Ich bin mir sicher, der Profiler hat Ihnen gesagt, dass einer wie ich nicht einfach so aufhören kann. Wenn ja, dann hat er in diesem Punkt recht.« Es entstand eine kühle Pause. »Es gibt Leichen. Viele. Und ich werde sie Ihnen liefern … Sobald Sie mir schriftlich mein Leben garantieren.«

Dieses Arschloch. Er spielte nur mit ihnen. Jeder Moment, jedes Wort. Es war alles ein Spiel für ihn.

Dane nahm Katherines Arm und führte sie weg. Er hielt nicht an, als die anderen Detectives nach ihm riefen. Er eilte den Flur hinab und zog sie halb mit sich. Er musste sie allein sehen, musste unter vier Augen mit ihr sprechen.

Er schob eine Tür auf der rechten Seite auf. Es war das gleiche Zimmer. Das gleiche Zimmer, indem er sie Stunden zuvor voller Verzweiflung genommen hatte. Weil er nicht die Hände hatte von ihr lassen können. Weil er sie gebraucht hatte.

Er hatte Angst gehabt, sie zu verlieren. Angst vor dem Tod. Er war rau und ungestüm gewesen. Immer zu rau und zu ungestüm.

Sie hatte Besseres verdient. Romantik. Dass man ihr den Hof machte. Nicht eine schnelle Nummer in einem alten Polizeidienstzimmer.

»Katherine …«

Sie schloss die Tür und stand vor ihm. Ihr Körper berührte seinen.

Es gab so viel zu sagen, und er wusste nicht, wo er anfangen sollte.

Er blickte ihr in die Augen und fragte sich, ob er wohl genauso besessen aussah wie der Mann im Befragungsraum. Denn er fühlte sich so. Als sei sie alles. Als müsse er sie vor jeder Bedrohung beschützen. Vor jedem.

*Ich muss sie beschützen, sogar vor mir selbst.*

Scheiße. Was, wenn der Killer recht hatte? Was, wenn er selbst mehr wie der Kerl war, als er geglaubt hatte?

*Ich habe getötet. Um sie zu beschützen, würde ich es sofort wieder tun.* Als der andere aus dem Stuhl aufgesprungen war, hatte er sich vorgestellt, ihm das Gehirn wegzupusten.

Es wäre so einfach gewesen.

*Und was wird passieren, wenn wir mit ihm gehen? Es ist eine Falle. Ich weiß, dass es das ist.*

»Geh nicht«, sagte Dane, weil das vielleicht die einzigen Worte waren, die eine Rolle spielten. *Geh nicht mit uns, um Ross und Margaret zu finden. Riskier nicht dein Leben.* »Bleib auf der Wache. Wir werden sie zurückbringen.«

Lebend? Zweifelhaft. Der Killer würde sie nur zu den Leichen bringen. Wenn er sie überhaupt zu den Vermissten führte.

»Wenn ich nicht gehe, werdet ihr sie nicht finden.« Ihre Stimme war leise, aber fest. »Er will, dass ich mitkomme. Er will, dass ich sehe, was er getan hat.«

»Scheiß auf das, was er will.« Danes Finger umklammerten ihre Schultern. »Ich will dich in Sicherheit wissen.«

»Und ich will stark sein.« Sie reckte das Kinn, und in ihren Augen blitzte goldenes Feuer. »Ich will diese Tode nicht auf mir lasten haben. Ich will jemanden *retten.*«

Sie war so wunderschön, dass es wehtat. »Sie sind schon tot. Er wird uns ins Nichts führen. Er wird versuchen zu entkommen, und ich werde ihn in den Kopf schießen.« So würde es enden. »Er will, dass du mich als Killer siehst, und er richtet es so ein, dass es keine andere Option gibt, keine Wahl, sich anders zu entscheiden, für keinen von uns.«

»Man hat immer die Wahl, man kann sich immer entscheiden«, flüsterte Katherine. »Selbst wenn es so aussieht, als wäre es nicht so.« Sie stellte sich auf die Zehenspitzen und bedeckte seinen Mund mit ihrem. Ihre Lippen waren weich, die Liebkosung so zart und intim. Liebevoll.

*Ich liebe sie.*

Er erkannte die Wahrheit genau in diesem Moment. Es war keine Besessenheit. Nicht für ihn. Er wollte ihre Sicherheit. Er wollte ihr Glück. Und er wollte, dass sie nie wieder in ihrem Leben Angst vor Monstern haben musste.

Er wusste, dass er für das Wissen, dass sie lebendig und glücklich war, alles geben würde.

Sie schlang ihm die Arme um den Hals. »Ich werde dich niemals für einen Killer halten. Du bist ein Polizist, du beschützt.«

*Und ich töte.*

»Ich will, dass du mich so siehst, wie ich bin.« Er wollte keine Lügen zwischen ihnen. Keine falschen Vorstellungen. Sie hatte all das schon einmal gehabt. »Ich habe meinen Vater umgebracht, als ich siebzehn war. Ich hätte den Dreckskerl leben lassen können. Hätte ihn ins Gefängnis bringen können.« Aber das war nicht, wofür er sich entschieden hatte. »Ich habe ihn umgebracht.« Als sein Vater mit der Flasche auf ihn losgegangen war, hatte Dane eines ganz sicher gewusst … *Diesmal kommt er nicht davon. Er wird mir nie wieder wehtun.* Selbst, wenn sein Vater nicht diese Treppe heruntergefallen wäre, wäre er ein toter Mann gewesen.

Sie rückte ein Stück von ihm ab, nur ein paar Zentimeter, und sah zu ihm auf. »Denkst du, das ändert, was ich für dich empfinde?«

»Sieh mich so, wie ich bin.« Der Valentinstag-Killer wusste es. Er würde diese Fakten gegen sie alle einsetzen.

»Das tue ich.« Ganz sanft, obwohl seine Worte so wütend und hart gewesen waren. »Ich sehe einen Mann, der mutig und stark ist. Einen Mann, bei dem ich mich sicher fühle, selbst wenn ich vom Tod umgeben bin. Einen Mann, der dafür sorgt, dass ich mich lebendig gefühlt habe, als ich glaubte, ich sei schon tot.«

»Bleib hier«, wiederholte er knurrend.

»Nein. Ich will bei dir sein. Ich will das zu Ende bringen – mit dir.«

Er fühlte sich, als zerbräche sie ihn. Diesmal war er es, der sie küsste. Und er wusste, sie brauchte Sanftheit. Wusste, dass sie Vorsicht verdiente, aber er hatte zu viel Angst.

*Angst um sie.*

Er zog sie an sich. Presste seine Lippen auf ihre, drang mit der Zunge in ihren Mund. Verzweiflung trieb ihn an.

*Ich habe sie endlich gefunden. Ich darf sie nicht verlieren. Niemals.*

War das, was der Killer fühlte? Als ob diese ganze verfluchte Welt mit ihr begann und mit ihr endete?

Wenn Katherine etwas zustieß, wie weit würde Dane gehen, um sie zu rächen? Was genau würde er tun?

*Das will ich lieber nicht herausfinden.*

Er versuchte, den Kuss sanfter werden zu lassen, aber das konnte er nicht. Er versuchte, die Hände von ihr zu lassen, aber auch das konnte er nicht.

Er hatte noch nie eine Frau so sehr gewollt. Als er den Killer in Evelyns Büro gesehen hatte, war Danes erster Instinkt nicht gewesen, ihm zu sagen, er solle still stehen. Ihm zu sagen, er solle die Waffe fallen lassen.

*Ich wollte schießen. Ich wollte ihn für immer aus Katherines Leben löschen.* Den Abzug zu drücken, hätte das bewirkt. *Ich hätte es verdammt noch mal tun sollen.*

Die Dienstmarke bedeutete ihm viel. Aber er war bereit gewesen, sie wegzuwerfen. Er war dazu noch immer bereit.

Katherines Finger drückten sanft gegen seine Schultern. Ihr Mund bewegte sich zart unter seinem, liebkoste seine Lippen, und das verzweifelte Trommeln seines Herzschlags normalisierte sich langsam.

Noch ein Kuss – endlich sanfter – und er hob den Kopf. Er fühlte sich stärker, wenn er ihr nah war.

Er griff in sein Holster und zog die Waffe.

# – 20 –

Dane drückte Katherine die Waffe in die Hand. »Wenn was schiefgeht, wenn der Valentinstag-Killer irgendetwas versucht, zögere nicht, ihn umzulegen.«

»Ich habe letztes Mal auch nicht gezögert«, erinnerte Katherine ihn.

Dane strich ihr mit dem Finger das Haar zurück. »Ich hätte nicht gedacht, dass es jemanden wie dich gibt.«

Sie hob die Augenbrauen, während sie sich die Pistole in den Bund ihrer Jeans steckte, zog dann ihr T-Shirt nach unten und bedeckte die Waffe. »Ich hätte auch nicht gedacht, dass es jemanden wie dich gibt.« Aber sie war froh, dass sie ihn gefunden hatte.

Sein Gesicht war angespannt, sein Blick intensiv.

»Vertraust du mir, Katherine?«

Vertrauen. Die eine Sache, von der sie gedacht hatte, sie nie wieder einem Mann schenken zu können. Aber Dane … Sie zögerte nicht mit ihrer Antwort. »Ja.«

Seine blauen Augen schienen zu brennen. »Ich schwöre dir, ich werde dich nicht enttäuschen.«

»Ich weiß.« Aber verstand er, was sie ihm gesagt hatte? Für sie machte es keinen Unterschied, ob sie Dane vertraute oder ihn liebte. Sie vertraute, *weil* sie liebte.

Er ging ihr unter die Haut. Hatte ihren Panzer aus Eis zerbrochen und ihr gezeigt, dass es in Ordnung war, wieder etwas zu fühlen.

»Was auch immer passiert«, sagte er, und seine Finger fühlten sich warm auf ihrer kühlen Wange an, »du kannst auf mich zählen.«

Sie lächelte zu ihm hoch. »Ich weiß.« Sie hatte es schon eine ganze Weile gewusst. Ihr Polizist mit Leib und Seele.

Nein, dass er Polizist war, war ihr nicht wichtig. Es ging ihr allein um *ihn*.

Dane sah aus, als wollte er mehr sagen. Sie wollte, dass er mehr sagte. Aber er nickte nur ernst und langte um sie herum nach dem Türgriff.

*Nein*. Sie schlug die Tür zu. »Das wars?«

Er sah sie nicht an.

»Das kannst du besser«, sagte sie mit vor Ärger rauer Stimme, weil sie wusste, dass sie beide mehr verdienten. »Schließ mich nicht aus. Sag es mir.« Denn sie wollte die Worte hören. Eine Frau musste sie gelegentlich hören.

»Du weißt es doch schon.«

Katherine schüttelte den Kopf. »Das reicht nicht. Ich will es hören. Bevor irgendetwas anderes passiert.«

Seine Pupillen hatten sich geweitet, bis sie fast das Blau verschluckten. »Katherine Cole, ich liebe dich.«

»War das so schwer?«, flüsterte sie mit schmerzendem Herzen. Sie wollte lächeln. Inmitten der Hölle, die um sie herum entfesselt war, versuchten ihre Mundwinkel sich zu heben. »Wenn wir Ross und Maggie zurückhaben, wenn *er* im Gefängnis ist, dann will ich diese Worte wieder hören.«

»Du wirst mehr von mir bekommen als nur Worte.« Es war ein Versprechen. Sie wusste, Dane gehörte nicht zu den Männern, die solche Dinge leichtfertig dahersagten. Er nahm seine Versprechen ernst. »Ich will mit dir zusammen sein, Katherine. Ich will, dass wir eine Chance haben.«

Auch sie wollte diese Chance.

Sie nickte. Drehte sich von ihm weg und legte ihre Finger auf den Türknauf.

»Gibt es da nicht etwas, das du mir zu sagen hast?« Sein Atem strich über ihre Ohrmuschel.

Für einen Augenblick schloss sie die Augen. Sie dachte an all die wunderbaren Dinge, die sein könnten. Sie. Dane. Ein Haus. Vielleicht sogar mit dem perfekten Vorgarten samt weißem Lattenzaun. Lachen und Liebe – während die Jahre vergingen.

Dann dachte sie an das, was da war. Ein Mörder. Gefangene Opfer. Der Tod, der unaufhaltsam näherkam. Sie räusperte sich. »Du weißt es doch schon.« Und sie öffnete die Tür.

Polizisten schwärmten durch den Flur. Eilig. Laute und leise Stimmen.

Aber Danes Stimme klang sanft hinter ihr. »Ja, Baby. Denn du hast gesagt, du vertraust mir.«

*Er hat es verstanden.*

Was auch immer als Nächstes geschah, sie würden das gemeinsam durchstehen.

Sie stießen zu den anderen Polizisten, die unterwegs zum Technikraum waren. Dane, Mac und Katherine wurden als Vorsichtsmaßnahme mit Uhren mit GPS-Sender ausgestattet, falls der Hubschrauber den Sichtkontakt zu ihnen verlieren sollte.

»Der Weg des Streifenwagens wird ebenfalls nachverfolgt werden«, sagte Meadows, »aber wir wollen auch eine Möglichkeit haben, falls Sie zu Fuß unterwegs sind.«

Dane gab Katherine eine kugelsichere Weste. Sie legte sie an, und das Gewicht hätte ihr ein Gefühl von Sicherheit geben sollen, tat es aber nicht. »Er hat noch nie geschossen«, sagte sie.

»Er hat auch nicht immer Bomben benutzt. Es gibt für alles ein erstes Mal.« Dane zog seine Weste an. »Die Weste macht es auch schwieriger, mit einem Messer das Herz zu treffen.«

»Bitte …« Harley war mit hängenden Schultern in den Raum gekommen, das ganze Gesicht voller Blutergüsse und Schnitte. Sein verzweifelter Blick blieb an Katherine hängen. »Bringen Sie Maggie zurück.«

Das würden sie. *Bitte sei noch nicht tot.* Denn wie Dane war sich Katherine keineswegs sicher, dass die Frau überhaupt noch am Leben war.

*Er hat mir nicht wehgetan. Vielleicht hat er ihr auch nicht wehgetan.*

Sie mussten an dieser Hoffnung festhalten.

Harleys Blick fiel auf Dane. »Es … es tut mir leid.« Ein raues Flüstern.

Die anderen waren still. Sahen mit wachsamen Augen zu.

Harley flüsterte. »Ich hätte dir … helfen sollen.«

Dane schüttelte den Kopf. »Er war gut darin zu verstecken, wer er wirklich war.«

»Ich hätte dir helfen sollen.« Harleys Atem ging laut und stoßweise. »Aber James war mein Partner, und ich wollte nicht glauben … wollte nicht denken …«

»Dass Sie einem Monster vertraut hatten«, beendete Katherine den Satz für ihn.

»Ja.« Harleys Hände zitterten. Er zitterte am ganzen Körper. »Ich habe versucht, es … wieder gutzumachen, zu helfen, aber es war zu spät.«

Für Dane war es nicht zu spät.

*Und* für mich *auch nicht.*

»Nein, das stimmt nicht«, widersprach sie vehement und richtete sich auf. »Wir sind nicht das, was unsere Vergangenheit uns vorschreibt. Der Schmerz entscheidet nicht, wer wir sind. Wir entscheiden selbst, wer wir sind.«

Dane fasste sie am Arm, zog sie an sich und küsste sie vor versammelter Mannschaft. »Ich liebe dich«, sagte er an ihren Lippen.

Sie würde es nie leid werden, diese Worte zu hören. »Gut«, flüsterte sie. »Jetzt lass uns Ross und Maggie zurückholen.« Der Killer dachte vielleicht, er spielte ein Spiel, aber sie würden die Regeln festlegen.

Und er würde verlieren.

»Der Wagen ist verkabelt«, erklärte ihnen Meadows. »Er sendet uns Video- und Audio-Daten. Wir werden alles hören und sehen, was passiert. Sie sind nicht allein da draußen.«

Sie gingen hinter das Revier, wo der Streifenwagen wartete. Mac war bereits auf den Fahrersitz gerutscht. Katherine stand neben der Beifahrertür.

Plötzlich sah sie ihn. Er wurde zu ihnen geführt. Überall um ihn herum waren Polizisten. Seine Hände waren nun nicht mehr hinter seinem Rücken, sondern vor seinem Bauch zusammengeschlossen, und ein rotes Rinnsal tropfte aus seiner geplatzten Lippe. Er trug Fußfesseln, die über eine Kette mit seinen Handschellen verbunden waren.

»Forrest …«, knurrte Dane.

Der rechte Polizist lächelte.

Dane ging zu dem Verhafteten. Starrte ihn an. »Wenn Sie versuchen, irgendjemanden im Wagen anzugreifen oder zu entkommen, jage ich Ihnen eine Kugel in den Kopf.«

»Ich habe nichts anderes erwartet«, murmelte der Killer.

Nein. Katherine wusste, dass er nichts anderes erwartete. Er zählte darauf, dass Dane sein Versprechen halten würde.

*Dane hält seine Versprechen immer.*

»Du willst sterben, nicht wahr?«, fragte Katherine.

Er antwortete nicht.

Dane schob ihn hinten in den Wagen. Zog seine Waffe und zielte auf ihn.

Katherine war sich ihrer eigenen Waffe bewusst. So nah.

Sie glitt auf den Beifahrersitz. Blickte zurück durch die Schutzscheibe und sah den Mörder lächeln.

»Kommen die Sanitäter im Helikopter?«, wollte er wissen.

»Der Hubschrauber kommt«, bestätigte Mac und ließ den Wagen an.

»Dann sind wir bereit.« Seine Stimme war ruhig. »Fahren Sie los, Detective. Ich sage Ihnen genau, wo wir hinmüssen.«

Katherine wusste bereits, wo er sie hinbringen wollte. *In die Hölle.*

»Schnall dich besser an, Katherine«, murmelte er. »Polizisten sind oft so schlechte Fahrer.«

Mac fluchte leise.

Sie fuhren los. Fuhren immer weiter. Der Killer bestimmte mit tiefer, ruhiger Stimme die Richtung. Sie verließen die Stadt. Fuhren zu einem Sumpf. Die Straße verengte sich, bis sie nur noch zweispurig war, ein alter Highway voller Schlaglöcher und Rissen im Asphalt.

»Ganz schön weit draußen«, bemerkte Dane aus der Dunkelheit des Rücksitzes.

Katherine tastete mit ihrer verschwitzten Hand nach dem Türgriff.

Dane seufzte. »Sie führen uns nicht zufällig in die Irre, oder, Michael?«

*Michael.* Katherine verzog bei dem Namen das Gesicht.

»Nein, Detective«, lautete die ruhige Antwort. »Durch die Geschehnisse in Boston habe ich gelernt, nicht da zu scheißen, wo ich esse.«

Ihr klappte der Kiefer runter.

»Ich achte jetzt darauf, dass meine Morde weit entfernt von meinem Haus stattfinden.«

Katherine sah nach hinten, aber in der Dunkelheit konnte sie nicht mehr als seine Umrisse erkennen.

»Nach dreißig Metern rechts abbiegen, Mac«, sagte er.

Das Auto wurde langsamer.

»Für Polizisten sind Sie beide unglaublich vertrauensselig.« Ein rauerer Ton hatte sich in seine Stimme geschlichen. »Sie haben sich beide von mir hier herauslocken lassen – mit Kat. Und, Dane, ich wette, Sie haben ihr sogar eine Waffe gegeben, bevor Sie in den Wagen gestiegen ist.«

Katherine tastete nach der Pistole, die nun in ihrer Jackentasche steckte.

»Woher wollen Sie wissen«, erkundigte sich der Mörder neugierig, »dass Kat nicht mit mir zusammenarbeitet? Dass es nicht mein Ziel war, Sie beide hier herauszulocken? Wenn wir in wenigen Minuten abbiegen, wenn Mac damit beschäftigt sein wird, die Kontrolle über das Lenkrad zu behalten, weil dort ein riesiges Loch in der Straße ist … Woher wissen Sie, dass Kat nicht ihre Waffe herauszieht und Mac ein Loch in den Kopf bläst?«

Stille.

Der Wagen wurde langsamer, während Mac sich darauf vorbereitete, abzubiegen.

»Wenn sie Mac erschießt, kann ich Ihnen meinen Kopf ins Gesicht rammen und Ihnen die Nase brechen, genau wie bei dem Idioten auf der Wache. Ich werde Sie entwaffnen, und während wir kämpfen, wird Kat um das Fahrzeug herumkommen und die Tür öffnen. Wenn Sie hochsehen, wird meine Kat Ihnen die Waffe genau in die Mitte der Stirn drücken.«

Katherine sprach nicht. Ihr Herz raste, in ihren Ohren dröhnte es.

»Kat könnte die ganze Zeit insgeheim mit mir zusammengearbeitet haben. Wir haben so nah beieinander gewohnt, haben uns jeden Tag gesehen ...«

Mac bog auf den Feldweg ein.

»Misstraut ein Teil von Ihnen ihr, Dane?« Die Frage drang durch den Wagen. »Sind Sie sich tief in Ihrem Inneren hundertprozentig sicher, dass Sie auf sie zählen können? Rast Ihr Herz? Sind Sie nervös, fragen Sie sich ...?«

Dane lachte.

Der Wagen rumpelte durch ein tiefes Schlagloch, und das ganze Fahrzeug wurde durchgerüttelt. Fluchend versuchte Mac, das Auto ruhig zu halten.

»Sparen Sie sich den Mist«, sagte Dane mit rauer Stimme. »Ich vertraue Katherine.«

»Komisch. Ich vertraue ihr auch.«

Das wirklich Merkwürdige war, dass Katherine wusste, dass das stimmte. Er vertraute ihr wirklich.

»Aber was ist mit Ihnen, Mac?«, fragte der Killer.

Katherine blickte zu Mac. Das Licht des Cockpits beleuchtete sein Gesicht nur schwach.

»Vertrauen Sie Kat auch? Oder beobachten Sie sie dauernd aus dem Augenwinkel?«

*Er hatte zu ihr geschaut.* Sie hatte seinen Blick bereits mehrmals während der Fahrt gespürt.

»Dane vögelt sie, daher sagt er natürlich, sie wird ihn nicht verraten, aber was denken Sie? Glauben Sie, sie wartet nur ab? Dass sie im perfekten Moment zuschlagen wird?«

»Seien Sie still!«, herrschte Dane ihn an.

»Ohne Kat wäre Ihre Freundin nicht ins Krankenhaus gekommen.« Die Stimme war jetzt sogar noch tiefer. »Kat hat Ronnies Schicksal besiegelt. Ich habe zu Ronnie gesagt, dass sie leben darf, solange sie niemandem etwas erzählt, aber sie hat sich nicht daran gehalten …«

»Halten Sie die Klappe«, presste Mac zwischen zusammengebissenen Zähnen hervor.

»Als ich sie in dem Keller gefunden habe, hat sie geweint. Tränen liefen ihr über die Wangen. Klebeband war über ihrem Mund, und …«

»Halten Sie ihre gottverdammte Klappe!« Mac schrie jetzt, seine Hände waren fest ums Lenkrad geklammert.

»Mac«, begann Katherine. »Sehen Sie auf die Straße.« Denn es war dunkel. Büsche und Äste schlugen gegen das Fahrzeug, und Mac fuhr jetzt schneller. *Schneller.*

»Sagen Sie kein Wort mehr«, warnte Dane den Mann neben sich.

Aber das würde ihn nur anstacheln, immer weiter zu reden. Sie wusste, dass es so war.

»Die Seile schnitten ihr in Arme und Beine. Ihre Haut war aufgeschlitzt. Ihr Blut tropfte vom Tisch hinunter. Zuerst habe ich erwogen, ihr einfach mein Messer in die Brust zu stoßen. Es wäre so einfach gewesen.«

Katherine blickte nach hinten. Sie sah den Schatten von Danes Waffe, die sich immer dichter an den Mörder heranschob.

»Aber ich entschied mich, sie am Leben zu lassen. Das war ein Fehler, den ich nicht noch einmal begehen werde. Ich werde sie jagen. Ich werde mich in ihr Schlafzimmer schleichen und sie fesseln. Vielleicht werde ich das Klebeband weglassen, damit sie betteln kann.«

Mac wirbelte zu ihm herum. »Bring ihn zum Schweigen, Dane! Oder ich werde …«

»Dann werde ich ihr ein Messer in die Brust rammen.«

Katherine sah nach vorn, starrte schreckerfüllt durch die Scheibe. Gerade hatte sie versucht, das Lenkrad zu fassen zu kriegen, weil sie erkannt hatte, dass der dunkle längliche Fleck auf dem Weg vor ihnen … Es war nicht einfach nur getrockneter Schlamm oder ein großer Riss im Boden.

»Nagelketten!«, rief sie warnend, als sie im Licht der Scheinwerfer zu erkennen waren. »Stopp!« Sie schrie.

Aber es war zu spät. Sie konnte von ihrer Position aus die Bremse nicht erreichen. Mac sah noch nicht einmal auf die Straße. Er drehte sich um – viel zu spät – und riss das Lenkrad nach rechts.

Das Auto fuhr ungebremst auf die Nagelkette. Die Vorderräder waren sofort platt. Mac versuchte, den Wagen unter Kontrolle zu bekommen, wie er es Minuten zuvor getan hatte, aber diesmal schaffte er es nicht. Er verriss das Steuer nach rechts. Das Fahrzeug drehte sich um sich selbst, kippte. Die Büsche hatten verborgen, dass auf der rechten Seite Sumpfwasser war. Sie befanden sich auf einer Anhöhe, die ihr Wagen hinabschoss, sich dabei immer wieder überschlug.

Metall knirschte. Glas brach. Katherine schnitt der Gurt in die Schulter, und die Pistole, die sie gegriffen hatte, entglitt ihren Fingern.

Jemand rief ihren Namen. Jemand schrie.

*Eine Falle. Eine tödliche Falle. Unsere letzte Strafe, die uns alle in die Hölle schicken wird.*

Dann schlug der Wagen auf der Wasseroberfläche auf. Und die Schreie verstummten.

»Was meinen Sie damit, dass Sie sie verloren haben?«, wollte Meadows wissen, der direkt hinter John hockte. »Das Fahrzeug hat einen nagelneuen Tracker. Er wurde gerade erst installiert – fünf Minuten bevor sie losgefahren sind.«

»Er hat aufgehört zu senden.«

»Lassen Sie mich mit jemandem im Hubschrauber sprechen.«

Das Funkgerät leuchtete auf. Der Anruf wurde über das Hauptquartier geschaltet und an den Lautsprecher weitergeleitet. »Sir?«

»Sagen Sie mir, dass Sie den Wagen sehen können«, blaffte Meadows in das Funkgerät.

»Negativ.«

Gottverdammte Scheiße.

»Sie sind vor wenigen Augenblicken auf eine stark bewaldete Straße abgebogen. Wir sollten jeden Moment wieder Sichtkontakt haben.«

Nein, sie würden diesen Sichtkontakt nicht wiederbekommen. Denn der Kerl spielte seine Spielchen. Er versuchte, die Detectives zu töten.

»Die Uhren«, sagte er, und die Worte waren ein verzweifeltes, frustriertes Knurren. »Sagen Sie mir, dass Sie von denen ein Signal erhalten.«

»Nicht von Detective Mac Turners«, antwortete John.

Scheiße, Scheiße, Scheiße.

»Aber ich empfange ein Signal von Katherine Cole und Detective Black«, fuhr John fort. Seine Stimme überschlug sich fast vor Aufregung.

»Schicken Sie die Streifenwagen sofort da hinaus.« Meadows atmete tief ein. Ihm drehte sich der Magen um. »Bringen Sie ein SWAT-Team, oder was auch immer wir brauchen. Und Sie im Hubschrauber«, fuhr er fort, denn er wusste, dass der Pilot ihn hören konnte. »Notieren Sie sich die Koordinaten, die wir Ihnen senden, und finden Sie einen Landeplatz. Kommen Sie den Männern da unten zu Hilfe.«

Bevor sie das Funksignal des Wagens verloren hatten, hatte Meadows Schreie gehört, das Knirschen von Metall und auch …

Gelächter.

*Sie werden meine Männer nicht töten, Sie Dreckskerl.*

Denn wenn er das tat, würde man Meadows die Schuld an ihrem Tod geben. Er hatte sich auf den Handel eingelassen. Er hatte die Polizisten mit diesem Bastard da rausgeschickt.

Hatte er sie in den Tod gejagt?

Wasser drang ins Fahrzeug. Verdammt. Dane fühlte es um seine Beine schwappen. Sein Kopf tat höllisch weh – er war damit gegen das Seitenfenster geknallt, und ein Stück Metall bohrte sich ihm in die Seite.

»Katherine?« Es war zu still hier … und zu dunkel. »Katherine?«

»Ich werde mich um sie kümmern«, flüsterte eine Stimme aus der Dunkelheit.

Der Killer.

Hätte der Dreckskerl nicht einfach bei dem Unfall sterben können?

Etwas, das sich wie Metall anfühlte, bohrte sich in seine Seite. Dane stöhnte vor Schmerz und bemerkte, dass es der Killer war, der das Metallstück hielt. Nein, nicht Metall. Eine große Glasscherbe. Seine Handschellen waren verschwunden, und der Scheißkerl hatte Danes schusssichere Weste weggeschoben und bearbeitete ihn mit einem riesigen Stück Glas.

»Sie … werden … einen … Scheißdreck … tun«, knurrte Dane. Er griff nach unten und suchte unter Wasser nach der Pistole, die er eben noch gehabt hatte. Er ignorierte den Schmerz. Seine Finger ertasteten die Waffe und schlossen sich um den Griff. Er hoffte, sie würde noch feuern.

Das Auto neigte sich zur Seite, und das Wasser sammelte sich auf Danes Seite. Er sank tiefer, während der Killer nicht in Gefahr war. Seine Seite des Fahrzeugs lag höher und …

Die Tür auf der höhergelegenen Seite flog auf. »Weg von ihm«, schrie Katherine.

Das Glas verschwand aus Danes Seite.

»Katherine, du bist verletzt.« Die Stimme des Killers war voller Sorge. »Habe ich dir nicht gesagt, du sollst deinen Sicherheitsgurt anlegen?«

Dann war er aus dem Fahrzeug und stürzte sich auf sie. *Er hat die Scherbe.* Katherine stolperte rückwärts, während er durch das Wasser zu ihr eilte.

Danes Finger schlossen sich um die Waffe. »Zurück, Katherine«, schrie er.

Er schoss. Die Kugel bohrte sich in den Körper des Killers, und er fiel vornüber auf das Ufer.

Dane vermutete, dass er durch die Wucht des Aufpralls für einen Moment das Bewusstsein verloren hatte. Der Bastard neben ihm hatte das nicht, hatte sich aus seinen Handschellen befreit und sich mit der Scherbe an ihm zu schaffen gemacht. »Mac?«, rief er.

Keine Antwort.

»Dane …« Plötzlich war Katherine bei ihm und zog ihn aus dem Wagen. Der Mond war nicht zu sehen. Wolken verdunkelten den Himmel. Dennoch konnte er schemenhaft den Valentinstag-Killer erkennen, der auf dem schmalen Uferstreifen zusammengebrochen war.

»Wo ist Mac?«, gelang es ihm zu fragen. Er hatte seinen linken Arm um Katherines Schultern geschlungen, hielt sie fest. In der rechten Hand hielt er die Pistole.

»Er ist noch im Wagen. Bewusstlos. Und ich habe ihn nicht rausgekriegt.«

Scheiße.

Sein Blick wanderte über den Killer hinweg, der noch immer regungslos am Ufer lag.

Das Auto sank tiefer ins Wasser. Dane ging wieder zum Auto hinüber und versuchte, Macs Tür zu öffnen.

»Sie geht nicht auf«, sagte Katherine. »Ich habe es schon versucht. Meine auch nicht. Ich musste herausklettern. Die Windschutzscheibe ist zerbrochen, so bin ich rausgekommen.«

Dane würde seinen Partner nicht ertrinken lassen. Er gab Katherine die Waffe. Er legte ihre Finger fest um den Griff. »Wenn er auch nur zuckt, schieß ihm in den Kopf.« Er ignorierte den Schmerz in seiner Seite und erzählte ihr nichts davon. Sie hatte die Wunde nicht bemerkt, konnte sie in der Dunkelheit gar nicht sehen.

Er ging tiefer ins Wasser. Betete, dass hier keine Alligatoren rumschwammen, denn so einen Mist konnte er jetzt nicht auch noch brauchen. Er kletterte auf das Dach des Fahrzeugs und durch die zerbrochene Windschutzscheibe, schlang die Arme um Mac. »Kumpel, du schuldest mir was«, murmelte er und begann Mac aus dem Auto zu ziehen.

Der Wagen bewegte sich unter ihnen. Mehr Wasser drang ein und …

Metall ächzte und knirschte.

Und dann rutschte das ganze verdammte Fahrzeug komplett unter Wasser.

»Dane«, schrie Katherine, als das Auto im Sumpf verschwand. Sie rannte zu der Stelle, wo das Wasser Blasen schlug.

»Das lässt du lieber bleiben.« Harte Arme schlangen sich um ihren Bauch. Katherine wurde von hinten an einen großen, muskulösen Körper gezogen.

Ihre Finger schlossen sich krampfhaft um die Waffe.

»Da ist es viel tiefer, als es vom Abhang aus aussieht, und es könnte sein, dass jemand hier kürzlich kleine Sprengungen vorgenommen hat, um das Gelände zusätzlich zu destabilisieren, damit ein großes Objekt schnell sinkt.«

Er hatte alles geplant?

Seine Hand streckte sich nach unten und griff nach der Pistole. »Gib mir das einfach, Kat.«

»Du wolltest Maggie und Ross nie gehen lassen.« Ihre Lippen fühlten sich taub an. »Du hast diese Straße als Falle für uns vorbereitet.«

»Nicht speziell für euch. Für alle Polizisten, die mich verfolgen. Ich brauchte einen Notfallplan.«

Das Wasser war rabenschwarz. Sie konnte Dane nicht sehen.

Sie hatte nur noch einen Augenblick …

Er lachte ihr ins Ohr. »Ich weiß genau, was du gerade denkst. Du wirst mit deinem Ellenbogen nach hinten schlagen, mich unvorbereitet treffen, weil ich nicht erwarte, dass du dich wehrst.

Dann wirst du ins Wasser springen. Du wirst deinen Helden retten … und mit ihm bei einem Abendessen mit Kerzenschein feiern – am Valentinstag, *meinem* Tag.«

Katherine schluckte ihre Angst hinunter. »Du glaubst, du kennst mich so gut.«

Wie lange würde Dane die Luft anhalten können?

»Du willst die Welt retten, Kat. Das ist deine Schwäche.«

Nicht dieses Mal.

*Du kennst mich nicht.*

Sie dachte an all die Selbstverteidigungskurse, die sie besucht hatte. Ungezählte Stunden, sodass sie nicht mehr schwach sein würde. Sodass sie nicht erstarren würde, wenn der Moment kam.

Ihre Finger glitten aus den seinen, und sie ließ die Waffe fallen. Im nächsten Moment wirbelte sie in seinen Armen herum … und attackierte mit den Fingern seine Augen. Er schrie vor Schmerz auf und versuchte automatisch, sein Gesicht zu schützen.

Dadurch bot er ihr eine mögliche Angriffsfläche.

Sie zielte auf seinen Schritt und trat mit aller Kraft zu. Er hatte so viel von ihrem Leben zerstört – so viele Leben zerstört –, sie wollte, dass es ihm *wehtat.*

Er stolperte rückwärts. Sie schnappte sich die Waffe. Sie würde Dane retten, richtig, aber zuerst würde sie dafür sorgen, dass dieser Mörder hier starb. Sie würde nicht zulassen, dass er genau dann zurückkam, wenn Dane aus dem Wasser stieg.

Sie hob die Waffe. Zielte auf den Killer.

Er lachte.

Sie drückte den Abzug.

Nichts geschah.

Er lachte lauter. »Das passiert bei diesen billigen Polizeiwaffen oft. Wenn sie nass werden, funktionieren sie manchmal einfach nicht mehr.«

Nein. *Nein.*

Er stand auf, und da war etwas Scharfes in seiner Hand. Sie konnte die Umrisse erkennen. Größer als ein Messer. Länger. Gezackt. Metall? Ein Stück Metall oder Glas?

Sie hörte hinter sich das Wasser schwappen. Sie zuckte zusammen und blickte zurück. Dane war aus dem Wasser aufgetaucht, hielt Mac in den Armen.

Im nächsten Augenblick hatte der Mörder sein provisorisches Messer an Katherines Hals. »Versuch, dich zu befreien. Versuch den kleinen Finger-Trick noch einmal, und ich werde dir die Kehle aufschlitzen«, versprach er ihr. Da war Wut, sie brannte in seinen Worten. Er war immer so ruhig gewesen, so beherrscht ihr gegenüber, aber jetzt sah sie die Bestie in ihm.

Sie bewegte sich nicht.

»Möchten Sie sehen, wie viel Blut aus der süßen Kat herausfließen kann?«, rief er Dane zu.

Der erreichte gerade das Ufer.

»Werfen Sie Ihren Freund ins Wasser zurück«, befahl er ihm.

Dane erstarrte. Das Wasser floss an ihm hinab. »Er ist bewusstlos.« Seine Stimme war gut zu hören. Auch seine Wut. »Mac ist keine Bedrohung für Sie.«

»Im Moment nicht«, stimmte ihm der andere Mann zu. »Jetzt werfen Sie ihn zurück ins Wasser.«

»Er wird sterben.«

»Aber darum geht es ja gerade«, flüsterte der Killer Kat zu. »Dein Bulle könnte etwas schlauer sein.« Bei seinem Seufzen strich ein Luftzug über ihre Wange. »Lassen Sie ihn einfach untergehen«, verlangte er von Dane. »Dann können Sie herauskommen und versuchen, für Kat den Helden zu spielen. Entweder werden Sie sterben oder ich. Wenn Sie schnell genug sind, schaffen Sie es vielleicht sogar zurück ins Wasser, um Mac zu retten, bevor er ertrinkt.«

Katherine schüttelte den Kopf. *Tu es nicht.*

Die Glasscherbe ritzte ihre Haut, und sie fühlte ihr Blut, ein warmes Rinnsal.

»Hör auf, dich zu bewegen, Kat«, herrschte der Killer sie an.

»Lass ihn nicht gehen«, erwiderte sie und ignorierte ihn. »Dane, bring Mac raus. Rette ihn.«

»Lassen Sie ihn sterben, Dane«, befahl der andere. »Er oder Kat – treffen Sie eine Entscheidung.«

Man hatte im Leben immer die Wahl, wofür man sich entschied. Die Wahl zu retten. Die Wahl zu töten.

Die Wahl zu sterben.

Katherine konnte Danes inneren Kampf spüren. Sie sah seine Hände. Er hatte sie um Mac gelegt. Seinen besten Freund. Seinen Partner.

Mac war bereits verletzt. Wenn er ihn ins Wasser fallen ließ, würde er jemals wieder hochkommen?

»Ich entscheide mich«, sagte Katherine und hob ihre rechte Hand zum Hals. Denn vielleicht, vielleicht, war es das, was passieren sollte. Es würde wehtun, es würde bluten, aber Mac würde leben. Dane würde leben.

Der Mann, der sie festhielt?

*Es hängt von den Entscheidungen ab, die wir treffen.*

»Nein«, flüsterte er ihr ins Ohr. »Nicht.«

Denn er kannte sie tatsächlich gut.

»Bitte …«, bat er sie.

Oder war das Dane?

Sie beide?

Sie drückte sich nach vorn, nicht weg von der Waffe, sondern auf sie zu, während sie nach der Hand mit der Scherbe griff und versuchte, sie nach rechts zu ziehen.

Das Glas schnitt über ihre Kehle. Blut floss ihr den Hals hinab.

»Nein«, schrie Dane.

Aber auch der Killer hatte die Waffe fallen lassen. »Katherine!«

Sie brach in seinen Armen zusammen und zog ihn mit sich, brachte sie beide auf dem schlammigen Untergrund zu Fall. Wasser schwappte. Dane kam zu ihr. Sie hoffte wirklich, er hatte Mac bei sich.

Die Hand des Mörders war an ihrer Kehle. »Warum? Ich hätte dich umbringen können.«

Ihre Kehle schmerzte, aber es war keine Verletzung, an der sie sterben würde. Dazu war die Wunde nicht tief genug. Sie hatte seine Hand rechtzeitig weggeschoben, oder vielleicht … vielleicht hatte er sich selbst gestoppt.

»Entscheidungen«, erklärte sie ihm mit rauer Stimme. Der Schnitt war vielleicht nicht tief genug, um sie zu töten, aber er tat wirklich weh. »Ich konnte nicht zulassen … dass Dane … die falsche trifft.«

Er beugte sich über sie und hob die Glasscherbe. »Er wird dennoch tun, was getan werden muss.«

Katherine starrte zu ihm empor. Selbst in der Dunkelheit konnte sie seinen Schmerz sehen. Die Hoffnungslosigkeit. Beides war so deutlich für sie. »Warum?«

»Weil ich selbst mich nicht aufhalten kann.«

Er hob die Scherbe über sie. Es sah aus, als wolle er sie ihr in die Brust stoßen.

»Es ist Valentinstag«, sagte er, und seine Stimme brach. »Ich liebe dich, Katherine.«

Sie griff nach seiner Hand. Hielt die Waffe zurück. »Nein, tust du nicht.«

*Du wirst es nicht auf diese Weise beenden.*

*Es ist nicht deine Entscheidung, wie dies enden wird.*

Dane prallte gegen ihn. Sie rollten über den Boden, begleitet vom dumpfen Aufprall von Fleisch auf Fleisch. Die Männer kämpften miteinander. Dane war oben, hieb seinem Gegner wieder und wieder die Faust ins Gesicht.

Doch der wehrte sich. Er hatte noch immer die Glasscherbe, stieß sie Dane in die rechte Hand.

Katherine schrie, doch Dane kämpfte weiter. Er rammte dem anderen den Kopf gegen die Stirn. Hieb seine linke Faust in den Magen seines Gegners. Es war ein blutiger, ein brutaler Kampf.

Die Scherbe löste sich aus Danes Hand, flog durch die Luft.

Mac lag wenige Meter entfernt am Boden. Katherine rannte zu ihm. Sie fühlte nach seinem Puls. *Ja, da war er. Und auch Atmung. Ja.* Er würde es schaffen. Wenn sie jetzt nur Ross und Maggie finden konnten, hätten sie vielleicht alle eine Chance.

Alle außer dem Killer.

Polizisten hatten immer eine zweite Waffe. Auf eine Fahrt wie diese wäre Mac sicherlich nicht unvorbereitet gegangen.

Sie tastete ihn ab, kam zu seinem Fußgelenk.

*Ja.*

Keine Pistole. Ein Messer. Er hatte ein Messer an seinem Knöchel befestigt.

Sie kam wieder auf die Füße und rannte zu den kämpfenden Männern, das Messer fest in der Hand. Dane und der Killer kamen stolpernd hoch und wollten sich wieder aufeinanderstürzen.

Nein.

*Sie würde es zu Ende bringen. Hier und jetzt.*

»Michael.«

Er wirbelte zu ihr herum.

Sie stieß ihm das Messer tief in die Brust. Seine Hände schlossen sich um ihre Arme. Sein Körper erbebte. »Leb wohl, Michael«, verabschiedete sie sich mit brechender Stimme von ihm.

Denn jetzt verstand sie. Michael hatte tatsächlich die ganze Zeit über versucht, ihr zu helfen. Er hatte gewollt, dass sie ihn rettete, so wie sie versucht hatte, ihre Mutter zu retten.

Aber Michael zu retten bedeutete auch, den Killer zu töten.

»Ich habe es getan«, flüsterte er. »Ich bin für dich gestorben.« Seine Finger lockerten ihren Griff. Er wankte und fiel, sein Körper sackte in sich zusammen.

Dann war Dane bei ihr und zog sie an sich. Hielt sie ganz nah bei sich.

Sie hörte ein rhythmisches Geräusch über sich, und Wind kam auf, wehte über ihr Gesicht.

Der Helikopter. Der Helikopter war da.

Er landete. Sie konnte die hellen Lichter sehen.

»Die … Kavallerie …«, flüsterte der Killer.

Danes Blick war auf Katherines Hals gerichtet. »Warum verdammt noch mal hast du das getan? Er hätte dir die Kehle aufschlitzen können.«

»Ich habe sein Handgelenk weggedrückt. Aus diesem Winkel konnte er nicht viel Schaden anrichten.« Sie hatte die Bewegung trainiert. Er hatte keine Ahnung, wie viele Selbstverteidigungskurse sie über die Jahre besucht hatte. Sie hatte versucht, sich immer wieder auf diesen Augenblick vorzubereiten.

Er zog sie an seine Brust und hielt sie fest. Er war klitschnass, wie sie selbst auch, und sie konnte das Zittern fühlen, das durch seinen Körper lief. Mit einer Stimme voller Angst und Wut sagte er: »Ich dachte, du würdest direkt vor meinen Augen sterben.«

Sie hatte selbst Angst gehabt, dass das so kommen könnte.

»Jag mir nie wieder solche Angst ein«, befahl er und presste sie noch enger an sich. »Ich glaube, das hat mich zehn Jahre meines Lebens gekostet.«

Besser, als es ganz zu verlieren.

Besser, als wenn Mac sein Leben verloren hätte.

*Mac.*

Zusammen eilten sie zu dem Verletzten. Da waren andere Schritte, die jetzt auf sie zueilten. Der Helikopter war gelandet, und die Sanitäter und Polizisten, die darin mitgeflogen waren, eilten ihnen zu Hilfe. *Die Sanitäter.* Der Valentinstag-Killer hatte sie angefordert, weil er gewusst hatte, dass es Verletzte geben würde. *Dass sie verletzt sein könnte.*

Mac stöhnte und versuchte, die Augen zu öffnen. Ein riesiger Schnitt verlief von seiner Schläfe bis zum Kiefer. »Haben wir ihn … erwischt?«, fragte er und kniff die Augen zusammen, um in der Dunkelheit besser sehen zu können.

Dane nahm seine Hand. »Ja, Kumpel, das haben wir.«

Katherine blickte zurück zum Killer. Der Messergriff ragte aus seiner Brust. Sie hatte die Klinge so fest wie möglich hineingestoßen.

Sein Blut klebte an ihren Händen.

Sie versuchte es an ihrer Jeans abzuwischen. Das klebrige Zeug wollte nicht abgehen.

»Gut …«, krächzte Mac. »Hoffe … er hat … gelitten …«

Nicht so sehr wie seine Opfer, nein.

Die Sanitäter kämpften sich durch das Gebüsch.

»Hierher«, rief Dane. »Wir haben einen verletzten Polizisten.«

Zwei Männer und eine Frau eilten zu ihnen.

»Ist sonst noch jemand verletzt?«, rief ein anderer Mann, der das Schlusslicht bildete.

Dane trat zurück, sodass die Sanitäter Mac verarzten konnten. »Unser Gefangener ist niedergestochen worden.«

Einer der Sanitäter wollte hinüberlaufen. »Nein.« Dane hielt den Mann am Arm zurück. »Wo ist die Polizistin, die bei Ihnen war?«

Eine Frau kam durch die Büsche zu ihnen.

»Karen, geben Sie mir Ihre Ersatzwaffe«, verlangte Dane, als er sie erkannte.

Er nahm die Pistole entgegen. Entsicherte sie, bevor er sagte: »Jetzt können Sie sicherstellen, dass er keinen Puls mehr hat.«

Er näherte sich dem reglosen Körper. Katherine war wie erstarrt. Es fühlte sich an, als hätten sich alle Muskeln abgeschaltet. Einer der Sanitäter legte ihr eine Decke um die Schultern. Wärmer wurde ihr davon nicht.

Vorsichtig kauerte sich Dane neben den Killer. Er legte ihm die Finger an den Hals. Ließ sie dort verweilen.

Stumm begann Katherine zu zählen.

*Eins.*

Sie erinnerte sich an Michael, an den Tag, als sie ihn zum ersten Mal getroffen hatte. Das breite Grinsen. Die funkelnden Augen.

*Zwei.*

Sie sah ihn mit dem Verlobungsring niederknien und sie fragen, ob sie ihn heiraten würde.

*Drei.*

Sie sah ihn in seiner schwarzen Schürze … das Messer noch immer in der Hand. Blut. *Du bist nicht früh genug nach Hause gekommen.* Die Worte geisterten noch immer durch ihren Kopf.

*Vier.*

Sie sah ihn, wie er vor wenigen Augenblicken gewesen war, als er sich bei ihrem Ruf umgedreht hatte. Er war auf sie zugegangen, als wenn er es kaum erwarten könnte. Hatte seinen Körper direkt in das Messer gedrückt und seine Brust in den richtigen Winkel gebracht, damit es genau an der richtigen Stelle eindringen würde.

*Fünf.*

Sie sah Dane den Kopf schütteln. Der Valentinstag-Killer – Michael – war tot.

Dane stand auf und kam zu ihr. »*Ich* hätte es tun sollen«, sagte er mit tiefer Stimme. Er zog sie noch einmal in die Arme. »Ich hätte derjenige sein sollen, der ihn umbringt. Du hättest das nicht auf dich nehmen müssen.«

Doch, hatte sie. Er hatte gerettet werden wollen. Und letzten Endes hatte er vielleicht bekommen, was er gewollt hatte.

Rote Streifen erschienen am dunklen Horizont. Der Morgen kam. Die Nacht war wirklich zu Ende. Die Dunkelheit verschwand.

»Was zur Hölle?«, knurrte Dane. Sein Körper versteifte sich.

Sie drehte sich in seinen Armen und folgte seinem Blick. Im Licht der aufgehenden Sonne konnte sie gerade so die Umrisse einer halbverfallenen kleinen Hütte am Rand des Sumpfes ausmachen.

»Verdammte Scheiße.« Dane stieß einen ungläubigen Pfiff aus. »Er hat uns zu ihnen gebracht. Er hat uns tatsächlich zu ihnen gebracht.«

Es sah so aus, als habe der Valentinstag-Killer sich an seinen Teil der Abmachung gehalten – bis zu einem gewissen Grad jedenfalls. Aber waren Maggie und Ross noch am Leben?

Katherine und Dane begannen zu rennen. Sie kämpften sich durch den Schlamm, schoben Büsche und Äste aus dem Weg. Dane rief nach Verstärkung.

Die Sanitäter hatten Mac auf eine Trage geladen.

In der Ferne heulten Sirenen.

Sie und Dane liefen weiter.

Endlich war Dane an der Tür angekommen. Er hatte die Waffe gezogen. »Polizei!«, rief er. »Wir kommen rein.«

Er griff nach dem Türknauf. Drehte. Als er nicht nachgab, trat er die Tür ein.

Der Geruch von Tod schlug ihr entgegen. Blut und Verwesung. Verdammt.

Katherine war sich nicht mehr so sicher, dass sie heute irgendjemanden retten würden. Der Valentinstag-Killer hatte vielleicht noch mehr Opfer mit sich in den Tod genommen.

# – 2 1 –

Er konnte kein Blut sehen, aber er roch es überall um sich herum. Der Valentinstag-Killer hatte nicht gelogen, als er ihnen von seinem kleinen Versteck erzählt hatte. Verdammt, hier draußen im Sumpf hatte er die Opfer unbemerkt in Stücke schneiden und die Teile an die Alligatoren verfüttern können.

Kein Wunder, dass bisher keine Leichen gefunden worden waren.

Es war immer einfacher, die Toten schweigen zu lassen, wenn keine Toten gefunden werden konnten.

Der Boden der Hütte war leicht abschüssig. Dane folgte dem Blutgeruch. Besonders stark kam er von rechts. Das sanfte Licht des Morgengrauens fiel durch die alten Jalousien und auf eine Holztür in der rechten Ecke. Ausgeblichen. Mit einem Vorhängeschloss.

Das Schloss konnte ihn mal.

Er hob den Fuß, trat diese Tür ebenfalls ein und eilte in den Raum.

Der Blutgeruch war hier viel stärker … weil eine Frau in der Mitte des Zimmers auf einem Tisch lag. Eine Frau mit hellblondem Haar. Eine Frau mit Klebeband über dem Mund und gefesselten Händen und Füßen.

Ihre Arme wiesen Schnitte auf. Tiefe Kerben, aus denen Blut auf den Boden getropft war.

Allerdings war es bereits getrocknet.

Und die Frau …

Dane berührte sie. Sie zuckte zusammen. Tränen quollen ihr aus den Augen, die sie zusammengepresst hatte.

Katherine schnappte hinter ihm erschrocken nach Luft.

Er wusste, diese Szene musste ihr bekannt vorkommen.

Aber dieses Mal würde es anders ausgehen. Das Böse würde nicht gewinnen. Diesmal nicht.

»Es ist alles gut«, sagte Dane zu der Frau. *Maggie.* »Du bist in Sicherheit.« Es sah aus, als sei der Killer bei seiner Folter sorgfältig vorgegangen. Es waren keine Arterien aufgeschnitten. Keine Sehnen durchtrennt. Er hatte mit ihr gespielt. »Ich bins, Maggie. Dane. Ich bin hier, um dich nach Hause zu bringen.«

Ihre Augen öffneten sich.

Vorsichtig zog er ihr das Klebeband von den Lippen.

»Dane?« Verzweifelte Hoffnung.

»Ja, Maggie. Du bist in Sicherheit.«

Unter ihren krampfhaften Schluchzern bebte ihr ganzer Körper.

Er zog an den Seilen. Drehte. Riss. Befreite ihre Hände. Sie war nackt und blutverschmiert und klammerte sich an ihn.

Katherine befreite auch ihre Beine und wickelte Maggie in eine alte Decke. Dane hatte keine Ahnung, wo sie sie gefunden hatte.

»Sie …«, flüsterte Maggie, als sie Katherine anblinzelte. »Ich kenne Sie …«

Katherines Unterlippe zitterte. »Sie sind jetzt in Sicherheit.«

Maggie schüttelte den Kopf. »Er wird zurückkommen. Er sagte, dass er zurückkommt, dass er uns töten wird.«

»Jetzt ist er derjenige, der tot ist«, stieß Dane zwischen zusammengebissenen Zähnen hervor. »Er kann niemandem mehr wehtun.« Er hoffte, der Scheißkerl schmorte in der Hölle.

Dennoch hatte Dane ein ungutes Gefühl. Sie hatten gewonnen. Sie hatten den Valentinstag-Killer erledigt. Sie hatten gerade eines seiner Opfer gefunden – lebendig.

Nur …

Das Ganze fühlte sich falsch an, und er erinnerte sich an die Explosion, die das Haus im Oakland Way erschüttert hatte. Der Killer hatte Katherine gesagt, dass er aus seinen Fehlern in Boston gelernt hatte. Dass er keine Beweise zurücklassen wollte.

Diese Hütte war voller Beweise.

Er hatte alles so perfekt geplant. Zu perfekt?

*Er sagte, dass er zurückkommt, dass er uns töten wird.* Maggies Worte schossen ihm durch den Kopf.

Auf der Wache hatte er dauernd gesagt … *tick, tack, tick, tack.*

Er hatte das Haus im Oakland Way in die Luft gejagt, weil er keine Beweise zurücklassen wollte, und diese kleine Hütte mit ihrem intensiven Gestank nach Tod – sie war voller Beweise.

*Tick, tack.*

Dane schluckte und bemühte sich, seine Stimme ruhig zu halten. »Katherine, bring Maggie raus zu den Sanitätern.« *Raus hier, Katherine, sofort raus.*

»Ross muss auch hier sein«, sagte sie und sah sich um.

Dane würde nach ihm suchen, während Katherine draußen in Sicherheit wartete. Aber wenn er ihr sagte, warum, fürchtete er …

*Sie wird nicht ohne mich gehen.*

Und er konnte Ross nicht einfach hier lassen. Nicht, wenn sein Verdacht zutraf.

Entscheidungen …

Er traf seine.

»Raus mit euch. Ich komme gleich nach.«

Maggie ließ ihn los und hielt sich stattdessen an Katherine fest.

Dane fasste Katherine am Kinn. Hob ihr Gesicht an. »Ich liebe dich, Katherine Cole.«

Sie lächelte ihn an. »Und ich liebe dich.«

Seine Kiefermuskeln spannten sich. »Geh.«

Der Killer hatte ihm gesagt, dass Ross nicht mehr viel Zeit hatte. Wenn er verletzt wäre, blutete … Verdammt, selbst dann hätte er nicht genau vorhersagen können, wann der Marshal sterben würde.

Was hatte er gesagt? *Wertvolle Sekunden verstreichen.*

*Tick, tack.*

Hatte der Mistkerl ihm wirklich genau gesagt, was er vorhatte?

Katherine war an der Eingangstür. Sie begleitete Maggie hinaus und sah zurück. Lächelte ihn an. Er konnte in ihrem Gesicht lesen, wie viel er ihr bedeutete.

*Ich liebe dich, Katherine.*

Wenn man den genauen Zeitpunkt vorhersagen wollte, zu dem ein Mensch sterben würde, gab es eine todsichere Methode.

Dane blickte auf die Tür links. Die Tür, von der Katherine vermutlich gedacht hatte, es sei eine Schranktür. Er hatte jedoch die Länge der Hütte geschätzt und wusste, diese Tür würde zu weiteren Geheimnissen führen. Zu noch mehr Tod?

Er drehte den Türknauf, und die Tür schwang leicht nach innen.

Die aufgehende Sonne schien durch das einzige Fenster im Raum. Er konnte die Fotos an den Wänden sehen. Dutzende. Schwarz-Weiß. So viele Tote. So viele Opfer, die in ihren letzten Momenten verewigt worden waren.

Und obwohl Dane kein Geräusch hörte, wurde sein Blick von der hinteren Ecke des Raums angezogen. Einer Ecke, die in Schatten gehüllt war. Einer Ecke, in der Anthony Ross saß, an einen Stuhl gefesselt und mit Klebeband über dem Mund.

Ganz, ganz langsam ging Dane auf ihn zu. Sobald Ross ihn sah, begann der Marshal panisch den Kopf zu schütteln.

Denn an seiner Brust war eine Bombe befestigt. Eine Bombe mit einer Uhr, die in großen, fetten Ziffern herunterzählte.

*Tick, tack.*

Vor Ross war ein Spiegel aufgestellt worden.

Damit er sehen konnte, wie sein Leben Sekunde um Sekunde verstrich?

Der Valentinstag-Killer war ein sadistisches Arschloch gewesen.

Ross hatte nur noch zwei Minuten.

Keine Zeit, ein Team zur Bombenentschärfung zu rufen.

Dane steckte sich die Waffe in den Hosenbund. Er hob die Hand und zog das Klebeband von Ross' Mund.

»Gehen Sie …«, flüsterte Ross. »Keine Zeit … ich bin … schon tot …«

»Nein, sind Sie nicht. Sind Sie *verdammt noch mal* nicht.«

Er starrte auf die Bombe. Sie war nicht raffiniert, aber sie würde ihre Aufgabe erfüllen. Drei Drähte. Nur drei. Rot. Gelb. Blau.

*Scheiße, Scheiße, Scheiße!* Welcher war es? Welcher war der Zünder?

Dann erinnerte er sich an etwas anderes, dass dieser Mistkerl auf der Wache gesagt hatte. *Sie werden rot sehen …*

Er hatte gedachte, er rede davon, dass sie Blut sehen würden. Aber was, wenn er den roten Draht gemeint hatte?

Er trat zurück. »Ich brauche ein Messer.« Sein Blick fiel nach links. Auf die Reihe scharfer, glänzender Messer. Messer, von denen Dane stark vermutete, dass mit ihnen viele Menschen umgebracht worden waren.

Er nahm sich das kleinste. Beugte sich über Ross.

»Warten Sie«, keuchte Ross.

Dane blickte zu ihm hoch.

»Wissen Sie … was Sie … tun?«

»Wir haben nur etwa sechzig Sekunden, spielt das also eine Rolle? Ich schätze, wir haben hier eine verdammte Chance von eins zu drei.«

Ross riss die Augen auf.

Der Boden hinter Dane knarrte. *Nein, nein, nein …*

»Dane?«, rief Katherine. »Dane, ich brauche …«

»Raus hier«, schrie er. Angst krampfte ihm das Herz zusammen.

Vierzig Sekunden.

Aber ihre Schritte entfernten sich nicht. Sie kam zu ihm. Sie dachte, er sei in Gefahr. Sie kam, um ihm zu helfen. Immer kam sie, um zu helfen.

Dreißig Sekunden.

Er konnte sie nicht näher kommen lassen. Wenn er sich bei den Drähten irrte, würde sie sterben. Aber wenn sie draußen bliebe, vor dem Zimmer, könnte sie es vielleicht schaffen. Sie könnte …

Zwanzig Sekunden. »Bleib weg«, schrie Dane.

Er schnitt durch den roten Draht.

Der Countdown stoppte bei achtzehn Sekunden.

*Verdammt, ja.* Dane stieß den Atem aus, den er angehalten hatte.

Er durchtrennte die Fesseln.

»Dane?« Katherine war hinter ihm. Ihre Stimme klang panisch. Er sah zurück. Sie hielt die Waffe umklammert. Ihre Augen weiteten sich, und er wusste, dass sie die Bombe sah.

Eine Bombe, die er langsam von Ross herunternahm. Langsam … Langsam …

Er legte sie auf dem Boden ab.

»Jetzt aber alle raus hier«, rief er.

Sie rannten zur Tür.

Und hatten gerade die letzte Stufe der Außentreppe erreicht, als die Hütte explodierte.

Reporter drängten sich um den Staatsanwalt und verfolgten jede seiner Bewegungen. Die Kameras waren auf Nahaufnahme gestellt, auf dem Podium waren Mikrofone verteilt. Meadows starrte mit grimmigem Gesicht in die versammelte Menge. »Unsere letzte Schätzung liegt bei neunzehn Opfern.«

Schockiertes Schweigen.

Dann brach eine Flut an Fragen über ihn herein. Während er zusah, wie die Journalisten sich auf den Staatsanwalt stürzten, lehnte Dane sich gegen die Wand. Sein geschundener Körper schmerzte überall.

Meadows hob die Hand. »Der Valentinstag-Killer wollte nicht, dass irgendjemand das genaue Ausmaß seiner Verbrechen kennt.«

Nein, der Scheißkerl hatte seine Geheimnisse nicht teilen wollen.

»Aber unsere Forensiker leisten erstaunliche Arbeit und haben Spuren in der Umgebung seiner Hütte gefunden.«

Spuren. Es waren Körperteile draußen im Sumpf gewesen, die die Alligatoren übersehen oder nicht gewollt hatten.

Der Staatsanwalt räusperte sich. »Der Mörder hatte vor, Margaret Dunning und den US-Marshal Anthony Ross am Valentinstag zu ermorden. Die beiden haben nur dank des schnellen und mutigen Eingreifens von Detective Dane Black überlebt.«

Es gab ein wenig Applaus. Kameras drehten sich in seine Richtung. Dane behielt einen nichtssagenden Gesichtsausdruck bei. Er brauchte keinen Dank. Er hatte nur seinen Job getan.

Eigentlich war im Rampenlicht zu stehen das Letzte, was er wollte. Er wollte weg von diesen Reportern. Weg vom Revier. Er wollte zu Katherine.

*Katherine.*

»Aber leider haben nicht alle die Explosion, die der Valentinstag-Killer so sorgfältig vorbereitet hat, überlebt.« Trauer mischte sich in die Stimme des Staatsanwalts. »Katherine Cole, die Frau, die vielen von ihnen unter dem Namen Katelynn Crenshaw bekannt ist …«

»Die Verlobte des Killers«, warf einer der Reporter ein und nickte hastig.

Danes Körper versteifte sich.

Meadows schüttelte den Kopf. »Katherine Cole hat die Explosion nicht überlebt. Sie hat ihr Leben riskiert, um den Valentinstag-Killer zu stellen. Um seinem blutigen Treiben Einhalt zu gebieten. Die Polizei – die ganze Stadt New Orleans – wird niemals das Opfer vergessen, das sie für uns alle gebracht hat.«

Dane wusste, er sollte sich zusammenreißen. Keine Gefühle zeigen. Der Mörder war gestoppt worden. Die Straßen waren wieder sicher.

Aber alles woran er denken konnte, war …

*Katherine.*

Sein Blick flog über die Menge. Der Staatsanwalt und der Captain würden ihm und Mac gleich eine verdammte Medaille verleihen. Er wollte die Medaille nicht. Er wollte auch nicht das Schulterklopfen. Und er wollte nicht sein Gesicht in den Zeitungen. Alles, was er wollte, war Katherine.

Aber hatte er das nicht schon vor der Explosion verstanden? Hatte er nicht gewusst, wie viel sie ihm bedeutete? Als er hörte, wie sie zurück in die Hütte gekommen war, als sie seinen Namen gerufen hatte …

Dane zwang sich, langsam und tief einzuatmen. Meadows sah ihn erwartungsvoll an. Scheiße. Der Captain war auch da oben. Sie winkten ihn zu sich. Mac, lädiert und bandagiert, stand schon dort.

Der Staatsanwalt wollte ein gemeinsames Foto für die Presse, auf dem alle drei lächelten.

Ihm war nicht nach lächeln zumute.

Dane hielt auf sie zu. Stellte sich zwischen den Captain und den Staatsanwalt. Als die Blitze der Kameras aufleuchteten, beugte er sich zu Harley und teilte ihm mit: »Ich kündige.«

Sobald er konnte, ging Dane zurück in seine Wohnung. Er hatte seinen Schreibtisch ausgeräumt. Harley hatte diskutiert und fast gebettelt, aber Dane war hart geblieben. Er wollte nicht mehr in New Orleans arbeiten. Es gab für ihn zu viele Erinnerungen in dieser Stadt. Gute und schlechte.

Zu viele Erinnerungen und nicht genug Hoffnung.

Der Fahrstuhl blieb mit einem *Ping* stehen und ließ ihn in seinem Stockwerk aussteigen. Der Teppich verschluckte das Geräusch seiner Schritte, als er auf seine Wohnung zuging. Eine kalte, dunkle Wohnung. War es das, was er für den Rest seines Lebens wollte?

*Nein.*

Er balancierte den Karton mit seinen persönlichen Sachen in einer Hand und schloss mit der anderen die Tür auf. Es war so dunkel hier drin. Er schaltete das Licht nicht ein. Schob die Box auf den nächststehenden Tisch. Dann schlug er die Tür zu, schloss ab und …

Zarte Arme schlangen sich um ihn. »Ich habe mich bereits gefragt, ob du jemals nach Hause kommen wirst«, flüsterte Katherine.

Er erstarrte. »Du darfst nicht hier sein.«

Sie müsste fort sein. In einem Flugzeug unterwegs in eine neue Stadt. In ein neues Leben. Ross hatte versprochen, dass er sich um sie kümmern würde.

Dane drehte sich vorsichtig in ihren Armen um. Oh, es fühlte sich so gut an. Es war drei Tage her, seit er sie umarmt hatte. Drei

Tage seit der Explosion. Drei Tage, seit sie aus der Hütte geschleudert worden waren. Seine Kleider hatten Feuer gefangen. Sie hatte die Flammen ausgeschlagen, verzweifelt bemüht, ihm zu helfen.

Er streckte den Arm aus und schaltete das Licht ein.

»Katherine Cole ist nicht hier«, sagte sie, als ihr Blick seinem begegnete. »Du kannst mich Katie nennen.« Sie zuckte leicht mit den Schultern. »Ross sagt, es ist wichtig, die Namen so nah wie möglich am Original zu halten. So fällt es einem leichter zu reagieren, wenn man angesprochen wird.« Ein leises Lächeln spielte um ihre Lippen.

Dunkelrote Lippen. Passend zum neuen dunkelroten Haar. Dunkelrot und kürzer geschnitten mit weichen Locken.

Der Haarschnitt ließ sie sogar noch verführerischer aussehen als zuvor. Verdammt, wem machte er hier etwas vor? Er fand sie *immer* verführerisch.

»Das ist das neue Ich.« Ihr Lächeln erstarb. »Und ich hoffe, dass es das letzte ist.«

Ihre Handflächen, mit denen sie die Flammen an ihm erstickt hatte, waren verbunden.

»Du hast nicht ernsthaft geglaubt, ich würde einfach die Stadt verlassen, ohne mich zu verabschieden, oder?« Ihre Stimme war ein samtiges Schnurren, das ihn für den Rest seines Lebens verfolgen würde.

»Es hätte keine Rolle gespielt«, gelang es ihm zu antworten.

Schmerz flackerte in ihrem Blick. Ihr Lächeln erstarb, ihre Hände glitten von seiner Taille. »Ich … äh …« Katherine … Katie … räusperte sich. »Ich habe nicht erwartet … ich dachte, du wolltest …«

Er küsste sie. Tief und fest. Er ließ sie die Lust, das Verlangen und die Liebe spüren, die in ihm brannten. »Ich wollte Ross anrufen«, flüsterte er an ihren Lippen. »Ich wollte ihn dazu bringen, mir zu sagen, wo du bist. Ich dachte, schließlich schuldet er mir etwas.« Und er hatte geplant, diese Schuld gegen Katherine einzutauschen.

Sie entzog sich ihm, sah ihn aus großen Augen an.

»Wo auch immer du gewesen wärst, da wäre ich auch hingekommen.«

Es war ihm als der perfekte Plan erschienen. Mit der Explosion würde Katherine Cole verschwinden. Sie konnte all den Reportern entkommen und all den vom Valentinstag-Killer Besessenen dort draußen – wie Evelyn Knight –, die ihr das Leben zur Hölle machen würden. Sie konnte neu anfangen.

Ein letzter Umzug.

Ein letztes neues Leben.

Aber es wäre ein Leben ohne ihn gewesen.

Ross hatte sofort angefangen, Pläne zu schmieden. Katherine war noch am Tatort von Dane getrennt und weggebracht worden. Die Geschichte ihres Todes hatte man in voller Absicht an die Reporter durchsickern lassen.

Alles hätte funktionieren sollen. Katherine wäre frei gewesen. Der Killer war tot. New Orleans sicher. Es hätte perfekt sein müssen.

Bis auf eine Kleinigkeit. Er wollte sein Leben nicht ohne Katherine verbringen.

»Dein Leben ist hier«, sagte sie, während sie mit ihren goldfarbenen Augen zu ihm aufblickte. »Dein Job. Deine Freunde.«

Sie hatte es nicht kapiert. »*Du* bist mein Leben.« Er hatte gerade knapp über zweiundsiebzig Stunden versucht, ohne sie zu leben. Das waren die beschissensten zweiundsiebzig Stunden seines Lebens gewesen. »Von jetzt an gehe ich dorthin, wo du hingehst.«

Dann tat er etwas, von dem er nicht gedacht hätte, das er es jemals tun würde. Er sank auf ein Knie. »Ich habe keinen Ring.«

Sie blinzelte. Ihre Augen weiteten sich, diese wunderschönen Augen, bei denen er an Sex und Liebe und Hoffnung dachte.

»Es tut mir so leid, Baby, ich schwöre, ich werde dir den größten verdammten Diamanten der Welt kaufen.« Nun ja, den größten verdammten Diamanten, den sich ein ehemaliger Detective der Polizei von New Orleans leisten konnte. »Ich werde dir alles kaufen, aber bitte, sag mir, dass du mich heiratest.«

Sie sagte gar nichts.

Also redete er schnell weiter. Er hielt ihre Handgelenke, denn er wollte ihr auf keinen Fall wehtun, indem er die Wunden an ihren Händen berührte. »Ich liebe dich, Katherine. Verdammt, ich war bereit, für dich zu sterben. Bereit, für dich zu töten, solange du nur in Sicherheit bist.«

»Ich will nicht, dass irgendjemand für mich stirbt.« Ihre Stimme war sanft.

»Der Tod liegt hinter uns.« Er wollte das Leben. Mit ihr. »Du willst neu beginnen. Du willst ein neues Leben ohne den Ballast der Vergangenheit? Dann lass uns das tun. Lass uns eine kleine Stadt aussuchen. Ich kann Sheriff werden. Verdammt, ich werde mich hocharbeiten und als Deputy beginnen, wenn es sein muss. Du kannst eine neue Galerie aufmachen. Du kannst malen. Du kannst tun, was du willst. Nur … tu es mit mir. Fang neu an … mit mir.«

Sie sah aus, als würde sie gleich weinen. Er wollte nicht, dass sie weinte. Oh, verdammt, nein, er hasste es, wenn Katherine weinte.

»Ich will morgens neben dir aufwachen und jede Nacht ins Bett gehen und deine Hand halten.« Er biss die Zähne zusammen. »Katherine, heirate mich.«

Plötzlich lachte sie. Es war ein süßes, leichtes Lachen, das ihn direkt ins Herz traf. »Ich will eigentlich keinen Diamanten.«

Seine Brauen senkten sich.

»Ich mache mir nichts aus einem Ring.« Sie kniete sich hin, brachte ihr Gesicht nah vor seines. »Nur aus dir mache ich mir etwas. Ich liebe dich, Dane Black. Und Katelynn, Katherine, verdammt, sogar Katie – wen auch immer du von uns willst –, wir werden dich heiraten.«

»Ich will sie alle.« Jedes Stück von ihr. Er legte die Arme um sie und zog sie an sich. »Ich will dich.«

Sie erwiderte seinen Blick. »Dann hast du mich.«

Er küsste sie und wusste, er musste sie haben. *Ich brauche sie.* Er wollte ihren Körper an seinem spüren. Wollte sicher sein, dass der Albtraum wirklich vorüber war. Dass Katherine lebte und sicher war – *bei ihm.*

Nicht tausend Kilometer entfernt in einer neuen Stadt.

Nicht tot, nicht getötet von einer Explosion, die der Valentinstag-Killer herbeigeführt hatte.

Er hob sie hoch. Er achtete darauf, dass ihre Hände nirgendwo anstießen, und brachte sie ins Schlafzimmer.

Dieses Mal würde er nicht wie besessen sein. Er würde den unstillbaren Hunger, den er für sie empfand, bezähmen. Er zog sie aus – ganz vorsichtig. Küsste ihre Haut, während er Shirt und Rock wegschleuderte.

Sie trug einen BH und ein Höschen aus schwarzer Spitze. Bei ihrem Anblick erfasste ihn ein fast schmerzliches Verlangen. Ein Teil von ihm wollte ihr das Höschen runterreißen. Sie einfach nehmen …

Aber mit Katherine zusammen zu sein, dabei ging es um mehr als ums Nehmen. Um mehr als Sex.

Um mehr, als im Dunkeln zu vögeln.

Seine Finger verwoben sich mit ihren. Er küsste sie. Zärtlich und sanft.

Er zog sich lange genug zurück, um sich selbst auszuziehen und seine Kleidung in die Ecke zu werfen.

Mit zitternden Fingern streifte er ihr den BH ab. Leckte und streichelte ihre Brüste. So perfekte Brüste. Er liebte die Art, wie sie stöhnte und sich ihm entgegenbog.

Sie wollte mehr. Und er auch.

Er versuchte, mit ihrem Höschen vorsichtig zu sein, aber er zerriss es doch, als er die zarte Spitze über ihre Hüften zog.

Katherine lachte.

Er liebte ihr Lachen.

Endlich war er zwischen ihren Schenkeln. Sie war feucht und bereit. Er war kurz davor zu explodieren, doch obwohl seine Muskeln sich verkrampften und Schweiß sich auf seinem Rücken sammelte, drang er langsam in sie ein.

Er sah ihr tief in die Augen.

Und schaute die Ewigkeit. Den besten Traum, den er je gehabt hatte.

»Gib mir mehr«, flüsterte Katherine.

Er würde ihr alles geben. Alles. Genau wie er es versprochen hatte.

Am Anfang war sein Rhythmus langsam. Das Bett quietschte unter ihnen. Sie versuchte, ihn zu berühren, aber er machte sich Sorgen, dass sich die Verletzungen auf ihren Handflächen verschlimmern würden, daher nahm er ihre Handgelenke, und drückte sie vorsichtig über ihnen aufs Bett.

Ihre Wangen waren gerötet. Ihre Augen glänzten.

Er stieß fester in sie. Tiefer.

Sie schlang die Beine um seine Hüften. »Dane …«

Er liebte es, wie sie seinen Namen aussprach. Er liebte es, wie sie sich anfühlte.

*Warm. Sexy.*

Hier gab es keinen Tod. Keine Angst.

Sie bewegte sich schneller. Genau wie er auch. Sein Höhepunkt kam näher, aber er wollte nicht, dass dieser Moment zu Ende ging. Er wollte mit ihr zusammen sein. Den Orgasmus um sich herum durch ihren Körper pulsieren fühlen.

Er küsste sie.

Sie kam.

Er unterbrach weder seinen Kuss noch die Bewegung seiner Hüften. Er konnte den Höhepunkt nicht zurückhalten. Nicht noch länger.

Er hob den Kopf und blickte ihr in die Augen. Sah ihre Ekstase. »Ich … liebe dich …«

Sie lächelte.

Und der Höhepunkt rollte über ihn hinweg.

Er hatte schon mit vielen Frauen Sex gehabt, aber mit Katherine – und nur mit ihr – fühlte es sich wie Liebe an.

»Ich will dich niemals verlieren«, sagte er mit rauer Stimme. Sein Herz raste. Er würde sie nicht verlieren. Das konnte er nicht.

Besessenheit?

Liebe?

Manchmal war es schwer zu sagen, wo das eine aufhörte und das andere anfing.

Der Valentinstag-Killer hatte diese Grenze überschritten. Verdammt, er hatte jede Menge Grenzen überschritten.

»Du wirst mich nicht verlieren«, flüsterte Katherine atemlos.

»Ich will, dass du es mir versprichst.«

Ihre Lippen verzogen sich. »Detective, das garantiere ich sogar.«

Er lächelte. Zum ersten Mal seit langer, langer Zeit fühlte Dane sich tatsächlich glücklich.

Seine Vergangenheit würde ihn nicht länger verfolgen. Er würde es nicht zulassen. Er würde nicht wie sein Vater werden. Niemals.

*Entscheidungen.*

Katherine hatte recht gehabt. Im Leben ging es darum, wofür man sich entschied.

Er war ein stärkerer, ein besserer Mensch, wenn er mit ihr zusammen war.

Und ganz egal, was die Zukunft brachte, er würde sicherstellen, dass er an Katherines Seite blieb.

Was auch immer geschah.

Verdammt, es konnte sowieso nur noch besser werden.

Es war Zeit, dass es besser wurde.

Zeit zu *leben.*

Keine Albträume mehr. Keine Mörder mehr.

So endete die Geschichte für ihn. Nicht, indem der Valentinstag-Killer gewann. Nicht mit Tod.

Mit Leben.

Und Liebe.

# EPILOG

Eine neue Stadt. Ein neuer Name.

Ein neuer Ehemann.

Katherine – Katie – betrat ihr Zuhause und lächelte, als sie den Duft frischer Blumen in der Luft roch. Dann sah sie den Strauß, der auf dem Küchentisch stand.

Margeriten. Nicht Rosen. Frische, wunderschöne Margeriten. Ihre neuen Lieblingsblumen.

Einen Moment lang schlug ihr Herz zu schnell, als die Vergangenheit versuchte, sich einen Weg in ihre perfekte Welt zu bahnen. Sie ging zum Tisch und strich über die Blüten.

Sie hörte Schritte hinter sich. Warme Hände legten sich um ihre Schultern. Sie erschrak jetzt nicht mehr, wenn sie von hinten angefasst wurde. Nicht, wenn sie wusste, wer es war. Und sie erkannte Danes Berührung immer.

Lächelnd drehte sie sich um.

»Ich habe eine Überraschung für dich«, sagte er mit tiefer Stimme.

Sie waren erst vor einer guten Woche in ihr neues Haus gezogen. Sie baute eine Kunstgalerie auf, und Dane, nun, er hatte die freie Stelle des Sheriffs in der Stadt angetreten. Ross hatte offenbar das perfekte neue Zuhause für sie gefunden.

Aber Katherine wusste, dass nichts perfekt war.

*Auf Perfektion kann ich nicht hoffen. Ich will nicht perfekt. Ich will einfach nur glücklich sein.*

Mit Dane war sie das.

Vielleicht würde sie die Vergangenheit nie ganz überwinden, aber sie wollte auch gar nicht vergessen, wo sie herkam. Dunkelheit und Narben. Schmerz und Leid. All das hatte sie geformt.

Dane führte sie die Stufen hinauf. Es gab keinen Keller in diesem Haus. Das war eine ihrer Bedingungen gewesen.

Keinen verdammten Keller. Und keine Rosen – niemals.

Er öffnete die Tür auf der rechten Seite. Licht erfüllte den Raum. Leinwände. Farben.

»Ich dachte, du hättest hier vielleicht gerne ein Atelier. Du weißt schon, wenn du sauer auf mich bist und etwas Privatsphäre brauchst.«

Sie lächelte. »Es ist wunderbar.« Jetzt wusste sie also, woran er die letzten anderthalb Tage so hart gearbeitet hatte.

Dane und seine Geheimnisse.

Zumindest konnte sie sich sicher sein, dass seine Geheimnisse niemanden umbrachten.

Er wackelte übertrieben mit den Augenbrauen. »Sollen wir den Raum einweihen?«

Sie lachte. Das tat sie jetzt oft. Mit Dane lachen. Das Leben genießen.

Vielleicht würde sie ihre Vergangenheit eines Tages wie durch einen dunklen Schleier betrachten können. Vielleicht würde es ihr erscheinen, als sei das alles jemand anderem zugestoßen.

Vielleicht wäre sie einfach nur eine glückliche Ehefrau mit einem Mann, der sie anbetete.

Die Frau, zu der einmal ein Serienmörder gesagt hatte, dass er sie liebte. In diesen letzten Augenblicken hatte der Valentinstag-Killer ihr etwas zugeflüstert …

*Ich habe es getan. Ich bin für dich gestorben.*

Sie schlang die Arme um Dane. Seine Wärme vertrieb die Kälte ihrer Vergangenheit.

Sie war eine neue Frau an einem neuen Ort. Mit einem Mann, der sie liebte, sogar ihre Schattenseiten.

Und sie liebte ihn. So sehr, dass die Macht dieser Liebe sie manchmal ängstigte.

Sie hatte erwartet, dass Liebe schön sei. Freundlich. Gut.

Jetzt wusste sie, dass sie verzehrend sein konnte. Schrecklich.

Aber selbst inmitten all diesen Schreckens konnte die Liebe Sicherheit bringen. Hoffnung.

Dane war ihre Hoffnung. Ihre Zukunft.

Sie war Katie Black. Sie lebte in Irgendwo, USA. Sie wusste Bescheid über Mörder. Sie wusste Bescheid über den Tod.

Und jetzt wusste sie auch über die Liebe Bescheid.

Und das verdankte sie einem Detective, der nicht am Sterben interessiert gewesen war, sondern daran, zu leben – für sie.

# DANKSAGUNG

Ich möchte meiner großartigen Lektorin Lindsay danken für ihre wundervollen Kommentare, während wir an »Stirb für ihn« gearbeitet haben. Lindsay, mit dir zu arbeiten ist ein Vergnügen!

Und meiner ebenso wundervollen Agentin Laura Blake Peterson vielen Dank für deine unglaubliche Unterstützung.

Printed in Poland
by Amazon Fulfillment
Poland Sp. z o.o., Wrocław

20227257R00194